Osvalde Lewat

ANTE MORTEM

Roman

Aus dem Französischen von
Laura Haber

InterKontinental

1. Auflage 2024

Stefanie Hirsbrunner | Karla Kutzner | Venice Trommer
Kantstr. 97 | 10627 Berlin

Lektorat Claudia Jürgens und Karla Kutzner, Berlin
Gestaltung und Satz Ursula Steinhoff
Einbandrückseite »Der Verzweifelte« von Gustave Courbet
Druck und Bindung Druck und Werte, Leipzig
Printed in Germany
ISBN 978-3-9823281-9-5

www.interkontinental-verlag.de

Originalausgabe:
LES AQUATIQUES

Die Übersetzung wurde mit einem Bode-Stipendium
des Deutschen Übersetzerfonds gefördert.
Die Mentorin war Lena Müller.

Danke an Annika Böttcher für die Unterstützung im Lektorat.

Druckprodukt mit finanziellem
Klimabeitrag
ClimatePartner.com/13676-2405-1020

Für Hélène Ngahane
Meine Mutter, den Eckstein

Für Luc, Lucie-Hélène, Raphaël
Die Felsen

Ach! Wenn Sie mich liebten,
was für eine Möglichkeit bliebe Ihnen, mich zu hassen?

— TCHICAYA U TAM'SI, *Épitomé*

PROLOG

Zum ersten Mal hat man Madeleine vor zwanzig Jahren begraben. Irgendwo, mitten im Nirgendwo. Eine schludrige, hastige Beerdigung, ihrem Leben nicht unähnlich. Sie hatte verschwenderisch gelebt und war arm wie Hiob mit 39 Jahren gestorben. Ihre Familie fand ein kleines, nicht zu teures, nicht zu nahe gelegenes Fleckchen Erde, wo niemand den Quadratmeter zurückfordern konnte, unter dem sie liegen würde. Ein Bauer aus dem Raum Fènn, wo sie aufgewachsen war, ein ehemaliger Klassenkamerad und angeblich auch abgewiesener früherer Verehrer, hatte Mitleid gezeigt und ohne viel Aufhebens zu einem Spottpreis ein Stück Land außerhalb des Dorfes von genauestens ermittelter Größe abgetreten.

Madeleine Lapteu war einen Meter und zweiundsechzig Zentimeter groß. Der Sarg würde einen Meter und siebzig Zentimeter lang sein. Ihr Taillenumfang maß vor ihrem Tod sechsundneunzig Zentimeter. Nach dem Unfall, nach dem Krankenhaus hatte sie einige Zentimeter verloren. Alle, die sie sahen, brachten übereinstimmend zum Ausdruck, dass sie regelrecht abgemagert war. Da das Holz eine hübsche Stange Geld kostete, wurde die Breite des Sargs entsprechend der Hälfte des Taillenumfangs auf vierzig Zentimeter festgelegt. Dann noch das Zink, eine weitere Ausgabe, das Zink, das so teuer, aber unerlässlich war und das man zu einem guten Preis erstand. Die Tiefe der Grube, das Fliesen der Wände, die Grabplatte, der Sand, der Zement, das Wasser, der Kies, der Chor, die Arbeitskraft – die der Totengräber, der Klagefrauen, des Schützen für die Salven und des Priesters –, die Miete des Jagdgewehrs, die Munition; alles hatte seinen Preis, man beschränkte sich auf das Nötigste, das Minimum, bloß keine Verschwendung.

Am Ende des Gottesdienstes wurde der Sarg versiegelt. Weihwasser versprengt. Der Priester sprach die Litaneien, man sang das *Libera me*. Sennke, Madeleines jüngere Tochter, stammelte schluchzend die letzten Abschiedsworte an ihre Mutter, und die Trauergemeinde zeigte sich in gebührender Weise gerührt. Die ältere Tochter, Katmé, blieb stumm. Keine Tränen. Nichts. Man schüttelte sie an der Schulter, eine Stimme murmelte: »Sag deiner Mutter auf Wiedersehen, Schätzchen, sag ein paar Worte, sie kann dich hören.« Eine zweite Stimme fiel ein: »Schätzchen, alle schauen dich an, du hast nicht einmal geweint, die Leute werden denken, du wärst gar nicht traurig, dass deine Mutter tot ist, und weißt du, sie wartet darauf, dass du ihr Auf Wiedersehen sagst, damit sie in den Himmel aufsteigen kann.« Eine dritte Stimme stichelte: »Katmé, jetzt sag doch was! Was ist bloß los mit dir? Hattest du deine Mutter denn nicht lieb? Gott wird dich bestrafen, wenn du nichts sagst, mach den Mund auf, Herrgott noch mal, sie wird begraben, und danach wirst du sie nie wiedersehen, ist dir das klar?« Katmé biss weiter fest die Zähne aufeinander. Innocent Patong, der Vater der Kinder, wollte eine Handvoll Erde, die er, warum auch immer, vom Boden aufgehoben hatte, in seiner Hosentasche versenken. Ein energischer Griff, mit dem ein Verwandter Madeleines ihm den Arm verdrehte, hielt ihn davon ab. Zwei Luftschüsse, wie es die Tradition in Fènn für die Beerdigung einer Frau reiferen Alters vorsah, übertönten das Klagegeschrei von Mama Récia, Madeleines einziger Schwester, die mehr als die anderen an Tränen, Trauer und Beerdigungen gewöhnt war.

Eingezwängt in den mit Raphiabast umwickelten Sarg, wurde Madeleine langsamen, gemessenen Schrittes, im Rhythmus der Psalmodien von Chor und Klagefrauen, von vier der zahlreichen Söhne Mama Récias zu dem Ort getragen, den man damals, an jenem Tag, für ihre letzte Ruhestätte hielt.

Unverzüglich will ich zügig
das verheiß'ne Glück erlangen;
Wer sich aufmacht, wer vorangeht,
wird mit Belohnungen empfangen.

Während der allerletzten Gebete, während der allerletzten Tränen stand der Sarg für ein paar Minuten auf Holzstangen, die quer über dem Grab lagen; dann ließen die vier Söhne ihn endlich hinab. Zweiundfünfzig Sekunden nach Beginn der Operation verkeilte er sich. Grube zu eng. Man gab nicht auf. Der Sarg machte Schwierigkeiten, wollte nicht hinab. Der Chor sang nach Leibeskräften.

Nah dem Throne erwartet
den Sieger die Krone.
Ohne Rast! Auf mit Hast!
Sind die Worte unseres Herrn.
Ihnen folgen wir gern;
Voller Eifer, unverzagt!
Wer nicht eilt, hat nicht teil
am himmlischen Mahl.

Die Söhne von Mama Récia, die Menschen aus dem Dorf, die zur Beerdigung gekommen waren – eine Gelegenheit zu Unterhaltung und Verköstigung wie jede andere auch –, die beschwingtesten Chorsänger, die wenigen Freunde, die den Weg auf sich genommen hatten, die Kühnen, die ihren Widerwillen gegen die rötliche Erde von Fènn überwanden, obwohl sie sich beharrlich an ihre Schuhe, an ihre Kleider heftete, alle Männer, die konnten, packten an, mühten sich, die widerspenstige Holzkiste ins Loch zu stoßen. Man hörte Glas splittern. Das Fenster im Sargdeckel, durch das bis zuletzt Madeleines Gesicht zu sehen gewesen war, hatte nachgegeben. Nach einem Moment der Verblüffung stoppte man alles.

Man musste der Tatsache ins Auge blicken: Der Sarg passte nicht ins Grab, wäre im Übrigen aber auch nicht wieder herauszubekommen. Man musste dringend Presslufthammer, Spaten und Hacken besorgen. Und graben. Und zertrümmern. Vor Katmés und Sennkes schreckgeweiteten Augen die billigen Fliesen zertrümmern, deren Stärke bei der ansonsten millimetergenauen Vermessung des Grabes nicht berücksichtigt worden war. Der Chor hörte auf zu singen. Die Klagefrauen – kaum zum Schweigen zu bringen, wenn es um ihre Pflichterfüllung geht – pressten wie vom Donner gerührt die geballte Faust auf den Mund. Alle verstummten, während die Grube auf brutale Weise vergrößert wurde.

Eine Beerdigung kommt immer ungelegen. Madeleines Beerdigung kam besonders ungelegen. Studierende und ein paar Politiker forderten seit Wochen vom Vater der Nation, dem Präsidenten der Republik, die Auflösung der Einheitspartei, die Öffnung der Politik, Demokratie, freie Wahlen, höhere Gehälter, das Ende willkürlicher Verhaftungen, kostenfreie Universitäten – kurzum Forderungen, die manch besonnener Beobachter für naiv hielt. Der Alte, der Vater der Nation, stellte sich taub, und die Wirtschaft stand still. Auch wenn man das Geld dafür parat gehabt hätte, wäre es unmöglich gewesen, in dieser Unruheperiode innerhalb so kurzer Zeit in Fènn eine geöffnete Eisenwarenhandlung zu finden, um das Grab erneut zu zementieren und zu fliesen. In Fènn, wo gewissenhafter als andernorts – mehrere Protestierende stammten von hier – der Aufruf zur Schließung der Geschäfte an bestimmten Wochentagen wie dem Samstag, an dem ein großer Markt stattfand, befolgt wurde.

Sobald man sich wispernd geeinigt hatte, wurde Madeleine beerdigt.

Madeleine war an einem Samstag beerdigt worden. An einem Samstag vor zwölf Uhr mittags. An diesem Samstagvormittag beschloss Katmé, kaum dass ihre Mutter beerdigt war, die Erinnerung an ihre Mutter zu beerdigen. Sie war dreizehn Jahre alt.

ERSTER TEIL

1

ICH FUHR LIEBER ÜBER DEN BOULEVARD du Trente-Avril, durchgehendes Chaos, das meinen Weg in die Länge zog, als den logischeren, den kürzeren zu nehmen, der unvermeidlich am Fußballstadion, den Geschäften, den Spielplätzen, dem Haus meiner Kindheit vorbeiführte. Autos wendeten, fuhren auf der Gegenspur zurück, Fahrer tanzten, müde vom Warten, mit nacktem Oberkörper auf der Straße, auf der Motorhaube, Taxis hupten, spielten in voller Lautstärke die aktuellen Hits im Autoradio, Straßenverkäufer pressten die Stirn an die Scheibe, boten alle möglichen Lebensmittel, alle möglichen Gegenstände an, Motorräder schlängelten sich zwischen den größeren Fahrzeugen hindurch. Samys Atelier, zu dem ich unterwegs war, das Lager einer ehemaligen Autowäscherei, befand sich am Rande der Cité des Enseignants. In dem Stadtteil, in dem Sennke und ich mit Madeleine gewohnt hatten. Von Weitem erkannte ich die Uniform eines Polizisten. Ich entriegelte den RAV4. Vom Trittbrett aus, die Autotür unter der Achsel, winkte ich ihm mit ausladenden Gesten. Als er bei mir angelangt war, führte er Daumen und Zeigefinger zum Schirm seiner Khakimütze. »Gott segne Sie, Maman Préfète. Sie stehen im Stau, oooh, verzeihen Sie bitte. Ich mache Ihnen unverzüglich den Weg frei.«

Die Vorfahrtplakette der Präfektur auf der Windschutzscheibe hatte er nicht übersehen. Ich stieg wieder ins Auto und ließ das Fenster herunter.

Normalerweise wollte ich keine Vorfahrt. Heute aber musste ich meinen Beinen, meinen Armen etwas zu tun geben. Schlaglöchern ausweichen, Taxis und Motorrädern, die ohne Vorankündigung bremsten, Fußgängern, die, ohne zu schauen, die Straße überquerten. Ich musste mich bewegen, mich ablenken, den Brief des Bürgermeisters von Fènn für eine Weile aus dem Kopf bekommen.

»Bitte, Maman Préfète, die rettende Geste für Ihren Bruder.«

»Und wer wird mich retten?«, zog ich ihn auf.

»Ach, Maman, es ist schwer. Ihre Schwester zu Hause lässt mir keine Ruhe.«

Ich griff nach meiner Handtasche auf dem Beifahrersitz, zog einen Fünftausendfrancschein heraus und rollte ihn in meiner Faust zusammen, bevor ich ihn dem Polizisten zusteckte. Im Handumdrehen machte er die Straße frei. Ich startete den Motor.

Der Geländewagen holperte über den Sandweg zum Atelier. Es lag weit entfernt von den asphaltierten und klimatisierten Straßen des Quartier du Fleuve, in dem ich mit Tashun wohnte. Seit dem Verkauf an Privatleute verfiel der Gebäudebestand, und das Viertel, in dem der Staat einst seine Bildungsbeamten untergebracht hatte, lockte nun mit günstigen Mieten. Verarmt wie die meisten Teile der Hauptstadt, konnte die Cité des Enseignants sich trotz der blühenden Flammenbäume, die die Gebäude in Sonne kleideten, der um sich greifenden Gettoisierung nicht länger erwehren. Ringsum hatten Familien in Baracken aus Holz und Wellblech Unterschlupf gefunden. Zur Regenzeit verwandelten sie sich in Pfahlbauten. Samys Atelier war durch eine teure Bodenerhöhung vor Unwettern geschützt; die hohe Veranda bot einen freien, unverbauten Blick auf das Elend der Welt. Samy wusste, dass ich in der Gegend gewohnt hatte. Es wäre mir lieber gewesen, er hätte einen anderen Ort gefunden, aber er behauptete, die Umgebung rege seine Kreativität an. Tatsächlich schien er produktiver zu sein, seitdem er dort arbeitete. Wenn die Ausstellung gut lief, seine erste alleinige, würde er das Kapitel mit den in Serie produzierten Figuren, die er günstig als Souvenirs an Touristen verkaufte, endlich abschließen. Ich brannte darauf, seine Skulpturen, seine neuen Werke zu sehen. Ich wusste, dass es der falsche Moment war, den Brief, den ich bekommen hatte, zu erwähnen. Ich wusste auch, dass ich es trotzdem tun würde. Mit wem sollte ich sonst darüber reden? Zu einem anderen Zeitpunkt, bei einem anderen Thema hätte ich über den unterwürfigen Satz, den der Bürgermeister von Fènn am Ende des Schreibens per Hand hinzugefügt hatte, gelacht. »Mit ehrerbietiger Freude stelle ich mich Seiner Exzellenz und seiner Gattin, Madame Exzellenz, zur Verfügung.« Mein Lachen, das Tashun immer als unangemessen empfand, wäre aus mir herausgeplatzt. Aber der Brief brachte mich überhaupt nicht zum Lachen.

»Der engagierte Künstler in all seiner Pracht!« Samy zeigte mit dem Finger auf vier Skulpturen, die von Holzstreben gehalten wurden. Müdes Gesicht, eingesunkene, gerötete Augen, er hatte offensichtlich zu wenig geschlafen. »Erste Entwürfe. Noch nicht der endgültige Maßstab. Es soll größer werden, Lebensgröße. Ich mache zehn zum gleichen Thema.«

Vier Männer, aufrecht auf beiden Beinen stehend, lang gestreckter Hals ohne Kopf, der stattdessen zu zwei Dritteln den Bauchraum zwischen Solarplexus und Nabel einnahm, ein quadratischer Kopf, der über die Seiten hinausragte, Hüftgold oder auch Fettpolster, die Nase blutig, der Mund verzerrt zu einem Ausdruck des Schmerzes, die Augen weit aufgerissen von derselben Verzweiflung wie *Der Verzweifelte* von Courbet. Die Gesichter der vier Figuren, die Samy aus Ton modelliert hatte, kamen mir irgendwie bekannt vor. Ich überlegte. Der Präsident, die drei Vizepräsidenten.

»Und?« Er war angespannt.

»Willst du das wirklich ausstellen?«

»Es gibt noch mehr als die Skulpturen«, sagte er und zeigte zum anderen Ende des Lagers. Ich bin mir noch nicht ganz sicher, aber ich glaube, ich habe einen Titel für die Ausstellung gefunden. Komm mit.«

Das Rattanregal, Bücher über Bildhauerei, Fotografie, alte Zeitschriften, ein Stapel Zeichenhefte und darauf ein DIN-A4-Blatt. »Hier, setz dich auf den Hocker, dann kannst du besser lesen.« Er schob den hohen Bambushocker zu mir, auf dem er normalerweise saß, wenn er zeichnete, und reichte mir das Blatt.

Ante mortem. Vor dem Tod. Beim Lesen überfiel mich eine leichte Nervosität. In Zambuena wurde im Prinzip niemand mehr verhaftet, weil er eine Meinung äußerte, die der politischen Linie des Präsidenten oder seiner Partei widersprach. Samy hatte das Recht, zu modellieren, zu schreiben, was er wollte, zu kritisieren, wenn er es für richtig hielt, er spielte seine Rolle. Er durfte nur keine politischen Ambitionen hegen, und da dem nicht so war, hatte er nichts zu befürchten. Ich hoffte einfach, dass er sich selbst nichts vormachte und nicht tatsächlich glaubte, es würde reichen, den geeigneten Ton, Steinzeug, Fayence, Porzellan, Kaolin auszuwählen, sich den anstrengenden, undankbaren Etappen zur Schaffung einer freistehenden Skulptur, eines Flachreliefs gefügig zu unterwerfen, dem Nichts ein starkes, verwegenes Werk abzuringen, um auf die Lage der Dinge Einfluss zu nehmen, sie von ihrer festen Bahn abzulenken. Engagierter Künstler, das war ja eine schöne Geschichte! Tashun würde sich daran verschlucken. »Dein Freund? Er ist der ewige Stein in meinem Schuh!« Ich hörte meinen Mann schon wüten.

Ein Beamer projizierte ein experimentelles Video auf den Boden: Übergewichtige Kinder verschlangen Geldscheine, lachten schallend bei jedem Bissen, andere zürnten, leckten sich gierig die Lippen. Ich notierte mir im Kopf, Samy zu fragen, ob die Scheine echt waren oder aus Zambony, dem hiesigen Monopoly, stammten; im Video sahen sie echt aus. An der Wand standen auf einem Arbeitsbock aus Furniersperrholz 60 × 80 cm große Schwarz-Weiß-Fotos. Körper von Kindern, Jugendlichen, Alten, Männern, Frauen; neu zusammengesetzt in einem Fresko mit zwei Köpfen und vielen Geschlechtern. Entsprach das dem Zeitgeist? War das gut? Schön? Modern? Ich wusste nicht, was ich denken sollte, außer dass mir die Montage aus einem Hintern so alt wie Methusalem, einem Kopf eines jungen Mannes, einer welken Großmutterbrust, Kinderbeinen und Geschlechtsteilen verschiedener Art und Größe Unbehagen bereitete. Ganz zu schweigen von den kleinen dicken Gierschlündern. Zu guter Letzt zeigte eine Fotoserie mit dem Titel *Die Aquanauten* angsterfüllte Gesichter, die aus Abwasser, aus Hochwasser ragten, an der Oberfläche treibende Ausweispapiere, Mütter, die mit gestreckten Armen ein Baby über dem Kopf hielten, eine Lampe, einen Koffer, das gedunsene Gesicht eines Ertrunkenen. Die Bilder waren nicht neu. Ungefähr die gleichen tauchten jedes Jahr zur Regenzeit im Fernsehen, in den Zeitungen wieder auf. Doch Samys Rahmung – rostiges Wellblech, Altmetall, Pappmaché aus Zeitungspapier –, die Nebeneinanderstellung von Katastrophenbildern und Fotos sorgloser Paare, die mit ihren Kindern in einem Maisfeld lagen, verstärkten die radikale Verzweiflung, die aus jeder Szene hervorbrach. Mir gingen die Augen über. Wann hatte Samy die Zeit gehabt, all das zu schaffen? Ich spürte seinen fiebrigen Blick auf mir.

»Und?«

»…«

»Wenn es dir nicht gefällt, Katmé, kannst du es ruhig sagen!« Er sah mich vorwurfsvoll an.

»Jetzt reg dich nicht auf. Es ist nur … Wie soll ich sagen? Es ist …« Ich hasste den schrillen Klang meiner Stimme.

Ich bat ihn, mir alles noch einmal ansehen zu dürfen, einmal, zweimal, dreimal. Wenn ich bloß mit Sicherheit hätte sagen können: »Das gefällt mir, das gefällt mir nicht.« Für Samy war Ungenauigkeit ein Zeichen von Unehrlichkeit; er würde mich bitten, die richtigen Worte zu finden. Das Wenige, was ich über Bildhauerei, über bildende Künste weiß, habe ich ihm zu verdanken. Das Gymnasium, auf dem wir uns kennenlernten, hatte nicht den Mut, den Bibliothekskatalog bis zu den Schönen Künsten hin auszuweiten; und auch das Zusammenleben mit Mama Récia, deren fanatische Hingabe an die Bibel und das Allerheiligste jeglicher Öffnung für andere Formen der Schöpfung den Riegel vorschob, hat meine Bekanntschaft mit Sow, Depara oder El Anatsui nicht gerade gefördert.

Samy ließ sich an der Wand zu Boden gleiten und streckte die Beine aus. Ein Bildausschnitt aus der Videoprojektion fiel auf seine Plastikslipper. Ich setzte mich auf den Schaukelstuhl, die einzige bequeme Sitzgelegenheit im Raum. Samy setzte sich nur darauf, wenn er seine Kreativität »ankurbeln« wollte. Ich sah zu ihm hinunter und beschloss zu sagen, was mir in den Sinn kam, ohne zu zaudern oder nachzudenken. »Vielleicht sind es zu viele Eindrücke auf einmal. Ich finde es schwer zu verarbeiten, Samy.«

»Aber das ist meine erste Einzelausstellung! Da werde ich nichts x-Beliebiges zeigen!« Seine Stimme klang wütend. Er machte Anstalten aufzustehen, blieb jedoch sitzen, zog die Knie bis unters Kinn und streckte sie wieder aus.

»Deine Sache ist die Bildhauerei, nicht all das andere!«

»Eben doch, auch das andere! Manche Fotos sind schon vier Jahre alt, das Video habe ich vor zwei Jahren in einem Workshop mit meinen Schülerinnen und Schülern gemacht, ich bin so vollgefressen wie die Bälger in dem Video, vollgefressen mit allem, was ich zeigen will. Glaubst du etwa, ich hätte das alles in zwei Monaten gemacht?«

»Du musst ein wenig reduzieren, Samy. Sonst erschlägst du das Publikum, lass es sachte angehen, mir ist es ehrlich gesagt zu viel.«

Er stand auf, lehnte sich mit mürrischem Blick an die Wand. Auf dem Saum seiner Hosenbeine lachten die kleinen Vielfraße. Ich erhob mich aus dem Schaukelstuhl, stellte mich wieder vor die Hochwasserfotos. Er stellte sich neben mich. »Du magst sie wirklich nicht, was?« Ich hatte die Stirn gerunzelt.

»Die Gesichter … Das ist zu brutal, Samy.«

»Brutal ist, was diese Menschen erleben! Nicht alle haben das Glück, im Quartier du Fleuve zu wohnen. Du willst mich doch nicht verunsichern, sag mal! Keuna findet die Fotos sehr gut! Und alles andere übrigens auch!«

»Keuna findet alles sehr gut, umso besser, ich freue mich für dich. Seit wann habe ich nicht mehr das Recht, dir zu sagen, dass etwas nicht perfekt ist?« Mein Tonfall war schärfer, als ich es beabsichtigt hatte. Wenn er Keuna erwähnte, war ich immer sofort gereizt. »Deine Skulpturen, dieser Text da: *Ante mortem*, du willst dich wohl selbst in die Scheiße reiten! Das ist, wie ein Neugeborenes mit unreifer Kochbanane zu füttern. Deine Keuna, die die ganze Zeit einen auf *Weiße* macht, wie lange lebt sie denn schon in diesem Land, hä? Wenn Tashun das zu sehen bekommt! Immerhin ist er dein Finanzier, vergiss das nicht!« Die letzten Worte waren kaum über meine Lippen gekommen, da wusste ich, dass ich mir den Mund verbrannt hatte. Das konnte ich nicht wieder rückgängig machen. Samy lachte nervös. »Wie bitte? Kannst du das nochmal sagen, Katmé?« Um seine Lippen legte sich ein bitterer Zug. Kleinlaut streckte ich die Hand zu ihm aus, er wich zurück.

»Keuna sagt, es wird funktionieren. Ich werde dir alles zurückzahlen. Ich werde dir alles zurückzahlen, Ehrenwort.«

»Das war dumm von mir, Samy. Entschuldigung.«

Mit ausdruckslosem Gesicht, die Arme vor der Brust verschränkt, lehnte er wieder an der Wand. Ich ging zu ihm, wollte seine Arme öffnen, er stieß mich zurück. Warum hatte ich das gesagt? Meine Worte konnten schneidend, stahlhart sein; doch nie gegenüber Samy. Es war dieser Brief in meiner Tasche. Dieser Brief und Tashuns extravagante Projekte. Ich musste jemanden verletzen. Es hatte Samy getroffen.

»Das war gemein von mir. Tashun ist nicht mal im Bilde über das Geld oder das Atelier. Bitte ... Entschuldige ... Was weiß ich denn schon? Ich rede einfach so daher, dabei könnte ich nicht mal einen Zeichenstift richtig halten! Samy ...«

Er sah mich mit geröteten Augen an. Er war völlig fertig. Er war völlig fertig, und ich, die er als seinen Flughafen, sein besseres Ich bezeichnete, ich höchstselbst hatte überhaupt nichts mitbekommen. Er stieß sich von der Wand ab, ging zum anderen Ende des Ateliers, hob den Vorhang, hinter dem er sich einen Privatbereich eingerichtet hatte, und legte sich auf das Bett aus Schmiedeeisen.

Ich folgte ihm, setzte mich auf die Bettkante, auf die Decke aus schottischer Wolle, die über die Laken und das Kopfkissen gebreitet war. Durch den komplett verglasten oberen Teil des Ateliers fielen schräge Sonnenstrahlen auf Samys schwarzbraune Haut, auf sein vom Schlafmangel zerfurchtes Gesicht.

Ich streifte mir die Ballerinas ab, kroch ins Bett, streckte mich neben ihm aus, schob seinen Arm nach oben und legte den Kopf in seine Achselhöhle.

»Es liegt nicht an dir, Kat«, sagte er nach langem Schweigen. »Es liegt nicht an dir. Ety hat angerufen, wir haben uns gestritten. Die üblichen Vorwürfe. Dass ich nie Zeit habe, dass ich immer nur im Atelier bin usw. Ich habe eine ganze Stunde im Schaukelstuhl gesessen, um mich von seinem Anruf zu erholen. Als ich gerade aufgestanden war und weiterarbeiten wollte, ist Folcoche aufgetaucht. Um nachzusehen, woran ich ›in meiner Hütte so lange werkle‹. Ich war seit mehreren Tagen nicht zu Hause. Wie zu erwarten hat sie gesagt, in meinem Alter sollte ich diesen nutzlosen Zeitvertreib endlich aufgeben, wenn ich ein echter Künstler wäre, hätte sich das längst erwiesen. Ich hätte sie am liebsten umgebracht, erwürgt hätte ich sie.«

»Du bist doch seit 35 Jahren mit deiner Mutter zugange, Samy.« Ich hatte es mir untersagt, seine Mutter Folcoche zu nennen, ein Schimpfwort, das er aus *Vipère au poing* übernommen hatte. Oft sagte er, eines Tages würde er einen Roman schreiben, dessen erster Satz lautete: Wie ich auf meine Mutter allergisch wurde. »Deine Mutter meint es nicht böse, das weißt du doch. Vielleicht stellt sie sich nur ein bisschen dumm an.«

»Ich habe da so meine Zweifel, dass sie es nicht böse meint. Ab einem gewissen Grad wird Dummheit zur Schandtat. Ich nehme ihr das übel. Mit Dummheit lässt sich nicht alles entschuldigen. Aber sie hat recht. Ich bin kein Künstler, sondern ein Versager. Sobald ich an diese Ausstellung denke, sind mein Gehirn und meine Finger wie gelähmt.«

Bevor Samy auf Keuna, die Besitzerin der neuen Galerie Bubinga Project, gestoßen war, hatte er ausschließlich Absagen erhalten und jegliche Hoffnung auf eine große Einzelausstellung aufgegeben. Was er sich nicht alles über seine Arbeit hatte anhören müssen! Zu ethnisch, nicht authentisch genug, zu dokumentarisch, nicht realistisch genug, zu konzeptuell, nicht abstrakt genug, zu politisch, nicht engagiert genug, zu sonderbar, nicht originell genug.

Ich nahm seine Hand, führte sie an mein Herz. »Mir fehlt der Zugang, um deinen Ansatz vollständig zu verstehen, ich kann es schlecht einschätzen, aber mein Herz belügt mich nicht. Glaub an dich.«

»Ich hoffe, dass es der Durchbruch ist. Wenn nicht, bin ich dazu verdammt, ein Dasein als Kunstlehrer zu fristen, bis ich in Pension gehe.«

»Bitte, Samy, fang jetzt nicht wieder damit an …«

Ich ließ seine Hand los, stützte mich auf einen Ellbogen. »Jetzt bin ich dran, dir was zu zeigen«, sagte ich. Barfuß stieg ich aus dem Bett und ging zu meiner Handtasche, die ich über den Schaukelstuhl gehängt hatte. Zwischen Büroklammern, Lippenbalsam mit Menthol, Schultertuch und zerknüllten Zetteln fand ich, wonach ich suchte.

»Das hat mir Tashun heute Morgen in der Präfektur gegeben. Es ist keine Entschuldigung, ich weiß. Aber seit ich bei ihm im Büro war, bin ich auch ein bisschen durch den Wind.«

Er überflog den Brief.

»Was willst du tun?«, fragte er, genauso wie Tashun ein paar Stunden zuvor.

»Erst mal nach Fènn fahren und mich erkundigen. Es gibt keine Frist, bis wann die Umbettung vollzogen sein muss. Mit hoher Dringlichkeit, was auch immer das heißen soll. Dringend kann in diesem Land morgen oder in zehn Jahren bedeuten.«

Von draußen drangen Stimmen herein. Jemand klopfte an die Tür.

Samy reichte mir den Brief, stand auf.

Während er zur Tür ging, sammelte ich, frustriert über die Unterbrechung, meine Sachen zusammen. Ich trat neben ihn auf die Schwelle. Ich senkte den Blick, die Sonne blendete uns. Sechs ungefähr zehnjährige Kinder streckten uns Tonkrüge entgegen. »Tonton Samy, wir haben uns die Muster ausgesucht, und wir haben auch die Glasur angerührt, wie du es uns erklärt hast«, sagte der Größte von ihnen. »Tonton Samy, die Kunden mögen die Krüge mit den glasierten Hälsen lieber, von denen verkaufen wir am meisten.

Kannst du uns nochmal zeigen, wie das geht?«, fragte ein anderer, dem sein ausgeleiertes T-Shirt-Bündchen um den Hals schlackerte.

»Ich hatte gedacht, du triffst niemanden. Deine Patentöchter werden eifersüchtig sein, wenn sie davon erfahren«, sagte ich scherzhaft. Samy gab Axelle und Alix zweimal pro Woche eine Einführung in die Techniken der Bildhauerei. Doch er hatte den Unterricht ausgesetzt, um die Ausstellung vorzubereiten. »Ja, aber wenn ich bei denen hier aufhöre, bringen ihre Eltern mich um. Zum Glück unterbrechen sie mich ab und zu, sonst würde ich gar nicht mehr vor die Tür gehen.« Seine Aktion *pro bono publico*, zum Wohle der Öffentlichkeit, so nannte Samy seine Töpfersprösslinge. Die Kinder, die mit ihren Eltern in den baufälligen Häusern am Rande der Cité des Enseignants lebten, verkauften die unter seiner Anleitung hergestellten Gegenstände auf dem großen Markt und gaben sie als Werke der querschnittgelähmten Menschen im Stadtteilzentrum für Behinderte aus.

»Wie heißt er?«, fragte ich und zeigte auf den kleinsten Jungen. »Der? Petit Paul. Klein, aber schlau. Sehr schlau. Er weiß schon ganz genau, was man mit Ton alles anstellen kann, stimmt's, Petit Paul?« Zur Antwort streckte der Junge die Brust heraus und deutete ein schüchternes Lächeln an. »Und das da sind Blaise, Kouankeu, Emmanuel, Paul – der große Paul – und Chrysostome.« Ich kramte in meiner Handtasche, zog ein Bündel Scheine hervor und gab sie Petit Paul. »Das teilst du mit den anderen, ja?« Er nickte. »Danke, Maman. Maman, du meinst es gut mit uns!« Wie ich es erwartet hatte, schüttelte Samy missbilligend den Kopf. Er kniff mich ins Ohrläppchen. »*Bindi*, das ist deine Krankheit, was?«

Er ging mit mir die Treppe hinunter, die umgeben war von Beeten mit Usambaraveilchen, seinen Wunderbabys. Die karge Erde vor dem Atelier hatte der sanften Überzeugungskraft von Samys Fingern stattgegeben; das kräftige Violett der Blüten, ein unwirkliches Indigo, stand im Kontrast zum Ockergelb des Bodens, dem Schlammwasser ringsum.

Ich erzählte Samy von Tashuns glänzender Idee. »Wenn wir beide dagegenhalten, vielleicht versteht er dann, wie abwegig das ist. Du könntest ihm sagen …«

»Als ob dein Mann mich ernst nehmen würde! Meine Meinung interessiert ihn doch nur bei Dingen ohne Belang. Es würde nichts bringen, und das weißt du genauso gut wie ich.«

Die Kinder sahen uns ungeduldig an, sie warteten offenbar darauf, dass ich ging.

Samy umarmte mich, stieg die Treppe wieder hinauf.

Als ich die Autotür aufmachte, rief er mir zu: »*Bindi! Ab amicis honesta petamus*. Du kannst von einem Freund nur verlangen, wozu er in der Lage ist!«

Ich drehte mich um, hob die rechte Hand, führte Daumen und Zeigefinger zu einem Ring zusammen und spreizte die restlichen drei Finger ab. Er lächelte.

Während ich die Windschutzscheibe von den rosa Blütenblättern der Flammenbäume befreite und den streunenden Hund vertrieb, der an einen der Hinterreifen pinkelte, fragte ich mich, ob Samy darauf angespielt hatte, dass ich nicht in der Lage war, die Qualität seiner Arbeit einzuschätzen, oder darauf, dass er gegenüber Tashun nichts für mich ausrichten konnte.

Wenn man von der Vorsehung eine Lateinlehrerin zur Mutter bekommt, hat das Folgen. Samy zitierte die Redewendungen mit unerhörter Leichtigkeit.

2

AXELLE UND ALIX TATEN SO, als würden sie ihren Vater hochheben; er streckte auf dem Marmorfußboden lachend die Glieder von sich. Zusammen erklommen sie die Wendeltreppe, die zu den Schlafzimmern hinaufführte. Ich sah ihnen nach. Wir hatten zu dritt in der Küche zu Abend gegessen, bevor Tashun nach Hause gekommen war. Jetzt deckte ich den Tisch noch einmal für ihn im offiziellen Esszimmer. Wenn er nicht da war, aß ich mit den Mädchen gern in der Küche. »Du gewöhnst sie daran, zwischen Herdplatten, zwischen Töpfen zu essen, das finde ich nicht gut.« Mir waren die Intimität der rustikalen Küche, die Möbel aus unbehandeltem Holz, grob bearbeitete Stücke eines Palisanderbaums, die Komfort mit Charme aufwogen, lieber als das riesige Esszimmer, das zur Kolonialzeit für die Empfänge des Generalgouverneurs eingerichtet worden war. Ein so großer, so feierlicher, so sauberer, so beiger, so betont geschmackvoller Raum, der von einem Innenarchitekten aus Europa – großzügig bezahlt vom Ministerium für Wohnungswesen – neu gestaltet worden war, als feststand, dass das Kolonialgebäude zur Residenz des Hauptstadtpräfekten werden sollte.

Zum Haus gehörten etwa zehn Angestellte, darunter zwei Köche; dennoch verlangte Tashun, dass ich für ihn kochte und ihm das Essen servierte. »Die Qualität der Mahlzeit des Hausherrn darf nicht von der Stimmung des Personals abhängig sein.« Als wir uns kennenlernten, ich in der Ausbildung an der Akademie für Lehrkräfte und er im letzten Jahr an der Akademie für Zivilverwaltung, hätte ich mir nie träumen lassen, dass er mir eines Tages in vollem Ernst seine Vorstellung von der »wahren Frau« offenbaren würde.

»Fertig?« Er stand im Türrahmen.

»In einer Minute.«

Ich stellte den Folong mit Shrimps und die Kochbananen auf den Tisch.

Er war barfuß, hatte sich das Hemd halb aufgeknöpft, Jackett und Krawatte abgelegt. Ich wagte nicht, darüber nachzudenken, wo ich sie später finden würde, wo ich sie aufsammeln müsste.

Er setzte sich, verschlang gierig den ersten Bissen Folong.

»Kat, das ist lauwarm.«

»Warte, ich wärme es noch ein bisschen auf.«

»Lass, es geht schon.«

Er erwartete, dass ich darauf bestand. Ich bestand darauf.

Ich stellte die Töpfe wieder auf den Herd. Das Gemüse begann zu zischen, verströmte seinen Duft. Tashun aß gern heiß. Als ich das Essen wieder vor ihn stellte, dampfte es. Er nahm den Deckel vom Teller, und als würde er erst jetzt feststellen, was ich gekocht hatte, sagte er: »Hättest du heute nicht Topsi Banana machen sollen?«

»Ich bin nach der Präfektur zu Samuel gefahren, ich hatte keine Zeit, um Topsi Banana zu kochen.«

Bis auf die Tage, an denen er Besuch empfing, hielt sich Tashun an eine sehr genaue Liste von Gerichten. Zum Frühstück aß er die Reste vom Vorabend. »Kein Brot, keinen Kaffee oder Tee wie die *Weißen*, sondern eine nahrhafte Mahlzeit, die den Tag über satt hält.« Ich brauchte täglich zwei bis drei Stunden, um für ihn zu kochen. Gott sei Dank half mir manchmal Bambili, das Dienstmädchen, das sich um die Zwillinge kümmerte, so wie heute.

»Wann ist noch mal die Vernissage?«

»Anfang März. Balbine hat es in deinen Kalender eingetragen. Ich warne dich schon mal vor, woran er arbeitet, ist ein bisschen politisch.«

»Das wäre nicht das erste Mal.«

»Stimmt«, gab ich zu und versuchte mir einzureden, dass ich damit nicht vollständig log. Samy war diesmal viel weiter gegangen, Tashun würde es beizeiten herausfinden.

»Wir leben in einer Demokratie. Es ist gut, dass Leute wie er eine andere Meinung äußern. Aber wir haben schon so viel von ihm, wir werden ihm nicht noch was abkaufen, ja?«

»Wir werden ihm nichts abkaufen?«

»Doch, wahrscheinlich schon ... Aber wir sind bereits die größten Sammler der Werke von Samuel Pankeu. Wenn sie gut sind, kaufen sie auch andere ... Wir können nicht seine wichtigsten und einzigen Kunden sein.«

»Aber wir sind doch nicht seine einzigen Kunden! Was redest du da?«

»Na ja, das wird sich noch zeigen. Ich bin ja nicht vollkommen blöd.«

Tashun redete, schaufelte sich das Essen in den Mund, kaute, schluckte, als befürchtete er, jemand könnte ihm den Teller wegschnappen. Seitdem ich mit ihm zusammenlebte, hatte ich beobachtet, dass seine Neigung zu schlingen, sich vollzustopfen, sich mit großer Hast zu sättigen, mehr als nur die Nahrungsaufnahme betraf.

Zwischen zwei Bissen wollte er wissen, ob ich über seinen Vorschlag vom Vormittag nachgedacht hatte. »Ja, Tashun. Meine Antwort lautet Nein.«

Er legte zuerst das Messer, dann die Gabel auf der Tischdecke ab. Streckte den Rücken durch, beugte den Oberkörper leicht zu mir nach vorn und sah mir direkt ins Gesicht. »Katmé, das Begräbnis einer Mutter, auch wenn sie seit zwanzig Jahren unter der Erde liegt, darf für die Ehefrau des Hauptstadtpräfekten und zudem zukünftigen Mitglieds des Zentralkomitees keine Nebensache sein.« In seiner Stimme lag schlecht unterdrückte Gereiztheit. »Dieses zweite Begräbnis deiner Mutter, meiner Schwiegermutter, falls du das vergessen haben solltest, ist ein Zeichen. Sag nicht, dass du das nicht erkannt hast!«

Er wollte aus Madeleines Umbettung einen Parteirummel machen. Ein zweites Begräbnis in Würde und Ehren, hatte er getönt und mir den Brief überreicht, in dem stand, dass Madeleines Grab auf der geplanten Autobahnstrecke zwischen dem Haut-Fènn und Akriba liege und dringend verlegt werden müsse, sonst würde es eingeebnet. Würde, Ehre, wenn man noch Frieden hinzufügte, ergab sich daraus das Motto von Zambuena. Grotesk. Einfach grotesk. Anderswo wurde ein Kampf geführt, um den Tod zurückzudrängen, hier verbrachte man sein ganzes Leben damit, ihn vorzubereiten. Es erwies sich als zwingendere Pflicht, die Toten zu feiern, als sich der Lebenden anzunehmen. Das verschwendete Geld war der Maßstab für Respekt, Bewunderung oder Verachtung. In Erwartung der bevorstehenden Trauerfälle arbeitete und sparte man für den Bau eines ansehnlichen Hauses im Dorf. Nach Madeleines Tod hatte ich meinen Vater zweimal wiedergesehen. Das erste Mal bei der Beerdigung meiner Großmutter. Die Mutter meines Vaters, die ihr ganzes Leben in Armut gelebt hatte, hatte Anspruch auf ein *Kommt-und-seht*-Begräbnis, auf *Sei-still*-Prunk. Sarg mit Goldrillen, Mausoleum aus Nero Assoluto Zimbabwe, Champagner, Wein, Bier, ein Überangebot an Speisen, ausgesuchte Klagefrauen, berühmte traditionelle Tanzgruppen, bekannte und anerkannte Gäste. Alle gratulierten meinem Vater. Was ich auf Madeleines Beerdigung nur vage erahnt hatte, stand mir an diesem Tag klar vor Augen. Eine Beerdigung konnte gelingen oder scheitern. Madeleines Beerdigung war trotz der Anwesenheit meines Vaters, des reichen Geschäftsmanns Innocent Patong, auf ganzer Linie gescheitert.

Tashun hatte den Folong aufgegessen und löffelte genüsslich das Stachelannonensorbet.

»Du kannst das Begräbnis deiner Mutter nicht so nebenbei erledigen. Das wäre, als ob du vor etwas davonlaufen würdest.«

»Vielmehr läufst du doch etwas hinterher, oder?«

Er warf mir einen wütenden Blick zu. »Hör auf, Witze zu reißen! Mit geistreichem Geschwätz wirst du die Dinge nicht voranbringen.«

»Du hast beschlossen, die Dinge ganz allein voranzubringen, vergiss das nicht!«

»Verdammt noch mal! Darüber brauchen wir nicht endlos zu diskutieren. Andere an deiner Stelle würden Dankeskerzen dafür anzünden, die Frau des Präfekten von Akriba zu sein.«

Mir war, als würde mein Schädel anschwellen. Er war voll schwarzem, gallertartigem Ruß. Ich war nie mehr an Madeleines Grab zurückgekehrt. Ich hatte ihr nie ihr Lieblingsessen, Palmöl, Salz oder einen Krug Raphiawein gebracht. Madeleine trank lieber Rotwein, soweit ich mich erinnern konnte. Aber im Haut-Fènn stellte man Raphiawein auf die Gräber der Toten. Ich wagte es nicht, mir vorzustellen, in welchem Zustand sich ihr Grab befand; was die Leute von mir dachten, die Freunde, falls sie von dem nie besuchten, nie gepflegten, nie mit Gaben versehenen Grab wussten; was würden sie erst sagen, wenn sie feststellten, wie wenig das mangelnde Interesse an Madeleines Grab – und an der Verstorbenen selbst, wie sie folgerichtig schließen würden – mit einer übertriebenen Feier zu ihrem zweiten Begräbnis zusammenpasste? Das würde niemand verstehen. Zu Recht! Ich selbst würde es nicht verstehen. Tashun wollte, dass ich es aus einem anderen Blickwinkel, in einem anderen Licht betrachtete. Er drohte mir selten, aber es kam vor; und ich reagierte empört, weigerte mich und gab am Ende oft nach. So lief es in unserer Beziehung seit unserer Hochzeit. So war es gelaufen seit meiner Beurlaubung durch das nationale Bildungswesen, um in Vollzeit Madame Préfète zu spielen. Wenn ich diesmal wieder nachgab, wäre ich nicht anders als mein Vater, der den Tod seiner Mutter dazu genutzt hatte, sich selbst ein gutes Renommee zu verschaffen. Nein, nein und nochmals nein, je länger ich darüber nachdachte, umso mehr versteifte sich etwas in mir.

»Tonton Ambroise findet die Idee einer *Statement*-Beerdigung für deine Mutter hervorragend.«

»Du hast Tonton Ambroise von Madeleines Beerdigung erzählt?«, fragte ich tonlos. »Wann? Der Brief ist doch heute Morgen erst angekommen.«

»Ich treffe ihn jeden Tag, Kat. Bevor ich nach Hause gefahren bin, war ich kurz bei ihm im Parteisitz. Das wollte ich ihm nicht vorenthalten! Er hat darum gebeten, dass du ihn anrufst. Mach es gleich morgen, verlier keine Zeit. Djama und er laden dich für nächste Woche zum Mittagessen ein. Er will uns helfen, du kennst ihn ja. Djama wird dir zur Seite stehen. Du wirst sie brauchen.«

Gegen Tashun konnte ich ankommen. Gegen Tonton Ambroise, den allmächtigen Taufpaten und Beschützer meines Ehemannes, war ich wehrlos. Das wussten wir beide. Tashuns Vater, ein Hobbyjäger, hatte diese Leidenschaft an seinen Sohn weitergegeben. Zur Zeit des größten Wohlstands, vor dem sozialen Abstieg der Familie, als der Vater noch ein beneideter und geachteter Minister der Regierung war, hatte er Urlaub in den Schulferien genommen, um seinen Söhnen, Tashun und seinem Bruder Henri, das Jagen beizubringen. Er hatte ihnen beigebracht, mit einem Gewehr umzugehen, eine Treibjagd zu veranstalten, Hirschkühe, Wildschweine, Schuppentiere, Stachelschweine, Hasen, Schlangen und sogar Krokodile aufzuspüren. Manchmal verbrachten sie eine Nacht im Busch, um den Tieren aufzulauern. Tashun berichtete voller Nostalgie von den denkwürdigen Jagdpartien mit seinem Vater. Henri, der Bruder, war Vegetarier geworden sowie Vorsitzender eines Vereins zum Schutz von Käfern, bevor er eine Stelle im World Wide Fund angenommen und mit seiner Frau zuerst nach Kenia und dann nach Frankreich gegangen war, wo er immer noch lebte. Tashun wiederum hatte sich die Vorliebe für Kriegsmetaphern und den Instinkt für günstige Gelegenheiten bewahrt; weder zu früh noch zu spät, sonst verfehlt man sein Ziel und kehrt ohne Beute heim. Wenn Tonton Ambroise sich in Madeleines Beerdigung einmischte, war die Angelegenheit geklärt. Mit dessen Einladung zum Mittagessen, der Erwähnung seiner Frau Djama, der Präsidentin des Club sélect des Amies du Zambuena, kurz Caz, zog Tashun nicht etwa eine Doppelbüchse, das übliche Jagdgewehr, sondern einen Selbstlader. Mit sechs Schuss. Jeglicher Gegenschlag, sofern ich kein soziales und eheliches Harakiri begehen wollte, war damit unmöglich. Ich für meinen Teil wollte leben. Ich verachtete sowohl diejenigen, die sich selbst das Leben nahmen, als auch diejenigen, die zu früh starben, wie Madeleine. Zuerst heißt es leben, so lange wie möglich. Tashun hatte gewittert, dass die Partie diesmal schwer zu gewinnen sein würde, und einen Joker gespielt.

Nachdem ich meine Verwunderung überwunden hatte, erwog ich, wütend zu werden. Der Form halber. Ich verzichtete darauf. Im Grunde hatte ich nie ernsthaft daran geglaubt, ich könnte gegen Tashun gewinnen, aber zumindest würde ich keinen aussichtslosen Kampf führen. Tonton Ambroise half mir, das Gesicht zu wahren. Ich würde bei ihnen zu Mittag essen und die Befehle entgegennehmen. Ich brauchte mir nichts vorzumachen, Tonton Ambroise unterbreitete keine Vorschläge, keine Angebote. Er erteilte Befehle. Mein Mann hatte weniger von seinem Erzeuger, diesem lebensfrohen und versöhnlichen Vater, der kurz nach unserer Hochzeit verstorben war, als von diesem entfernten Onkel, seinem Taufpaten, der sich genau in dem Moment auf seinen Patensohn besonnen hatte, als dieser der Präsidentenpartei dazu verholfen hatte, das Bürgermeisteramt der Provinzstadt, in der er als stellvertretender Präfekt eingesetzt war, von der Opposition zurückzuerobern. Seither hatte sich sein Patenonkel, Vater von acht Töchtern, in unserem Leben breitgemacht und sah in Tashun offenbar den Sohn, den ihm das Schicksal verwehrt hatte. Mit seiner Sprödheit hinter einem leutseligen Äußeren, seiner List, dem Glatzkopf, dem dicken Bauch, als Kindheitsfreund und Vertrauter unter den Vertrauten des Präsidenten der Republik, als Generalsekretär der Partei repräsentierte Tonton Ambroise den *Deus ex Machina*, das Sesam-öffne-dich für jeden, der sich im Land zu Höherem berufen fühlte. Immer wenn ich ihn traf, befiel mich der schaurige Gedanke, Tashun, der seinen Mentor nachäffte – er hatte sich den Filzhut, die Sprachticks, einen Teil der Gestik abgeschaut –, könnte bald zu seiner Karikatur werden. Außerdem war Tashun genauso klein wie er und verlor sein Haar. Seit er Präfekt war, hatte er einen Bauch angesetzt und ergraute an den Schläfen. Mit seinen vierunddreißig Jahren, dem runden, fast pausbäckigen Gesicht und dem vorzeitig gealterten Blick wirkte mein Mann wie ein Jüngling, der physisch in die Seniorenwelt vorgedrungen war.

Ein vertrautes Gefühl in meinem Slip warnte mich. Wenn Tashun mir so lange so sehr auf die Nerven ging, bis ich es müde war zu argumentieren, einknickte und kapitulierte, weigerte sich mein Körper oft aufzugeben. In meinem verkrampften Unterleib, meiner klebrigen Unterhose erhob sich ein vergebliches Protestgeschrei.

Eine Statement-Beerdigung für Madeleine, aus reinem Kalkül. Warum wunderte ich mich? Ich spürte das dünne, zähe Rinnsal an meinem Bein. Ich stand vom Tisch auf, stürzte ins Bad. Als Tonton Ambroise Einzug in unser Leben hielt, hatte er einen neuen Tashun aus seiner Verpuppung befreit. Einen eigentlich gar nicht so neuen. Ich sah wieder die Ungläubigkeit in Samys glatt rasiertem Gesicht, als ich ihm meine Hochzeit angekündigt hatte. »Du willst ihn heiraten? Ihn! Soll das ein Witz sein? Hör endlich auf mit deinen katholischen Dummheiten, man heiratet doch nicht, bloß weil man ›es mit ihm gemacht hat‹.«

Nach der Zangengeburt der Zwillinge hatte der Arzt mir erklärt, dass ich keine weiteren Kinder mehr bekommen würde. Kein Junge also für Tashun, der behauptete, sich damit abgefunden zu haben, und damit den Vorschlägen, sich anderweitig einen Erben zu verschaffen, Einhalt gebot. »Es ist Gott, der uns Kinder schenkt«, antwortete er unermüdlich, »er hat entschieden, dass wir zwei Mädchen haben sollen, also haben wir zwei Mädchen.« Wahrscheinlich benutzte er bei den anderen ein Kondom. Ich achtete also nicht auf den Kalender; aber irgendwo im Hinterkopf wusste ich, dass die rötliche Flüssigkeit, die meinen Slip beschmutzte und gerade eine kleine Pfütze auf dem gesprenkelten Fliesenboden im Badezimmer bildete, etwa zehn Tage zu früh kam. Ich griff in den Korb, in dem ich die Binden aufbewahrte.

Morgen würde ich Tonton Ambroise anrufen.

3

DAS SCHLAFZIMMER LAG IM DÄMMERLICHT und verströmte den Geruch der Nacht. Der Platz neben mir war kalt. Tashun brach früh auf, war noch vor seinen Mitarbeitern in der Präfektur. Ich tastete nach der Schnur der Mahagonilampe am Kopfende des Bettes. Meine Hand griff ins Leere. Die Schnur rutschte jede Nacht hinter das Schränkchen. Eine Taschenlampe wäre hilfreich gewesen. Ich stand auf, kniete mich hin, zwängte meine Finger in den schmalen Spalt zwischen dem Möbelstück und der Wand und zog mit einem Ruck daran; die Lampe schwankte, landete lautlos auf dem weichen Teppich. Im Haus war an alles gedacht worden, nur nicht an einen Wechselschalter auf meiner Seite des Bettes. Pech gehabt, dann würde ich eben kein Licht anmachen, vielleicht gegen einen Stuhl rempeln oder auf die Sachen treten, die Tashun auf dem Teppich verstreut hatte. Auf seinen Streifzügen durchs Haus ließ er überall seine Sachen liegen. Den Hut im Wohnzimmer, die Schlüssel im Obstkorb, die Krawatte auf dem Sofa, die Schuhe im Fernsehzimmer, die Unterhose auf dem Fliesenboden im Bad, die Armbanduhr bei den Zwillingen, wenn er sie ins Bett brachte, die Socken auf der Arbeitsfläche in der Küche. Ich sammelte sie wieder ein. Einmal hatte ich es gewagt, ihn zu tadeln. Er hatte mich angefahren, er lasse seine Sachen ja schließlich zu Hause liegen und nicht anderswo wie viele seiner Freunde. Ich hatte fortan den Mund gehalten. In Zambuena war das ein gewichtiges Argument. Ungefähr ein Jahr nach unserer Hochzeit hatte Djonbap mir mitgeteilt, Tashun fahre nach der Arbeit »nicht direkt nach Hause«. Ich war in sein Büro gestürzt. »Wer hat dir das gesagt?«, hatte er geschrien und sich darüber aufgeregt, dass ich mitten am Tag aufkreuzte, um ihm eine Szene zu machen, die bis zum Abend hätte warten können. »Wer hat dir das gesagt?«, hatte er gebrüllt und mir den Arm auf den Rücken gedreht. Vor lauter Schmerz hatte ich meine Schulfreundin verraten. »War es Djonbap, die dir das gesagt hat?« Nickend hatte ich ihn angefleht, meinen Arm loszulassen; eine Myriade feiner Klingen hatte sich in meine Schulter gebohrt. »Es war also Djonbap, die dir gesagt hat, dass ich vom Büro nicht direkt nach Hause fahre? Hat sie dir wenigstens gesagt, dass ich sie auch gevögelt habe?« Ich sammelte seine Sachen wieder ein. Wenn ich nachlässig wurde, übernahm Bambili.

Entschlossen ging ich zu den Vorhängen. Unter übermäßigem Kraftaufwand brachte ich die garstigen Schienen und Gleiter dazu, ein Stück Himmel freizugeben. Damit würde ich mich begnügen. Motto, der Kammerdiener, würde lachen, wenn ich ihm erzählte, dass es mir wieder einmal nicht gelungen war, die Vorhänge zu öffnen. Allem Anschein nach kannte er allein das Geheimnis ihrer Handhabung.

Dann betrat ich das Zimmer von Axelle und Alix. Die Zwillinge wollten nicht voneinander getrennt werden, dabei gab es in der Residenz sieben Zimmer, von denen jede eins hätte haben können. Bevor ich sie morgens weckte, beugte ich mich über ihr Bett und betrachtete ihre schlafenden Gesichter voller beglückender Versprechungen. Diese Pause gönnte ich mir und rief mir in Erinnerung, dass nichts davon möglich gewesen wäre ohne Tashun. Ohne seine wilde Entschlossenheit, die Gegenwart am Schlafittchen zu packen, ohne seine leidenschaftliche Vorwegnahme der Zukunft. Aufmerksam, solide, lebendig, beruhigend wachte er – in Ermangelung meines Glücks – zumindest über unser Wohlergehen. Er war der Eckstein, der Fels. Ja genau, der Fels. Ein Fels mit rauen Kanten.

Ich zog die Vorhänge zurück, was hier dank der einfacheren Vorrichtung – eine Stange, Ringe – leichter ging. Die Sonne drang durch die Ritzen der Jalousien, warf den Schatten der Blätter des riesigen Mahagonibaums im Hof an die Zimmerwände. »Axelle, Alix, aufstehen! *Moïndjamoto*, es ist Zeit!« In Saint-Christophe begann der Unterricht um acht Uhr. Die Zwillinge grummelten unter ihren Decken. Zuerst tauchte der Kopf von Alix wieder auf: »Nein, nein, ist es nicht, du bist grausam«, gefolgt von dem von Axelle: »grausam und …«, ich sprach mit ihnen im Chor: »grausam und herzlos!« Wir lachten.

Während die Zwillinge duschten, machte ich mich auf die Suche nach Motto. Ich fand ihn im Zimmer für das Personal neben der Küche; er aß Beignets mit Maniokbrei. Ich berichtete von den widerspenstigen Vorhängen, und wie erwartet lächelte er und entblößte dabei die Lücke zwischen seinen oberen Schneidezähnen. Sein kindliches Lächeln versetzte mich in gute Laune. Gleichzeitig verschloss ich die Augen vor dem krummen Rücken, dem faltigen Gesicht, dem langsamen, schweren Gang, die den getarnten, den widerständigen Rentner entlarvten, der sich wie so viele andere vor dem Standesamt jünger gemacht hatte, um nicht ohne einen Sou dazustehen, um seine Familie zu ernähren, die nur dank seines Gehalts überlebte. Im Schlafzimmer erklärte er mir noch einmal – vergeblich, ich weiß, sagte sein Schelmenblick –, wie die Vorhänge aus tabakbraunem Sackleinen zu bezwingen waren. Geschickt, ohne sich lange aufzuhalten, zog er die Stoffbahnen auseinander und schob sie in die Ecken zu beiden Seiten der großen Fensterfront, die den Blick auf die Blumen im Garten und Samys Skulpturen freigab.

Ich dankte dem Kammerdiener herzlich.

Seit einem Jahr lebte ich nun hier und hatte mich noch nicht daran gewöhnt, einen Kammerdiener zu haben. Aber woran hatte ich mich schon gewöhnt? Sicherlich nicht an einen Wohnsitz, den das Hauspersonal beim ersten Morgengrauen in einen Bienenstock verwandelte. Mir zu Diensten standen ein Haushälter, vier Gärtner, zwei Putzmänner, zwei Köche, Pförtner für den Tag und die Nacht, ein Poolwart sowie Bambili, die wir unmittelbar nach unserer Hochzeit eingestellt hatten. Die unauffällige, beständige, zuverlässige Bambili, die bisweilen scharfsinnig zwischen mir und den Angestellten vermittelte.

Seit fast einem Jahr begann ich meinen Tag in einem kleinen Büro zusammen mit dem Haushälter, um »die Residenz zu organisieren« und »den Tagesablauf zu planen«. Wie viele Stück Seife waren noch vorrätig, wie viele Packungen Milch mussten gekauft werden, was sollte bei den bevorstehenden offiziellen Anlässen auf dem Speiseplan stehen, wer unter den Angestellten sollte suspendiert werden, wer einen Gehaltsvorschuss bekommen, wie stand es um die Ausstattung der Likörbar, des Weinkellers, die zu wechselnden Wischlappen; wie viel Butter, Honig, Käse war zu bestellen? In meinen Träumen wimmelte es von Einkaufslisten. Wie sehr mir meine Schülerinnen und Schüler fehlten! Der Lärm im Klassenzimmer, der Radau am Anfang und am Ende der Schulstunde, die klugen oder albernen Fragen, die Streitereien, jene, die Zuspruch oder Zügel brauchten, der Geruch der Kreide, ihr Quietschen an der Tafel, das Geplauder mit den anderen Lehrkräften nach dem Unterricht, die praktischen Koch-, Näh- und Sticklektionen, die den Protest der Jungen hervorriefen: »Madame, das bringt uns doch nichts, als Männer sollen wir ja gar nicht in der Küche stehen oder nähen, wir werden eine Frau haben«; und ihre leuchtenden Augen, wenn ihnen ein Gericht gelungen war, sie eine Hose geflickt, einen Pulli gestrickt, eine Blume auf ein Deckchen gestickt oder ein Kinderkleidchen genäht hatten und sie vor Begeisterung riefen: »Madame, da wird meine Mutter aber Augen machen!« Und den Mädchen beizubringen, ihren Menstruationszyklus zu verstehen, dem Kopfkissen ihre Geheimnisse, ihre Ängste, ihr erstes Herzklopfen anzuvertrauen. Das war vielleicht nicht Mathematik oder Geschichte, aber es fehlte mir. Es war mir egal, dass die Lehrkräfte für Hauswirtschaft und Gesellschaftskunde als *Professeurs Bonne Sauce* verspottet wurden, denn ich war den Jugendlichen zweifellos nützlich. Meine Schülerinnen und Schüler erwarben Fertigkeiten, von denen sie später öfter Gebrauch machen würden als von Philosophie.

Ich parkte in einer Querstraße vor der Mauer der Saint-Christophe-Schule. Die Zwillinge wollten nicht mehr, dass ich sie zum Klassenzimmer brachte. Was mir nur recht war. Denn so entging ich den ständigen Anfragen der Lehrkräfte, Eltern und Priester. Die Schule bat beim geringsten Anlass um die Anwesenheit des Präfekten und seiner Ehefrau während der Messen: Priesterweihe, Dankgottesdienst, Heiligenfeste. Selbst zu Zeiten des Eucharistierausches unter dem Dach von Mama Récia hatte ich nicht an so vielen Messen teilgenommen. Axelle und Alix stiegen aus dem Auto. Sobald sie in ihren Uniformen – gelbes Hemd mit kurzen Ärmeln, brauner Rock, Schultasche auf dem Rücken – um die Ecke der Mauer gebogen waren, fuhr ich so schnell wie möglich los, hielt an der Hauptstraße gegenüber dem Schultor und sah zu, wie sie hineingingen.

Ein paar Straßenkinder hatten den RAV4 erkannt und kamen angelaufen. Ich ließ das Fenster ein Stück herunter, schob ein paar Geldscheine durch den Spalt; sie stießen Jubelrufe aus. Andere Kinder, die weiter weg bettelten und das Auto nicht bemerkt hatten, eilten nun ebenfalls herbei. Immer mehr trommelten mit ihren kleinen Händen gegen die Scheibe. Ich wartete ab und beobachtete, wie sie wieder abzogen. Dann fuhr ich zu Mama Récia. Dank unserer Tante waren Sennke und ich nach Madeleines Tod einem Leben auf der Straße entgangen, und das, obwohl wir Innocent

Patongs Töchter waren. Entschlossen, hartnäckig hatte ich mich darin geübt, das Bild von Madeleine durch das von Mama Récia zu ersetzen. Eine Witwe, die zwölf Kinder alleine großzog. Ihr polygamer Ehemann hatte sie durch seinen Tod im Regen stehen lassen, mit neun Kindern auf dem Arm und Drillingen im Bauch. Zwölf Kinder. Alle lebten. Ich hatte begriffen, dass Mama Récia sich nicht sträuben würde, die Mutter von vierzehn Kindern zu werden. Sennke und ich waren zu ihr gezogen. Und es hatte funktioniert. Es funktionierte. Das Leben hatte gegenüber meiner Tante nicht mit Härten geknausert; dank eines ausgeprägten Sinns für gute Gelegenheiten, gestützt durch eine unfehlbare Kraft, hatte sie nie den Boden unter den Füßen verloren. Ihr Köhlerglaube und ihre Liebe zu einer zu früh dahingegangenen Schwester verstärkten ihre Neigung, Schmerzen zu beweihräuchern und Familienpflichten zu verherrlichen. Mama Récias Gefühle vergeudeten keine Zeit mit Kinkerlitzchen. Sie war weder zärtlich noch schalkhaft oder liebevoll wie Madeleine; sie war lebendig. Lebendig. Das war das Wichtigste. Mein persönlicher Kult gilt keinen halbverfallenen Gräbern im Gestrüpp des Haut-Fènn, sondern Menschen aus Fleisch und Blut wie Mama Récia, wie Tashun, wie Axelle und Alix, wie Samy und wie … Sennke, meiner kleinen Schwester, die sich zu den Redemptoristinnen geflüchtet hat.

Unter einem heißen und strahlend blauen Himmel parkte ich das Auto vor Mama Récias Hauseingang. Um diese Zeit sollte sie aus der Kirche zurück sein. Sie ging um halb sechs zur Messe. Danach betete sie den Rosenkranz und zum Abschluss den Kreuzweg. Zwei Stunden Morgengebet. Darum hatte sie Hornhaut an den Knien. Bei ihr wohnten zwei ihrer Kinder, die arbeitslos und unverheiratet waren. Trotz ihrer zwölf Kinder mit unterschiedlichen Schicksalen und Lebenswegen kam Tashun vollständig für ihren Unterhalt auf und zahlte ihr jeden Monat einen Betrag, der »nie ausreichend« war und ständig aufgestockt werden musste. »Unsere Monatssteuer«, murrte Tashun.

Mit dem dicken Messbuch unter der Achsel, eine schwierige Haltung für jeden, der weniger Erfahrung damit hatte als sie, schloss Mama Récia mich in die Arme: »Gott hat dich zu mir geführt, gelobt sei Jesus Christus!«

Sie trat einen kleinen Schritt zurück: »Du hast schon wieder abgenommen, nicht wahr?«

»Aber Mama, es ist drei Tage her, dass wir uns zum letzten Mal gesehen haben! Wie soll ich in drei Tagen bei dem ganzen Essen in der Präfektur abgenommen haben?«

Mama Récia mitzuteilen, dass Madeleine exhumiert werden musste, war eine Herausforderung. Der Brief des Bürgermeisters war für sie ein gefundenes Fressen. Meine Tante, die in ihren Armen ihren Vater an Tuberkulose, ihre Mutter an einem Herzstillstand und ihren einzigen Bruder an Malaria hatte sterben sehen, hatte eine Einstellung zum Kummer, die, wenn man nicht ganz richtig im Kopf war, Bewunderung hervorrief. Reflexartig ratterte sie bemerkenswerte Episoden aus dem Leben der Verstorbenen herunter, die ich mir schon bis zur Erschöpfung angehört hatte. Wie sie die junge Madeleine vor der von ihrem Vater aufgedrängten polygamen Zwangsehe rettete, ihr Stolz über den Erfolg ihrer Schwester, zur *Katmé* zu werden – zur »Évoluée«, der *Weißen* in der Familie; Innocent Patong, der ihr den Kopf verdrehte; der verschwenderische Lebensstil; der tragische Autounfall; das ruinöse Krankenhaus für eine bereits ruinierte Madeleine; ihr Tod drei Tage später; ihre absonderliche Betrauerung mit den zwei Särgen, zwei Kleidern, zwei Leichenwagen, zwei Caterern, zwei Kameramännern; die schandhafte Beerdigung in einem zu engen Grab. Die Familien väterlicher- und mütterlicherseits hatten sich nicht abgesprochen, alles gab es doppelt. Mama Récia sprach mit ihrer kräftigen, trockenen, beinahe männlichen Stimme, während sie sich zugleich die Waden knetete und massierte. Die Frauen aus der Generation meiner Tante kneteten und massierten sich die Waden, wenn ein Unglück sie traf. Sie kneteten und massierten in gerader Linie, als läge ebendort das Epizentrum des zu beseitigenden Schmerzes. Als Fachfrau für Jammern und Klagen sonderte Mama Récia Erinnerungen und Schleim ab. Die Rotoren des alten Ventilators unter der Decke schienen im Rhythmus ihrer Schluchzer zu winseln. Selbst die roten Polster der Rattanmöbel, der Bubinga-Couchtisch und der eiskalte Fliesenboden schienen in Tränen aufgelöst. Die Nase meiner Tante enthielt unerschöpfliche Vorräte an Flüssigkeiten. Ich wusste, was ich zu tun hatte. Ich legte ihr einen Arm um die Schultern. Mit der freien Hand zog ich ein Taschentuch aus meiner Handtasche, wischte ihr den Rotz ab. Meine Augen blieben trocken. Was hätte ich dagegen tun sollen?

»Wie schaffst du es nur, nicht um deine Mutter zu weinen?«, sollte Mama Récia mich mit Argwohn in der Stimme später fragen. Die Antwort sollte die gleiche sein wie immer: »Meine Mutter bist du«; und meine Tante sollte mit ihrem großzügigen Lächeln zeigen, dass ich die erhoffte Antwort gegeben hatte. Gott sei Dank hatte im Fall von Sennke ein Anruf bei der Mutter Oberin des Klosters genügt. Sœur Marie de la Providence Divine würde eine Woche vor dem Begräbnis eintreffen. Das war gut. Ich hätte nur schwer eine zweite Szene melodramatischer Vergangenheitsschürfungen ertragen.

Nachdem die Erinnerungsschachtel geleert war, schnäuzte Mama Récia sich zum wiederholten Mal und brüllte dann in den Flur: »Tanga, Sokjou, wo seid ihr? Kommt! Katmé hat Neuigkeiten, wo seid ihr, Kinder? Wir müssen die Familie zusammenrufen, wir müssen ein Treffen organisieren.« Während wir auf die beiden Kinder im Alter von fünfundfünfzig und fünfundvierzig Jahren warteten, stellte ich fest, dass mir meine Tante so, in Aktion, besser gefiel.

Innocent Patong mochte zwar überrascht sein, nach zwölf Jahren Funkstille einen Anruf von seiner Tochter zu erhalten und sie noch am selben Tag bei sich aufkreuzen zu sehen, schien aber nicht sonderlich gerührt. Die letzte Begegnung mit meinem Vater hatte einen Monat vor meiner Hochzeit mit Tashun stattgefunden. Ich hatte ihn im Sitz seines Kakao-Exportunternehmens aufgesucht. Denn ich wollte, dass er mich zum Traualtar führte und sich an den Ausgaben für die Hochzeit beteiligte, obwohl ich seine Zusage für unwahrscheinlich hielt. »Zu welcher Ethnie gehört dein Verlobter und was macht er?«, hatte er mit halb geschlossenen Augen gefragt und an seiner dicken Cohiba gezogen. »Er ist Student.« Ich erwähnte nicht, dass Tashun die Akademie für Zivilverwaltung besuchte, was in den Augen meines Vaters womöglich einen Unterschied gemacht hätte. »Student? Und ihr wollt heiraten? Eine Addition der Nöte also«, hatte er gemurmelt und dabei den Rauch der Zigarre ausgestoßen. Er sei nicht sicher, ob er kommen könne, gesundheitliche Probleme, er habe Arzttermine in Europa. Ich blieb hartnäckig, Tashun und ich würden ein passendes Datum für ihn finden. »Ich werde ihn schon kennenlernen, deinen Studenten, es eilt ja nicht. Ändert nichts wegen mir. Ich werde versuchen, da zu sein.« Danach hatte ich ihn noch einmal angerufen. Er könne wirklich nicht, seine Gesundheit verschlechtere sich. Zwei Tage nach unserer Hochzeit zeigte Tashun mir ein Foto in *La Voix du Zambuena*. Mein Vater nahm an einer traditionellen Zeremonie der Honoratioren des Haut-Fènn in Akriba teil. Am Tag meiner Hochzeit war er in der Stadt.

Mein neuer Familienname – Abbia – versetzte meinen Vater in eine bis dahin aufgesparte Erregung. »Du bist die Frau des Präfekten Abbia? Des Hauptstadtpräfekten? Ich habe seinen Vater gekannt!« Madeleine exhumieren? Sie neu beerdigen? Selbstverständlich könne ich auf ihn zählen! Jetzt, da wir uns wiedergefunden hätten, würde er mich nicht mehr fortgehen lassen. Er wolle seinen Schwiegersohn, seine Enkelinnen kennenlernen, wir hätten schon genug Zeit verloren. Mein Vater lebte in einer Hafenstadt, fünf Stunden von der Hauptstadt entfernt, und besaß die Merkmale eines Mannes, der sein Leben erfolgreich gemeistert hatte. Sofern man, das versteht sich von selbst, mehrere Häuser, mehrere Autos, mehrere üppig gefüllte Bankkonten und mehrere Geliebte als Kriterien des Erfolgs betrachtete. Nach der Unabhängigkeit des Landes Ende der Sechzigerjahre gehörte er zu den ersten *einheimischen* Pflanzern im Besitz von Kakao- und Kaffeeplantagen, die ihre Ernteerträge auf einem internationalen Markt mit starker Nachfrage hochpreisig verkauften. Außerdem wurde er einige Jahre später ein wichtiger Aktionär des Wettbüros von Zambuena.

Auf dem Rückweg blitzten wider Willen Funken von Stolz in meinem Kopf auf, als ich mir vergegenwärtigte, dass dieser Mann, der in allem Überlegenheit ausstrahlte, dass dieser bewunderte, gefürchtete, beneidete Mann, der sich trotz seines fortgeschrittenen Alters seine Schönheit bewahrt hatte, mein Vater war. Erst als ich am Abend einschlief, bemerkte ich: In unseren zwei gemeinsamen Stunden hatte er sich überhaupt nicht nach seiner zweiten Tochter Sennke erkundigt.

4

TASHUN WAR NICHT ALLEIN IN SEINEM BÜRO. »Monsieur Fortès, Aleksandre«, stellte er den Mann vor. Der stand auf, schüttelte mir die Hand. Er war groß. Größer sogar als Samy. Der letzte so große Mann, den ich getroffen hatte, war mein Vater mit seinen ein Meter achtundneunzig gewesen. Schwarzer, bis zum Kinn zugeknöpfter Abacost, kurzes, lockiges Haar, eher heller Teint. Wahrscheinlich *mixed.* Wie alt mochte er sein, fünfundvierzig? Vielleicht fünfzig oder knapp darüber. Tashun schlug vor, sich auf die grüne Couchgarnitur zu setzen, und trug Balbine auf, Kaffee zu bringen. »Monsieur Fortès, nennen Sie mich doch Tashun. Keine Förmlichkeiten zwischen uns, einverstanden, Aleksandre?« Der Mann ersparte sich eine Antwort und setzte ein Grinsen auf, das wohl ein Lächeln sein sollte. Seine auffällige Narbe rührte vermutlich von einer Lippenspalte. Da Tashun vorgeschlagen hatte, sich mit Vornamen anzusprechen, musste der Mann ein Expat sein. »Liebling, Monsieur Fortès ist einer der Assistenten des Geschäftsführers von Mival, dem Unternehmen, das mit dem Bau der Autobahn zwischen Akriba und Fènn beauftragt ist. Er ist für die soziale Inklusion verantwortlich, CSR-Berater, so sagt man doch, oder?« Fortès nickte zustimmend. Tashun vermutete, da der Bürgermeister einen Brief geschickt habe, dass man das Grab seiner Schwiegermutter mit größter Dringlichkeit verlegen müsse, befinde es sich wohl am Beginn der Autobahnstrecke. »Wahrscheinlich«, räumte Fortès ein und drehte den Kopf andeutungsweise in meine Richtung.

»Wir planen eine großangelegte Zeremonie.« Tashun zog das Wort »großangelegt« genüsslich in die Länge. »Meine Schwiegermutter darf erst so spät wie möglich exhumiert werden, damit wir in Fènn ein Haus bauen und ein schönes Begräbnis organisieren können. Ihr Geschäftsführer hat mich an Sie als unseren Ansprechpartner verwiesen.«

»Ansprechpartner, ich?« Seine Stimme klang überrascht. Er wiederholte das Wort »Ansprechpartner«, als würde er Faktotum, Laufbursche oder Boy sagen. Falls er schockiert war, dass sein Vorgesetzter ihm diese Rolle, eine Beleidigung seines Selbstbildes, übertrug, so ließ er es sich nicht anmerken, sein Gesicht zeigte keinerlei Regung. »Mival kann Ihnen punktuell Informationen zur Verfügung stellen, ohne dass Sie dafür einen ... Ansprechpartner brauchen. Aber für die Kontaktaufnahme zu den Familien, den Personen, die von den Abrissen betroffen sind, ist das Rathaus Fènn zuständig.« Sein Sprechtempo war zäh. Er ließ sich Zeit. Der Unterschied zwischen seiner Redeweise und den Wortsalven meines Ehemanns brachte mich innerlich zum Schmunzeln.

Aleksandre Fortès, so stellte ich fest, ließ sich nicht dazu herab, mir einen offenen Blick zu schenken. Er hielt ihn auf seine kamelbraunen Derbys gesenkt oder sah Tashun an. Ich hätte gar nicht da sein, den Raum nie betreten, mich nie auf das Sofa gesetzt haben können, das ein kleiner Glastisch von seinem Sessel trennte.

Ich hob den Blick von den Derbys, ließ ihn durch das Büro meines Mannes schweifen. Tashun hatte die Einrichtung seines Vorgängers übernommen. Den lackierten Holztisch mit den bronzenen Elefantenfüßen, die amarantroten, schweren Vorhänge, die das Tageslicht verschluckten, die weiße Neonröhre, die grüne Sitzgarnitur aus gestepptem Leder rund um einen Couchtisch aus Glas und die Abtrennung vom Rest des Raums durch riesige Kunstblumen in riesigen chinesischen Billigvasen.

Mit einem dezenten Hüsteln machte Balbine auf sich aufmerksam. Sie trug ein Tablett mit Tassen und Löffeln. Nachdem sie uns allen eine Tasse hingestellt hatte, drehte sie sich herum, machte einen leichten Knicks und verließ so schnell, wie ihre Leibesfülle es zuließ, den Raum.

»Dem Begräbnis meiner Schwiegermutter werden Mitglieder der Regierung und des Zentralkomitees beiwohnen. Ich muss über das Voranschreiten der Baumaßnahmen, über die Stimmung in der Bevölkerung Bescheid wissen. Die Leute werden vertrieben, das sorgt immer für Unmut, selbst wenn sie andere Häuser bekommen. Sie werden es mit Zähneknirschen, mit Wutausbrüchen zu tun bekommen. Der Haut-Fènn ist eine besondere Region unter einer katastrophalen Oppositionsregierung und einem gesundheitlich schwer angeschlagenen Gouverneur. Dieses Autobahnprojekt wurde Ihrem Unternehmen von der Zentralregierung anvertraut.«

»Wir haben eine Ausschreibung der Europäischen Union gewonnen!«, protestierte Fortès.

Tashun fuhr fort, als wäre er nicht unterbrochen worden.

»Es handelt sich um eines der Leuchtturmprojekte in der siebenjährigen Amtszeit des Präsidenten, in nicht allzu ferner Zukunft stehen Wahlen an, ich kann es nicht riskieren, vor der Bevölkerung schlecht dazustehen. Das käme mir sehr ungelegen und Ihrem Unternehmen auch. Mival hofft, das ist uns bekannt, noch weitere öffentliche Ausschreibungen in diesem Land zu gewinnen. Sobald die Autobahn fertiggestellt ist, muss sie verwaltet werden. Wenn ich Informationen von einem Mitarbeiter des Rathauses bräuchte, hätte ich meine Sekretärin gebeten, sich darum zu kümmern. Sie werden verstehen, dass ich meine Schwiegermutter nicht auf die Schnelle beerdigen kann, wir brauchen Zeit, um das Haus zu bauen und die Zeremonie vorzubereiten.«

Fortès warf ihm einen kalten Blick zu. »Monsieur le Préfet«, seine Lippen bildeten zwei harte Linien, »Mival ist vertraglich an die Europäische Union gebunden. Sie ist stiller Teilhaber der Autobahn. Es war extrem kompliziert, den Abrissplan zu terminieren, und er wird nicht aufgrund von Privatangelegenheiten betroffener Personen geändert werden. Dies würde unseren Arbeitsablauf auf den Kopf und die Lieferfristen infrage stellen. Zumindest fallen Verhandlungen über Abrissaufschübe nicht in mein Ressort. Dafür müssen Sie sich direkt an den Geschäftsführer wenden.«

Als stumme Zuschauerin, der niemand das Wort erteilte, rührte ich energisch in meiner Kaffeetasse. Sie hatten ihre nicht angerührt. Ich kochte innerlich. Warum hatte Tashun mich so überhastet in sein Büro bestellt? Er zog ein nachdenkliches Gesicht und erklärte: »Ich verstehe. Ich werde mich also an Ihren Geschäftsführer wenden.« Ihm war vermutlich – trotz der Regierungskommunikation zu diesem Thema – wieder eingefallen, dass in der Tat die Europäische Union das Bauprojekt finanzierte und dass es ihm allein nicht gelingen würde, ein Unternehmen wie Mival, wenn es sich widersetzte, dazu zu bewegen, die Abrissarbeiten so zu terminieren, dass es ihm passte. Er griff nach seiner Tasse, leerte sie in einem Zug, knallte sie zurück auf den Tisch. Mit erzwungen gut gelauntem Ton setzte er erneut an: »Hier allerdings werden Sie nicht einwenden können, dass es nicht in Ihr Ressort fällt. Meine Frau wird in Fènn ein Sozialprojekt aufbauen, ein Strukturprojekt, etwas Nützliches für die Bevölkerung. Ich bin sicher, Sie können uns dazu Tipps geben. Nicht wahr?«

Ich hielt den Atem an. Ein Sozialprojekt in Fènn? Ein Strukturprojekt? Wovon redete er? Was erfand er da gerade?

»Was für ein Projekt?«

Fortès sah mir nun prüfend ins Gesicht, ausdruckslose Augen, die sich auf meine hefteten. Grüne Augen. Katzenaugen. »Rätselhafte, unergründliche Augen, Hexenaugen«, hätte meine Großmutter in Fènn gesagt. Ich hasste Katzenaugen. Mein Gehirn erstarrte. Tashun sprang ein, fabulierte, antwortete, ohne tatsächlich zu antworten, wie er es so gut beherrschte. Und als hätte er einen Geistesblitz, lud er Fortès zum Abendessen bei uns ein. In einem extrem höflichen Tonfall lehnte Fortès ab. Er habe eine seit Langem geplante Verabredung.

Aleksandre Fortès ging, Tashun knurrte: »Wir werden ja sehen, ob sie diesen Abrissplan nicht doch ändern! Man hätte diesen Auftrag den Chinesen geben sollen. Die sind pragmatischer als die Franzosen. Ein falscher *Weißer* noch dazu! Ist dir sein Teint aufgefallen? Monsieur kleidet sich à la Mobutu! Fehlen nur noch die Leopardenmütze und der Stock. Blödmann. Hat ihm denn niemand gesagt, dass der Abacost aus der Mode ist?« Ich platzte vor Wut. »Könntest du mir sagen, warum du mich hierherbestellt hast? Was soll das mit dem Sozialprojekt in Fènn? Und warum kündigst du es an, ohne vorher mit mir darüber gesprochen zu haben?«

»Beruhig dich, ich hab es einfach so gesagt!«

»Du hast es *einfach so* gesagt? Du hast mich als Idiotin hingestellt, das hast du gemacht!«

»Reg dich nicht auf, du wirst ihn in Fènn wiedersehen, dann kannst du deine Intelligenz unter Beweis stellen. Das tust du doch so gern, oder? Klarmachen, dass Maman Préfète nicht nur zur Zierde da ist. Und jetzt geh schon, ich habe zu tun.«

Sein schroffer Ton nahm mir wie immer den Wind aus den Segeln. Ich schluckte meine Wut hinunter. Während er mich hinausbegleitete, sagte er beiläufig: »Samuels Bruder, wie heißt er noch, der an der Universität Haut-Fènn unterrichtet?«

»Du meinst Kizito?«

»Ja, genau, Kizito. Der gute Kizito Pankeu, wie geht es ihm?«

»Gut, nehme ich an«, antwortete ich vorsichtig.

»Leitet er immer noch diese Zeitschrift, die die der Universität Haut-Fènn in den Schatten gestellt hat?«

»Ja, natürlich ... Warum?«

»Nur so.«

»Als ob du das nicht selbst wüsstest!«

Er warf mir einen spöttischen Blick zu und spielte mit der Türklinke. »Lass dir diese Sache mit dem Sozialprojekt mal durch den Kopf gehen, es wäre nicht schlecht, dort etwas aufzubauen. Wir brauchen im Haut-Fènn einen Anker. Man kann nie wissen.«

Während ich neben dem schlafenden Samy auf der Rückbank döste, erkannte mein olfaktorisches Gedächtnis sogar bei geschlossenen Augen und Fenstern, dass wir die Provinz Haut-Fènn erreicht hatten. Da war der betörende Duft des im Garten gepflanzten Ylang-Ylang und der von wilden Margeriten, die rund um die Residenz blühten; und der von Lilien, deren Vorsichtigkeit und Zögerlichkeit, sich anderen zu öffnen, mich an mich selbst erinnerten; der von Fackel-Ingwer, Papageienschnabel, gelben Heckenrosen und sogar von diesen unwirklich anmutenden, zum Blau changierenden Rosen, die Samys experimentierfreudige Hände mit der Unterstützung von Alix und Axelle zum Blühen brachten. Ich liebte Blumen, ihren Farbenzauber, ihre Düfte, die Einsamkeit in ihrer Gesellschaft, doch keine, absolut keine machte mich so taumeln wie das holzige Aroma, das mir in diesem Moment in die Nase stieg. Noch bevor mich als kleines Mädchen in den zweimonatigen Schulferien die Arme meiner Großmutter umfingen, umnebelte mich der Duft der Nadelbäume. Eine Mischung aus Verheißungen und Verzweiflung, die zu Unbeschwertheit, Überraschungen, Wagemut, die in die Kindheit einlud. Ich schlug die Augen auf, drückte auf den Knopf in der Autotür, das Fenster glitt nach unten. Am Rand der Serpentinenstraße, dieser schmalen und unzuverlässigen zweispurigen Fahrbahn, raste eine Reihe stolzer Nadelbäume vorbei – die Tanne der süßen Jahre, die Tanne aus der Zeit vor Madeleines Tod. Mit der Stirn am oberen Teil der Autotür, dem Kinn auf der Kante der Scheibe, der Nase im Fahrt- und den Lidern im Kampf gegen den Talwind lächelte ich.

Durch den Morgennebel erahnte ich die aufgereihten Gipfel der Bergkette des Haut-Fènn, die Raphiaplantagen, die Gemüsefelder, die sich die grünen Hänge hinaufwanden, die Waldstücke hier und da. Ich war überwältigt von den widersprüchlichen Emotionen, die in mir aufwallten, lachte über diese mich plötzlich vereinnahmende Sentimentalität. Ich lachte ohne seherische Intuition. Ich lachte, ohne zu ahnen, dass dieser Moment von betäubender Süße sich wie ein beruhigender Balsam über meinen Geist legen würde, wenn sich in wenigen Monaten mein Horizont eingetrübt hätte.

Von der kalten Luft wachte Samy auf, er hüstelte, rieb sich die Arme. »Bist du verrückt? Mach das Fenster wieder zu!«

»Kannst du es riechen?«

»Was? Den Nadelgeruch? Der wird hier versprüht, oder? Davon bekomme ich Kopfschmerzen. Mach das Fenster wieder zu, wir verkühlen uns noch.«

Samy trug ein Baumwollhemd mit kurzen Ärmeln. Dabei hatte ich ihn vorgewarnt, im Haut-Fènn war es kalt. Wir waren um vier Uhr morgens losgefahren, um dem Stau auf der Brücke von Akriba zu entgehen. Wir hatten beide seit Tagen wenig geschlafen. Ich, weil mir die Rückkehr nach Fènn den Schlaf raubte; er wegen des unbequemen Bettes im Atelier, in dem er seine Nächte verbrachte. Kaum dass Célestin seine Reisetasche im Kofferraum verstaut hatte, schlummerte er. Ich hielt die Augen geschlossen, ohne in den Schlaf zu finden. Manchmal hob ich die Lider ein wenig, vergewisserte mich, dass Célestin nicht eingenickt war, und wies ihn auf lose Grasbüschel auf der Straße hin, sollte er sie übersehen haben – eine Warnung vor Pannenfahrzeugen oder haltenden Autos auf dem Mittelstreifen oder in einer Kurve.

Ich füllte meine Lunge mit Luft, dann ließ ich die Fensterscheibe hochfahren.

Samy gähnte. »Sind wir schon da?«

»Im Haut-Fènn ja. Célestin, wie weit ist es noch bis zum Rathaus?«

»Vierzig Minuten, Madame.«

»Das letzte Mal, als ich auf dieser Straße gefahren bin, war sie noch nicht geteert, das war zur Beerdigung meiner Großmutter. Bist du mal mit einem der alten Überlandbusse gefahren?«

Samy verneinte.

»Du weißt schon, die mit den schrecklichen Holzsitzen. Die Mitreisenden haben dich die ganze Fahrt über vollgelabert, unter den Füßen hatte man gackernde Hühner, und dann noch die Musik vom Fahrer, Essenspausen am Straßenrand und Pipimachen im Gebüsch. Einmal war da eine dicke Frau, die hat sich nicht mal die Mühe gemacht, weiter weg oder hinter einen Baum zu gehen, alle konnten sie sehen, die hat sich nach vorn gebeugt, die Beine gespreizt, ihr Gewicht auf die Fußballen verlagert, die Fersen angehoben, den Rock gerafft und uns ihren verschrumpelten Hintern, ihren Cellulitehintern unter die Nase gehalten, und die hat gepinkelt und gepinkelt und gepinkelt, die muss mindestens drei Liter Wasser getrunken haben, unglaublich, ich hab fast alles von meinen Fahrten mit den Überlandbussen vergessen, aber das werde ich nie vergessen! Die Frau, ihren Hintern und den Urin, der so lange aus ihr herausgeflossen ist, schrecklich!«

Samy rieb sich die Augen, er kämpfte dagegen, dass sie ihm wieder zufielen. »Woher weißt du, dass es Hühner waren?«

»Was?«

»Du hast gesagt, dass unter euren Füßen Hühner gegackert haben. Woher weißt du, dass es Hühner und keine Hähne waren?«

»Weil ich Huhn und Hahn unterscheiden kann, Monsieur. Das waren Hühner, keine Hähne! Du bist das Stadtkind hier. Ich hab nicht vergessen, wie du mal den Hahn bei euch schlachten solltest«, sagte ich und prustete los.

»Erbarmen!«, rief Samuel und lachte ebenfalls. »Nicht diese Geschichte, bitte nicht.«

»Armer Hahn!«

»Ich war der, der arm dran war!«

Er kauerte sich an der Autotür zusammen. Wenige Minuten später war er wieder eingeschlafen. Ich betrachtete ihn gerührt. Er hatte eingewilligt, mit mir nach Fènn zu fahren, obwohl die Ausstellungseröffnung immer näher rückte. Kizito zu treffen war ein weiteres Argument gewesen, um ihn davon zu überzeugen, für ein, zwei Tage das Atelier zu verlassen und mitzukommen. Aber auch ohne Kizito hätte Samy mich begleitet. Das weiß ich. Wir pflegen einen spontanen, direkten, natürlichen und ein wenig rauen Umgang miteinander, den Umgang derjenigen, deren Zuneigung ohne Umwege Wurzeln schlägt und Blüten treibt. Wir sind uns uneins, aber nur über Nebensächliches. Im Wesentlichen vertragen wir uns, schützen wir uns.

Wir lernten uns im Abschlussjahr kennen. Ich war dabei, in der Mittagspause einen Philosophieaufsatz für die nächste Unterrichtsstunde zu Ende zu schreiben, da setzte er sich neben mich. Knochendürr, sehr dunkler Teint – »kohlschwarz« sagten wir auf dem Gymnasium –, kaum Haare auf dem Kopf und dazu ein Nadelstreifenanzug und Krawatte. Ich warf ihm einen abwesenden Blick zu, ohne innezuhalten. »Ich möchte dir meine Freundschaft anbieten«, erklärte er mit feierlichem Ton. Mein Kuli blieb in der Luft stehen. Dieser Samuel Pankeu, ich hatte ihn kaum wahrgenommen, er meldete sich nie, suchte lange nach den richtigen Worten, wenn ein Lehrer ihn abfragte. Mehrmals hatte ich mir die Frage gestellt, ob er bloß schüchtern oder ein bisschen dumm war. Wollte er mich anmachen? Ich sah nur sein Profil. Seine Wange war von unzähligen Hitzepickeln übersät. Schmale Lippen, krumme Nase. Vielleicht war er kein Bantu. Ich nahm mir vor, ihn genauer zu beobachten, sobald er wieder an seinem Platz saß.

»Ich bin kein Junge wie die anderen.«

»Du willst, dass wir uns ewige Freundschaft schwören? Und dann ritzen wir uns ins Handgelenk und vermischen unser Blut?«

»Du grüßt mich, wenn du an mir vorbeiläufst.«

Ach ja? Ich hatte nicht darauf geachtet, das musste ein Automatismus sein.

»Du hast den gleichen Nachhauseweg wie ich. Können wir zusammen nach Hause gehen?«

Ich seufzte. Ich würde meinen Aufsatz nicht mehr vor dem Ende der Mittagspause fertigbekommen. Einen Moment lang betrachtete ich sein Profil. »Wo warst du vorher?«

»Im Internat.«

»Anzug, Krawatte, war das eure Uniform?«

»Wir mussten gut gekleidet sein. Man muss sich gut kleiden.« Das sagte er so ernst, dass ich lachen musste.

»In welchem Internat warst du denn?«

Er machte eine wegwerfende Handbewegung, wie um zu sagen: völlig egal. Dann gestand er: »Meine Mutter unterrichtet hier.«

»Echt? Was denn?«

»Latein. Madame Pankeu.«

Er reckte den Hals, schielte auf meinen Aufsatz.

Madame Pankeu, Félicie. Einen Meter fünfundfünfzig mal einen Meter fünfundfünfzig, behaartes Kinn, nie um eine schlechte Note verlegen. Die Schülerinnen und Schüler nannten sie *Qui bene amat bene castigat.* Wer liebt, der züchtigt. Ich hatte sie in der Fünften gehabt. Klein, rund, verschwitzt. Die körperliche Antithese zum Sohn; rank, schlank und trocken. Er kam wohl nach seinem Vater. Ich fragte mich von Neuem, ob er nicht ein bisschen zurückgeblieben war. Er las ungeniert meinen Text.

»Du hast das n und das j bei Hountondji vergessen, und deine Argumentation widerspricht sich zwischen diesem Absatz«, er deutete mit dem Zeigefinger auf das Blatt, »und dem davor.«

Ich las die Stelle.

»Ich glaube nicht.«

»Doch. Da und da.«

Nach dem Unterricht schloss er sich der Gruppe an, mit der Sennke und ich nach Hause gingen. Er zeigte mir einen ersten Ausschnitt aus seiner wundersamen, versponnenen Welt, in der er Maler, Fotograf, Schriftsteller, Philosoph, Professor, Tänzer, Bildhauer, Musiker wurde. Die Schule, die Kirche, meine zahlreichen Cousins und Cousinen – allesamt Kinder von Mama Récia –, der Unterricht, Kochen und Beten; meine Tage wären eintönig, mein kulturelles Universum begrenzt gewesen ohne die Bücher aus der Bibliothek und ohne den Filmklub am Gymnasium, den ich einmal pro Woche mit ein paar anderen organisierte. Auf dem Programm standen Western, Kung-Fu und Melodramen aus Bollywood. Samy führte neue Namen ein: Dreyer, Ozu, Kieślowski, die Hollywood-Klassiker. Sein Vater, ein höherer Steuerbeamter, der einen Bankkaufmann aus ihm machen wollte, war ein Kinofan. Hinter dem altmodischen Anzug, den Samy trotz des Spotts in der Klasse nicht ablegte, verbargen sich schillernde, lebhafte Ideen. Ich hatte nicht so viel zu bieten. Ich verriet ihm, was ich für mein interessantestes Geheimnis hielt: »Mama Récia, bei der ich wohne, ist nicht meine richtige Mutter. Meine richtige Mutter ist tot.« Daraufhin begann ich zu zittern. Es war, soweit ich mich erinnere, das einzige Mal, dass ich seit Madeleines Tod bei ihrer Erwähnung zitterte. Samuel küsste mich auf die Stirn. Diese Geste sollte er noch oft wiederholen; diese tilgende Geste, sobald in meinem Gesicht das erste Anzeichen von Melancholie aufglomm.

Der Jeep holperte über eine Bremsschwelle. Wir waren an der Mautstation angelangt. Ein Schwarm von Straßenhändlern stürzte auf unser Auto zu. Célestin ließ das Fenster herunter und zeigte dem Kassierer die Plakette, die das Fahrzeug der Präfektur von der Gebühr von fünfhundert Franc befreite, die die anderen Fahrer bezahlten. Der Mann tchipte. »Sie sind die Chefs, nur zu.« Er öffnete die Schranke. »Die, die zahlen können, zahlen nie.« Das Auto passierte die Mautstation, die Verkäufer folgten uns. »Papa, Papa, hier, schauen Sie! Mama, schauen Sie doch mir zuliebe! Bitte Mama, kaufen Sie doch etwas mir zuliebe!« Célestin parkte am Straßenrand, ich weckte Samy, ließ die Fenster herunter. Die Verkäufer streckten ihre Waren ins Auto, und vor unseren Nasen tänzelten: gegrillte Kochbananen, Safous, Erdnüsse, Kolanüsse, Maniokstangen. Überrumpelt versuchten Samy und ich vergeblich, die Fenster wieder hochzufahren. Célestin, den seine Kollegen in der Präfektur Bao nannten, das Diminutiv von Baobab, oder Langer, wie alle großen Menschen im Land genannt wurden, klappte seine ein Meter achtzig auseinander und verscheuchte die Gruppe. Ich entdeckte ein Mädchen, ein Kind noch, die auf ihrem Kopf ein farbiges Emaille-Tablett, randvoll mit gekochten Erdnüssen, und in der Hand, auf der Höhe ihrer Wangen, eine Platte mit einem Teller halbreifer Kochbananen und in heißer Asche gegarten Safous balancierte; sie kam zu uns. Ich befühlte die Kochbananen, prüfte die Farbe der Safous, testete, ob sie nicht säuerlich waren. »Wie viel willst du?«

»Für die Kochbananen hundert Franc, Maman, für den Rest fünfzig.«

»Und wie viel, wenn ich alles kaufe?«

»Du willst doch nicht etwa handeln? Das glaube ich nicht!«, rief Samy.

»Dann fünfzig Franc weniger, Maman.«

»Abgemacht. Zwei Kochbananen und fünf Safous für vierhundert Franc.«

Das Mädchen zog ein altes Stück Papier hervor, auf dem der Name einer Zementfabrik stand. »Nein, nein, nicht das! Nimm dieses hier.« Ich gab ihr das Exemplar von *La Voix du Zambuena*, das im Auto herumgelegen hatte. »Wickel das Essen niemals in Papier, in dem Zement war.« Ich zahlte und öffnete die Autotür einen Spaltbreit. »Célestin, möchten Sie etwas?« Der Fahrer drehte sich herum, schüttelte den Kopf. »Danke, Madame, wenn ich esse, schlafe ich ein.«

»Ich will Bitterkola«, sagte Samy.

Célestin schrie: »Bitterkola! Bitterkola!« Die Verkäufer eilten herbei. Die kleine Verkäuferin ging weg.

Samy kaufte zehn Säckchen.

»Na hör mal ... Du hast heute Abend wohl was vor«, sagte ich verblüfft.

»Du siehst in allem nur das Laster.«

Er nahm von einem der Säckchen das Gummiband ab, pulte die braune Hülle von der Nuss und brachte den hellgelben Kern zum Vorschein. »Ich bereite meinen Magen auf die Schleimsuppe vor, die man mir in deinem Dorf vorsetzen wird. Ich habe keine Lust, vor der Ausstellung noch krank zu werden, weißt du?«

»Schleimsuppe!«, sagte ich belustigt. »Wer sagt denn heute noch Schleimsuppe? Du denkst also, der Bürgermeister von Fènn wird Maman Préfète Schleimsuppe servieren? Das würde mich wundern. Dieser Bürgermeister ist uns erstaunlich wohlgesinnt. Er nimmt sich einen ganzen Tag Zeit für mich.«

»Als Frau des Hauptstadtpräfekten ist Ihnen alle Welt *erstaunlich* wohlgesinnt, *Bindi.*«

»Tashun hat ihn empfangen, er scheint ihn zu mögen. Er behauptet, der Bürgermeister vertrete eine republikanische Opposition. Keine Ahnung, was er damit sagen will. Wir werden schon sehen, was es mit seiner republikanischen Opposition auf sich hat.«

»Viel Fett und wenig Knochen, wenn du mich fragst.«

Ich biss in das weiche Fruchtfleisch der Safou. Mir fiel etwas ein, ich streckte den Kopf hinaus. »Célestin, könnten Sie bitte die kleine Verkäuferin von vorhin auftreiben?«

Der Chauffeur ging weg. Einige Minuten später kam er in Begleitung einer Gruppe junger Mädchen zurück, die alle ein Tablett auf dem Kopf trugen. Ich erkannte die kleine Verkäuferin wieder.

»Wie heißt du?«

»Jasmine.«

»Jasmine? Jasmine aus dem Haut-Fènn, hier, das ist für dich.«

Ich legte meine geballte Faust auf Jasmines flache Hand. Sie verstand und schloss ihre Finger um meine. Mit breitem Lächeln und freudestrahlenden Augen überschüttete sie mich mit einer Litanei von Dankesworten und Segnungen, dann rannte sie davon. Ich konnte gerade noch sehen, wie sie die Faust öffnete und nachsah, wie viel sie bekommen hatte, dann verschwand sie aus meinem Blickfeld.

Célestin ließ den Motor an.

»Warum hast du ihr die Sachen nicht zu dem Preis abgekauft, den sie genannt hat? Sie braucht keine Almosen«, sagte Samy.

»Mit diesem Geld kommt ihre Familie mindestens einen Monat über die Runden.«

»Und dann? Kommst du dann wieder? Mit deinem Bernhardiner-Fässchen? Dass du aber auch jedes Mal, wenn dir jemand begegnet, der weniger wohlhabend ist als du, einen Geldschein rausholen musst, das hat etwas Verzweifeltes an sich, ja genau, etwas Verzweifeltes.«

»Ich bringe Überfluss und Mangel wieder ins Gleichgewicht.«

Vorsichtig löste ich die Haut von einer Safou, schlang sie hinunter.

»Und dieses Gleichgewicht stellt man her, indem man Geldscheine auf der Straße verteilt?«

»Unter anderem.«

»Dann schlag doch Tashun vor, diesen Punkt auf die Tagesordnung der nächsten großen Versammlung des Zentralkomitees zu setzen«, sagte er spöttisch. »Ende der Umverteilung zwischen Apparatschiks der MPA und Übertragung der Reichtümer an die Bevölkerung.«

»Samuel!« Ich stieß ihn mit dem Ellbogen an und deutete mit dem Kinn zu Célestin, der schweigend das Auto lenkte. »Du lässt dir etwas entgehen, die Safous aus dem Haut-Fènn sind die besten des Landes.«

»Mir wurden heute Morgen meine Beignets-Haricots vorenthalten«, maulte Samy.

»Die sind im Kofferraum. Bambili hat dir Beignets gemacht, die triefen nur so vor Öl, wie du sie magst, und die scharfen Bohnen sind tödlich.«

»Bambili hat Beignets-Haricots für mich gemacht? Im Ernst?«

»M-hmmm. Sie hat mir den Korb gezeigt und verzückt gelächelt: ›Das ist für Monsieur Samy.‹ Du glaubst mir ja nicht, wenn ich dir sage, dass sie in dich verknallt ist. Sie ist um drei Uhr morgens aufgestanden, um ihn selbst ins Auto zu stellen und sicherzugehen, dass ich ihn nicht vergesse.«

»Ach, meine geliebte Bambili! Ich lade sie ein! Ich lade sie ein!«

»Du willst Bambili zu deiner Ausstellung einladen?« Ich prustete los. Dann wandte ich mich an Célestin, der gerade hinter einem Lastwagen, der Baumstämme geladen und offensichtlich eine Panne hatte, stehen geblieben war: »Könnten wir bitte an einer weniger gefährlichen Stelle halten? Ich mag diese Holztransporter nicht.«

Er fuhr ein Stück zurück, um den Abstand zwischen dem Lastwagen und dem Jeep zu vergrößern. Ich war immer noch beunruhigt, regelmäßig lösten sich Baumstämme und zerschmetterten die Fahrzeuge, die das Pech hatten, sich zufällig in der Nähe zu befinden.

»Können wir nicht vorbeifahren?«

»Unmöglich, Madame, wir müssen warten, der Lastwagen blockiert die ganze Straße, sehen Sie selbst.«

Ich reckte den Hals. Tatsächlich stand das Ungetüm genau in der Mitte und versperrte die Durchfahrt. »Wir können nicht hier stehen bleiben, sonst laufen wir Gefahr, zu Brei zu werden«, sagte Samy. »Schauen Sie, da, da können wir warten.« Er zeigte auf eine ungeteerte Ausfahrt nach rechts, zweihundert Meter hinter uns. Dann stieg er aus, um die Fahrer hinter uns zu bitten zurückzusetzen.

Samy saß neben mir auf einem großen Stein und aß die Beignets-Haricots aus einer Glasschale. Der Wind behauptete sich gegen die Sonne. Die Abzweigung von der Hauptstraße führte zu vier halbverfallenen und verlassenen Erdziegelhäusern. Andere Autos, die wie wir einen Unfall fürchteten, waren uns auf den improvisierten Parkplatz gefolgt. Célestin lehnte am Jeep und rauchte.

»Warum lachst du, wenn ich sage, dass ich dein Dienstmädchen einladen will?«

»Tss ... Tss ... Samy. Fang jetzt nicht wieder damit an. Bambili wäre im siebten Himmel.«

»Die Leute werden enttäuscht sein, dass der Ramschhändler sich einbildet, ein Künstler zu sein.« Er stellte die Schale hin, vergrub den Kopf in den Händen. »Es war Schwachsinn, völliger Schwachsinn, dass ich mich auf diese Ausstellung eingelassen habe! Das wird ein Reinfall! Ich sehe es schon vor mir, ich schwöre es dir!«

»Die Selbstkasteiung des Samuel Pankeu. Das hatte ich schon vermisst.«

»*Samuel Pankeu, Möchtegernkünstler*, wie klingt das?«

»Das klingt bescheuert.«

In die Gruppe der Autofahrer kam Bewegung, wir blickten auf. Sie kehrten zu ihren Autos zurück. Célestin trat zu uns. »Madame, es geht weiter.«

Wir hatten etwa zwanzig Minuten verloren, würden aber nicht zu spät kommen, wir hatten immer noch einen guten Puffer. Der Jeep rollte los.

»Wenn wir zurück sind, komme ich ins Atelier. Hast du viel verändert?«

»Ich bin nicht sicher, ob es eine gute Idee ist, wenn du kommst.«

»Aber Samy, was redest du da?«

Ich sah ihn prüfend an. Er wandte den Blick zum Fenster, lehnte die Stirn gegen die Scheibe. »Ich habe solche Angst, dass ich an manchen Tagen beim Aufwachen plötzlich alles zerstören und mich selbst in Natronlauge auflösen will.«

Er klang so angespannt, so mutlos. Ich nahm seine Hand. Er überließ sie mir, ohne mich anzusehen. »Willst du wirklich nicht, dass ich komme, Samy? Hör zu, ich sehe es mir an, aber ich sage kein Wort. Kein einziges. Ich verspreche es dir.« Ich legte Daumen und Zeigefinger zusammen und spreizte die drei übrigen Finger nach oben ab.

»Nein, Kat. Ich habe Nein gesagt«, erwiderte er entschieden. Er zog seine Hand zurück. »Versuch, es zu verstehen! Ich will dich nicht sagen hören, dass ich es vermasselt habe. Dafür ist es jetzt zu spät.«

»Im Ernst? Ich soll deine Ausstellung erst bei der Vernissage sehen?« Ich riss ungläubig die Augen auf.

»Beim Aufbau. Versetz dich mal in meine Lage, ich weiß, das ist schwierig für dich, aber wenn du mich unterstützen willst, versuch, es zu verstehen, bitte.«

Ich dachte kurz nach, dann fragte ich: »Und Keuna, darf sie kommen?«

»Das ist nicht das Gleiche, das weißt du ganz genau.«

»Ich fass es nicht! Keuna darf ins Atelier kommen, wann sie will. Und ich nicht!«

Ich stieß ein bitteres Lachen aus.

»Das betrifft nicht nur dich. Ety ist genauso wütend wie du, dass er die letzte Version vor der Ausstellung nicht mehr sehen darf.«

»Ety und ich sitzen im selben Boot – und das soll mich trösten!?«

»Sag doch nicht so was, *Bindi*, bitte, sag das nicht. Er ist ausgeflippt, als ich ihm erzählt habe, dass ich dich nach Fènn begleite.

Wir haben uns seit einer Woche nicht mehr gesehen. Ich habe wie ein Bekloppter gearbeitet, um diese beiden Tage für dich freizuschaufeln. Er denkt, ich liebe ihn nicht mehr. Weißt du, was er zu mir gesagt hat? ›Künstler haben Musen, aber ich bin für dich nur eine Achillesferse‹; das hat er mir gestern unter die Nase gerieben. Wie reagiert man denn da? Dann hat er gesagt: ›*Amare et sapere vix deo conceditur*, lieben und zugleich vernünftig sein fällt selbst einem Gott schwer‹; er hat sich auf Latein verlegt, um mich zu beeindrucken, es ist ihm gelungen, das kann ich dir sagen. Als ob ich unfähig wäre zu lieben. Als ob man jeden Tag bis zum Umfallen mit dem Ton kämpfen und dabei vernünftig bleiben könnte. Ety und du, ihr müsst mich verstehen.«

»Aber Keuna darf ins Atelier kommen. Sie darf deine Arbeit sehen. Ich nicht. Und Ety auch nicht. Wow!«

»*Bindi*, Keuna ist Galeristin, sie will etwas verkaufen, sie will sich bekannt machen, sie will mich bekannt machen. Von ihrer Seite gibt es klare Erwartungen. Bei Ety und dir liegt die Sache anders, es ist, als würde ich in einen Spiegel sehen oder Echos in meinem Kopf hören. Sie steht außerhalb von mir. Du müsstest meine unangenehme Seite kennenlernen, und darauf habe ich keine Lust. Wenn du mich wieder so kritisierst, bringe ich es nicht zu Ende. Das weiß ich. Und wenn du ins Atelier kommst, kannst du dir das nicht verkneifen, das wissen wir beide.«

»Ich hoffe, Miss Zigarillo weiß ihr Glück zu schätzen.«

»So darfst du nicht über sie reden! Keuna ist nicht so, wie du denkst.«

»Darf ich nicht? Ach nein? Damit wirst du dich allerdings abfinden müssen.«

Keuna. Samy hatte uns im sandigen Hof der Galerie einander vorgestellt. *Bubinga Project* erstreckte sich auf vierhundert hellen Quadratmetern im Erdgeschoss eines dreistöckigen Gebäudes.

Keuna wohnte mit ihrem Sohn im dritten Stock. Die ersten beiden Stockwerke belegte eine deutsche Familie. Klein, kurz geschorenes Haar, hautenge Jeans, bauchfreies Oberteil, Gürtelschnalle mit ineinander verschlungenen Schlangenköpfen, Kampfstiefel mit Nieten, Zigarette im Mundwinkel, so hatte mir die Galeristin schlaff und geistesabwesend die Hand geschüttelt. Da ich mit den fünfundfünfzig Prozent Provision, die sie vom Verkauf der Werke einzubehalten gedachte, nicht einverstanden war, teilte ich ihr das mit. Keuna kniff die Augen zusammen, wobei sie die Bremsschwellen, die ihr als Unterlider dienten, besonders zur Geltung brachte, und erwiderte, es sei besser, fünfundvierzig Prozent von etwas zu bekommen als hundert Prozent von nichts. Samy wurde wütend, die Geldfrage sollte bleiben, was sie war, nämlich Nebensache; wir würden hier nicht auf seinem Rücken die Steuereintreiber spielen, das Krämergezänk erinnere ihn an Folcoche, und das sei unerträglich. Dass er mir nicht zur Seite sprang, seine Mutter Folcoche nannte vor dieser … dieser Zwergin vom Anschein eines gepanschten Whiskys, vor dieser geschmuggelten Cohiba, obwohl ich diejenige war, die das infrage stehende Geld vorstreckte, machte mich rasend, ich drohte damit zu gehen.

Samy betrat die Galerie, um die einzuhaltenden Abstände zwischen den Werken zu markieren. Keuna rauchte ihren Zigarillo und stellte fest: »Sie können mich nicht leiden, nicht wahr, Katmé?« Sie trat mit dem schweren Keilabsatz ihrer Stiefel die Kippe aus. »Ich ehrlich gesagt auch nicht, ich kann Sie auch nicht leiden. Damit sind wir quitt. Lassen Sie uns also eine … gesunde Antipathie pflegen. Wir müssen uns nicht mögen, um am Erfolg von Sams Ausstellung zu arbeiten. Er hat mir erzählt, was Sie über seine Arbeit gesagt haben. Wissen Sie, wenn ein Künstler wirklich etwas mitzuteilen, etwas aufzuzeigen hat, dann tut er es, ohne einen Eiertanz aufzuführen. Heutzutage ist ein Künstler mit nur einer Ausdrucksform monolingual, eine Totgeburt. Heute muss man transversal sein, vielseitig.

Sam fügt sich da perfekt ein. Er ist gleichzeitig originell, verwurzelt und offen, seine Transversalität bereichert jedes Werk, daraus ergibt sich ein Ganzes, nichts steht für sich allein. Die Robustheit seiner Skulpturen, das ungewöhnliche Vertrauen, das sie mit ihrem Kopf anstelle des Bauches vermitteln, ihr Wanken zwischen Totemfigur und mythologischem Wesen, seine schonungslosen, kompromisslosen Fotos, das ist es, was von so einem Künstler erwartet wird. Ich möchte Ihnen nicht zu nahetreten, aber ich bin mir nicht sicher, ob sie allzu viel von Sams Arbeit verstehen.« Ich brachte ihr ein Lächeln voller geringschätziger Toleranz entgegen und sagte: »Für wen halten Sie sich eigentlich? Glauben Sie, allein die Tatsache, dass Sie von Ihren Eltern schöne Wände geerbt haben, macht Sie schon zur Kuratorin des Jahrhunderts? Sie benutzen Samuel für Ihre erste wichtige Ausstellung – woher nehmen Sie Ihre Gewissheiten? Sagen Sie ihm, dass ich im Auto auf ihn warte. Ihre Galerie werde ich mir ein andermal ansehen, vorausgesetzt, ich möchte noch einmal einen Fuß hier reinsetzen!« Keuna, die die Finger in die Schlaufen ihrer Jeans gesteckt hatte, zog sie unvermittelt hoch; der rechteckige Bauchausschnitt, der dem Wind ausgesetzt war, verkleinerte sich dadurch nicht im Geringsten, und als würde sie sich den Himmel zum Zeugen nehmen, beugte sie sich nach hinten und stieß ein dröhnendes Gelächter aus. Die authentische Unverfrorenheit dieser Frau, die vielleicht so alt war wie ich, zog mich in ihren Bann, ich hatte Lust, sie an mich zu reißen, sie mir unter den Arm zu klemmen und damit abzuhauen.

Samy behauptete verärgert, es gebe gute Gründe für Keuna und mich, uns zu verstehen, wir hätten einen schlechten Start gehabt, es sei dumm gelaufen, wir sollten uns wiedersehen; aber nein, Keuna habe nicht sagen wollen, was sie gesagt habe, aber nein, das dürfe ich nicht so auffassen, und außerdem sei ich auch nicht gerade nett gewesen, und ja, er wolle vor der Vernissage nicht über

Geld sprechen, das bringe Unglück. Zu Samys Beruhigung, da ihn der Gedanke quälte, das Verhältnis zwischen mir und der Person, die den Schlüssel zu seiner unmittelbaren künstlerischen Zukunft in Händen hielt, könnte unversöhnlich bleiben, organisierte ich ein Mittagessen zu dritt in der Residenz. Wir sprachen über die Kinder – sie hatte einen Sohn, Xavier –, die Verkrustung des Landes, die Verkalkung der Behörden, der Beamten, die Kokusnussdemokratie, nichts Außergewöhnliches, aber es war ein Gespräch zwischen Menschen mit einer ähnlichen Meinung zu Themen, die man nur mit Vertrauten bespricht. Am Ende des Mittagessens fasste ich ein wenig überschwänglich zusammen: »Was wir in diesem Land brauchen, ist eine Revolution, eine echte Revolution!« Keuna hielt mit der Gabel in der Luft inne und erwiderte spöttisch: »Wer den Tisch mit so viel Besteck auf beiden Seiten des Tellers eindeckt, bricht keine Revolution vom Zaun, Madame Abbia!«

Dieser Satz verfolgte mich noch immer.

Der Jeep fuhr auf den Vorplatz des Rathauses von Fènn.

»Samy«, sagte ich matt, »manchmal verlangst du zu viel von mir.«

»Ich weiß, *Bindi*. Du ahnst gar nicht, wie gut ich das weiß.« Er sah mich voller Wertschätzung, voller Zärtlichkeit an, beugte sich zu mir und küsste mich auf die Stirn. »Du bist der einzige Mensch auf dieser Erde, der bereit ist, eine Ausstellung zu finanzieren, ohne sie vorher sehen zu dürfen. Ich weiß, was ich für ein Glück habe, dich zu kennen, *Bindi*.«

5

DAS RATHAUS VON FÈNN teilte das Dorf in zwei Hälften. Das Gebäude im Kolonialstil lag unweit der Landstraße, gegenüber dem Markt. Es war übertüncht mit getrocknetem rotem Schlamm, als hätte man es in ein Granatapfelbad getaucht. Sobald wir aus dem Auto stiegen, stürzten Verkäufer von Polyesterstoffen aus chinesischer Fabrikation, die die hiesigen Baumwollstoffe bis ins Detail nachahmten, auf uns zu. Ein junger Mann vom Ordnungsdienst des Rathauses, gelbe Warnweste über dem Hemd, schwenkte drohend einen Palmfaserbesen, die Verkäufer wichen zurück und beschimpften ihn als falschen Hund und prahlerischen Wurm. Diese Szene spielte sich wohl häufiger ab. Samy und ich wechselten amüsierte Blicke. Das letzte Mal, dass jemand vor unseren Augen als prahlerischer Wurm bezeichnet wurde, war auf dem Gymnasium gewesen.

Es war Markttag, und das Durcheinander der Händlerinnen und Händler – Hähne, die in Raphiakäfigen gackerten, Frauen, die Kochbananen und Safous auf Holzkohle schmorten, Männer, die Briefumschläge, Briefmarken, Formulare, offizielle Dokumente, Büromaterial und allerlei Schnickschnack verkauften – belebte den Platz vor dem Rathaus. Ganz am Rand, neben der Treppe zum Eingang, an einem Zeitungskiosk, einem Stand mit Kolanüssen, Tigerbalsam und Mentholatum, las ein alter Mann in Khakishorts, Turnschuhen und langärmeligem Shirt, vollkommen gleichgültig gegenüber dem Radau auf dem Platz, Zeitung; der Vater des Bürgermeisters, informierte uns der junge Mann.

Im Rathaus bedeckte die rote Erde Wände, Boden und Fenster. Spinnennetze verhüllten die Decke, die Vogelnester, die Gesimse, als würde es sich um einen verlassenen Ort handeln. In einer mit Deko vollgestopften Ecke krächzte ein Tannenbaum mit Stern auf der Spitze ein Weihnachtslied. Es war Anfang Februar. Ich ging näher heran, strich über die trockenen Nadeln, sie fielen zu Boden; ich roch am Baum. Eine echte Tanne. Als ich denselben Test bei Tonton Ambroise und Djama durchgeführt hatte, war an meinen Fingern Öl hängen geblieben; in ihrem Haus mit all den glänzenden Sofas, Vorhängen, Teppichen, Nippes, Geschirr und Besteck. Von diesem Glanz hob sich ein grüner, mit Kunstschnee bestäubter Tannenbaum ab. Während ich auf meine Gastgeber wartete, hatte ich die Zweige berührt; das Duftöl, mit dem der Baum besprenkelt worden war, stach mir in die Nase. »Täuschend echt, nicht wahr? Gefällt er dir? Ich kann dir die Adresse des Geschäfts geben.« Djama, die Frau von Tonton Ambroise, kam auf mich zu, frisch, aufrecht, umschmeichelt von einem eleganten, perlenverzierten Kaftan aus Tüll. »Er braucht keine Reinigung, verliert keine Nadeln und hält Jahre. Praktisch und kostengünstig. Und«, fügte sie hinzu und sah mich dabei eindringlich an, »er ist ein richtiges *Statement*, findest du nicht?« Mit Kunstschnee bestäubtes Plastik. Ich hatte irgendetwas gebrabbelt. Schnee. In einer Stadt, in der die Temperaturen nie unter fünfundzwanzig Grad fielen. Seit Djama ohne Umschweife in mein Leben getreten war und mir zu verstehen gegeben hatte, dass vor Tashuns Ernennung zum Hauptstadtpräfekten ein Meinungskampf unter ihrer Beteiligung stattgefunden hatte, war mir aufgefallen, dass sie ihren Alltag auf Praktikabilität, Sparsamkeit und … *Statement* ausrichtete. Ein Wort, das Tashun vor Kurzem in seinen Wortschatz aufgenommen hatte.

Samuel hatte sich getäuscht. Édouard Limu, der Bürgermeister, bestand aus Knochen, komplett aus Knochen. Mit seinem kantigen Gesicht, den vorstehenden Wangenknochen hatte er nichts von dem Mann mit den deutlichen Altersanzeichen, den ich mir beim Lesen des Briefs vorgestellt hatte. Ich fand, er hatte sogar etwas von Tashun, nur in schlankerer, sittsamerer Form. Von seinem sonnenbeschienenen, von einem Papierwust belagerten Schreibtisch warf er uns flüchtige Blicke zu. Ich hatte Samy als meinen Bruder vorgestellt und erläutert, er sei »der Bruder von Kizito Pankeu, selber Vater, selbe Mutter. Sie kennen ihn vermutlich?« – »Alle kennen ihn hier.« In Édouard Limus Antwort schwangen Andeutungen mit. Kizito, zehn Jahre älter als Samuel, lehrte Jura. Er war der Gründer von *Revers*, jener Zeitschrift, die der der Universität Konkurrenz machte und für ihre strengen Analysen, ihre bissigen, in den Augen der Regierung zersetzenden Artikel bekannt war, die wiederum manchmal von der nationalen Presse oder akademischen Publikationen im Ausland nachgedruckt wurden. Seit zehn Jahren erhielt Kizito Lehraufträge, kam wegen seiner politischen Stellungnahmen jedoch keinen Schritt weiter.

Édouard Limu war nicht erfreut darüber, dass Sennke die Erlaubnis zur Exhumierung nicht unterzeichnen und erst wenige Tage vor dem Begräbnis anreisen würde. Das Rathaus sei mit zahlreichen Fällen von Identitätsdiebstahl, Grabschändung und Knochenraub konfrontiert. Vor zwei Tagen erst seien erneut Frauen festgenommen worden, die mit einer Schubkarre voll Gebeinen den Friedhof verlassen hätten. Er rief Tashun an, holte dessen Einverständnis ein, die Vorschrift außer Acht zu lassen, schickte seine Sekretärin ins Archiv und zur Kopierstelle.

»Was das Abendessen betrifft«, sagte ich mit einem kurzen Seitenblick auf Samy, »wäre es möglich, Kizito Pankeu dazu einzuladen?« Die Augen des Bürgermeisters sprangen schnell von Samuel zu mir. Die Frau des Hauptstadtpräfekten, Mitglied der Präsidentenpartei, bat darum, den Oppositionellen Kizito Pankeu zum Abendessen einzuladen, etwas musste ihm entgangen sein.

Er machte keinen Hehl aus seiner Zögerlichkeit. Ihre Exzellenz, Madame Préfète, verkenne die Lage der Dinge, dies sei in der Provinz nicht so einfach. »Uns läge sehr viel daran«, betonte ich. Dieser Édouard Limu, seine entfernte Ähnlichkeit mit Tashun, die verstaubte Ehrerbietung, mit der er mich ansprach, juckten mich in der Nase. Dass ein Bürgermeister der RFP, der wichtigsten Oppositionspartei, nicht mit Kizito Pankeu zu Abend essen wollte und sich den Tag freinahm, um der Frau des Präfekten von Akriba zu helfen, ein Grundstück für den Bau ihres zukünftigen Hauses zu finden, machte mich dagegen nicht weiter stutzig. Sicherlich würde er im nächsten Wahlkampf für die Präsidentenpartei antreten. Ein typischer Wendehals.

Die Sekretärin brachte die Dokumente zurück, bat mich, die Kopien, die nun zur Unterschrift vorlagen, mit den Originalen abzugleichen. Diese Schriftstücke kondensierten Madeleines neununddreißigjährigen Aufenthalt auf Erden in drei Urkunden. Geburt. Tod. Bestattung. Da ich mich nicht dazu entschließen konnte, die Dokumente zu überprüfen, nahm Samuel sie mir aus der Hand und glich sie gewissenhaft mit den Originalen ab. Er bestätigte, dass sie übereinstimmten. Madeleine war an einem 29. Dezember gestorben, dem gleichen Tag, an dem Jahre später Axelle und Alix zur Welt gekommen waren. Er machte mich darauf aufmerksam. Ich zuckte zusammen. Seit zehn Jahren, seit der Geburt der Zwillinge, bedeutete der 29. Dezember für mich nichts anderes, als dass an diesem Tag in meinem Herzen die zartlila Blütenpracht des Jacaranda erstrahlt war.

Der Bürgermeister fragte, wann ich es aufsuchen wolle. Da ich nicht verstand, ergänzte er: »das Grab Ihrer Mutter«.

So undenkbar es auch scheint, ich hatte nicht einen Augenblick daran gedacht, dass ich bei diesem ersten Besuch in Fènn an Madeleines Grab gehen würde. Ich würde doch nicht einfach so dort hingehen … Ganz ohne Vorbereitung, ohne … Ich antwortete, es bestehe kein Anlass zur Eile, ich könne dies ein andermal tun, ich erinnerte mich an einen abgelegenen, zugewucherten Ort, für einen so kurzen Aufenthalt würde es zu viel Zeit in Anspruch nehmen, die Priorität dieses ersten Besuchs liege auf der Unterzeichnung der Dokumente im Rathaus, der Suche nach einem Grundstück am Gipfel eines Hügels, einem Ort, an dem das Haus, die Gruft errichtet werden könne.

Er fasste sich wieder, doch in seinen Waschbärenaugen hatte ich eine kurze Schockstarre aufblitzen sehen. Sein Vater hatte einen Zeitungskiosk am Eingang des Rathauses, sie konnten einander kaum lange aus den Augen verlieren.

»Madame Excellence, wir können es morgen aufsuchen, außerdem …«

»Ich habe Nein gesagt! Ein andermal! Und bitte nennen Sie mich nicht mehr Madame Excellence, verstanden? Ich heiße Katmé Abbia.«

Samy schaltete sich ein: »Aber Kat, wir finden morgen bestimmt etwas Zeit dafür und …«

»Hör sofort auf, Samuel, ich bitte dich.«

Eine Mutter, die sich wie eine Diebin mit neununddreißig Jahren davongestohlen, die Sennke und mich mit elf und dreizehn schutzlos der bevorstehenden rauen Zukunft ausgeliefert hatte, verdiente es nicht, dass man sich zu lange mit ihr beschäftigte. Es hatte etwas Feiges an sich, einfach so abzuhauen, ohne jede Vorwarnung, sich mit dem Vater zu zoffen, weil er, wieder einmal, eine Freundin aus der Kindheit vögelte, das Auto zu nehmen, mit Höchstgeschwindigkeit durch die schwarze Nacht zu brausen, voll gegen einen Lastwagen zu prallen, der ebenfalls mit hohem Tempo unterwegs war, über die Straße geschleift zu werden, Rücken, Arme, Beine blutig gescheuert, Kleidung zerfetzt, Gesicht wundersamerweise intakt, zu überleben, zu erfahren, dass man für den Rest seines Lebens gelähmt sein werde – egal! Man lebt, man ist bei klarem Verstand, spricht, mit Katmé, mit Sennke, mit dem Besitzer des strolchenden Schwanzes, mit jedem! Und dann eine von den Ärzten übersehene innere Blutung zu haben, einfach so zu sterben eines Morgens, eines Sonntagmorgens, um elf Uhr, drei Tage nach dem Unfall, drei Tage nach dem Streit mit dem Vater, während alles darauf hindeutete, dass man davonkommen würde; ja, das hat etwas Feiges an sich. Und zwanzig Jahre nach dem Tod hat sich nichts daran geändert, wie man es auch dreht und wendet, wer sich auf diese Weise davonstiehlt, verhält sich nicht korrekt, um nicht zu sagen richtig gemein. Wer seine Kinder liebt, läuft nicht davon. Punkt. Der begleitet sie auf ihrem Lebensweg. Trocknet ihre Tränen, verarztet ihre Wunden, schimpft, scheltet, beglückwünscht, bestraft, ermutigt, zähmt, lehrt, rügt, tadelt sie, macht, was er will, aber zerstört sich nicht selbst! Meine Kehle schnürte sich zusammen. Madeleine war für mich nur noch eine entfernte Verwandte, verstorben an einem fernen Ort. Wenn ich Mama Récia jemandem vorstellte, sagte ich wie selbstverständlich »meine Mutter«. An jenem Samstag, im Gestrüpp, nachdem die Fliesen zertrümmert und der Sarg ins Grab hinabgelassen worden war, hatte ich meinen Schmerz luftdicht verpackt. Es stand nicht zur Diskussion, nun alles auszupacken unter dem Vorwand, dass das Rathaus von Fènn mir einen Brief geschickt hatte und Tashun Feuer und Flamme war. Mehr als je zuvor war Mama Récia das Leben und die andere die Vergängliche, der Tod. Keinesfalls würde ich heute, nur um den beruflichen Hirngespinsten meines Mannes, den Erwartungen meiner Gesprächspartner zu entsprechen, einen Kummer, den ich nicht mehr spürte, einen Mangel, den ich überwunden hatte, in Szene setzen. Das wusste Samuel! Bei jeder Erwähnung von Madeleine fühlte ich mich dazu gedrängt, meinen Kummer zu zeigen, »in ewiger Trauer« stand auf den Grabsteinen. Niemand will für ein Monster gehalten werden, also setzte ich die Maske auf, ließ mich trösten. Wofür? Am liebsten hätte ich alle geohrfeigt! Aber wie konnte ich vor den anderen meine Entscheidung vertreten, mich um die Lebenden zu kümmern? »Lasst die Toten ihre Toten begraben« war vielleicht der einzige Satz aus Mama Récias judeodogmatischem Repertoire, den ich nicht ablehnte und dessen Haltung zur Religion derjenigen der Kreuzritter nahekam.

Samy sah mich verärgert an. Er murmelte: »Wie du willst.« Nur an mich gerichtet fügte er mit gesenkter Stimme hinzu: »*Abundans cautela non nocet*, überflüssige Vorsicht schadet nicht.«

Beim Abendessen übertönte Kizito mit seiner Rednerstimme, die laute Hörsäle gewöhnt war, das Gebrummel des Fernsehers, dessen Bildschirm eine Wandhälfte im Wohnzimmer des Bürgermeisters einnahm. Mit einer Geschichte, die ich schon hundertmal gehört hatte, der Geschichte über einen alten Kommilitonen, der Richter geworden war und sagte, er finde es gut, wenn beide Parteien ihm die gleiche Summe bezahlten, da er so ein faires Urteil fällen könne, brachte er alle zum Lachen. Seine Ausführungen über den bedrohlichen Zustand der Universität und des Landes unterstrich Kizito mit demselben Diktum: »Wir steuern ungebremst auf das Mittelalter zu.« Um den neugierigen Nachfragen der Tischgesellschaft nach den Anfängen unserer Freundschaft entgegenzukommen, riefen Samy und ich unsere Erinnerungen wach, ans Gymnasium, den Filmklub, Bollywood und Kung-Fu, verdrängt von Kunst und Essay, Literatur, den neuen afrikanischen Autorinnen und Autoren. Ich musste bis zum Ende des Abendessens warten, bis ich den Verein zur Unterstützung junger Mütter, den Tashun und ich zu gründen gedachten, zur Sprache bringen konnte. Der Bürgermeister, seine Frau, seine wichtigsten Mitarbeiter, der Unterpräfekt, Aleksandre Fortès – ich hatte nicht mit seiner Anwesenheit gerechnet – hörten zu, ohne mich zu unterbrechen. Niemand gab einen Kommentar, eine Bestärkung von sich, nicht einmal Kizito, der mir allerdings seltsame Blicke zuwarf. Das Schweigen der Versammelten vermittelte mir das Gefühl, Dummheiten von mir zu geben.

Der Eindruck vom Abend bestätigte sich am nächsten Morgen im Büro des Mival-Beauftragten für soziale Inklusion, Fortès, der mir bei der Planung des Projekts helfen sollte. »Das hier ist nicht die Hauptstadt. Hier heiratet man zuerst, dann macht man Kinder.« Wer es überstürze, breche die Schwangerschaft ab, wenn das Baby doch zur Welt komme, lande es meistens in einer Klärgrube oder im See. Das sei den jungen Mädchen lieber, als eine Schande für ihre Familie, die Gemeinschaft zu sein; die Zahl derjenigen, die den Mut hätten, ohne Ehemann zu gebären, ein Kind zu behalten, sei so gering, dass es kontraproduktiv wäre, sie durch die Gründung eines Vereins zu stigmatisieren. Fortès sprach ohne Unterbrechung, ohne den Blick von mir abzuwenden. Ich schluckte meine Demütigung hinunter, dankte ihm für die »wertvollen Erläuterungen«. Dass mir beim Abendessen der Bürgermeister, seine Frau, seine Mitarbeiter, der Unterpräfekt nicht widersprochen hatten, konnte ich mir erklären: Sie hatten sich nicht getraut. Dass Kizito vor den anderen die Dummheit meiner Idee nicht hatte herausstellen wollen, fand ich normal. Aber was war mit ihm? Fortès hatte den Mund nur aufgemacht, um Fragen zu den Fortschritten des Autobahnbaus zu beantworten, Kizitos Äußerungen zuzustimmen oder darüber zu lachen und mit Samy zu sprechen: über Bildhauerei, Kunst, die bevorstehende Ausstellung. An mich hatte er kein Wort gerichtet. Er wusste nichts von mir, und das wenige, was er sich denken konnte, war eindeutig nicht zu meinen Gunsten. Tashun und ich waren für ihn willensschwache Opportunisten. Dank Tonton Ambroise hatten wir für den Abriss von Madeleines Grab einen Aufschub erhalten. Mival hatte wegen uns seinen Plan geändert. Und das hatte Fortès sicherlich noch nicht verdaut. Okay, Tashuns Idee eines

Zentrums für junge Mütter war nicht richtig ausgereift. Er hatte gedacht: Frau, jung, Kind, prekär; hinreichende Gründe. Aber diese Arroganz, diese Herablassung seitens Fortès? Seit wann lebte er im Haut-Fènn? Er hatte mich, mich, deren Nabelschnur an diesem Ort begraben ist, mich, deren Eltern hier geboren und aufgewachsen sind, mich, deren Kindheit, deren Geschichte untrennbar mit dieser Region verknüpft sind, er hatte mich wie eine ausschließlich von nüchternem Kalkül geleitete Fremde behandelt. Offen gestanden war mir auch nicht besonders klar, warum Tashun diese Idee von der Gründung eines Vereins in den Raum gestellt hatte. Wieder einer seiner genialen Einfälle. Und ich, feige wie so oft, zu müde, um mich gegen ihn aufzulehnen, hatte gehorcht. Aber trotzdem. Tashun hatte recht, ihn als Blödmann zu bezeichnen. Scheußliche Katzenaugen, vernarbte Oberlippe, die Stirn so kantig wie der Kiefer; die Natur täuschte sich selten, er war nicht schön.

Hatte Fortès in seinem petrolblauen Abacost bemerkt, wie abweisend er gewirkt haben musste? War ihm wieder eingefallen, dass ich die Frau eines Mannes war, der auf die eine oder andere Art Einfluss auf den Verlauf des Projekts nehmen konnte, für das er arbeitete? Entschied er, dass es an der Zeit sei, mir eine weniger ungehobelte Seite von sich zu zeigen? Dem freundlicheren Tonfall widersprach jedoch der kalte Blick, mit dem er erklärte: »Wenn Sie das Leben der Menschen hier wirklich verbessern wollen, sagen Sie mir, was ich für Sie tun kann, und ich helfe Ihnen. Alles andere ist nicht von Belang. Es steht mir nicht zu, über Ihre Gründe zu urteilen.« Er ließ also Milde walten. Das war eindeutig genug. Meine Stimme wurde scharf, meine Worte schneidend. Was sagte ich genau? Ich behielt nichts davon im Gedächtnis, außer dass ich meine Salve mit »letzter Schuss« beendete.

Während ich Atem schöpfte, trat ein neues und zögerliches, ein ironisches und vielsagendes Leuchten in Fortès' Gesicht. Ich wurde für ihn lebendig. Ich konnte deutlich seine innere Veränderung wahrnehmen. Der Wall aus Vorurteilen in seinem engstirnigen Denken gab schon bei der ersten Offensive nach. Seltsamerweise missfiel mir das. Und dann dieses lächerliche »letzter Schuss«, das ich mir von Tashun, dem ehemaligen Jäger, geborgt hatte. Mit einem inneren Schulterzucken sagte ich mir, dass es bei allem, was man tat, immer einen Moment gab, in dem die Dichtung für den eigenen Abfluss sich lockerte, Risse bekam.

Das Grundstück, das mir der Bürgermeister zeigte und das ich inmitten eines Rechtsstreits kaufen wollte, war unverkäuflich. Das stellte ich im Katasteramt fest. Édouard Limu hatte es nicht für nötig befunden, die administrative Situation zu klären, bevor er mich dem Besitzer des Grundstücks vorstellte. Er hatte nicht damit gerechnet, dass man ihn, den Bürgermeister von Fènn, hereinlegen könnte. Édouard Limu gehörte zu den Leuten, die überzeugt sind, dass allein ihr Titel sie nicht nur vor alltäglichen Eventualitäten, sondern auch vor gewöhnlichen Betrügereien bewahrt. Der Besitzer des Grundstücks protestierte lauthals, schwor beim Leben seiner Kinder, es liege ein Irrtum vor, er sei ein grundehrlicher Mann, warf uns wüste Beleidigungen an den Kopf, nahm den Himmel zum Zeugen, verfluchte uns, kletterte auf sein Motorrad und knatterte unter dem Lärm und dem ätzenden Gestank seines Auspuffs davon. Édouard Limu löste ungeduldig den Knoten seiner Krawatte. Ohne uns darüber abgestimmt zu haben, brachen Samy und ich in schallendes Gelächter aus. Wir versuchten, uns zu beruhigen, aber sobald wir uns ansahen, prusteten wir umso heftiger wieder los. Der Bürgermeister tupfte sich die Stirn ab, die Mitarbeiter, die ihn begleiteten, wussten nicht, wie sie sich verhalten sollten. Wie hätten sie auch verstehen sollen, dass dieser unehrliche und plumpe Verkäufer eine Spezies verkörperte, die ich nicht mehr häufig zu Gesicht bekam? Sich mit dem Bürgermeister anzulegen, mit mir, ohne mit der Wimper zu zucken, ohne Angst vor möglicher Vergeltung; in mir erbebte so etwas Ähnliches wie Stolz über den urkomischen Mut dieses Mannes; er stieß mich vom Sockel der unberührbaren Statue, die ich seit einem Jahr als Frau des Hauptstadtpräfekten gezwungenermaßen darstellte. In dem irren Gelächter, das Samy und mich schüttelte, hörte ich jedoch das Echo der billigen Entgleisung.

Wir machten uns auf die Suche nach einem neuen Grundstück. Nichts entsprach Tashuns Vorgaben: Lage auf einem Hügel, Blick aufs Tal, die Berge oder das Dorf. In Fènn wurde Land gekauft, aber nicht verkauft. Die Besitzer von Brachen lehnten Angebote ab. Ich untersagte es mir, im Quartier de la Montagne zu suchen, als man es mir vorschlug. Mein Vater hatte dort ein Haus gebaut, das Haus, in dem Sennke und ich vor Madeleines Tod die Ferien bei unserer Großmutter verbracht hatten. In meiner Erinnerung prangten ein großes Foto des Präsidenten der Republik sowie ein Plakat mit dem Parteikürzel am Eingangstor. Zu Beginn der politischen Proteste, in etwa zu dem Zeitpunkt, als Madeleine starb, hatte mein Vater protestierenden Studierendengruppen und Anführern nicht legalisierter Parteien die Räumlichkeiten seines Unternehmens zur Verfügung gestellt. Eine strenge Nachversteuerung rief ihn zur Ordnung. Er wurde Mitglied der MPA, der Präsidentenpartei, und kämpfte, einen Anstecker der Partei am Revers, mit dem Eifer der letzten Bekehrten gegen *die Gegner des Regimes*. Seine Beziehungen zur Macht besänftigten nicht nur die Gemüter der Steuerprüfer, sondern ließen auch seine Geschäfte florieren. Inzwischen hatte mein Vater sich aus den Geschäften zurückgezogen – seine Söhne hatten die Leitung übernommen –, doch mein Name, der Name, den ich vor der Hochzeit mit Tashun getragen hatte, stand auch jetzt, da die politischen Parteien, die nicht zur präsidentiellen Mehrheit gehörten, nur eine Nebenrolle spielten, noch immer für diejenigen, die, neben anderen, der Präsidentenpartei dazu verholfen hatten, dem

Oppositionsdruck der *Jahre der Glut*, wie sie im Rückblick genannt wurden, zu widerstehen.

Nach einem Tag erfolgloser Suche aßen Samy und ich im Gasthaus Zimanto, in dem wir auch übernachteten, zu Abend. Es war kalt. Ich hatte Samy eine Strickjacke geliehen; die Ärmel waren ihm viel zu kurz und verleiteten die Kellner zu Scherzen. Die roten Neonröhren, verstärkt durch einen lasziven Zouk-Love-Mix mit expliziten Texten, verliehen dem Speiseraum ein Puffambiente. Eine Bewegung an der Eingangstür zog unsere Aufmerksamkeit auf sich. Fortès kam im weißen Abacost mit mehreren Personen im Blaumann herein. Sie setzten sich in eine Ecke auf der anderen Seite des Raums. Diagonal zu unserem Tisch. Noch bevor ich Samy ermahnen konnte, sich ruhig zu verhalten, winkte er Fortès, der gerade Platz genommen hatte. Fortès verließ seine Gruppe, um uns die Hand zu schütteln. Der Bürgermeister habe ihm von unserem enttäuschenden Erlebnis mit dem Grundstücksverkäufer berichtet. »Ich wohne im Quartier du Tam-Tam ... Der Besitzer des Hauses, in dem ich zur Miete wohne, hat noch ein anderes, nicht weit von meinem, vierhundert Meter weiter, um genau zu sein. Ein Haus mit zwei Stockwerken. Nicht komplett fertiggestellt. Es steht zum Verkauf, ebenso wie der Eukalyptuswald ringsum. Zwischen den beiden Häusern liegt ein Teich. Die Lage ist nicht schlecht. Wenn Sie morgen nichts finden und weder gegen Eukalyptus noch gegen Wasser allergisch sind, können Sie immer noch dort hinfahren und es sich ansehen.«

Am nächsten Tag erkundeten Samy und ich das Quartier du Tam-Tam und den Eukalyptuswald.

ZWEITER TEIL

6

DJAMA WAR ZUM MITTAGESSEN in den Caz gekommen, wie immer gefolgt von der jungen Frau, die zehn Schritte hinter ihr ging, ihre Handtasche trug, ihr als Gedächtnisstütze diente und, sobald sie mit dem Finger auf sie zeigte oder das Kinn in ihre Richtung hob, ihre Sätze beendete. Die junge Frau gehörte genauso wie die ausgesuchte Garderobe, die Schals aus Moiré-Seide, die hochhackigen Schuhe mit Monogramm, der bewaffnete Soldat auf dem Beifahrersitz des Bentley, der goldene Solitärring mit Diamant im Prinzess-Schliff, der Ehering aus Platin mit Diamanten im Baguette-Schliff, die goldenen, mit Rubin, Saphir und Smaragd besetzten Armreifen, die großen Ohrringe mit Edelsteinimitationen – denn Ohrringe gehen leicht verloren – zu dem Pomp, ohne den die Frau von Tonton Ambroise nirgendwo hinging. Die Mutter von acht Töchtern, zartgliedrig, keine Falte im Gesicht, obwohl sie die Sechzig weit überschritten hatte, war schön und wusste es. Die Stellung ihres Mannes gab ihr Macht und Einfluss, und auch das wusste sie. Von sich selbst wie gelähmt, sich selbst nicht genügend, brauchte sie eine Vielzahl von Helfern, die sie verlängerten, vervollständigten, sie brauchte die anderen. Wenn sie jemanden auserwählte, war sie fordernd und band ihn, sofern sie es sich nicht anders überlegte, beinahe unwiderruflich an sich. Zunächst neugierig, dann fasziniert, war Katmé ihr hörig geworden. Ihr Verhältnis zu Djama war eine Mischung aus Bewunderung, Furcht, Verzweiflung, Ungläubigkeit. In ihrer Gegenwart wurde sie wieder zu dem kleinen Mädchen, das gefallen will, zustimmt, sich fügt. Komplimente am laufenden Band, Verzicht auf jegliche Widerworte; so verhielt sie sich gegenüber Djama. Nach jedem Treffen war sie erschöpft, entkräftet von ihrem unterdrückten Hohngelächter. Unter dem Frettchenblick ihrer neuen Freundin wurde sie zu einer Version ihrer selbst, die sie abstoßend fand. Wenn es Sennke als Teenagerin gegenüber einem Jungen, der ihr gefiel, die Sprache verschlug, verteidigte sie sich mit den Worten: »Das kommt, weil er mir durchs Hirn stapft.« Genauso war es mit Djama, sie stapfte ihr durchs Hirn. Obwohl sie alle Voraussetzungen erfüllte, um ihr zu missfallen.

Sie fragte sich, wann sie die Frau von Tonton Ambroise ernsthaft hassen würde.

Vielleicht heute.

Bestimmt heute.

Das Mittagessen fand bei der Frau des frischgebackenen stellvertretenden Vorsitzenden des Kabinetts des Präsidenten der Republik statt. Madame *Dircaba*, vormals Ameline, stellte zum ersten Mal ihre Qualitäten als Gastgeberin des Caz unter Beweis. Die vorherige Madame Dircaba war seit dem Tag, an dem ihr Mann seiner Ämter entbunden worden war, gemäß einer der ungeschriebenen Regeln des Clubs nicht mehr erschienen. Im Grunde genommen beschränkten sich die ungeschriebenen Regeln auf eine einzige: den Posten des Ehemanns. In dem prunkvollen Wohnzimmer, dessen verglaste Seitenwand den Blick auf die schwarzen Wasser des Zambuena-Flusses freigab, waren etwa dreißig Frauen zusammengekommen: Ehefrauen von Botschaftern, von Ministern, von Geschäftsführern öffentlicher Unternehmen, von einflussreichen Parteimitgliedern. Elegant, dezent, parfümiert. Katmé konnte sich nicht damit abfinden, dass sich diese Frauen, genauso wie sie im

Übrigen, und auch noch mit einem Lächeln auf den Lippen, in bloße Anhängsel ihrer Ehemänner verwandelt hatten.

Die Sonne mogelte sich durch den feinen Baumwollstoff vor der Fensterfront, ihre Strahlen brachten die Gläser zum Funkeln. Die Kellnerinnen waren durch ihre langen, engen marineblauen Röcke in ihren Bewegungen eingeschränkt und trippelten vorsichtig umher, um Champagner und *exotische* Säfte – allerdings aus heimischen Früchten – anzubieten. Die Klimaanlage hielt die Temperaturen im Raum kühl, weit unter den 38 Grad, die draußen herrschten.

Sie kamen jeden Freitag zum Mittagessen zusammen. Natürlich wurde niemand *gezwungen*. Nur musste man sich bei Abwesenheit entschuldigen, rechtfertigen, erklären, warum man nicht kommen konnte, und sich beim nächsten Mal entschuldigen, dass man nicht hatte kommen können. Einen glaubwürdigen Vorwand zu finden kostete Katmé genauso viel Energie, wie an den endlosen Mittagessen teilzunehmen, darum folgte sie in aller Regel dem Appell am Freitagmittag. Empörte sich tatsächlich keine einzige von ihnen insgeheim, ihre Zeit mit Pillepalle zu verplempern? Unwiederbringliche Stunden ihres Lebens mit blödsinnigen Patchwork-Workshops, dem Knoten von Turbanen, der Verkostung vegetarischer Samosas zu vergeuden?

Wie üblich hatten sich kleine Gruppen gebildet. Katmé spitzte die Ohren; Djama hatte mit ihren Äußerungen die Traube von Frauen um sie herum in Heiterkeit versetzt. Wie üblich hing etwa ein Dutzend Zuhörerinnen an ihren Lippen. Sie spielte mit dem Stiel ihres Champagnerglases und berichtete von den neuesten Heldentaten ihrer Enkelkinder. Im Großen und Ganzen banale Dreikäsehochgeschichten, Sätze von Kindern, die eher zu einem Lächeln als zu Gelächter veranlassten; aber da es die Frau von Ambroise Béma war, die sie erzählte, mussten sie lustig sein, die Frauen lachten aus vollem Hals.

Die Kellner, alle bekleidet und behandschuht wie der Oberkellner, brachten in der einen Hand eine Platte mit etwas Herzhaftem, in der anderen Servietten aus so feinem Leinen, dass Katmé befürchtete, sie könnten zerreißen, wenn sie sich den Mund damit abwischte. Sie hätte nicht sagen können, was sie da schluckte; sicher war, dass sie schluckte. Es war der einzige Weg, die schreckliche Langeweile zu unterdrücken, die sie bei den Mittagessen des Caz plagte. Das Dekor, die Menschen, die Gespräche schienen ihr manchmal so unwirklich, dass sie sich von ihrer Echtheit überzeugen musste, indem sie Samuel davon Bericht erstattete.

In ihrem Nacken hatte es unangenehm gekribbelt, als der Oberkellner mit feierlicher Stimme das Eintreffen von »Madame Generalsekretär der MPA« verkündet hatte. Sie ahnte schon den Grund für Djamas Anwesenheit. Trotz ihrer Funktion als Vizepräsidentin des Clubs schwänzte die Frau von Tonton Ambroise normalerweise die Mittagessen, auf die folgte, was sie als »Elendstourismus« bezeichnete. Nach dem Essen würde der Caz als Delegation zum Verein Vita aufbrechen, um Spenden für die Waisenkinder zu übergeben. »Ich habe ja nichts gegen die Ausflüge, die die *Weißen* organisieren«, hatte sie Katmé erklärt, »aber es gibt nicht nur Gefängnisse, Waisenhäuser und Armenviertel in diesem Land. Die Sehenswürdigkeiten, die Landschaft, haben die keine Aufmerksamkeit verdient?« Heute war Elendstourismus angesetzt. Und Djama war da. Zierlich, stolz, ultramarinblaues Brokatkleid mit passendem Schal, angenehmer Duft, maßvolles Lächeln. Sie ist nur deswegen gekommen, dachte Katmé und warf Djama einen stechenden Blick zu.

Samuels Ausstellung.

Ihr Streitthema.

Gertrud, die schwedische Botschafterin, die in der Woche zuvor Gastgeberin gewesen war, hatte vorgeschlagen, den Kindern – sie sagte »Kin-därn« – des Vereins Vita Samuels Ausstellung zu zeigen. Katmé hatte beobachtet, wie sich neben ihr Djamas Wurstfinger um die Gabel verkrampften. Figur einer Massai, Hände eines Holzfällers. »Glückwunsch zu dieser Idee!«, hatte Kihiko, die Japanerin, voller Begeisterung gerufen. »Samuel Pankeu ist fabelhaft, fabelhaft! Und inspirierend! Sehr inspirierend!« Da sie schon beim Dessert saßen und man mit altem Rum getränkte flambierte Banane in Ruhe genießt und da sich die eine oder andere skeptisch zeigte, hatten sie die Entscheidung »auf das nächste Treffen« vertagt.

Also heute.

Vor einem Monat hatte sie Djama angerufen, als diese gerade bei Grand Moké, ihrem Schneider, den x-ten Kaftan anprobierte. Samy hatte kurz zuvor einige Exemplare des Ausstellungskatalogs in der Residenz vorbeigebracht. Djama hatte versprochen vorbeizukommen, sobald sie fertig wäre. Wenn jemand bei der Ausstellung ein wenig nachhelfen konnte, dann sie, ihre Freunde, ihre Kontakte. Katmé hatte darauf bestanden, dass Samuel und Keuna Djamas und Tashuns Gäste zu einer Pre-Vernissage einluden; so etwas war immer schmeichelhaft, so etwas vermittelte den Eindruck, noch privilegierter zu sein als die Gäste der Vernissage. Sie würde Djama Karten und Kataloge vorbeibringen, damit sie sie in ihrem Bekanntenkreis verteilte. Djama kam in Begleitung der jungen Handtaschenträgerin-Gedächtnisstütze; blätterte aufmerksam im Katalog, las die Texte, studierte die Bilder, strich mit dem Daumen über den Buchrücken und fragte: »Dieser Samuel ... Dieser Samuel Pankeu, er heißt wie dieser Typ von der Universität Haut-Fènn, sie sind aber nicht miteinander verwandt, oder?« Ohne eine Antwort abzuwarten, fuhr sie fort: »Erklär mir doch mal, warum Künstler, die hier geboren, die hier aufgewachsen sind, die sich mitten unter uns entfalten konnten, ohne Zwänge, ohne Hürden, warum solche Künstler in die Hand beißen, die sie füttert. Vielleicht, weil man ihnen anderswo sagt: ›Wenn du Erfolg haben willst, musst du dein Land kritisieren, sonst hast du keine Chance, dass deine Arbeit im Ausland Beachtung findet, dass man dich auf unseren Messen akzeptiert‹? In Asien werden anscheinend immer mehr Künstler von hier ausgestellt, weiß der Geier warum, meiner Meinung nach handelt es sich um eine Art Trojanisches Pferd, aber das ist eine andere Geschichte. Ambroise und ich, wir sind neunzehnhundert ...,« sie deutete mit dem Zeigefinger auf die junge Frau, die ergänzte, »... neunundneunzig.« – »Genau, wir sind neunzehnhundertneunundneunzig nach Moncton geflogen, zum Gipfeltreffen der ...« Gleiches Spiel, die junge Frau ergänzte: »... Frankophonie.« – »Genau, zum Gipfeltreffen der Frankophonie. Der Chef hatte Ambroise gebeten, ihn zu vertreten, er hat mich mitgenommen. Übrigens waren dort alle möglichen angeblich frankophonen Länder, Albanien zum Beispiel, das sogar als Mitglied aufgenommen wurde, spricht man in Albanien wirklich Französisch? Aber das ist eine andere Geschichte. Es gab einen Kunstsalon für die zeitgenössischen Künstler der Mitgliedsländer. Wir haben einen Videokünstler von hier getroffen, er war als politischer Flüchtling in Kanada. In einer apokalyptischen Videoinstallation hat er behauptet, er wäre geflohen, weil er wegen seiner Ideen verfolgt wurde. Ehrlich gesagt, Ambroise und ich hätten uns geschüttelt vor Lachen, wenn wir damit nicht riskiert hätten, dass uns die anderen Delegationschefs für die Handlanger des Landes halten, das den sogenannten Künstler verfolgt und zur Flucht gezwungen hat. Weißt du, wie er es genannt hat?«

Ein Nicken in Richtung der jungen Frau, die Antwort schoss aus ihr heraus: »… *Pandämonium.*« – »Genau, *Das Pandämonium.* Die vermeintliche Hauptstadt der Hölle. Hier. Dieses Land, in dem du und ich leben. Seine Geschichte eines politisch verfolgten Flüchtlings war völlig abwegig, keine Sekunde lang glaubwürdig, er hat es geschafft, den Kanadiern Sand in die Augen zu streuen und einen Aufenthaltstitel zu bekommen, gut für ihn. Weißt du, mit welcher Dreistigkeit er reagiert hat, als wir uns darüber entrüstet haben, wie er unser Land im Ausland darstellt? Er hat gesagt: ›Zambuena ist die Hölle, Kanada ist vielleicht nicht das Paradies, liegt aber nebenan.‹ Wir in der Hölle und er in Kanada im Vorzimmer zum Paradies. Ist das nicht putzig? Da siehst du's, dein Pankeu macht mit seiner Ausstellung genau das Gleiche. Fotografiert arme Leute in Not, ästhetisiert ihr Elend unter dem Deckmantel der Kunst, verkauft sie wie ganz normale Waren, worin liegt da die Überzeugung? Das Engagement? Er hat seine Scham dem Hund zu fressen gegeben, dieser Freund von dir.« Sie wedelte mit dem Katalog vor Katmés Gesicht herum. »Hast du denn wirklich geglaubt, ich würde das unterstützen? Ich würde meinen Namen für dieses schwülstige Sammelsurium hergeben? Hast du es wenigstens gelesen?«

Sie schlug den Katalog auf, blätterte und las vor:

In einer einzigartigen Deklination grundsätzlicher Nichtzugehörigkeit, einer wohlgewählten Unentschlossenheit zwischen Abstraktion und Dokumentation, konzeptuell und faktisch, ideell und materiell, formt der Künstler Samuel Pankeu die graue Elegie einer antipoetischen, einer geschichtslosen, geschichtsresistenten Welt. Die Werke von Samuel Pankeu zeigen Gegenwart, enthüllen Vergangenheit, heben sich auf in einer Bewegung, die in gleicher Weise gegenläufig ist, um sich unverfroren, unverschämt dem Unergründlichen zuzugesellen.

»Der reinste Humbug. *Ante mortem, trance-versale Therapien*, gab es denn keinen einfacheren Titel für seine Ausstellung?« Sie pfefferte den Katalog auf den Tisch. »Der Tausendfüßler verirrt sich nie, außer er geht allein, hat mein Vater immer gesagt. Du bist die Tochter eines Mannes, dem die Partei viel zu verdanken hat, du trägst seinen Namen noch vor dem deines Ehemannes. Wenn du echte Talente finden willst, Künstler, die uns respektieren, frag mich, wir finden welche für dich.«

Normalerweise quasselte Katmé los, sobald sie Djama gegenübersaß. Je weniger sie zu sagen hatte, umso mehr sprudelte es aus ihr heraus. Ein Wortschwall, mit dem sie das Gefühl, in ihrem Inneren würde sich ein Abgrund auftun – »eine gähnende Leere«, wie Samy es nannte –, verscheuchte, das sie in Djamas Gegenwart überkam. Doch an diesem Tag schien Katmé verbal wie gelähmt, sie schluckte die Sätze, die ihr auf der Zunge brannten, hinunter, bis ihr übel wurde, und kassierte die Stiche, die Djama ihrem Herzen versetzte. Djama schwatzte, und Katmé stellte sie sich von einem Pfahl durchbohrt vor. Die Folter der Pfählung. Ein Pflock, der auf der Höhe des Brustbeins in den Körper getrieben wird, zwischen den Zähnen wieder hervortritt und einen für immer mundtot macht. Zur Not geht auch Klebeband. Das falsche Haar – brasilianische Methode –, Stirn, Brauen, Lider, Nase, Ohren, Mund einschnüren; beim Mund stoppen, ihn mehrmals fest, straff umwickeln; und endlich müsste Djama die Klappe halten. Schlampe. Schlampe, die heimlich Französin war. Schlampe, deren Kinder und Enkel alle die doppelte Staatsbürgerschaft besaßen, einen Zweitpass, »denn man kann nie wissen … Falls es in diesem Land eines Tages den Bach runtergeht … Ihr solltet es auch so machen, Tashun und du, für die Mädchen. Mit fünfzehn schickt ihr sie in ein französisches Pensionat, mit achtzehn haben sie die Staatsbürgerschaft«. Schlampe, die damit prahlt, einen mit Kunstschnee bestäubten Plastikweihnachtsbaum zu besitzen, und auf ihren Reisen nach Europa, statt

Kunstwerke zu erwerben, bei Ikea und Conforama shoppen geht.

»Außerdem, vielleicht weißt du das nicht, aber ich kenne die Galeristin, Keuna Bubinga, ich kenne sie! Sie hat in der französischen Botschaft gearbeitet und wurde vor die Tür gesetzt. Sie war Mitglied im Caz, ein Versehen, der reine Wahnsinn! Wir haben sie ebenfalls vor die Tür gesetzt! Sie war kooptiert worden, *intuitu personae*, von dieser dummen Nuss von Botschafterin, schwer, Nein zu sagen. Der reine Wahnsinn! Wir haben sie aufgenommen, obwohl sie nicht einmal verheiratet ist, und diese Schnepfe hat sich eingebildet, sie wäre die Einzige mit einem durchbluteten Gehirn. Nichts war, wie es sein sollte, sie hatte immer etwas auszusetzen. Am Ende haben wir sie ausgeschlossen, und weißt du warum?« Katmé kannte die Geschichte. Die Spendengala des Caz, die Eintrittskarten, die zum Preis von hundert Gramm Safran verkauft wurden; Keuna hatte zwei gekauft; die *Freundinnen* waren überzeugt, sie würde in Begleitung kommen, ihnen *endlich* ihren Partner vorstellen. Aber Keuna war nicht einmal selbst erschienen, sondern am Tisch, dem der Botschafter der USA vorstand, hatte in einem exzentrischen Kleid, im Zustand völliger Auflösung, ihre Haushälterin gesessen. Und am Tisch des Justizministers, in einem grünen Anzug, mit grünem Hemd und grüner Krawatte, ihr Chauffeur.

»Keuna«, tobte Djama, »hat die Eintrittskarten zu einer Spendengala, für die Staatssekretäre, Geschäftsführer, die zu spät dran waren, keine Plätze mehr bekommen haben, an ihre Haushälterin und ihren Chauffeur weitergegeben!« Der Caz hatte eine außerordentliche Versammlung einberufen. Keuna hatte sich nicht wie erwartet demütig entschuldigt, sondern überheblich geantwortet, sie sehe nicht, wo das Problem liege; der Caz verkaufe Eintrittskarten, sie habe welche gekauft, und bei dem Preis, den sie dafür bezahlt habe, sei es ihre Sache, was sie damit mache, an wen sie die Karten weitergebe; ihr Dienstmädchen und ihr Chauffeur seien bis zum Beweis des Gegenteils keine Canidae. »Und jetzt soll ich bei einer Ausstellung nachhelfen, die von diesem glatzköpfigen Zankdrachen organisiert wird? Sie hat uns richtig einen reingewürgt, wie Kinder es ausdrücken würden.«

Katmé biss sich auf die Unterlippe, um nicht zu lachen. Es war eine Genugtuung festzustellen, dass man auch versehentlich gerächt werden konnte; denn Keuna hatte nichts anderes getan, als Samy und sie im Voraus zu rächen. Beim Aufbau der Ausstellung hatten Keuna und sie einander in einem neuen Licht gesehen und gestaunt. Die »gesunde Antipathie«, die ihr die Galeristin bei ihrer ersten Begegnung angeboten hatte, war die Grundlage für ihren holprigen Umgang miteinander gewesen, bis sie am besagten Tag einander geboren wurden, wenn man die Tatsache, dass Keuna ihre »gesunde Antipathie« für überholt erklärte, überhaupt als Geburt bezeichnen kann. Geteilte Ängste und Erleichterung, übereinstimmende Vorstellungen von der Anordnung der Objekte, gemeinsames Zartgefühl für einen Samuel auf dem Höhepunkt der Nervosität; sich selbst hatte Katmé bereits vor der feierlichen Erklärung zur Beendigung der Antipathie eingestanden, dass ihr diese Keuna, ihr mürrisches Wesen, ihr Erscheinungsbild einer androgynen Teenagerin, ihr jede Prüderie anprangerndes Vokabular, dass diese Keuna, über die sie sich so geärgert hatte, ihr schlussendlich gefiel. Die Aufnahme der Galeristin in den Kreis der gesitteten Karyatiden des Caz blieb für Katmé ein ebenso verblüffendes Rätsel wie Schwarze Löcher oder die Gesetze der Quantenphysik.

Da die Worte, die sie hätte sagen können, die Worte, die sie hätte sagen *sollen*, irgendwo zwischen Brustbein und Solarplexus feststeckten, sich nicht lösen, nicht bewegen, nicht wie mutige Soldaten der Armee des verbalen Gegenschlags aufreihen wollten, waren es Axelle und Alix, die fröhlich in den blauen Salon platzten, und weder Pfahl noch Klebeband, die den Waffenstillstand, das Ende von Djamas hinterhältiger Redeattacke gegen Samuel besiegelten. Die Zwillinge rissen die Tür auf, warfen sich in die Arme von Mamie

Djama. Reglos wie ein Meter zweiundsiebzig Phlegma, voller Verwunderung über ihre eigene Willensschwäche, saß Katmé mit den Händen auf den Knien im blauen Salon, in dem ein Foto von der Mutter der Nation, umringt von den Mitgliedern des Caz, über dem Serviertisch thronte, und beobachtete schweigend, wie ihre Töchter auf dem Schoß der Frau von Tonton Ambroise herumhopsten.

Madame Dircaba kam aus der Küche zurück und streckte beide Arme mit geöffneten Handflächen zum Oberkellner hin aus, der das Buffet für eröffnet erklärte. Die Kellner räumten die Saft- und Champagnergläser, die Appetithäppchen ab. Die Kellnerinnen bildeten eine Gasse, und die *Ehefrauen* schritten hindurch, um ins nach Vanille duftende Esszimmer zu gelangen. Zwei rechteckige Tafeln standen fertig gedeckt und blumengeschmückt in der Mitte des Raums und im rechten Winkel dazu ein überwältigendes Buffet, hinter dem die Küchenhilfen darauf warteten, die Gäste zu bedienen.

Bis dahin hatte es keine Sitzgelegenheiten gegeben, und offenbar hatte niemand die neue Madame Dircaba darüber informiert, dass ein Stuhl für Djamas Begleiterin nötig war. Ein Stuhl, der von der Gastgeberin des Tages im Voraus so platziert wurde, dass die junge Frau Blickkontakt zu ihrer Dienstherrin halten konnte, während sie selbst am Rande der Gruppe saß. Als Djama bemerkte, dass ihre Angestellte, die niemand beim Namen kannte, die vorzustellen sie sich nicht bemüßigt fühlte, keinen Platz fand, hob sie die Augenbrauen. Madame Gesundheitsminister wollte sich einmischen, doch Djamas eisiger Blick ließ sie erstarren. Endlich bemerkte Ameline, dass es ein Problem gab. Tief gedemütigt beeilte sie sich, den Oberkellner um einen zusätzlichen Stuhl zu bitten. Katmé half ihr, einen geeigneten Platz dafür zu finden, in genügender Entfernung vom Buffet, von den Tischen, von *ihnen*, aber in Djamas Blickfeld. Danach taten alle so, als könnten sie nicht hören, wie Ameline mit Panik in der Stimme Djama wegen ihrer »unentschuldbaren Nachlässigkeit« um Verzeihung bat; als könnten sie nicht sehen, wie sie der Frau von Ambroise Béma die Hand drückte und schwor, dies werde »nie wieder vorkommen«.

Katmé hatte Hunger.

Bei Tisch wurde gegessen, alles für »sehr gut, vorzüglich« befunden. Die US-Amerikanerin Gabrielle klopfte mit ihrer Gabel gegen ein Glas und erhob ihre Stimme über das Geplauder. »Meine lieben *Freundinnen*, was den Besuch der *kids* bei Bubinga Project betrifft, könnten wir nicht den Künstler fragen, ob er einen Workshop mit ihnen macht?« Mit ihrem braunen Haar, den sichelförmigen Augenbrauen, dem dicken schwarzen Lidstrich, dem Schönheitsfleck – eigentlich ein Hennatattoo – am Kinn wähnte sich Gabrielle als Avatar von Gloria Swanson in *Sunset Boulevard*. Die Afrikanerinnen des Caz verziehen ihr nicht, dass sie der Beisetzung ihres Alapaha Blue Blood Bulldogs hatten beiwohnen müssen. Katmé hielt sie für fähig, ihren Hund eigenhändig abgemurkst zu haben, nur um seine sterblichen Überreste unter einem geblümten Tuch mit schwarzen Fransen vor einem Kaminfeuer aufzubahren, genauso wie Nora Desmond ihren Schimpansen.

»Ausgezeichnete Idee«, sagte die Belgierin Aline, »Bubinga Project ist groß, dort gibt es genug Platz, Keuna kann uns für einen Nachmittag einen ihrer Galerieräume zur Verfügung stellen. Madame Préfète, was meinst du? Könntest du sie fragen? Haben sie jetzt, nach der Vernissage, mehr Zeit?«

Katmé kaute gerade Sanga, Maniokblätter, vermischt mit frischem Mais, gekocht in Palmnusssaft. Sie zeigte auf ihren vollen Mund und bedeutete Aline, die am Kopfende des Tisches saß, während sie selbst mittig platziert war, zu warten, bis sie hinuntergeschluckt hatte. Dreißig Augenpaare, darunter die von Djama, waren auf sie gerichtet. Sie kaute langsam, schluckte, tupfte sich sorgfältig mit der Serviette die Lippen ab. »Okay.« Sie sah zu Djama, die ihr leicht schräg gegenübersaß. Ihre Blicke trafen sich.

»Und außerdem könnten die *kids* auch ein Objekt anfertigen«, sagte Gabrielle, »*a little piece of art*, als Erinnerung, etwas Einfaches, was leicht herzustellen ist, *you know what I mean, what do you think? It could be great!*«

Djama ergriff das Wort: »Denkt daran, liebe *Freundinnen*, soweit ich weiß, wurde noch nicht entschieden, ob der Caz mit den Kindern die Ausstellung dieses Mannes besucht.«

Die Kellner schenkten ungerührt Wein und Wasser nach, reichten hier das Salz und dort den Pfeffer. Katmé spürte, wie hinter ihrer Stirn ein Gewitter aufzog. Wie konnte sie den Mut aufbringen, Djama in die Schranken zu weisen, auszusprechen, was sie in ihrem Innersten dachte? Die Frau von Tonton Ambroise, der sie wenigstens dem Anschein nach alles verzeihen sollte? Djama, in deren Schuld sie zunehmend stand?

Tashun hatte Djama zur »Trauerpatin« erhoben, denn sie hatte stets eine Antwort parat, wirksame Lösungen für Probleme, die seit jeher Djamas Leben bestimmten und die Katmé als verblüffte Laiin erst kennenlernte. Taufpatin, Kommunionspatin, Trauzeugin, all das kannte sie; sie wurde selbst oft darum gebeten – nie umsonst, stets musste sie in die Tasche greifen, und zwar tief. Aber Trauerpatin? Tashun hatte immer neue Ideen. Djama zahlte nicht, sie beriet. Beerdigungsinstitut, Catering, Klagefrauen, Dekorateur, Einladungskarten, Protokoll, Kostenrationalisierung; sie teilte ihre Erfahrungen großzügig. Bevor Djama sich eingemischt hatte, hatten die Bauarbeiten zur Fertigstellung des zweistöckigen Hauses, das Katmé und Tashun in Fènn gekauft hatten, immer wieder für Streit zwischen ihnen gesorgt. Der Teich am Rande des Grundstücks und der Eukalyptuswald – sie könnte dort Nadelbäume pflanzen lassen, hatte Katmé sich überlegt –, der Blick aufs Dorf, auf den Kirchturm vom Gipfel des Hügels aus hatten es ihr angetan, und sie hatte sich nicht abschrecken lassen von der überbordenden Architektur, der eigenwilligen Raumaufteilung und den letztendlichen Kosten für eine kohärente Neuanordnung der Zimmer. Vom Hof kam man direkt in einen etwa sechzig Quadratmeter großen Saal. Die Küche, die man unweigerlich durchqueren musste, um in sämtliche anderen Zimmer des zweistöckigen Hauses zu gelangen, hatte vier Türen, die ins einzige Badezimmer – eine Art Neuinterpretation eines türkischen Hamams –, ins Esszimmer, ins Wohnzimmer und in den Flur führten, von dem wiederum die Schlafzimmer abgingen. Diese waren spartanisch wie Klosterzellen, nichts, was den Schlaf hätte stören können, karge, winzige Logen mit Platz für ein Bett, einen Tisch, nichts, was das Auge ablenkte, nur, was zur Ruhe gemahnte. Samuel und sie hatten sich über die Erklärungen des dörflichen Immobilienmaklers und Verkäufers, Vamy Kounkeu, amüsiert. Die Absonderlichkeit, die Originalität des zukünftigen Besitzes hatte ihre Fantasie angeregt. Einem Bauleiter, so glaubte Katmé, würde es leichtfallen, dem Haus mehr Kohärenz zu verleihen und gleichzeitig seine verschrobene Seite zu bewahren. Der erste kündigte binnen zwei Wochen, nachdem er einen üppigen Vorschuss kassiert hatte. Der zweite, ein Architekt – eine Empfehlung von Aleksandre Fortès –, schlug vor, alles plattzumachen, sie lehnte ab. Der dritte, ein Neffe des Bürgermeisters, riss einen Flügel ab, dann gingen ihm die Ideen aus. Als sie einmal bei Tonton Ambroise und Djama zu Abend aßen, erwähnte Tashun das Desaster auf der Baustelle. Djama tat, was sie so gut zu tun verstand, sie schalt Katmé freundlich und tätigte einen Anruf. Ein Architekt, der Sohn einer Freundin, vollbringe Wunder. Télésphore Zambo begab sich zur Baustelle, und das Wunder geschah. »Sie haben Unmögliches geleistet«, würde Katmé, überwältigt von Dankbarkeit, rufen. »Ich bin dazu verdammt, Madame«, würde er mit einem Augenzwinkern antworten. Er zeichnete verschiedene Entwürfe für die Gruft, zwischen denen Katmé wählen sollte. Djama war praktischer veranlagt, sie führte ihr ein soeben errichtetes Modell vor: ihres. Das heißt, das von ihr und Tonton Ambroise. Der Tod würde sie nicht hinterrücks überrumpeln. Sie hatten für alles gesorgt; für alles einschließlich der Einladungskarten zur Gedenkfeier des einen oder der anderen vier Jahre nach dem Tod und der Beerdigung. »Du musst dich um alles selbst kümmern, verstehst du? Sonst blamierst du deine Familie. Schließlich ist die Beerdigung die Krönung eines Lebens. Man sollte sich nicht dem Spott der anderen aussetzen.« *Die Beerdigung die Krönung eines Lebens.* Djama gehörte zu denen, die sich selbst tot noch für lebendig halten.

Die Französin Mélanie, Frau des Geschäftsführers der staatlichen Schokoladenfabrik, die Katmé eines Tages gefragt hatte, ob die Gewalt unter Schwarzen eigentlich atavistisch sei (zwei ihrer Angestellten hatten sich wegen einer Frau geprügelt, und dann all die Kriege, all die Konflikte …), machte es Gabrielle nach und klopfte mit der Gabel an ihr Glas.

»Habt ihr mitbekommen, was mit dieser Ausstellung gerade passiert? Sie wird zum Phänomen, ich bin mehrmals dort gewesen, überall sind rote Punkte, fast alles ist verkauft, und jeden Tag erscheint in der Presse ein neuer Artikel über Samuel Pankeu. Es wäre eine Ehre für den Caz, wenn er sich bereit erklären würde, mit den Kindern von Vita einen Workshop zu machen.«

»Das Problem ist, dass wir nicht die gleichen Zeitungen lesen«, sagte Djama in einem Tonfall, als würde sie in eine Zitrone beißen.

Das Problem, dachte Katmé, während sie das Schälchen mit scharfer Soße, das ein Kellner ihr reichte, entgegennahm, das Problem war, dass Djama ihre Zeit nicht mit der Lektüre »unrepublikanischer Zeitungen« verschwendete. *La Voix de Zambuena*, die offizielle Tageszeitung, genügte ihr. *La Voix de Zambuena*, die geschrieben hatte:

Der bewusst irreführende Umgang dieses Künstlers mit sensiblen historischen Fragen ist problematisch. Eine Skulptur, ein Foto, ein Tanz zu einem Thema, das nicht einmal die Historiker selbst ohne Kontroverse klar erläutern können? Hier sehen wir den Beweis, dass Extravaganz und die Anhäufung von Unwahrheiten kein Zeichen von Talent sind. Sind wir eine Diktatur, wie Samuel Pankeu es darstellt? Merkwürdig, dass dies ein Künstler behauptet, der nie behelligt und dessen Ausstellung genehmigt wurde. Wir mögen allenfalls ein Land sein, das in bestimmten Momenten seiner Geschichte Autorität gezeigt hat. Wer könnte uns dies zum Vorwurf machen? Welche große Macht hat sich schon ohne Autorität behaupten können? Autorität ist im Weltverlauf nötig.

Madame Kulturminister scherte sich nicht um die Wahrung des sozialen und diplomatischen Friedens, sie rief: »Diese Ausstellung ist ein Epiphänomen und nichts anderes!« Damit wiederholte sie die Äußerungen ihres Ehemanns, des aktuellen Kulturministers und ehemaligen Regierungssprechers, der im Staatsfernsehen ebendiese Erklärung abgegeben hatte: »Die Ausstellung dieses Mannes ist ein Epiphänomen und nichts anderes.«

»Wir sind vielleicht nicht alle einer Meinung, was den Inhalt der Ausstellung betrifft, aber die Arbeit dieses Künstlers ist unbestreitbar von großer, von hoher Qualität. Was mich betrifft«, sagte Khadidiatou, die Frau des senegalesischen Botschafters, »wenn ich es mir leisten könnte, hätte ich bei der Vernissage eine Skulptur gekauft.«

»Ich auch, und zwar ohne zu zögern!«, sagte Mélanie zustimmend.

Katmé beobachtete den einvernehmlichen Blickwechsel zwischen den beiden Frauen am Nebentisch. Aleksandre Fortès hatte Samuel und ihr berichtet, dass am Abend der Vernissage eine Dame – im Pharaonenstil geknotetes Kopftuch, blauer Lippenstift:

die Beschreibung passte auf Khadidiatou – beim Lesen der Preisschilder unter den Werken gerufen habe: »*Eyway!* Ist das nicht ein bisschen teuer?«

»Niemand hindert Sie daran, etwas zu kaufen, wenn Sie das möchten, aber warum sollte ich für diese respektlose Affenkomödie Staatsmittel aufwenden?« Ebendiese Frage hatte Madame Transportminister sich bis jetzt nicht gestellt, wenn sie Busse des öffentlichen Nahverkehrs für ihre Familienfeiern auf dem Dorf einsetzte oder dem Caz für seine Ausflüge zur Verfügung stellte.

»*Sorry, but what does respect have to do with art?*«, fragte Gabrielle erstaunt.

»Bei Ihnen, wo sämtliche Werte verloren gegangen sind, vielleicht nichts«, antwortete Djama. »Aber hier attackiert man das kollektive Gedächtnis nicht mit solcher Schamlosigkeit, solcher Verachtung. Dieser Mann verzerrt nicht nur die Realität, sondern er verfälscht auch die Geschichte. Und seine Fotos von den Aquanauten, warum erklärt er nicht, dass dieser Stadtteil Les Flamboyants, Die Flammenbäume, heißt und dass er in der Tat einmal von flammender Schönheit war, bevor ihn die Bewohner in ein heruntergekommenes Elendsviertel verwandelt haben? Schöne Häuser für leitende Beamte, die von der staatlichen Wohnungsbaugesellschaft errichtet wurden?«

Katmé stocherte nervös mit ihrer Gabel in der spitzenbesetzten Stoffserviette und hinterließ kleine Löcher. Sie konnte sich nicht länger zurückhalten. Die anderen Frauen, jene, die sich bei schwierigen Diskussionen immer der Schweigefraktion anschlossen, aßen, unterhielten sich über die Kinder, den nächsten Posten, die aktuellen Filme im europäischen Kino, die empfehlenswerten neuen Adressen in Akriba. Die anderen drehten den Kopf mal nach links, mal nach rechts, wie auf den Rängen eines Tenniscourts, oder sie reckten den Hals, beugten die Schultern, spitzten die Ohren, damit ihnen kein Wort von der Diskussion am Nebentisch entging. Katmé sah nach draußen; hinter den Lamellenfenstern lag der Garten. Dort leuchteten und verblassten im Rhythmus der tanzenden durchsichtigen Vorhänge Frangipani, Fackel-Ingwer, Papageienschnabel. Wenn sie ihre Meinung sagte, würde Djama ihr niemals verzeihen, dass sie ihr vor den *Weißen* die Solidarität entzog. Sie hatte ihren Auftritt schon gehabt, nachdem Tonton Ambroise, von seiner Frau in Kenntnis gesetzt, sie ermahnt hatte, die möglichen politischen Auswirkungen dieser Ausstellung nicht kleinzureden, sich von dieser Beleidigung des Vaters der Nation fernzuhalten; und nachdem Tashun sie dazu aufgefordert hatte, »keinen Fuß mehr in diese Galerie zu setzen, Punkt«. Sie hatte sich bei der Anordnung der Objekte, am Aufbau beteiligt; und am Tag der Vernissage war sie zur Assistentin von Keuna und Samuel geworden, hatte Fragen des Publikums beantwortet, Hinweise zur Interpretation der Werke gegeben, Verkäufe verhandelt. Heute, beim Mittagessen des Caz, konnte sie sich daher ohne Scham enthalten. Samy brauchte sie nicht mehr. Die Ausstellung zog Sammler an, eine neue Generation wohlhabender Kunstliebhabender, die gern das Werk eines Künstlers ihres Landes erwerben oder selbstgefällig ihr Geld für »etwas ungeheuer Nutzloses« ausgeben wollten.

»*Jenseits von Afrika* hat seine Spuren hinterlassen, und ich spreche nicht nur vom Adagio für Klarinette von Mozart«, dozierte Faith, die Kenianerin.

»Sie hört sich selbst gern reden«, flüsterte Madame Bauminister, die neben Katmé saß, ihr ins Ohr.

Daraufhin ergriff Gertrud das Wort – die Idee kam schließlich von ihr; sie verstehe nicht mehr, was nun diskutiert werde, worum gehe es jetzt? Sie habe nur vorgeschlagen, mit den Kindern, Waisenkindern, eine Ausstellung zu besuchen, davon sei doch die Rede, oder? In diesem Fall würde sie vorschlagen, darüber abzustimmen und fertig. Katmés Blick kreuzte den von Djama. Die Frau von Tonton Ambroise hatte erreicht, weswegen sie gekommen war. Eine Abstimmung. Per Handzeichen. Nur eine Minderheit der Mitglieder hatte sich Samuels Ausstellung angesehen. Sie war siegessicher.

Kurz nach ihrer Kooptation hatte Katmé – hinter den lächelnden Gesichtern, den Umarmungen, den Plaudereien – die Polaritäten und Kräfteverhältnisse innerhalb des Caz identifiziert; sie nannte sie die vier Achsen. Lokal. Westlich. Diplomatisch. Blockfrei. Innerhalb dieser Achsen gab es Untergruppen, Christinnen, Musliminnen, *Weiße*, Schwarze, Araberinnen, Asiatinnen, Frauen in *interracial* Ehen. Wenn die Meinungen über ein Ausflugsziel, eine Unternehmung auf unversöhnliche Weise auseinandergingen, stimmten sie ab. Bündnisse entstanden, lösten sich auf, je nach den Interessen der einzelnen Gruppen. Dabei zeigte sich die ansonsten unsichtbare Demarkationslinie der verschiedenen Positionen. Die Caz-Mitglieder der lokalen Achse hatten die Ausstellung boykottiert, keine von ihnen war zur Vernissage gekommen, keine hatte sich für ihr Fehlen entschuldigt. Beim Mittagessen am darauffolgenden Freitag hatten sie sich auch nicht am Gespräch beteiligt, als die Expats über Samuel Pankeus Talent geschwärmt hatten.

Im Caz stimmte man selten ab. Beim letzten Mal war es darum gegangen, ob der Caz als Caz bei den Feierlichkeiten zum dreißigsten Jahrestag der Gründung der Präsidentenpartei auftreten sollte. Die Mutter der Nation war Ehrenpräsidentin, die Frau des stellvertretenden Generalsekretärs Vizepräsidentin des Caz, aber war es notwendig, angebracht, sinnvoll, dass Botschafterfrauen sich Kleider mit dem Konterfei des Präsidenten der Republik nähten, sich damit zeigten und in einem einheimischen Boubou an der live im Staatsfernsehen übertragenen offiziellen Zeremonie teilnahmen?

In der Frage, ob die »Kin-där« (Gertrud hatte die Frage gestellt) die Ausstellung *Ante mortem, trance-versale Therapien* von Samuel

Pankeu besuchen und anschließend an einem Bildhauerei-Workshop teilnehmen sollten, stimmten die Botschafterinnen der Länder, in denen Meinungsfreiheit mit unsichtbarer Tinte geschrieben wird, die lokale Achse, die mimetisch Djamas Positionen übernahm, und sogar Katmé, deren Stimme nur dem Schein diente, dagegen. Trotz dieser starken Opposition entschied sich der Caz wider Erwarten mit relativer Mehrheit für den Ausstellungsbesuch und den Workshop.

Eine Woche, nachdem Samuel den Waisenkindern des Vereins Vita den Workshop gegeben hatte, erschien in *Tropiques Matin* ein Artikel mit dem Titel:

> DÜRFEN WIR UNSERE WAISENKINDER DEN HÄNDEN DES HOMOSEXUELLEN KÜNSTLERS SAMUEL PANKEU, SCHWAGER DES PRÄFEKTEN TASHUN ABBIA, ANVERTRAUEN?

Wie sich später herausstellte, war der Artikel im Auftrag von Tashuns Kontrahentin erschienen, Mitglied des Zentralkomitees und Mitbewerberin um den Gouverneursposten im Haut-Fènn, einer fettleibigen und rachsüchtigen Frau, die sich zu der Zeit, als sie noch Karamellbonbons im Quartier Carrefour des Anges verkaufte, zwei Stück für zehn Franc, ihren Beinamen erworben hatte: Maman Caramel deux à dix.

7

EINE ROUTINEVERNEHMUNG. Die Routine dauerte nun schon drei Tage. Das Telefon hatte geklingelt, als Katmé gerade für eine Fahrt nach Fènn ihren Koffer packte. Die letzten Veränderungen an den Grundrissen des Hauses, die Pläne für die Gruft warteten auf ihre Zustimmung; die noch ausstehende Lieferung der auf Anraten von Djama in Italien bestellten Marmorfliesen und Wasserhähne verzögerte die Installation, die Verlegung in den Bädern und in der neuen Küche. Vor allem aber entwendete ein entfernter Cousin mit dem Spitznamen »Amerikaner« – den Grund dafür fand sie etwas zu spät heraus –, eingestellt als Bauaufseher, gemeinsam mit den Bauschuttsammlern, Material. Gleich nach dem Telefongespräch mit Samuels Mutter wählte sie die Nummer von Tashun. Er war es, der ihr von dem Artikel in *Tropiques Matin* berichtet hatte. Sie stieg in ihr Auto und fuhr zum Kommissariat der Cité des Enseignants. Es war Jahre her, dass sie ein Kommissariat betreten hatte. Beim letzten Mal hatte sie vor ihrer Hochzeit einen Personalausweis beantragt. Lustlose Polizisten hinter winzigen Schreibtischen, Stapel verstaubter Formulare auf sich biegenden Regalbrettern, Antragstellende mit besorgten Gesichtern. Ein Verkehrspolizist erkannte sie, nahm seine Mütze ab und brachte sie nach einem kurzen Wortwechsel zu Samy, der neben weiteren fünf Personen – zwei betrunkenen Jugendlichen, einem schläfrigen Alten und zwei grell geschminkten Frauen – auf einer Bank saß. Mit dem Kopf lehnte er an einer dünnen Sperrholzwand, die oben mit einer Plexiglasscheibe abschloss, unter dem purpurroten Kittel, an dessen Zipfeln er mechanisch zupfte, schauten eine grüne Tergalhose und Turnschuhe hervor. Seine Kleidung war ebenso wie Stirn und Wangen von weißen Tonflecken übersät. Der Polizist führte sie in ein hell erleuchtetes Büro am Ende eines dunklen Ganges. Niemand hatte Samuel den Grund seiner Verhaftung genannt, ihm erklärt, warum er hier war, was man ihm vorwarf. »Man verhaftet die Leute doch nicht mehr einfach so, ohne Erklärung!« Er habe nachts im Atelier einen Panther mit Bauchkopf modelliert. Während er darauf gewartet habe, dass der erste Zentimeter trocknete, um mit der Aushöhlung zu beginnen, habe er den Schlicker hergestellt, der ihm als Klebstoff diene, sie hätten an die Tür geklopft, als er den Schlicker hergestellt habe, den getrockneten Ton habe er bereits poliert und Tonreste mit Wasser vermischt, sie hätten an die Tür getrommelt, als ob es sich um den Unterschlupf eines Waffenhändlers handelte, »Aufmachen, Polizei!«, er wisse nicht einmal, was man ihm vorwerfe, er dürfe keine Zeit verlieren, der Panther würde sonst trocknen, er müsse ihn vorher aushöhlen, als er das Atelier verlassen habe, sei er noch feucht gewesen, bereit für die Aushöhlung, wenn er zu lange trockne, werde er hart, wenn er hart werde, wäre die Arbeit im Eimer, alles umsonst, es sei unmöglich, ihn mit dem Bauch voller Luftblasen in den Brennofen zu stellen, ob Katmé sich noch an den Arm erinnere, der im Brennofen explodiert sei, weil er vergessen habe, ihn auszuhöhlen? Genau das würde passieren, genau dazu würde es kommen, ein Panther von einem Meter mal achtundsechzig Zentimeter, aushöhlen, wieder zusammenkleben, in Teile schneiden, damit er in den Ofen passe, der Kunde, der auch die Videoinstallation in der Galerie kaufe, würde verärgert sein, wenn der Panther nicht pünktlich fertig werde, er habe es versprochen, wenn der Panther hart werde, müsse er nochmal von vorn beginnen, fünf Tage und fünf Nächte habe er schon mit dem Ton gekämpft, er habe noch lange nicht gewonnen, der Panther und seine Tatzen seien geboren, er würde ihn glasieren, die

Tatzen sollten blau sein, sechs Tatzen, sechs Tatzen solle er haben, so wolle es der Kunde, blaue Tatzen und ohne Kopf, der sich wie in *Ante mortem* an Ort und Stelle des Bauches befinden werde, ein Panther mit sechs blauen Tatzen, der Kunde würde die Geduld verlieren, einen solchen Kunden dürfe er nicht verärgern, und die arme Skulptur, der arme Panther, er würde nicht länger auf ihn warten wollen, er würde trocknen, er müsse ins Atelier zurück, ob Katmé ihnen das erklären könne? Ob sie ihnen sagen könne, dass er nicht hierbleiben könne, hierbleiben und nichts tun, er könne am Nachmittag wiederkommen, er könne ins Atelier gehen, die Arbeit fertigmachen und wiederkommen, er würde wiederkommen und sie könnten ihm alle Fragen stellen, die sie wollten, was werfe man ihm überhaupt vor? Seit der Ausstellung pendle er zwischen der Galerie und dem Atelier, was sollte er zwischen Galerie und Atelier Böses getan haben? Der Panther, der würde nicht warten, er müsse gehen, ins Atelier zurück.

Die Tür ging auf, der Kommissar kam herein. Samy brach seinen Monolog ab. Der Kommissar war über die Anwesenheit von »Madame Préfète« informiert worden, er forderte sie beide auf, ihm in sein Büro zu folgen, bot ihnen Kaffee, Tee, Bier an; das Telefon klingelte, er nahm ab, nickte eifrig, wiederholte: »Gut, Exzellenz, kein Problem, Exzellenz, wird erledigt, Exzellenz«, dann reichte er Katmé den Hörer. Tashun ermahnte sie, *sofort* das Kommissariat zu verlassen, er habe Anweisungen erteilt, es gebe keinen Grund, sich Sorgen um Samuel zu machen, eine reine Routinevernehmung aufgrund des Artikels in *Tropiques Matin*, das übliche Verfahren bei dieser Art von Anschuldigung, jedenfalls würde die Anwesenheit der Frau des Präfekten die Dinge nur komplizierter machen. Er ließ Samuel ans Telefon holen; Samuel wollte wissen, ob er rechtzeitig zurückkommen werde, um seinen Panther zu vollenden, er habe den Schlicker hergestellt und gerade mit der Aushöhlung beginnen wollen, als man ihn festgenommen habe, wenn er sich nicht beeile, müsse er nochmal von vorn anfangen, Tashun könne sich gar nicht vorstellen, wie viel Arbeit es wäre, nochmal von vorn anzufangen, und der Kunde, der Kunde würde rotsehen, der Kunde, ein Sammler, dem seine Arbeit gefalle, er würde das Vertrauen seines Kunden verlieren, er müsse eine Frist einhalten, der Kunde lebe in Dubai und er rechne damit, mit der fertigen Skulptur abzureisen. Tashun wiederholte: Es gebe keinen Grund zur Sorge, er tue alles, um ihn so schnell wie möglich dort herauszuholen. So schnell wie möglich, ja, aber wann? In einer Stunde zum Beispiel? Warum nicht, warum nicht, das sei denkbar, jedenfalls tue er, was er könne. Katmé *vergaß* einen Briefumschlag auf dem Schreibtisch des Kommissars, der sie unter einem lauen, trockenen Himmel zu ihrem Auto zurückbegleitete. Im Hof hielt er mit einer Geste die auf sie zueilenden Verkäufer von Büroklammern, Briefumschlägen und Steuermarken zurück. Aus einem Taxi stieg Sita Félicie, in einem orangefarbenen Strickkleid, um das ein Tuch geschlungen war, dazu ein seitlich verknotetes Kopftuch. Samy würde das Kommissariat bald verlassen, nicht nötig, Kizito zu verständigen, beruhigte Katmé sie. Der Kommissar bestätigte es ihr. Am nächsten Tag veröffentlichte die Presse ihre ersten Artikel zum *Fall Samuel Pankeu*. Die Polizisten, dies erfuhr Katmé aus den Zeitungen, hatten zunächst, bevor sie wie Haudegen gegen die Tür von Samys Atelier getrommelt hatten, das Collège Félix Éboué aufgesucht, die Schüler seines Bildhauereikurses ins Lehrerzimmer holen lassen und sie befragt. Sie stellten »einen Haufen Fragen«, schrieb *Tropiques Matin* und behauptete zudem: »In ebendiesem Moment, in dem wir in Druck gehen, in dem Samuel Pankeu seine zweite Nacht in der Zelle des Kommissariats der Cité des Enseignants antritt, wertet die Polizei die Antworten aus.« *Émancipations*, die Zeitung, bei der Ety arbeitete – Samuel schrieb manchmal Beiträge für den Kulturteil – veröffentlichte eine Kurznachricht. Der Redakteur, ein Kollege von Ety, erinnerte daran, dass die Ausstellung *Ante mortem, trance-versale*

Therapien am Ende des Monats ihre Pforten schließen werde, forderte die Leser auf, sie zu besuchen, und zeigte sich erstaunt über den Eifer der Polizei, »die nie beflissen ist, wenn sie es sollte, und vorprescht, wenn sie es nicht sollte.«

Drei Tage. Sich einzumischen wäre kontraproduktiv, behauptete Tashun. Dies würde allen schaden, er habe geglaubt, Samuel problemlos rausholen zu können, aber er habe sich geirrt; nicht jetzt, nicht in seiner Position, nicht in einem Fall wie diesem, nicht in einem Land wie diesem, in dem es besser sei, der Veruntreuung öffentlicher Gelder oder des Mordes bezichtigt zu werden, nicht, nachdem Samuel mit seiner anprangernden Ausstellung ihre Freunde gegen sich aufgebracht habe; wer das Regime aufscheuche, arrangiere sich mit ihm, um von jedem Vorwurf freigesprochen zu werden; und schließlich sei nicht Samuel das Ziel, sondern er, ihn wolle man loswerden, seinen Aufstieg in der Partei verhindern, nur darauf werde spekuliert, dass er eingreife und die Presse sich auf den Beschützer des Homosexuellen stürze, dass sie auch ihn selbst als Homosexuellen darstelle, sie wisse, was dies für seine Karriere, ihre Familie bedeuten würde; also müssten sie sich bis zum Abflauen der Affäre von alldem fernhalten, die Akte sei leer, reine Verleumdung, keine Beweise, der Gewahrsam ziehe sich in die Länge, okay, aber das habe nichts zu bedeuten, man würde Samuel freilassen, ohne jeden Zweifel, man würde ihn freilassen.

Samuel war zwei Jahre älter als sie und fünfzehn Zentimeter größer; doch wenn man ihn in ihrem gemeinsamen letzten Schuljahr attackierte, war sie es, die Zähne zeigte. Sein Kleidungsstil – Jackett und Krawatte, oft aus Samt –, sein ausgefeiltes Vokabular, seine Affektiertheit, seine Zurückhaltung waren ein willkommener Anlass für Beleidigungen, Demütigungen, die sich in den lebhaften Gemütern von Halbstarken auf der Suche nach einem Ventil zusammenbrauten. Samy war der Bruder, den das Leben ihr geschenkt hatte,

Patenonkel der Zwillinge, ein Teil der Familie. Tashun wusste, was Samy ihr bedeutete. Wäre ihr Mann von *Tropiques Matin* nicht erwähnt worden, wäre der Artikel verpufft, und Samy wäre nicht dort, wo er jetzt war. Aber nun steckte er in dieser Lage und sie mit ihm. Es war undenkbar, dass sie nichts für ihn tat. Stillhielt. Wartete. »Du liest die Artikel in den Käseblättern der Opposition genauso wie ich, du erkennst die Verbissenheit von *Tropiques Matin* genauso wie ich, ich tue, was ich kann. Sie werden die Affäre nicht ruhen lassen, solange er als mein Schwager bezeichnet wird.«

Sie rief Kizito an. Erfuhr, dass Samy sich so tapfer hielt, wie es in einer sechs mal vier Quadratmeter großen Zelle zusammen mit weiteren achtzehn Insassen und einem überlaufenden Eimer für Urin und Fäkalien eben möglich war. Dank des vergessenen Briefumschlags auf dem Schreibtisch des Kommissars entging Samy der *Schaukel* und dem *heißen Kaffee*, zwei Spielchen, die bei den sadistischen Beamten des Kommissariats der Cité des Enseignants hoch im Kurs standen.

Nachts brannten Katmé die Schläfen, ihre Augen flatterten, der Tee aus Papayablättern, den Bambili ihr zubereitete, konnte ihr rasendes Herz nicht beruhigen. Wenn das Telefon klingelte, stürzte sie in Erwartung der guten Nachricht zum Hörer. Aber die Tage vergingen, und Samy war noch immer eingesperrt. Sie bemühte sich vergeblich, die Vorbereitungen für die Umbettung ihrer Mutter voranzutreiben, die Termine mit Djama nicht abzusagen, Axelle und Alix zur Schule zu bringen, die Abläufe in der Residenz mit dem Haushälter zu erörtern, an den Mittagessen des Caz teilzunehmen, die Baustelle in Fènn zu besuchen; sie war nicht in der Lage, ihr normales Leben weiterzuführen, während in Samys Leben nichts mehr normal war.

Tashun lud die Herausgeber der Zeitungen zu einem *erörternden Gespräch* in die Präfektur ein. Der Herausgeber von *Tropiques Matin* ließ sich entschuldigen. Er leide an Durchfall. Zu viel Chili im Fleischsandwich. Er werde nicht kommen. »Jetzt wissen wir aus sicherer Quelle, dass es dieser Fettkloß auf Entenfüßen namens Maman Caramel deux à dix und ihre Getreuen sind, die *Tropiques Matin* bezahlen«, sagte Tashun, der sich weigerte, ihr zu verraten, wie viel ihn die das *erörternde Gespräch* mit den Herausgebern der Zeitungen gekostet hatte. »Sie wird alles tun, um mich zu Fall zu bringen.« Die Presse erwähnte in den Artikeln, die vom Fall Samuel Pankeu berichteten, nicht mehr den Namen des Präfekten Abbia. Mit Ausnahme von *Tropiques Matin* natürlich.

In der Galerie forderten zwei Kunden ihre Anzahlungen zurück. »Ich will nichts zu tun haben mit einem Mann, der mit einem anderen Mann ins Bett geht«, erklärte der Käufer der Skulptur *Denkender Kopf*, ein Bankier mit Glupschaugen. Der andere, ein Autohändler, der die Hälfte des Jahres in Guangzhou verbrachte und vier Fotografien mit roten Punkten hatte versehen lassen, wetterte: »Dass er sich in seiner Arbeit gegen die Regierung stellt, da gebe ich ihm recht. Wir brauchen Leute wie ihn in unserem Land, um zu sagen, was nicht in Ordnung ist. Aber ein Mann, der es mit einem anderen Mann treibt, während da draußen genug Frauen bereitstehen und sogar umsonst, damit wir ihnen unsere Dinger in alle Löcher stecken, in die wir wollen, sie lassen uns machen, was wir wollen, wie wir wollen, wann wir wollen, wo wir wollen; und er treibt es mit einem anderen Mann. Er ist ein Hexer. Und von so jemandem soll ich mir etwas an die Wand hängen? Und wenn es Ousmane Sow persönlich wäre, Verzeihung, Schwester, aber Sie müssen mir mein Geld zurückgeben.« Keuna wiederholte eindringlich, der Artikel in *Tropiques Matin* sei kompletter Unsinn, die anderen Medien seien wie brünstige Büffel darauf angesprungen, Samuel habe eine Verlobte, und außerdem erstatte die Galerie keine Anzahlungen bei einem Kaufrücktritt ohne stichhaltige Begründung; doch es half nichts, sie musste den aggressiven Kunden das Geld zurückzahlen.

8

»MONSIEUR PANKEU UND MEINE FRAU sind nicht blutsverwandt, es gibt keine verwandtschaftliche Verbindung. Er ist nicht mein Schwager. Kann es gar nicht sein. *Der Patenonkel unserer Töchter?* Ich sage nicht, dass wir ihn nicht kennen, nur, dass er nicht mein Schwager ist, wie es die Presse behauptet. Er ist ein ehemaliger Klassenkamerad meiner Frau, ihr Kontakt ist eher oberflächlich und sporadisch, keine echte Freundschaft. Unsere Töchter waren Frühstgeborene. Sie drohten zu sterben. Madame Abbia und ich ließen sie in aller Eile taufen. Monsieur Pankeu kam an diesem Tag ins Krankenhaus, darum wurde er ihr Pate. Ein reiner Zufall. All das ist lange her, das war vor zehn Jahren. Er ist in die Erziehung unserer Töchter nicht involviert, sie sehen ihn nie. *Warum meine Frau bei der Vernissage war?* Madame Abbia liebt Kunst, was nicht verwerflich ist, soweit ich weiß. Sie war genauso überrascht wie ich von der Art der ausgestellten Werke, sie hatte versprochen zu kommen und hat Wort gehalten. *Ob die Festnahme ein Vergeltungsakt des Kulturministers ist?* Unsinn. Dieses Land ist eine Demokratie. Man nimmt die Leute nicht einfach fest, weil sie die Regierung kritisieren. Das war einmal. Monsieur Samuel Pankeu hat vom Recht auf Meinungsfreiheit, auf Kunstfreiheit Gebrauch gemacht, das – vergessen wir bitte nicht, wem wir es zu verdanken haben – der Vater der Nation eingeführt hat. Warum also sollte man Monsieur Pankeu deswegen festnehmen? *Was ich von der Ausstellung gehalten habe?* Soll ich ehrlich sein? Hier und da war von Kühnheit, von Originalität die Rede. Persönlich habe ich nur Erratisches, Spasmodisches darin gesehen, Irrtümer einer jungen – auch wenn der Schöpfer keine zwanzig mehr ist – und impulsiven Kreativität. *Wie ich als Christ den ganzen Fall sehe?* An erster Stelle möchte ich daran erinnern, dass wir eine gläubige, eine fromme Familie sind, die Schwester meiner Frau ist Ordensschwester bei den Redemptoristinnen. Im Westen floriert heutzutage eine freizügige, das Verbrechen fördernde Literatur. Gegenkräfte sind am Werk, um gewisse Umtriebe zu banalisieren, um Sitten, Verhaltensweisen zu normalisieren, die nicht normal sind. Die Gesetze Gottes sind in dieser Hinsicht eindeutig, es geht nicht um Mode, sondern um Moral, das Wort Gottes braucht keine Modernisierung. Um auf den Fall von Monsieur Pankeu zurückzukommen: Hier ist eine Untersuchung im Gange. Sollte sich bestätigen, dass Monsieur Pankeu verwerflichen Neigungen nachgegeben hat, wird er sich nicht nur vor dem menschlichen, sondern auch vor dem göttlichen Gericht dafür verantworten müssen. Er wird Reue zeigen müssen, denn wie Sie wissen, will Gott nicht den Tod des Sünders, sondern dass er am Leben bleibt. Mit Kadern der Partei organisieren wir gerade eine Messe, die der Erzbischof in der Kathedrale halten wird. Dieser Fall sollte uns alle beschäftigen, wir sollten unermüdlich für die verlorenen Schafe beten. *Warum ich keine Anzeige erstattet habe?* Ich widme mich vollumfänglich der Aufgabe, zu der mich der Innenminister im Namen des Vaters der Nation berufen hat. Die Führung einer Stadt wie Akriba ist eine beflügelnde, aber anspruchsvolle Tätigkeit. Ich darf keine Zeit vergeuden. Meine Freizeit verbringe ich mit meiner Familie und nicht damit, auf die gehässigen Manöver manipulierter und bestochener Journalisten einzugehen. Es mag Sie vielleicht überraschen, aber diese böswilligen Unterstellungen lassen mich kalt. *Warum ich mich heute zu Wort melde?* Ich bin ein Mann der Öffentlichkeit, Angriffe auf meine Person liegen in der Natur der Sache. Ich wollte meine Ehre, die Ehre meiner Familie mit Schweigen vor diesem Schmutz bewahren. Nun stelle ich fest, dass dieses Schweigen die Elaborate einer Publikation, die unwürdig ist, als Zeitung bezeichnet zu werden, nur befeuert hat. Dass man mich in Misskredit bringen will, kann ich verstehen, das ergibt sich aus den Umständen; dass aber meine Töchter in der Schule beleidigt werden, Absurditäten über die Männlichkeit ihres Vaters, Lügen über seine Moral zu hören bekommen, da sage ich stopp, es reicht, was zu viel ist, ist zu viel, die rote Linie ist überschritten. Darum meine Warnung an alle Schreiberlinge, die sich erdreisten wollen, weitere Elaborate über mich zu verbreiten: Rechnen Sie mit direkten strafrechtlichen Konsequenzen.«

Katmé stieg vor der Präfektur aus dem Auto, *La Voix du Zambuena* in der Hand. »Wie oft muss ich dir das noch sagen? Wer mit dieser Affäre erledigt werden soll, bin ich, nicht dein Samuel! Er ist nur ein kleiner Fisch! Du hast doch auch gelesen, was dieses Käseblatt schon wieder veröffentlicht hat.« Tashun meinte einen Artikel, in dem *Tropiques Matin* vor Kurzem angedeutet hatte, der Präfekt habe sich das Schweigen der anderen Zeitungen erkauft.

»Unsere Töchter wurden in der Schule beleidigt? Wir kennen Samy nicht?«

»Schon gut, schon gut, das war vielleicht ein bisschen übertrieben, ich gebe es zu.«

»Wie kannst du nur unsere Kinder da mit reinziehen? Das war vielleicht *ein bisschen* übertrieben? Du bist der Meister des Euphemismus, oder?«

Für einen Moment kam ihr der Gedanke, ihr Mann, ein erfahrener Opportunist, könnte die Veröffentlichung des ersten Artikels in *Tropiques Matin* selbst inszeniert haben, um seine Tugend unter Beweis zu stellen und die vermeintliche »Klippe Samuel Pankeu« zu seinem Vorteil zu nutzen. »Die Gesetze Gottes sind in dieser Hinsicht eindeutig, Gott will nicht den Tod des Sünders, sondern dass er am Leben bleibt« – Mama Récia hätte es nicht besser sagen können. Ihr Mann verpasste nie die stark überlaufene Sonntagsmesse um elf Uhr in der Kathedrale, bei der sich traf, wer »einmal wichtig war«, »gerade wichtig war« und »hoffentlich wichtig werden würde«. Am Ende des Gottesdienstes begrüßte und umarmte man sich unter dem riesigen Kruzifix aus gabunischem Mbigou-Stein auf dem Vorplatz und tauschte belanglose oder bedeutsame Neuigkeiten aus; der Erzbischof herzte, grüßte, hielt sich bei denen auf, die großzügig zur Sonntagskollekte beitrugen. Der Präsident der Republik brüstete sich mit seiner Frömmigkeit. Am Samstagabend um 18 Uhr besuchten etwa zehn Auserwählte die Messe in der Privatkapelle seiner Residenz. Tonton Ambroise war einer von ihnen. Und Tashun davon besessen, es eines Tages zu sein. Ihr Mann, ein Verfechter der christlichen Tugend, ein empörter Vater. Das war armselig, schäbig, hinterhältig – das kam gut an.

»Ich sage es dir gleich, weil du es ohnehin bald herausgefunden hättest, Samuel ist gestern ins Zentralgefängnis verlegt worden.«

Katmé spürte, wie ihre Knie weich wurden.

»Was ... Was hast du da gerade gesagt, Tash?« Sie sprach so leise, dass sie ihre eigene Stimme nicht hören konnte.

»Du hast es schon richtig verstanden. Samuel ist gestern ins Zentralgefängnis verlegt worden. Das ist auch der Grund, warum heute mein Interview erscheint. Was wirfst du mir eigentlich vor? Ob es dir passt oder nicht, Kat, er ist nicht dein Bruder und auch nicht mein Schwager. Und außerdem habe ich dem Journalisten ja nicht gesagt, dass Samuel es tatsächlich ist. Denn um schwul zu sein ... das ist er doch, oder? Das ist er, und du weißt es, und du hast immer gedacht, ich wüsste es nicht. Weißt du, was ihr für ein Problem habt, Samy und du? Dass ihr glaubt, ich wäre ein Narr.«

Er saß. Sie stand ihm gegenüber. Ihr Herz pochte. Ihre Knie würden nachgeben. Sie zog den Besuchersessel zu sich heran, ließ sich schwer darauf niedersinken. Zwei Wochen. Zwei Wochen, seit sie

Samy zum letzten Mal gesehen hatte. Zwei Wochen, in denen sie sich »von diesem Fall ferngehalten« hatte. Zwei Wochen Wegsehen. Zwei Wochen naive, absurde, irrationale Dummheit. Vielleicht war er ein Narr, aber sie hatte sich zu einem machen lassen. Ja, seit ein paar Tagen wisse er, dass Samuel ins Zentralgefängnis verlegt werden würde; nein, er habe es nicht für angebracht gehalten, sie darüber in Kenntnis zu setzen, sie nehme bereits alles an dieser Geschichte so tragisch; er habe sie nicht »über die Maßen« ängstigen wollen, die Verlegung ins Zentralgefängnis habe an sich keine Bedeutung, die Zellen der Kommissariate in den Stadtteilen seien überfüllt; Samuel sei in der Nacht verlegt worden, seine Familie wisse noch nicht Bescheid.

»Jetzt muss die Gerechtigkeit ihren gewohnten Gang nehmen.«

»Die Gerechtigkeit? Welche Gerechtigkeit? Zwei Wochen Polizeigewahrsam, dann Gefängnis auf der Grundlage der Wahnvorstellungen einer Zeitung, die du selbst als Käseblatt bezeichnest, und du sprichst von Gerechtigkeit? Er könnte zu lebenslanger Haft verurteilt werden, und du sprichst von Gerechtigkeit? Wir können Samy nicht im Stich lassen! Sag Tonton Ambroise, er muss ihn freibekommen.«

»Es besteht keine Gefahr, dass Samy verurteilt wird. Keine! Wir müssen abwarten. Ich kann die Sache nicht beschleunigen. Ein solches Risiko werde ich nicht eingehen.«

»Aber es gibt keine Beweise! Keinen einzigen! Ich habe das Gesetz gelesen, Artikel 16, man muss *in flagranti* erwischt werden. Wir sind doch nicht bei Kafka! Die Festnahme war willkürlich, die Inhaftierung ist ungerechtfertigt!«

»Hey, hey, hey! Gleich die großen Worte. Anscheinend hast du Artikel 16 nicht zu Ende gelesen. Es heißt, wer *in flagranti* erwischt wird, wenn eine Anzeige oder eine Indizienkette vorliegt. Wir haben es mit einer Anzeige zu tun. Meine Anweisung hat sich nicht geändert, wir halten uns von diesem Fall fern. Maman Caramel-Elefantenwampe will mich kaltstellen. Sie wird uns nicht in Ruhe lassen. Sie weiß, dass Tonton Ambroise mich als Kandidaten für die Gouverneurswahlen im Haut-Fènn vorschlägt.«

»Wie bitte? Kandidat für die Gouverneurswahlen im Haut-Fènn? Du? Was ist das denn für eine Geschichte?«

Tashun verschränkte die Arme vor der Brust und setzte einen trotzigen Blick auf.

Wie betäubt ließ sie sich noch tiefer in den Sessel sinken.

Fast zwölf Jahre Ehe. Sie hatte sich damit abgefunden, dass ihr Mann von einem unerschöpflichen Rachedurst gegenüber dem Leben getrieben wurde. »Wenn mein Vater auf politischer Ebene die Entscheidungen deines Vaters getroffen hätte, wäre ich beruflich schneller vorangekommen«, sagte er oft. Zu Beginn der Demokratiebewegung, als Tashuns Vater Finanz- und Wirtschaftsminister war, verließ er seinen Posten, um eine eigene Partei zu gründen, überzeugt davon, dass endlich die Ära des Machtwechsels gekommen war. In der Folge ächtete ihn der Präsident – der seit dreißig Jahren regierte und mit ihm zusammen auf dem Internat gewesen war; Abbia, ihr Familienname, wurde zum Synonym für den Treuebruch. Obwohl Tashun die Akademie für Zivilverwaltung von Zambuena als Jahrgangsbester abschloss, dümpelte seine Karriere vor sich hin, bis er, kurz vor den zurückliegenden Kommunalwahlen, zum Unterpräfekten von Maboma ernannt wurde, einer unbedeutenden und trockenen Stadt im Norden, die seit einem Jahrzehnt oppositionsregiert war. Tashun erkannte darin seine Gelegenheit, stürzte sich in den Wahlkampf, tat, was zu tun war, und die MPA, die Präsidentenpartei, trug zur allgemeinen Überraschung den Sieg davon. Maboma, die Stadt, zählte nicht; was zählte, war das Symbol. Tashun durfte zum ersten Mal vor die Presse treten. Ambroise Béma, Tonton Ambroise, sein Pate, ein einstiger Freund seines Vaters, ehemaliger Minister für die Territorialverwaltung und aktueller Generalsekretär der Partei, der im Moment des »Treuebruchs« alle Verbindungen zur Familie Abbia gekappt hatte, stellte den Kontakt wieder her und nahm seinen Patensohn unter seine Fittiche. Achtzehn Monate später wurde der dreiunddreißigjährige Tashun auf den sehr begehrten Posten des Präfekten von Akriba, der Hauptstadt, befördert. Vor gerade mal einem Jahr. Und es reichte ihm schon nicht mehr. Tonton Ambroise machte ihm nun den Gouverneursposten im Haut-Fènn schmackhaft. Was würde als Nächstes kommen?

Im Haut-Fènn hörte man oft: »Wenn du einem Mének und einer Schlange begegnest, töte den Mének und lass die Schlange am Leben.« Tashun war ein Mének. Der Gouverneursposten des Haut-Fènn war seit den ersten Wahlen mit mehreren zugelassenen Parteien in den Händen der Opposition, das heißt seit rund zwanzig Jahren. Er hatte keine Chance.

»Der aktuelle Gouverneur ist krank. Er tritt nicht mehr an. Das ist mein Moment. Es ist die Provinz, für die am wenigsten Parteimitglieder kandidieren wollen. Sie sind überzeugt, dass wir dort keine Chance haben. Wenn die Partei mich zum Kandidaten macht, schwöre ich dir beim Leben unserer Töchter, dass ich diese Provinz erobern werde! Die Beerdigung deiner Mutter ist der Startschuss meiner Kampagne, das Gesundheitszentrum wird eine Verbindung zur Bevölkerung herstellen.« Tashun und sie hatten sich von der Idee eines Zentrums für junge Mütter verabschiedet und sich für ein Gesundheitszentrum entschieden.

»Ich sehe nicht, was es dir bringen soll, alle Welt zu einer Privatveranstaltung einzuladen, die ausschließlich meine Familie betrifft«, sagte sie schroff.

»*Privatveranstaltung?* Die Beerdigung deiner Mutter nennst du eine Privatveranstaltung? Machst du jetzt einen auf *Weiße* oder was? Haben die *Weißen* im Caz dir etwa eine Hirnwäsche verpasst?

Lebst du nicht genauso wie ich in diesem Land? Verdammt nochmal, hast du denn keine Vorstellungskraft?«

»Vorstellungskraft wofür? Eine Maskerade? Deine wahnwitzige Wahlkampagne? Hol Samy aus dem Gefängnis, er hat nichts mit alldem zu tun!«

»Kat, der Alte ist auf mich aufmerksam geworden, ich werde ins Zentralkomitee aufgenommen und dann als Kandidat für den Haut-Fènn vorgeschlagen. Das alles kommt nicht von nichts«, er schnippte mit den Fingern, »ich werde mir nicht wegen Samuel alles verderben. Er muss diese Prüfung wie ein Mann bestehen, er wird nicht daran sterben. Sobald ich offiziell aufgestellt bin, kümmern wir uns um seine Haftentlassung.«

Das Zentralgefängnis. Sie war mit dem Caz dort gewesen. Ein »Elendsbesuch«. Im Hof stank es, die Wände bröckelten, die Häftlinge waren verwahrlost und bettelten: »Wir haben Hunger, hilf uns, Madame, hier ist die Adresse meiner Familie, sag ihnen, dass ich am Leben bin, Madame, ich bin krank, kauf mir Medikamente, Madame, Madame, Madame …«, und Minderjährige, die riefen: »Dein Maisbrei, und du fickst mich in den Arsch; dein Teller Bohnen, und du fickst mich in den Arsch.« Und Samy mittendrin.

Der Tag im Abschlussjahr, an dem er sich im Klassenzimmer neben sie setzte und sagte: »Ich bin kein Junge wie die anderen«, die Tage, an denen sie gemeinsam von der Schule nach Hause gingen, die Abkürzung über die öffentliche Müllkippe nahmen und sich Geschichten erzählten, über die nur sie beide lachen konnten, die Tage, an denen sie den Filmklub leiteten, die Tage, an denen er sie auf den Baum seiner Träume, seiner Sorgen mitnahm, der Tag, an dem sein Vater mit 59 Jahren im Schlaf verstarb, die Tage, an denen er sich in der Wattewolke einer Liebe verfing und zerrissen wiederkam, die brackigen Tage, an denen er vor einer verbissenen, unausstehlichen Folcoche davonrannte, die Tage, an denen er gestand: »Wenn ich gekonnt hätte, hätte ich mich in ein Mädchen wie dich verliebt«, die Tage, an denen er sagte: »Du weißt nicht, was es heißt, in meiner Haut zu stecken, Kat«, die Tage, an denen sie abwechselnd sagten: »Du bist mein besseres Ich«, die Tage der Einsamkeit nach Sennkes Abreise zu den Redemptoristinnen, die Tage zäh wie Gummi, auf die nur bessere folgen konnten, die Tage, an denen sie der *Flughafen*, die einzig mögliche Landepiste füreinander waren, die Tage, an denen er die Bildhauerei zu seinem Beruf machte und jubelte, es geschafft zu haben, die Tage der Freude, die Tage des Scheiterns, die Tage der Abwesenheit, die Tage der Verheißungen, die Tage der Verlassenheit, die Tage der Euphorie; an diesen Tagen und all den anderen hatten sie sich nie im Stich gelassen. Er berauschte sie mit seinem Allgemeinwissen, mit seiner philosophischen Argumentationsfähigkeit, mit seiner leidenschaftlichen Liebe für die Bildhauerei, die Kunst, puckte sie mit bedingungsloser, vollkommener Zuneigung. Und sie benahm sich wie eine kleine Mutter, eine Wahlschwester, eine große Schwester, die liebt, aufpasst, beschützt.

Sie fühlte sich für seine Freilassung verantwortlich.

Deshalb beschwor sie ihren Ehemann.

Er solle den Justizminister, Jean Tafeng, anrufen, damit dieser Samys sofortige Haftentlassung befahl. Er habe ja recht, er sei die Zielscheibe und Samy nur ein Spielball. Ein Spielball, der wegen ihm, wegen ihnen im Gefängnis sitze. Sie könnten Samy nicht im Stich lassen. Samy drohten mindestens fünfundzwanzig Jahre Gefängnis, acht Millionen Geldbuße, Samy drohte lebenslänglich. Sie könnten Samys Leben nicht den Händen eines Richters überlassen. Wenn Tashun Samy freibekäme, würde sie es ihm nie, nie vergessen; sie würde sich mit Leib und Seele seiner Wahlkampagne verschreiben, er würde schon sehen, er würde sich die Augen reiben. Sie würde jeden Quadratzentimeter Erde, jedes Haus umpflügen; sie gebe ihm recht, er würde einen hervorragenden Gouverneur abgeben, und sie würde ihn unterstützen, sie würde sich Kaba Ngondos, Boubous in den Farben der Partei, mit dem Konterfei des Alten schneidern lassen; ja, er würde diese Wahl gewinnen! »Nichts wird dich daran hindern zu gewinnen, Tash, aber bitte, ich flehe dich an, hol Samy aus dem Gefängnis.« Sie sah nicht, wie sich die Züge ihres Mannes verhärteten, seine Augen trübten, seine Fäuste schlossen. Er stieß seinen Stuhl zurück, stand auf. So sei das also, wiederholte er dreimal, sie sei bereit, an seiner Seite in den Wahlkampf zu ziehen, jeden Quadratzentimeter Erde umzupflügen, an jede Tür zu klopfen, damit er gewählt würde. Aber nicht für ihn, nicht für ihre Töchter, nicht für ihre gemeinsame Zukunft. Sondern für Samuel. In seinem Gesicht breiteten sich Wut und Enttäuschung aus. »Lass mich arbeiten, Kat, geh nach Hause.« Sie stand ebenfalls auf. Würde er denn nichts tun? Würde er Samy im Gefängnis sitzenlassen? Also gut. Schnellen Schrittes ging sie zur Tür, drehte sich um. »Ich werde nicht die Hände in den Schoß legen und warten, bis Samuel im Gefängnis krepiert. Ich werde selbst zu Jean Tafeng gehen. Ich werde gegen alle Türen trommeln, hinter denen jemand sitzt, der mir helfen kann, um ihn freizubekommen, ob dir das passt oder nicht!«

Er holte sie ein, ehe sie durch die Tür gegangen war, zog sie gewaltsam zurück, schlug die Tür hinter ihr zu, bugsierte sie zu dem Stuhl, von dem sie eben erst aufgestanden war, zwang sie, sich wieder hinzusetzen, hielt sie fest, indem er sein volles Gewicht auf ihren Schultern abstützte. »Lass mich eine Minute über deine Bitte nachdenken.« Er setzte sich wieder hin, krempelte einen Ärmel seiner Wolljacke hoch und starrte auf das Ziffernblatt seiner Armbanduhr. »Tick, tack, tick, tack, tick, tack; eine Minute, also! Ich werde dir ein für alle Mal die Lage erklären: Ich gehe wegen deinem Freund kein Risiko ein. Eine ganze Menge Leute erwartet genau das, aber wenn ich das mache, bin ich erledigt. Weißt du, mit welchen Kunststücken Tonton Ambroise meine Kandidatur gegen diese Kaimane durchgesetzt hat? Sobald ich offiziell aufgestellt bin, können die Fette auf Entenfüßen und ihre Gefolgsleute mir nichts mehr anhaben. Soll ich mir wegen einer Kaulquappe, eines angeblichen Schwagers, der mir seit Jahren zum Hals heraushängt, die Zukunft versauen? Der Champion der Lateinzitate muss allein zurechtkommen.« Sie habe ihm einen falschen Bruder aufgezwungen, und er habe sich aus Liebe zu ihr mit ihm abgefunden, aus Sorge um ihr seelisches Gleichgewicht, da sie keine Mutter, keinen Vater, keine Schwester habe, darum habe er so getan, als sei Samuel tatsächlich ihr Bruder, denn Samuel trage zu ihrem Glück bei, und ihr Glück sei für ihn von Bedeutung; natürlich wisse er, dass sie die Miete für sein Atelier bezahle, dass sie ihm sein Material kaufe; er wisse Bescheid und verschließe die Augen; der liebe Bruder, schwebend über den Belanglosigkeiten der Welt, aber keine Hemmungen, sich mit der Kohle eines korrupten, ehrgeizigen Präfekten durchfüttern zu lassen. »Du willst zu Jean Tafeng? Versuch es, geh hin und versuch es! Du wirst über *dein besseres Ich* verhandeln, Katmé. Oh ja, darüber wirst du verhandeln. Wenn ich erfahre, dass du im Zentralgefängnis warst, dann blüht dir was. Weißt du, wie sehr der ganze Aufruhr um seine Festnahme mich hätte zerstören können, wenn Tonton Ambroise nicht gewesen wäre? Ich habe nichts zu tun mit dem, was deinem Freund passiert, aber er muss seine Erwachsenendosis schlucken, den Nachttarif bezahlen, dafür, dass er ihn sich in den Arsch hat stecken lassen oder seinen in den von einem anderen gesteckt hat, obwohl wir alle wissen, dass es in diesem Land gesetzlich verboten ist, selber schuld, er wird dafür bezahlen. Er kennt das Gesetz, oder etwa nicht? Weißt du, was der *vulgum pecus* zu euch sagen würde? Er würde sagen: *dura lex, sed lex*, bitte schön, ein Lateinzitat! Das muss er kennen, dein Samuel!«

Mit ihrem Mann war sie so wenig in ihrer neuen Welt, aber ohne ihn war sie nichts. Sich über Tashun hinwegsetzen und Samy im Gefängnis besuchen? Um einen Termin beim Justizminister bitten? – Sie hatten sich gegenseitig zum Abendessen eingeladen, Mamiton Tafeng, seine Frau, war Mitglied des Caz. Sich an einen Anwalt wenden? An einen Richter? An den Gefängnisdirektor? Und das Geld? Kizito, Universitätsdozent, bescheidenes Gehalt, seine Frau Krankenschwester, sechs Kinder. Sita Félicie, dann und wann Pensionszahlungen, Stricken, um über die Runden zu kommen. Samuel, Aushilfslehrkraft am Collège Félix Éboué, jeden verdienten Cent steckte er in die Bildhauerei. Und sie? Vom Staatsdienst freigestellt, ohne Gehalt, finanziell abhängig.

Ihr Vater! Aber ja, ihr Vater! Innocent Patong würde mit Tashun sprechen. Schwiegervater und Schwiegersohn hatten sich angefreundet, diskutierten über Politik, schöne Kleidung, schöne Schuhe, Zigarren – ihr Mann, Nichtraucher, hatte damit angefangen. Innocent Patong hatte versprochen, ihn mit den Honoratioren von Fènn bekannt zu machen. Ihr Vater kannte Samys Platz in ihrem Leben. Sie hatte es ihm erklärt. Auf der Ausstellung hatte er es verstanden. Er würde bei Tashun ein gutes Wort für ihn einlegen, würde ihn drängen, Samy zu helfen, ihn aus dem Gefängnis zu holen. Er würde Tashun überzeugen, ja, er würde ihn überzeugen.

»*Soubanalaï!* Dein Mann riskiert seine Zukunft, eure Zukunft, Katmé. Das musst du verstehen!«

»Samuel riskiert sein Leben, Papa. Könnt ihr das nicht verstehen?«

»Dein Mann und du, ihr seid momentan eine Dreierwette in der richtigen Reihenfolge, vielleicht sogar eine Viererwette in beliebiger Reihenfolge; es kommt auf euch an, eine Fünferwette zu werden. Wenn ihr eine Fünferwette werdet, ändert sich euer Leben radikal. Euch fehlt nicht mehr viel bis zur Fünferwette in der richtigen Reihenfolge. Du bist die Frau des Hauptstadtpräfekten. Dieser Junge da, dieser Samuel, der ist ein alter Klepper, der ist nicht am Start, der gehört zu deiner Vergangenheit. Oder wie es bei den alten Säufern am Totalisator von Zambuena heißt: Mit der Sonne von gestern bekommst du die Wäsche von heute nicht trocken! Du musst vorwärtskommen, mein Kind.«

Wären die Ankündigung von Madeleines Umbettung, das Wiedersehen in der Stadt von Albatros und Kormoran, die Wochenenden in der Residenz mit Tashun und den Enkelinnen nicht gewesen, hätte er nie betont, was sie von ihm hatte: die zähe Ausdauer, das vorspringende Kinn, die Finger, lange, schmale Finger, den Aussprachefehler, das verschluckte R, wenn sie müde waren, die schnelle, abgehackte Redeweise, das Stottern bei Aufregung; das gleiche Desinteresse, in der Vergangenheit zu wühlen, erloschene Erinnerungen wieder anzufachen. Hätte er sie nicht in die Arme geschlossen, dafür bewundert, dass sie trotz Tashuns Verbot zu Samys Ausstellung kam, beglückwünscht für ihren Sinn für Treue, für Freundschaft, gesagt, ebendas gesagt, was sie nicht mehr erwartet hatte, was jemanden wie ihn, einen Mann seines Alters, seiner Generation Mühe kostet, wären die Jahre vorwurfsvoller Verhöre, die trostlosen Nächte vergeblichen Verstehenwollens, warum er aus Sennkes und ihrem Leben abgehauen war, nicht verblasst, hätte sich das Gefühl in ihr, nur ein Blättchen im Wind zu sein, nicht endlich aufgelöst. Ihr Vater war in ihr Leben zurückgekehrt. Er hatte Freude an schönen Kleidern, an Schuhen, an Luxusuhren, wählte das Auto des Tages passend zur Farbe seines Anzugs, trug Schuhe, bei deren Anblick Tashun gerufen hatte: »Ein Mann mit Consuln aus Eidechsenleder an den Füßen kann nur ein guter Mann sein.« Zum Frühstück trank er Champagner – Millésime –, aß sein Omelett ohne Dotter, sein Brot ohne Krume und trank seinen Kaffee ohne Zucker, bestreut mit Zitronenzesten. Wenn man ihm nicht seine Okra-Suppe mit Maniok-Fufu servierte, hatte er das Gefühl, nichts gegessen zu haben. Das Haar schnitt er sich eigenhändig vor dem Spiegel, beim Lachen tippte er sich mit dem Zeigefinger an die Nase, seine Schuhe polierte er selbst und schimpfte mit Motto, dem Kammerdiener, wenn er sich ihm näherte. Bei Tisch erzählte er gern unwahrscheinliche wahre Geschichten; die Abendessen mit ihm dauerten länger als gewöhnlich. Sogar im Sitzen war er groß, wirklich groß. Ihr Vater vergaß die Namen der Zwillinge, sprach nie von Sennke, erkundigte sich höflich nach dem Voranschreiten der Vorbereitungen für Madeleines Beerdigung, kam mit leeren Händen, ging mit einem ansehnlichen Vorrat an torfigem japanischem Whisky und Cohibas. Er meldete sich nie, sie war es, die sich bei ihm erkundigte, die Tashun anrief.

Wie war sie nur darauf gekommen, Innocent Patong könnte ihr in irgendeiner Form behilflich sein?

Sie entschloss sich zur Flucht. Flucht aus der Hauptstadt, Flucht vor ihrer Ohnmacht, Flucht vor ihren Töchtern, die durch die Reizbarkeit ihrer Mutter verunsichert waren; Flucht und Aufgehen im Hausbau, in der Gestaltung der Gruft. Noch bevor sie das Zimmer mit den Jacaranda-Motiven in der Auberge Zimanto reservierte, noch bevor sie sich ans Steuer setzte, noch bevor sie es sich genau überlegt hatte, wählte Katmé die Nummer von Aleksandre Fortès und informierte ihn über ihr Kommen.

9

EINES NACHMITTAGS hatten Samy und sie weiter unten am Hügel Fortès getroffen, er hatte sie auf ein Gläschen zu sich nach Hause eingeladen. Die moderne Nachbildung eines Dorfvorsteher-Rundbaus mit kegelförmigem Strohdach war nicht besonders gemütlich. Ein Sofa, zwei Sessel aus Schmiedeeisen, ein leeres Bambusregal, ein Esstisch, zwei Holzstühle, verziert mit Kaurischnecken und Messingmünzen; einziger Wandschmuck: ein Raphia-Webteppich, Kasaï-Velours. Doch ihr Blick, Samys und ihrer, blieb an der unglaublichen Menge DVDs hängen, die jeweils die untere Hälfte von zwei Wänden im Wohnzimmer einnahmen. Sie fragten ihn schließlich, ob sie sich die Sammlung näher ansehen durften, woraufhin er ihnen vorschlug, zusammen einen Film anzuschauen. Er hatte bereits vom Filmklub ihrer gemeinsamen Schulzeit erfahren. Seine eigene Kinoleidenschaft stammte von seinem *weißen* Großvater aus Paris, bei dem er aufgewachsen war; von den Mittwochnachmittag-Vorstellungen im La Pagode, im Normandie, im Sept Parnassiens. Als Erwachsener hatte er sich die wenigen Filme aus Afrika angesehen, die in Paris gezeigt wurden. Alle zwei Jahre war er zum Fespaco in Ouagadougou gereist. Nun war es neunzehn Uhr und draußen bereits dunkel, in der Auberge Zimanto erwartete sie niemand, also nahm Fortès *Camp de Thiaroye* aus der Hülle.

Wenn Samy mit nach Fènn kam, empfing Aleksandre Fortès sie fortan zum Abendessen, am Hang, im Quartier du Tam-Tam, vierhundert Meter von der Gruft und der Baustelle entfernt. Zusammen essen, einen Film sehen; das war etwas anderes als die faden

Abende, an denen sie vor Mais und Safous im roten Dämmerlicht der Auberge gesessen und die Stunden bis zur Abreise nach Akriba hingenommen hatten. Mit der Zeit wurden die Filmabende ganz unauffällig zum Vorwand, sich vorsichtig füreinander zu öffnen. Sie sprachen über Kunst und Politik, den Autobahnbau, die unfertige Gruft, das geplante Gesundheitszentrum. Fortès und der Geschäftsführer von Mival waren zweimal bei ihnen in Akriba zum Abendessen gewesen. Wenn Tashun in Fènn war, was selten vorkam, lud er Fortès mit zum Bürgermeister oder zum Unterpräfekten ein. Meistens gab der aber eine andere Verpflichtung vor; Katmé wusste, dass er vor dem Plattitüdenwettstreit floh, dem beim Bürgermeister und beim Unterpräfekten niemand entkam. Wenn sie zu dritt in seinem Wohnzimmer saßen, tranken sie nach dem Film Tee, Wein, viel Wein; und Samy sprach ungezwungen über Ety; sie widerwillig über Madeleine; und er mit einer Mischung aus Fatalismus und melancholischem Spott über seine ivorische Mutter, die sich drei Tage nach seiner Geburt in der Entbindungsklinik Port-Royal in Paris aus dem Staub gemacht hatte. »Von der Mutter zum Bastard gemacht, das kommt nicht so oft vor«, sagte er an jenem Abend, während der Nachspann von *Rue Cases-Nègres* über die Leinwand lief.

Wenn er nicht in Fènn war, weil er in Akriba zu tun hatte oder seine Kinder in Paris besuchte, bot er Katmé an, bei Inga, der Haushälterin, die Schlüssel zu seinem Haus abzuholen und seine Küche, seinen Beamer zu nutzen. Obwohl sie den Abend lieber in der Gesellschaft rastloser Regisseure und brandneuer Filme verbracht hätte, entschied sie sich immer für das Zwiegespräch mit sich selbst oder mit Samy in der Auberge Zimanto. Bei Aleksandre zu sein, wenn er selbst nicht da war, ergab für sie keinen Sinn; in dem kalten Raum, in dem er fehlte, hätte sie sich unbehaglich gefühlt. Sie hatte sich immer noch nicht an seine grünen Augen gewöhnt, an die Narbe auf seiner Oberlippe, an seine Eigenart, unvermittelt die Unterlippe einzusaugen wie ein Salamander ein Insekt, an seine rätselhaften Scherze, an den Geruch nach Ganja, den ihre Kleider aufnahmen, wenn sie bei ihm zu Abend aß, und den sie vor ihrer Rückkehr nach Akriba unbedingt in der Auberge Zimanto herauswaschen musste; an den Reis mit Erdnusssoße, den er ausnahmslos kochte. Wenn sie sich jedoch nicht selbst ans Steuer setzte, sondern Célestin sie und Samuel nach Fènn chauffierte, sagte sie den geplanten Abend bei Fortès ab. Sie sagte ab, obwohl ein Verlustgefühl in ihr aufflammte.

Die Lampenschirme in Form von dicken Kämmen, seine neueste Anschaffung, tauchten ihren Aufenthalt bei Aleksandre in ein sinnliches Licht. Er hatte ihr einen Zitronengras-Ingwer-Tee zubereitet, sie hielt die Tontasse fest zwischen den Händen, um sich daran zu wärmen und festzuhalten. Der unbequeme schmiedeeiserne Sessel ohne Polsterung, auf dem sie saß, plättete ihr den Hintern, und sie stellte fest, dass sie außer ihm keinen Zuhörer für ihren fieberhaften, kreisenden Monolog hätte finden können, niemanden, dem sie hätte sagen können, dass Samy mit Ratten, Wanzen und Sandflöhen im Zentralgefängnis eingesperrt war, dass er für unbestimmte Zeit dort eingesperrt war, dass sie ihn nicht besuchen durfte und dass sie das um den Verstand brachte. Er hörte zu, während sie über ihre Ohnmacht, ihre Wut, ihr Entsetzen beim Gedanken an einen Prozess sprach. Die Demütigung, die mögliche Verurteilung. Er hörte zu, während sie von der vorläufigen Festnahme, dem Kommissariat, dem Haftbefehl, Tashuns Abfuhr berichtete. Er hörte zu, ohne wie die *Freundinnen* des Caz, Mama Récia, die alten Schulkameraden, der Direktor des Collège Félix Éboué nachzufragen: »Aber stimmt es denn? Stimmt es, was *Tropiques Matin* schreibt?« Als ob die Antwort von Bedeutung wäre, als ob allein daran die Entscheidung geknüpft wäre, ob Samy eine öffentliche Kreuzigung verdiente oder nicht, als ob das Problem nicht die Schmutzkampagne einer Zeitung wäre, der Eingriff eines schwächelnden, hinfälligen, in jeder Hinsicht zu kritisierenden Staates in die Privatsphäre eines Bürgers, eines Staates, der moralische Tugend vortäuschte und willkürlich die einen verschonte und die anderen verschlang.

Aleksandre krempelte die Ärmel seines anthrazitgrauen Abacosts hoch, schlug die Beine übereinander und brach das Schweigen, das er sich seit dem Beginn ihres Monologs auferlegt hatte: »Ich habe gesehen, dass die Staatsanwaltschaft als Nebenkläger auftritt. Ich dachte, dazu müsste man *in flagranti* erwischt werden?«

»Das Gesetz, in diesem Land … bei dieser Art von Angelegenheit genügt ein anonymer Anruf bei der Polizei, damit sich die Justiz einschaltet, eine einfache Anzeige. Sie denken also, wenn es von einer Zeitung veröffentlicht wird …«

»Aber sie haben nichts gegen Samuel vorliegen? Ich meine … Er hat sich nicht …«, er zögerte einen Moment, »er hat sich nicht öffentlich dazu bekannt?«

Sie schüttelte den Kopf.

»Aber es genügt, dass die Polizisten und der Staatsanwalt Samys Verhalten als nicht«, sie markierte mit den Fingern Anführungszeichen in der Luft, »›ausreichend männlich‹ beurteilen, um ihn einem Ermittlungsrichter vorzuführen und einen Haftbefehl zu erteilen. Man weiß nicht, wie lange die Untersuchungshaft dauern kann, bevor die formelle Entscheidung zur Einleitung eines Verfahrens getroffen wird.«

»Mindestens fünfundzwanzig Jahre Gefängnis, acht Millionen Geldbuße, möglicherweise eine Verurteilung zu lebenslanger Haft … Und nur, weil man homosexuell ist. Das ist gegen den gesunden Menschenverstand!«

»Jemanden einer solchen Straftat zu bezichtigen ist mit Abstand die einfachste Art, um abzurechnen.«

»Sie sagen: Straftat, Angelegenheit …«

»Ich verstehe nicht.«

»Ihr bester Freund ist im Gefängnis, weil er beschuldigt wird, homosexuell zu sein. Sie haben kein einziges Mal dieses Wort benutzt. Das finde ich seltsam, das ist alles ...«

»Was seltsam ist, ist Ihre Bemerkung. Kurz gefasst, ich finde sie unangebracht.«

Aleksandre sah sie durchdringend an. »Entschuldigung. Es ist mir nur aufgefallen, sonst nichts. Sprechen wir nicht mehr darüber.«

Ein bedrückendes Schweigen bereitete sich zwischen ihnen aus.

Hatte sie sich geirrt? War es ein Fehler gewesen, sich ihm zu öffnen? Wieso brachte er sie dazu, sich in Selbstzweifeln zu verstricken? Offenbarte dieses unbewusste Widerstreben, es beim Namen zu nennen, etwas Unsägliches, das er in ihr aufstöberte? Oder fiel es einfach nur unter die Kategorie der Prüderie, deretwegen sie bestimmte Wörter aus ihrem Wortschatz getilgt hatte; Wörter, die sie hörte, las, aber niemals sagte – außer das eine Mal, als sie es im Bett versucht und Tashun sie schroff in die Schranken gewiesen hatte. Natürlich hörte sie hin, wenn Samuel erzählte, natürlich kannte sie seine Geheimnisse; aber aufgrund ihrer religiösen Erziehung hatte sie die Beine zusammengepresst, bis Tashun sie geöffnet hatte, Jahre des Umgangs mit Harlekin und Barbara Cartland hatten ein Schamgefühl genährt, das die Lebensrealität, zwei Kinder und fast zwölf Jahre Ehe nicht vollkommen hatten besiegen können. Samy liebte Männer. Sie liebte Samy. Es war sein Leben, sein Verlangen, seine Entscheidungen. Sie akzeptierte es. Warum sollte sie es hinausposaunen? Das Wort aussprechen, diese Abstraktion, diese Immaterialität, die sie kaum zu fassen, der sie keinen Körper zu geben vermochte, würde es ihre Gefühle für ihn noch tiefer verankern? Egal, was Samy tat, was man ihm vorwarf, getan zu haben, sie hätte ihn mit demselben Instinkt beschützt und verteidigt, wenn man ihr gesagt hätte, er habe einen Mord begangen. Sie liebte Samy, sie liebte ihn mit der Liebe aus dem Lied *so hoch, was kann höher sein, so tief, was kann tiefer sei, so weit, was kann weiter sein.* Nur hatte Samy niemanden getötet. Er liebte Männer, das war in den Augen des Gesetzes von Zambuena sein Vergehen, und sie konnte das Wort homosexuell nicht aussprechen.

Als hätte er ihren Gedankengang verfolgt, wiederholte er: »Ich bitte Sie zu vergessen, was ich vorhin gesagt habe. Das stand mir nicht zu. Wann beabsichtigen Sie, Samy zu besuchen?«

»Ich habe es Ihnen doch schon erklärt, Tashun hat mir verboten, ihn zu besuchen.«

»Niemand kann Ihnen verbieten, Samuel zu besuchen, wenn Sie es wirklich wollen. Man hat immer die Wahl.«

»Man hat immer die Wahl, das sagt sich so leicht. Hatten Sie die Wahl, als Sie den Anordnungen meines Mannes Folge leisten und Ihren Kalender ändern mussten? Und all die Mauscheleien, denen Sie sich ausliefern, um die Gunst des Verkehrsministers nicht zu verlieren, haben Sie wirklich die Wahl?«

»Ja. Mival hat diese Wahl. Das Unternehmen hätte sagen können, nein, wir haben eine Abmachung mit einem internationalen Geldgeber, der finanziert das Projekt, an den müssen Sie sich in solchen Privatangelegenheiten wenden, wir sind weder der richtige Ansprechpartner noch nehmen wir Anweisungen der Partnerregierung entgegen. Das war meine Position. Die Leitung hat sich für ein rationales, finanzielles und zynisches Kalkül entschieden. Das Unternehmen will hier weitere Aufträge ergattern. Von daher war die Wahl offensichtlich. Sie sind nicht in dieser Situation, Katmé. Bei Weitem nicht.«

»Ich muss Tashun davon überzeugen, dass Samuels Haftentlassung in seinem Interesse liegt, mit einem Vorwand wie, was weiß ich, »nach einem schrecklichen Irrtum siegt die Gerechtigkeit«.

»Glauben Sie immer noch im Ernst, dass Ihr Mann auch nur einen Finger krumm macht, um Samuel da rauszuholen? Kommen Sie, Ihnen fällt etwas Besseres ein.«

»Bei dem, was mir mit Samuel passiert …«

»Verzeihung, wenn ich Ihnen das sage, Katmé, aber Ihnen passiert genau genommen gar nichts. Wem etwas passiert, ist Samuel, und zwar etwas Schreckliches. Wenn Sie weiterhin die Augen davor verschließen, werden Sie ihm keine große Hilfe sein.«

Aleksandre stellte die Beine wieder nebeneinander, und als hätte er eine plötzliche Eingebung, sprang er auf und sah sie schelmisch an.

»Sie möchten Samuel wirklich sehen? Verkleiden Sie sich!«

»Wie bitte?«

»Wenn Sie ins Gefängnis gehen. In diesem Land, in dem man alles kaufen kann, werden sie schnell jemanden finden, der Ihnen falsche Papiere mit einem unkenntlichen Gesicht ausstellt. Das wird Samuels Situation nicht ändern, aber wenigstens können Sie ihn sehen, ihn moralisch stützen, ihm Nachrichten überbringen, das ist immerhin etwas.«

Sich verkleiden … Katmé ließ die Schultern hängen. Sie trank den letzten Schluck Tee, dankte ihm, dass er ihr zugehört hatte, und kehrte in die Auberge Zimanto zurück.

Ohne die Espadrillen, die schwarze Jeans und das kürbisfarbene T-Shirt, das sie sich vor dem Besuch bei Aleksandre übergestreift hatte, auszuziehen, warf sie sich aufs Bett, bereit für eine Nacht, in der sie bis zum Morgengrauen die Blumentapete an den Wänden ihres Zimmers anstarren würde. Vor ihrem Zwischenstopp bei Aleksandre hatte sie mit den Arbeitern auf der Baustelle über Zement und Betonstahl diskutiert, die Lichtschalter abgezählt, die der Elektriker an den Wänden installiert hatte, mit ihrem gaunerhaften Cousin, dem »Amerikaner«, gestritten, der sich weigerte, gefeuert zu werden, so etwas dürfe sie ihrem »eigen Fleisch und Blut« nicht antun; sie hatte sich danach gesehnt, der kalten Glut der Sonne zu entfliehen, die Farben des Tages hinunterzuschlucken, den Abend heraufdämmern zu sehen, zu Aleksandre zu gehen und ihm ihr schweres Herz auszuschütten. Sich verkleiden. Sonst noch was? Es reichte eben nicht, zusammen *Muna Moto* gesehen, sich über Tenos *Chef!* entrüstet, in Erdnusssoße schwimmenden, verkochten Reis gegessen zu haben. Fortès war ein Ausländer. Er arbeitete für Mival, ein ausländisches Unternehmen. In weniger als zwei Jahren würde er die Koffer packen und aus ihrem, aus Samys Leben verschwinden. Der Druck auf ihrem Herzen hatte die Schwelle ihrer Lippen überwunden; sie hatte ihm Teile ihres Lebens offenbart, als ob sie echte Freunde wären. Sie hätte ein Diplom in der Kunst, sich in die Irre führen zu lassen, verdient. Samys Inhaftierung besiegelte anscheinend auch das Ende der Filmabende in Fènn.

10

ALS SIE ZUM ERSTEN MAL IN GESTALT der Eulalie Nana, Kabarettsängerin, das Zentralgefängnis besuchte, musterten die Augen des Wärters am ersten Kontrollposten sie scharf: Rastazöpfe, Stufenrock aus buntem Jersey, Khakihemd aus verwaschener Baumwolle, große rechteckige Brille, schwarz geschminkte Lippen, lila gepuderte Wangen, abgetragene Stiefel, leichtes Übergewicht, unbeholfener Gang. Die Augen glaubten, in ihr die Halbnutte, die nicht mal richtige Nutte zu erkennen, die ihm nichts zustecken würde. Die Augen stempelten sie als mittellose Verwandte ab, die kein Bakschisch hinlegte, die Kontrollschlangen verlängerte und mit ihrer unnützen Anwesenheit den überfüllten Hof verstopfte, in dem die zahlreichen, dicht gedrängten Häftlinge und Besucher sich gegenseitig auf die Füße traten. Die Armut der Familien berührte die Wärter im Zentralgefängnis kaum; sie verstärkte ihre natürliche Neigung zur Grobheit. An jeder Station, die sie Samuel näherbrachte, legte Katmé die Faust auf die Hand des Wärters. Fünf-, Zehntausendfrancscheine. Die Verwandten der Insassen im VIP-Trakt gaben selten mehr als dreitausend, die der Insassen im Normalvollzug zwischen fünfhundert und zweitausend Franc. »So viel Geld, nur um einen Cousin zu besuchen ...« In der darauffolgenden Woche wurde sie wie eine alte Bekannte empfangen.

Zweimal pro Woche setzte sie sich ans Steuer, parkte bei Ety. Tauschte Hose, Hemd, Mokassins gegen die unförmige, abgetragene Kleidung von Eulalie Nana. Camouflage, zwingende Akrobatik, notwendige Clownerie, um ihren Mann und all diejenigen zu überlisten, die ebenfalls der Ansicht waren, Samuel müsse sich selbst aus der Patsche helfen. Tashun hatte seine Warnung wiederholt, wenn sie versuche, ihn zu sehen, wenn sie ihre Nase in diese Affäre stecke, dann blühe ihr etwas. Für einen Besuch von fünfundvierzig Minuten musste Katmé etwas mehr als drei Stunden einplanen, um das Haus zu verlassen, zu Ety zu fahren, sich umzuziehen und ins Taxi zu springen, das während des Besuchs auf einer Freifläche, einem inoffiziellen Parkplatz auf der anderen Straßenseite, gegenüber den hohen Gefängnismauern, auf sie wartete. Nach dem Besuch kehrte sie zu Ety zurück, schminkte sich ab, zog sich wieder um und fuhr nach Hause. Die Idee zu dieser Aufmachung hatte Ety gehabt. Hüfthalter, um Po und Bauch praller zu machen, übertrieben lange Zöpfe, auffällige Schminke; kein Wunder, dass der Gefängniswärter sie wie eine falsche Banknote inspizierte. Ety war zum »Zoll« gegangen, in jenen Teil des Quartier de la Joie, in dem alle erdenklichen gefälschten Papiere zu erwerben waren. Belong, der Ety im Zuge einer Reportagenserie über das Quartier de la Joie mit Tipps versorgt hatte, überreichte ihm einen Wahlausweis, auf dem Katmé mit dem Gesicht einer Kabarettsängerin abgebildet war.

Samy war angst und bange, ihre Perücke könnte herunterfallen, sie könnte ihre Brille verlieren, erkannt werden. »Wenigstens hast du in diesem Aufzug nichts vom Direktor zu befürchten«, sagte er. Tazi Djamen, der Gefängnisdirektor, auch Tonton Sucette genannt, milderte das doppelte Pech der Häftlinge, die zugleich hübsche und arme Verwandte hatten, mit einem Spezialtarif. Wer für zwei Minuten seinen Penis in den Mund nahm, wurde weder kontrolliert, noch wurde ein Anteil der Mahlzeit einbehalten; fünf Minuten, und man bekam das Recht auf Privatsphäre mit dem Häftling in irgendeiner Abstellkammer; wenn er ejakulierte, wurde der Häftling für eine Woche vom Arbeitsdienst freigestellt; wenn man es schluckte, schlief der Häftling für zwei Nächte in einer Einzelzelle in einem sauberen Bett mit frischen Laken. Andernfalls musste man zahlen.

Da sie zahlte und dazu noch viel, zog Samy aus dem Normalvollzug in den VIP-Bereich, bekam das Recht auf einen Arztbesuch, auf Medikamente, um seinen geschundenen After zu pflegen, um Krätze und Hautausschlag loszuwerden, sowie auf die Entfernung von Sandflöhen aus den Zehenzwischenräumen. In dem zu weiten Hemd und der zu großen Hose, die um seinen abgemagerten Körper schlackerten, mit den zwei geraden, dürren Strichen, die seine Lippen formten, der verschleierten Iris und der von einem weißlichen Film überzogenen Haut sah Samy aus wie eine verdutzte Vogelscheuche. Den Balsam für die Lippen, das Palmöl für die Haut, die Kakaobutter für die rissigen Fersen lehnte er ab. Er aß zwei Löffel der von Bambili zubereiteten roten Bohnen, einen Bananenbeignet und murmelte: »Ich bin satt.« Es war noch nicht Saison, aber Sita Félicie hatte Heuschrecken, Termiten, Maikäfer aufgetrieben; hatte sie mit Knoblauch, Chili, weißem Pfeffer, Ingwer, Basilikum gewürzt, hatte sie in der Marinade ziehen lassen, danach die Käfer ohne Öl, die Termiten, die Heuschrecken mit wenigen Tropfen, nicht mehr, in der Pfanne gegart. Zu anderen Zeiten hätte Samy sich eher vergiften lassen, als auf Palmwürmer zu verzichten; er nahm zwei, drei, kaute langsam, sehr langsam, und murmelte nach einer halben Ewigkeit: »Ich bin satt.«

Am Abend vor seiner Verlegung ins Zentralgefängnis hatte ein Proktologe ihn abgehorcht, ihm zwei Finger in den After geschoben, die Krümmung seines Mastdarms, die Erschlaffung seines Schließmuskels untersucht und mit einem Ring den Umfang seines Anus gemessen. Eine nackte Prostituierte war vor seinen Augen durch das Büro des Ermittlungsbeamten getänzelt, hatte sich die Scham gestreichelt, und die übrigen Anwesenden – der Kommissar, die Beamten der Gerichtspolizei – hatten ihm mit einem Lineal auf den Penis geklopft: »Na, rührt sich da was!? Eine echter Mann bekommt einen Ständer, wenn sich eine Frau vor ihm die Muschi streichelt, du etwa nicht?« Aber »da« rührte sich nichts, und sie spielten Kopf oder Zahl. Bei Kopf heißer Kaffee und bei Zahl die Schaukel. Da die Münze auf den Rand fiel, bekam Samy eine Mischung aus beidem. Sie ließen ihn mit gefesselten Handgelenken und Knöcheln kopfüber an einer Stange baumeln und schlugen ihn mit der Machete. »Hast du schon mal einem Mann den Penis gelutscht? Wie oft? Und gefällt es dir? Antworte! Sind das mystische Bräuche? Bist du so geboren? Niemand wird so geboren! Bezahlt man dich dafür? Antworte! Lässt du dich dafür bezahlen? Warum tust du es, wenn man dich nicht dafür bezahlt? Tust du es, weil du mit deiner Arbeit erfolgreich sein willst, tust du es deswegen?« Eine Stunde nach seiner Aufnahme in die Zelle des Zentralgefängnisses – es war zwanzig Uhr – wurde er von seinen Mithäftlingen umringt und bis zum frühen Morgen sodomisiert.

Mit wiegendem Kopf, die gefalteten Hände zwischen den mageren Oberschenkeln, erzählte er Katmé von dem Traum, der ihn seit seiner Inhaftierung nicht mehr losließ. Er knetet Ton, um Skulpturen von Kindern zu formen, in einer Ecke des Ateliers singt ein Panther mit blauen Tatzen:

Du wolltest mich sehen, hier bin ich nun,
Sieh mich an! Zimanto!
Ich bin der Panther, der auf die rechte Flanke fällt,
Ich bin der Panther, der auf die linke Flanke fällt,
Ich bin der Panther, der seine Pranken von sich streckt,
Hier bin ich! Zimanto!

Dann kommt der Panther auf ihn zu, schleicht um ihn herum, legt sich auf den Boden, streckt seine tönernen Pranken von sich, ohne mit dem Singen aufzuhören.

»Er singt, und ich forme Kinder, ich will keine Kinder formen, aber alle meine Skulpturen werden Kinder. Erinnerst du dich an das Interview mit Giacometti, in dem er erklärt, seine Hände hätten einen eigenen Willen, würden ihm nicht gehorchen? Er formt lebendige, reale Modelle, aber die Figuren schrumpfen zwischen seinen Fingern, gegen seinen Willen, werden ganz klein, ihre Körper spindeldürr, hauchzart, und er versucht vergeblich, ihnen ihre vorherige Gestalt zurückzugeben, am Ende kommt heraus, was man kennt, magersüchtige Körper, Schrumpfköpfe. Erinnerst du dich? In meinem Traum ist es genauso! Am Anfang forme ich eine andere Figur, und am Ende stehen kleine Kinder vor mir, die aus der Nachbarschaft, die aus dem Quartier de la Joie, die von Kizito, neulich waren es Axelle und Alix, oft sind es meine Schülerinnen und Schüler vom Collège Félix Éboué. Nacht für Nacht sehe ich diese Kinder wieder, das macht mich verrückt, das macht mich verrückt, Kat, ich weiß, dass es nur ein Traum ist, aber es macht mich verrückt. Auch das Lied macht mich verrückt, es geht mir ständig durch den Kopf, manchmal summe ich es sogar tagsüber:

Du wolltest mich sehen, hier bin ich nun,
Sieh mich an! Zimanto!
Ich bin der Panther, der auf die rechte Flanke fällt,
Ich bin der Panther, der auf die linke Flanke fällt,
Ich bin der Panther, der die Pranken von sich streckt,
Hier bin ich! Zimanto!

»Im Kommissariat der Cité des Enseignants hatte ich keine Zeit zu träumen, ich habe mir nur vorgestellt, ich wäre im Atelier und würde die Skulptur vollenden. Als ich in den Normalvollzug kam, bin ich wach geblieben, der Lärm, der Gestank, die Angst, wieder vergewaltigt zu werden, Gott sei Dank hatte ich keinen Hunger, ich hatte nie Hunger, wenn ich Hunger gehabt hätte, hätte ich Ratten gegessen wie die anderen, Ratten und Kakerlaken. Die Wärter hatten meiner Mutter und Kizito verboten, mir Essen mitzubringen, zum

Glück hatte ich selten Hunger, die halbe Schale Mais oder Bohnen oder Reis hat mir gereicht, man hat mir gesagt, wenn ich im September gekommen wäre, hätte es Heuschrecken gegeben, sie werden unter den Laternen im Hof aufgesammelt, man hat mir gesagt, dass die Häftlinge sich darum prügeln, könntest du dir vorstellen, dass ich mich bei meiner Statur mit anderen Insassen um Heuschrecken prügle? Am Ende wäre ich selbst auf ihrem Teller gelandet, ein Glück, dass der Artikel nicht im September erschienen ist, ich habe Angst vor Kakerlaken und esse keine Ratten, aber du weißt, wie sehr ich Heuschrecken liebe, vielleicht hätte ich mich deswegen erdolchen lassen, die Häftlinge nennen es erdolchen, wenn dir einer mit den Fingern in die Augen sticht und sie aus den Höhlen kratzt, hier kratzt man dir wegen Heuschrecken die Augen aus.

Morgens, wenn ich aufwache, betrachte ich meine Hände, sie sind sauber, kein bisschen Lehm dran, und das, obwohl sie in der Nacht mit dem Ton getanzt haben, ihn gestreichelt, ihn zum Leben erweckt haben, morgens sind sie einfach da, träge, nutzlos, tot. Wozu habe ich Hände, wenn ich nichts zum Leben erwecken kann? Wenn ich keine Skulpturen erschaffen kann, wozu bin ich dann nütze? Wenn ich nicht im Atelier sein kann, warum lebe ich noch? Um mir den Hintern abzuwischen, um mich nach dem Kacken sauberzumachen, dazu brauche ich meine Hände, zum Kratzen, zum Masturbieren, zum Schnäuzen, manchmal zum Ohrfeigen, manchmal ohrfeige ich mich selbst mit diesen Händen, sieh sie dir an. Ich würde ein Jahr meines Lebens dafür geben, um für ein paar Minuten, für ein paar Minuten nur, ins Atelier zurückzukehren und Kraft zu schöpfen, Kraft wie Antaios, wenn er Mutter Erde berührt. Mir wird das Herz zerbersten, Kat, meine Seele erstickt, sie wird sterben, wenn sie sich nicht mehr dank meiner Hände in schöpferische Höhen aufschwingen kann. Ich werde verrückt, Katinétou. Ich werde verrückt, *Bindi.*«

Katmé erspähte ein Licht am Ende des Tunnels, als Mamiton Tafeng unangekündigt zu Besuch erschien. Ihr Mann sei nicht damit einverstanden, dass Samuel Pankeus Untersuchungshaft verlängert werde – denn so hätten einige Mitglieder der MPA es den Richtern angeordnet. Er habe es sich zur Aufgabe gemacht, Samuel Pankeus Freilassung zu erwirken. Unmöglich, ein genaues Datum zu nennen. Aber bald. Sie dürfe mit niemandem darüber sprechen, vor allem nicht mit Tashun, der wie Ambroise und die anderen Ewiggestrigen nicht die geringste Kritik am Alten zulasse. Die Zeiten hätten sich geändert, aber sie wüssten es noch nicht. Man habe sich nicht vom Joch des Kolonialismus befreit, um bis ans Ende aller Tage unter dem von Ambroise Béma und seiner Clique zu leben. Der Platz eines Künstlers sei doch nicht im Gefängnis, Herrgott nochmal! »Die kreative Dreistigkeit« eines solchen Künstlers, ebendie habe dieses Land bitter nötig!

Jean Tafeng, der Justizminister, hatte zwei Monate vor dem letzten Papstbesuch in Zambuena die Festnahme und Entfernung von Straßenkindern, geistig Behinderten und Bettlern aus der Hauptstadt angeordnet. Die Zeitungen der Opposition hatten behauptet, die geistig Behinderten seien exekutiert, dann in ein Massengrab geworfen, die Straßenkinder und Bettler in ein sechshundert Kilometer entferntes Gefängnis gebracht worden. Bei einem Mittagessen des Caz hatte Mamiton auf die Nachfrage von Aline Dubois erwidert: »Selbst wenn es wahr sein sollte, verstehe ich nicht, worin das Problem liegt, man schafft uns die Unproduktiven vom Hals.« Einige Tage später war Mamiton bei einem Abendessen gegenüber Katmé darauf zurückgekommen: »Ach, diese *Weißen*, sie gehen mir auf die Nerven! Warum empören sie sich nicht über Dinge, die es wert sind?« Katmé verscheuchte diese parasitären Erinnerungen. Niemand war vollkommen. Jean Tafeng wollte Samy freibekommen!

11

WIE AN JEDEM MORGEN, Montag bis Freitag, wurde am Ende des *Briefings* mit dem Haushälter abgerechnet. Wie viel Geld hatte er noch zur Verfügung, wofür hatte er den am Vortag ausgezahlten Betrag verwendet, wie viel brauchte er noch? Addieren, subtrahieren, multiplizieren; fünf Tage die Woche. Katmés Augen flogen im Zickzack über das Haushaltsbuch, in dem der Haushälter mit Schönschrift tagtäglich Rezepte, Ausgaben, Kassenstände, Einkaufslisten notierte. Sie zählte, rechnete, verrechnete, verhakte sich. Während dieser absurden Tätigkeit spürte sie eine innere Leere. Die Häftlinge im Zentralgefängnis aßen eine halbe Schale Reis oder Bohnen, und sie rechnete. Samy tat nachts kein Auge zu aus Angst, der Panther könnte wieder in seinen Träumen auftauchen, und sie rechnete, bis ihr schwindelig wurde. Ihre *Freundinnen* im Caz waren schon länger im Geschäft und hatten ihr erklärt, wie sie verhindern konnte, dass das Personal sich an den Einkäufen bediente. Unangekündigt die Vorräte überprüfen, den Reissack, das Fleisch, die Waschmittelpackungen abwiegen, den Stand von Öl und Putzmitteln mit Kugelschreiber auf den Flaschen markieren, bei Dienstschluss die Taschen der Angestellten von den Pförtnern durchsuchen lassen, die Taschen der Pförtner vom Haushälter durchsuchen lassen, eigenhändig die Tasche des Haushälters durchsuchen, den Schlüsselbund für die Speisekammer ständig bei sich tragen. Ein Vollzeitjob. Entweder war man ein Profi, oder man war es nicht. Sie war es nicht.

Nach dem Briefing empfing sie, auch dies wie an jedem Morgen, fünf Tage die Woche, ungefähr zehn Personen, die auf »eine Geste des Präfekten und seiner Frau« hofften. Keine Präfektengattin vor ihr hatte sich innerhalb so kurzer Zeit wie sie in einen Geldautomaten verwandelt. Das Personal in der Residenz nannte sie *Caritas.* In dem winzigen Büro, das in einem Flügel der Residenz für sie eingerichtet worden war, stand ein Mann vor ihr: quadratischer Kiefer, gelbe Zähne vom Kolanusskauen, dichter, ziegenkotbrauner Kinnstreifenbart. Sie habe ihn schon vor einem Monat empfangen. Seine Frau sei nach einer komplizierten Schwangerschaft kurz vor der Entbindung gewesen. Babywäsche, Arztkosten – ein Kaiserschnitt. Sie habe ihm einen Briefumschlag gegeben. Eine kleine Katmé sei geboren. Eine Gebühr auf Lebenszeit. Maman Préfète sei seine letzte Hoffnung die letzte er schwöre es Maman Préfète müsse ihm helfen Maman Préfète habe ein gutes Herz sie habe ein Kinderherz eins wie der liebe Gott Maman Préfète sei selbst Mutter sie verstehe. Maman Préfète, Maman Préfète ... Dieselben kamen wieder, zusätzlich zu den neuen. Es war entmutigend, es nahm kein Ende. Sie hatte das Bild ihres Vaters vor Augen, der seinem eigenen Bruder hinter dem Rücken den Stinkefinger zeigte, ihn als Schmarotzer hinstellte. »Niemand hat ihm gesagt, dass er alle naselang Kinder in die Welt setzen soll, warum muss ich dafür bezahlen?« Madeleine hatte gelacht. Weil Madeleine über alles lachte, was Innocent Patong sagte. Katmé hoffte, dass es nie so weit kommen würde, dass sie nie in diesen vom Leben gebeutelten Bedürftigen, die von morgens bis abends den Eingang der Residenz belagerten, »Schmarotzer« sehen würde. Was hatte Samy nochmal gesagt? »Ende der Umverteilung zwischen Apparatschiks der MPA und Übertragung der Reichtümer an die Bevölkerung.« Sie öffnete die Schreibtischschublade, zählte ein paar Scheine ab, Bambili lugte durch den Türspalt herein, sie gab ihr, ohne innezuhalten, ein Zeichen zu warten, steckte das Geld in ein Kuvert und gab es dem jungen Vater.

Der Mann ging, Bambili reichte ihr eine Notiz. Keuna hatte versucht, sie anzurufen.

In einem roten Kleid mit türkisen Fransen, von Kopf bis Fuß mit einem übelriechenden dunkelgrünen Schlamm bedeckt, hatte sich Keuna in Fötusstellung zusammengerollt und klapperte mit den Zähnen. Katmé legte sich die Hand über Mund und Nase. Der Gestank von getrockneten Fäkalien. Die Galeristin hatte Besuch von acht jungen Männern bekommen, alle um die zwanzig, Jeans, T-Shirt, Rucksack, Sportschuhe. *Die Hüter der Moral.* Gekommen, um ihr »künstlerisches Ich« zum Ausdruck zu bringen. Sie ohrfeigten sie gründlich und gleichgültig, befahlen ihr, die Rollläden herunterzulassen und die Galerie abzuschließen. Die beiden sechzigjährigen Wächter, die Keuna aus Mitleid beschäftigte, waren mit Wäscheleine umwickelt und mit Putzlappen geknebelt in der Garage eingesperrt worden. Die *Hüter der Moral* hatten auf die Fotos gepisst, mit dem Hammer die Videoinstallation und die Collagen zertrümmert, auf die Skulpturen geschissen, sie dann in Frischhaltefolie eingewickelt und ein Werk mit dem Titel »Kackophag« geschaffen.

Dann, so erklärte Keuna, habe offenbar der Anführer der Gruppe auf Zuruf der sieben anderen die Wände in Angriff genommen. Er habe einen Pinsel in die Exkremente getaucht und mit feinem Strich Slogans gemalt. »Nein zum sexuellen Determinismus«, »Man kommt nicht als Schwuchtel zur Welt, man wird es«, »Homosexualität, wir werden dich besiegen!«, »Es lebe die Restauration ...« (sie zögerten beim Wort »Restauration«, ein paar hätten »Wiederkunft« bevorzugt) »...einer Gesellschaft ohne Homosexuelle«, »Homosexualität – Opium der dekadenten Bourgeoisie«, »Die Perversität der *Weißen* wird nicht gewinnen« (hier seien sie sich ebenfalls uneins gewesen zwischen »den *Weißen*« und »dem Bösen«. Einer habe eingewandt, die Botschaft müsse direkt sein, ein

Schlag ins Gesicht, er habe sich durchgesetzt, und sie hätten sich für »die *Weißen*« entschieden). Sobald ihnen das Material ausgegangen sei, habe einer die Hosen runtergelassen, sich hingehockt und neue »Farbe« geliefert. Auf Kommando kacken, das habe sie nicht für möglich gehalten. Der Kalligraph habe auf seiner Lippe gekaut, sei immer wieder zurückgetreten, Daumen und Zeigefinger am Kinn, habe das Werk, seine Buchstaben für gut befunden, sich um die eigene Achse gedreht, den E und H Flügel verliehen und den I Wölkchen aufgesetzt. »Als ob man in der Performance eines skatologischen Künstlers wäre, du weißt schon, Piero Manzoni, der vor dem Publikum seine *merda d'artista* produziert; oder als ob diese Gestörten eine Gruppe von zeitgenössisch-barocken transgressiven Künstlern wären.« Als die fäkale Verschönerung der Galeriewände abgeschlossen gewesen sei, habe der *Kalligraph* verkündet: »Und der Clou der Ausstellung, das Meisterwerk bist du, zieh dich aus, Puffmutter des Teufels.« Von da an hätten ihre Zähne geklappert. »He, warum zitterst du? Glaubst du, wir wollen dich vergewaltigen?« Sie hätten schallend gelacht. »Wir zeigen dir, was ein richtiges Kunstwerk ist, nicht das dumme Zeug, das du mit Pankeu fabrizierst, *Ante mortem*, das kapiert doch keiner, du wirst richtige Kunst sehen, du wirst uns noch dankbar sein.«

Sie hätten sich Handschuhe übergestreift, sie gezwungen, auf einen Klappstuhl zu steigen. Sie habe die Augen geschlossen, gespürt, wie sie sich an ihrem Hintern zu schaffen machten. »Was soll man an der bitte schön vergewaltigen?«, habe einer von ihnen gerufen, »*Mingili* Hintern, *mingili* Brüste, Hüften gibt's nicht, Haare gibt's nicht, Knochen nur Knochen, was soll man damit?« – »Mama!«, habe eine andere Stimme gesagt, »Schaut mal, die rasierte Muschi!« – »Igitt, ist das hässlich! Wer will sowas anfassen? Kein einziges Haar auf der Muschi? Igitt!« – »Ist anscheinend die Frau vom *Weißen*«, habe einer von der Seite gerufen, »großer Gott, und die soll einer heiraten? Die *Weißen* sind echt pervers.« Sie habe die

Stimme des *Kalligraphen* erkannt: »Warum heulst du? Wir fassen dich nicht an, falls es das ist, wovor du Angst hast.« – »Woher wollt ihr wissen, dass sie nicht drauf aus ist?«, habe ein anderer eingeworfen und anzüglich gelacht. Sie hätten sie abwechselnd mit dem übrigen Kot beschmiert, ihre Brüste geknetet, ihre Schenkel auseinandergedrückt, ihre Klitoris gekitzelt: »Gut, was? Wirst du schon feucht? Das gefällt dir, was?« Um ihr Werk zu signieren, hätten sie die Hosenschlitze geöffnet, ihr Geschlechtsteil hervorgeholt und sie mit Urin bespritzt. Da sie sich nicht über den Titel einig geworden wären, ob nun »Puffmutter des Teufels« oder »Scheißgaleristin«, hätten sie gelost. »Da, siehst du?« Keuna zeigte mit dem Finger auf ein DIN-A4-Blatt zu ihren Füßen. »Da steht's. Scheißgaleristin. Passt doch, wenn man mich so ansieht, oder? Sie haben gedroht wiederzukommen, wenn ich die Ausstellung der dreckigen Schwuchtel, die die Moral- und Sexualethik dieses Landes beleidigt, nicht dichtmache. *Die Moral- und Sexualethik*, genauso haben diese Arschlöcher es formuliert.«

Nachdem die Arschlöcher gegangen waren, hatte Keuna sich wieder angezogen, die Wächter befreit, denen nun die gesamte Anatomie und die rasierte Scham ihrer Arbeitgeberin bekannt war, und in der Residenz angerufen. Zum ersten Mal seit Samys Verhaftung empfand Katmé es als tröstlich, ihn im Gefängnis zu wissen. Er würde seine zerstörten Werke, die verwüsteten Ausstellungsräume nicht sehen müssen. Der »Kackophag« – würde sich je ein Sammler für die exkrementelle Version von Samys Schöpfungen interessieren? Katmé richtete ihren Blick auf Keuna – heidnische Venus, Opfertotem, zerstört, gebeugt, von Kopf bis Fuß mit Exkrementen gesalbt – und versuchte, ihr gesamtes Mitgefühl hineinzulegen. Aber was für eine dumme Idee! Zwei klapprige Alte als Wächter einzustellen, wo es in Akriba doch erfahrene Sicherheitsdienste gab. »Wie kann mir nur so etwas passieren?«, jammerte Keuna. »Hier? Mir? In meinem Land? Ich habe alles zurückgelassen, um in dieses Drecksloch, in diese Kloake zurückzukehren! Zum Glück ist Xavier in der Schule. Was hätte ich getan, wenn er dagewesen wäre? Wahrscheinlich lohnt es sich nicht mal, zur Polizei zu gehen! Wie können die mir nur sowas antun? Mir?! Hier?!«

»Das kann einem überall passieren«, murmelte Katmé sanft, überwand ihren Ekel und nahm Keunas Hand.

Im Zuge der Affäre Samuel Pankeu veröffentlichte die Zeitung *L'Insolent* in ihrer Wochenendausgabe eine »Liste der Homosexuellen der Republik«. Mit den Namen von Ministern, Gouverneuren, Geschäftsführern. Der Autor des Artikels wurde festgenommen, die Zeitung beschlagnahmt, die Büroräume versiegelt. Die Justiz der zwei Geschwindigkeiten, die in Zambuena waltete, brachte bloß Laien, Jurastudierende, pubertierende Mädchen und Kizito Pankeu gegen sich auf. Letzterer rang sich zu zwei Artikeln durch; der eine erschien in *Revers*, die er ja selbst leitete: »Zur Theorie des Sündenbocks im Land der Sonne«; der andere in *Émancipations*: »Der Straftatbestand des Zölibats, das Zeitalter des Verdachts«. Kein Wort über seinen Bruder. Wer seine Texte las, las auch zwischen den Zeilen. Einige Tage später wagte er einen dritten Artikel: »Homosexualität in der Politik, Janus Bifrons oder das doppelgesichtige Monster«. Der Text fand ein stärkeres Echo als die beiden vorhergehenden, und Kizito wurde zum Universitätsdirektor bestellt. Man toleriere ihn, weil dieses Land eine Demokratie sei, er kritisiere den Staat offen und regelmäßig, ohne dafür behelligt zu werden, aber er dürfe Großzügigkeit nicht mit Laschheit verwechseln, er müsse das richtige Maß finden und sich in Zurückhaltung üben, andernfalls bleibe ihm nur die Kündigung. Kizito versprach, seine scharfe Zunge gegenüber der Justiz und der bestehenden Ordnung besser im Zaum zu halten, und verwandte doppelt so viel Energie darauf, einen Verteidiger für Samuel zu finden. Bisher hatten alle Anwälte abgelehnt. Sie wollten ihre Mandanten nicht verlieren.

Die Sender des Staatsradios verbreiteten ein Kommuniqué, in dem der Direktor des Collège Félix Éboué Monsieur Samuel Pankeu, Lehrer für Bildende Künste, dazu aufforderte, binnen vierundzwanzig Stunden an seinen Arbeitsplatz zurückzukehren, andernfalls gehe man davon aus, dass er von seinem Posten zurücktrete. Zweiundsiebzig Stunden später informierte ein zweites Kommuniqué die allgemeine Bevölkerung, alle privaten und öffentlichen Schulen, die Lehrkräfte, die Eltern sowie die langjährigen Partner und Freunde des Collège Félix Éboué, dass Monsieur Samuel Pankeu, Aushilfslehrkraft für Bildende Künste, nun nicht mehr dem Lehrkörper angehöre.

Katmé sah Samys Anwältin zum ersten Mal in der Sendung *Échauffourées* auf Zam2. Das Interviewformat lief wöchentlich um 19 Uhr in Konkurrenz zu den brasilianischen Telenovelas. Zu Beginn erklärte der Moderator jedes Mal, er werde den heutigen Gast »grillen«, danach wäre das Publikum am Telefon an der Reihe. Der Gast wurde also zweimal gegrillt. Katmé verfolgte das Programm von Zam2 normalerweise nicht – »Zu massentauglich für dich, was?«, spottete Tashun –, hatte sich den frühen Abend jedoch für Cécile Bessonguè freigehalten und, wie sie feststellte, für ein großes Missverständnis. Samuels Anwältin, eine Frau in den Vierzigern, die Haare zu dünnen Zöpfen geflochten, runde Brille, kräftiges Kinn, Pausbacken, schwarzer Hosenanzug, tabakbraune Bluse, wollte über Gesetze, Missbrauch, Ungerechtigkeiten sprechen; der Grillmeister-Moderator, ein Mann in den Fünfzigern, rosa Blümchenkrawatte, schwarzes Jackett, Lächeln eines gütigen Familienvaters, stellte ihr immer wieder ein- und dieselbe Frage. Ob Samuel Pankeu homosexuell sei, ja oder nein. Cécile Bessonguè wich einer Antwort aus, erging sich in juristischen Begriffen, die ihm komplett egal waren. Die Zuschauer am Telefon brüllten: »Maître Bessonguè, wissen Sie, dass die *Weißen* diesen Satanismus zu uns gebracht haben? Glauben Sie an Gott?« – »Maître Bessonguè, machen sie das für Geld? Mein Beileid für die, die sie in die Welt gesetzt haben, ich hoffe für Sie, dass sie schon tot sind.« – »Maître Bessonguè, warum sind Sie bereit, einen unmoralischen Mann wie Schwuchtel-Samuel zu verteidigen?« Die Anwältin hatte die Hände auf die Brust gelegt und weigerte sich zu antworten. Der Moderator amüsierte sich. Ein Knacken in der Leitung warnte vor einem neuen Angreifer am Telefon. »Maître Bessonguè, Sie sind selbst nicht verheiratet, Sie sind eine Frau ohne Ehemann, sind Sie lesbisch, sind auch Sie homosexuell wie Schwuchtel-Samuel?« – »Maître Bessonguè, sind Sie selbst Anhängerin der Praktiken von Schwuchtel-Samuel?« – »Maître Bessonguè, als Verteidigerin von Schwuchtel-Samuel sind Sie eine Schande für das weibliche Geschlecht, für unsere Gesellschaft.« – »Maître Bessonguè, fürchten Sie Gott? Wissen Sie, dass er Sodom und Gomorrha zerstört hat?« Die Sendung verlief, wie so eine Sendung auf so einem Kanal eben verläuft. Die Anwältin machte ein Gesicht wie eine Christin der Antike, die den Löwen zum Fraß vorgeworfen wird. Was hatte sie erwartet? Offenbar war ihr nicht klar, dachte Katmé, dass für die vor Wut und Hass bebenden Zuschauer am Telefon sie das Raubtier in der Arena war; die Anwältin, die sich bereit erklärt hatte, »Schwuchtel-Samuel« zu verteidigen.

In den letzten fünf Minuten wurde eine Umfrage auf der Straße eingeblendet. »Ist es richtig, Homosexuelle zu verhaften?«, hörte man den Reporter fragen. »Bloß verhaften? Man sollte ihnen den After ausreißen und Natronlauge drübergießen«, erklärte ein junger Mann mit schweißbedecktem nacktem Oberkörper, der in einer Rikscha Kochbananen transportierte. – »Falls mein Sohn homosexuell sein sollte, werde ich ihn selbst bei der Polizei anzeigen«, versicherte eine Frau, die gerade auf der Rückbank eines Taxis hatte Platz nehmen wollen, aber stehengeblieben war, um ihren Teil zur gemeinsamen Wahrheitsfindung beizusteuern. – »Diese Leute, diese Leute sind wie ein Krebsgeschwür, die gehören ausgerottet, komplette Bestrahlung der Genitalien«, empfahl ein Mann mit orangefarbener Fliege. – »Homosexuelle sind Hexer, die praktizieren Schwarze Magie, die müssen exorziert werden«, mahnte ein anderer. – »Natürlich, was für eine Frage!«, empörte sich eine junge Frau mit vom Alkohol verdorrten Lippen. Nur eine Person schlug einen anderen Ton an: »Wer sind wir, um ein Urteil zu fällen? Der Allerhöchste allein darf richten. Aber gut, von unseren Kindern halten wir sie lieber fern.«

Zurück im Studio kommentierte der Moderator die Umfrage lächelnd mit einem »*Vox populi, vox dei*«.

»*Vox populi, vox dei*?«, sagte Cécile Bessonguè verärgert. »Diese Umfrage wurde in Teilen der Stadt durchgeführt, in denen die Bewohner aus soziologischen Gründen zu dieser Art von Aussagen tendieren, das ist überhaupt nicht repräsent…«

»Wollen Sie damit sagen, dass die Menschen, die wir befragt haben, wegen ihres sozialen Status keine fundierte Meinung zu diesem Thema äußern können?«, fiel der Moderator ihr ins Wort. »Dass diese Mitbürger nicht genügend Bildung haben, um zu wissen, was sie befürworten oder was sie ablehnen? Dass der Unterschied zwischen Gut und Böse vom Herkunftsmilieu abhängig ist? Vom Stadtteil, in dem man lebt? Dass die Reichen wissen, was gut ist, und die Armen nicht? Dass wir besser keine Menschen ohne Doktortitel befragen sollten?«

Cécile Bessonguè schüttelte empört den Kopf. Katmé war schockiert. Kizito hatte sich mit der erstbesten Anwältin zufriedengegeben, die Ja gesagt hatte. Mandatserteilung mangels Alternativen. Am Schluss der Sendung dankte der Moderator den lieben »klarsichtigen Zuschauern«, die sich für die gesellschaftlichen Probleme interessierten, die keine Angst hätten, sich die Hände schmutzig zu machen und unangenehme Fragen zu stellen, und gab Hinweise zu dem Gast, der in der nächsten Sendung gegrillt würde, ohne dessen Namen zu verraten. Kurz vor dem Abspann rückte er seine Krawattennadel zurecht und fragte die Anwältin lässig, ob Samuel Pankeu vor Gericht auf nicht schuldig plädieren würde. *In cauda venenum*, hätte Samy gesagt, das Gift sitzt im Schwanz. »Sie werden es am Verhandlungstag erfahren«, entgegnete Cécile Bessonguè mit geheimnisvollem Tonfall. Katmé sprang auf. Anstatt zu behaupten: »Nein, er ist nicht homosexuell«, hatte sich diese Anwältin in kilometerlangen Sätzen, in nebulösen Formulierungen verstrickt. Substanzlose Antworten, Wasser auf die Mühlen ihrer Gegner, wenn sie tatsächlich Samys Verteidigung im Prozess übernahm, würde sie, selbst wenn die Richter geschmiert waren, seine Verurteilung erreichen. Katmé musste Bessonguè unbedingt treffen. Eine offene Begegnung war undenkbar. Aus welchem Grund sollte die Frau des Präfekten von Akriba von Samuel Pankeus Anwältin Rechenschaft verlangen?

12

ALLERDINGS AHNTE KATMÉ NICHTS von der Berufung zum Helden, die in Samy schlummerte. Sie warf einen Blick zur Tür der Gefängniszelle, die während der Besuche offenbleiben musste. Ihr juckte der Schädel unter der Perücke. Sie trat in die dunkelste Ecke der winzigen Zelle, in der sie vor neugierigen Blicken von draußen sicher war, stellte sich mit dem Rücken zur Wand, nahm sich den Vorhang aus Rastazöpfen vom Kopf und kratzte sich an den freiliegenden Stellen an der Kopfhaut. Das Sonnenlicht, das durch die Tür hereinfiel, projizierte einen kurzen Schatten zwischen Samuels Beine in dem ansonsten fensterlosen Raum. Vom Hof drangen die Geräusche des Fußballspiels zu ihnen. Zwei Mannschaften kämpften um einen neuen Ball, den ein Verein für Straffälligenhilfe gespendet hatte. Bei ihrer Ankunft hatte Katmé sich mühsam durch die einzige freie Gasse zwischen den Zuschauern vorwärtsgeschoben, während ihr ein Wärter den Weg freimachte, die Menge zurückdrängte, verhinderte, dass man sie stieß oder ihr die Handtasche entriss. Samy, der mit geradem Rücken, versteinertem Gesicht und ineinander verschlungenen Händen auf der schmalen Strohmatratze saß, schloss es nicht mehr aus, seinen Horizont auf diese elenden Mauern zu beschränken, schloss es nicht mehr aus, die anderen, Ety, Sita Félicie, Kizito und sie, zu zwingen, Woche für Woche diesen trostlosen Ort aufzusuchen. Ihm Bücher zu bringen. Essen. Kleidung. Sich zu quälen. Die Wärter, Tonton Sucette zu bestechen, die anstößigen Witze, den Neid der Häftlinge auszuhalten. Bei einem ihrer Besuche hatte in dem düsteren Gang, der zum großen Innenhof führte, ein Häftling, der von einem Arbeitseinsatz draußen zurückkam, bei ihrem Anblick den Schritt verlangsamt. »Schätzchen, hast du denn nichts anderes gefunden als diese *mingili* Schwuchtel, um es dir zu besorgen? Schläfst du mit deinem Cousin? Komm zu mir, wenn du mal 'ne richtig harte Kochbanane willst, du hast doch Geld, oder? Willst du sie sehen, willst du sie anfassen? Warum lässt du uns nicht allen was von deinem Geld da, verdammte Scheiße?« Normalerweise versuchte sie, die Wortwechsel zwischen den Wärtern oder Häftlingen, die sie im Vorbeigehen aufschnappte, zu ignorieren. »Wenn die seine Cousine ist, bin ich die Unterhose vom Papst.« – »Ach, Bruder, vielleicht vögelt er einfach nur gut, weißt du, wenn er sie ordentlich vögelt, wird sie ihm bis in die Hölle nachlaufen.« – »Welche Hölle? Bei den VIPs drüben ist das Paradies, Bruder, das Paradies, das kann ich dir sagen!« Draußen brach ein Jubelsturm los. Ein Tor. Gefolgt von Flüchen und Beschimpfungen.

Samy schloss nicht mehr aus, mit seinem Leben gleich auch ihre wegzusperren.

»Wir hängen uns so rein, wir bemühen uns um einen Verhandlungstermin, was alles ist, was wir brauchen, damit du freigelassen wirst, Kizito ist auf einer vielversprechenden Spur. Deine Mutter und dein Bruder sind überzeugt, dass deine Verhaftung nur ein Vorwand ist, um dir die Ausstellung heimzuzahlen. Wie willst du ihnen das erklären? Hast du darüber nachgedacht, was das für sie bedeuten würde? Für unser aller Leben?«

»Was glaubst du denn? Natürlich denke ich darüber nach. Schon mit elf habe ich darüber nachgedacht, als ich mich vor mir selbst erschreckt habe, als ich mich vor mir geekelt habe wie vor einem Monster, seit ich bei der Katechese den Blick zum Himmel gerichtet und gebetet habe: ›Bitte, lieber Gott, mach, dass ich mich nicht in einen Jungen verliebe, dass ich mich nicht in Antonin verliebe.‹ Nie mehr soll mich jemand erpressen können wie dieses Arschloch Antonin. Da mir der liebe Gott nicht zugehört hat, überlege ich, ob ich mir nicht vor Gericht Gehör verschaffen sollte.«

In dem am weitesten von der Tür entfernten Winkel lehnte Katmé mit dem Rücken am Rauputz, kratzte sich wie wild an der Kopfhaut, rief sich die Ereignisse der letzten Tage ins Gedächtnis und forschte in Samys Gesicht, was ihn wohl dazu gebracht hatte, nicht »auszuschließen, auf schuldig zu plädieren«. Er sah schrecklich entschlossen aus.

»Kizito hat diese Artikel nicht geschrieben, um das Recht seines kleinen Bruders zu verteidigen, nach Belieben homosexuell zu sein, Samy. Er hat diese Artikel geschrieben, weil er überzeugt ist, dass sein kleiner Bruder nicht homosexuell ist. Du wirst hier rauskommen. Du wirst wieder Skulpturen machen, Fotos, deine Schüler unterrichten, die Kinder aus der Nachbarschaft, du wirst Axelle und Alix wiedersehen. Du wirst eine neue Ausstellung vorbereiten, du wirst mit Ety zusammenziehen, wenn du Lust hast. Du wirst machen, was du willst. Alles, worum ich dich bitte, ist ein wenig Geduld. Sobald wir einen Verhandlungstermin haben, bezahlen wir den Richter, die Staatsanwälte, und du wirst noch am selben Tag ins Atelier zurückkehren. Bald wirst du wieder ein normales Leben führen, das garantiere ich dir.«

»Ein normales Leben?« Samuels Augen funkelten vor Zorn. »Wann habe ich je ein normales Leben geführt, kannst du mir das sagen? Sogar du wolltest mich in der Schule zuerst zu einem Priester bringen.«

»Ich dachte damals, du wolltest Hilfe!«

»Hörst du dir eigentlich selbst zu? Der Prozess ist scheißegal, ich bin schon verurteilt! Tu nicht so, als ob du das nicht wüsstest.«

»Du verurteilst dich selbst, indem du den Helden spielen willst!«

Er stand vom Bett auf, stellte sich vor sie. Die Spuren der Schlagstöcke waren verschwunden, das Gesicht hatte wieder seine friedvolle Glätte angenommen, der Zeigefinger seiner linken Hand blieb dagegen krumm, er hätte nach den Schlägen im Kommissariat eingegipst werden müssen. »Ich bin gesellschaftlich tot, Kat, und das weißt du, behaupte also nicht das Gegenteil.«

»Du hast das Atelier, dein Talent, die Jahre, die vor dir liegen, das kann dir niemand nehmen, niemand.«

Sie beglückwünschte sich insgeheim dafür, dass sie seine weiteren Besucher davon überzeugt hatte, ihm den Anschlag auf die Galerie, die Zerstörung seiner Kunstwerke zu verheimlichen.

»Egal, was ich von nun an mache, in diesem Land bin ich tot. Der Panther kommt jede Nacht, er lässt mich nicht in Ruhe:

Du wolltest mich sehen, hier bin ich nun,
Sieh mich an! Zimanto!
Ich bin der Panther, der auf die rechte Flanke fällt,
Ich bin der Panther, der auf die linke Flanke fällt,
Ich bin der Panther, der die Pranken von sich streckt,
Hier bin ich! Zimanto!

Wenn du nur seine Stimme hören könntest. Nachts höre ich sie in meinen Träumen. Tagsüber höre ich sie in meinem Kopf. Requiem des Panthers. Soll ich es dir sagen, Katmé? Je öfter ich diesen Traum träume, umso mehr glaube ich an den Albtraum, der kommt.«

»Ach, Samy, du übertreibst! Dein Traum ist leicht zu entschlüsseln: Du hast an der Skulptur eines Panthers gearbeitet, als man dich festgenommen hat, der Artikel war auf die Waisenkinder von Vita bezogen. Das ist alles. Jeden Tag kommen unzählige Menschen ins Gefängnis, und trotzdem ist es nicht das Ende ihres Lebens.«

»Wie viele Schwule in unserem geliebten, schönen Land konnten ihr normales Leben weiterführen, nachdem die Zeitungen sie zerrissen hatten, nachdem sie im Knast waren? Kannst du mir Namen nennen? Statistiken? Es ist aus mit mir, hören wir auf, uns etwas vorzumachen. Wenn mein Hundeleben dazu dienen kann, dass andere verschont bleiben, muss ich es versuchen. Du weißt nicht, was es heißt, in meiner Haut zu stecken, Kat, nein, das weißt du nicht.«

Er ging zur Tür, stellte sich barfuß auf die Schwelle, legte seitlich die Handflächen an den Türrahmen, zeigte ihr sein Profil. Sie setzte die Perücke wieder auf. Wie hielten es Frauen wie Djama bloß aus, ständig künstliches Haar zu tragen, das hätte sie gern gewusst. Sie stieß sich von der Wand ab, setzte sich aufs Bett. Samy drehte sich um und stand nun mit dem Rücken nach draußen. Man hörte den schrillen Pfiff des Schiedsrichters, der sich Buhrufe einhandelte.

»Hoffentlich prügeln sie sich nach dem Spiel nicht. Die Krankenstation ist um diese Uhrzeit geschlossen.«

»Samy, du rettest niemanden, wenn du das machst. Du kannst anderswo ein neues Leben beginnen. Zambuena ist nicht das einzige Land auf dieser Welt. Im Caz gibt es viele, die dich bewundern und die über deine Verhaftung schockiert waren, sie werden dir helfen, ein Visum zu bekommen. Du kannst anderswo nochmal neu anfangen.«

»Ein Visum, damit ich meine unbegrenzte Quarantäne in anderen Gefilden absitze? Im Paradies der Homosexuellen? Nein, danke. Ich werde mich nicht mehr verstecken. Für Menschen wie mich gibt es kein Paradies auf dieser Welt.«

»Du übertreibst schon wieder. Glaubst du etwa, für Heteros gibt es ein Paradies auf dieser Welt? Es wäre nicht schwer, dir ein Visum für ein Land zu beschaffen, in dem Homosexuelle nicht verfolgt werden. Du könntest neu anfangen, überleg es dir wenigstens, wirf nicht einfach alles hin. Du bist Künstler, du könntest überall leben und arbeiten. Ich bin dein Flughafen oder etwa nicht? Vertrau mir, ich bitte dich.«

»Du willst mir ein Leben als Flüchtling vorschlagen? Was habe ich anderswo zu suchen? Hier schöpfe ich meine Inspiration. Hier will ich leben. Hier. In diesem verflixten Land. Wenn du immer noch mein Flughafen bist, solltest du das begreifen. Ich sage nein, danke, dein Visum fürs Exil kannst du dir sonst wohin stecken.«

Mit dem Versprechen eines Visums hatte sie sich weit aus dem Fenster gelehnt. Die *Freundinnen* der Westachse des Caz »vergötterten« zwar den Künstler Samuel Pankeu. Ihre Botschaftergatten kannten den Justizminister und verkehrten mit ihm. Doch die Universalität der Menschenrechte endete vor den Toren Zambuenas, und Katmé war mit der Antwort abgespeist worden, die Affäre Samuel Pankeu sei leider eine innere Angelegenheit, es wäre unangemessen, sich in Dinge einzumischen, die sie nicht beträfen. Vertrauensvolle diplomatische Beziehungen seien schwer herzustellen, mit einer Einmischung in die Affäre riskiere man Streit mit den Machthabern des Landes, und außerdem, und im Übrigen, mit anderen Worten, das heiße, aber letzten Endes befürworte die Gesellschaft, die Bevölkerung Zambuenas in weiten Teilen die Bestrafung, die Verurteilung, Sanktionen, selbstverständlich gehe es hier nicht um Rechts- oder Kulturrelativismus, aber dennoch, trotzdem, wie man es auch drehe und wende, wenn man den Tatsachen ins Auge blicke, ganz nüchtern, ohne Pathos, ohne große Emotionen, solange die Gesetze eines Landes den Wünschen der Bevölkerung entsprächen, sei es unangemessen, sie infrage zu stellen, eine Außenperspektive einzubringen, eine »vorgefertigte« Sichtweise durchzusetzen, ohne Bezug zu den lokalen Gegebenheiten, letztlich seien die Gesetze für, nicht gegen das Volk gemacht. Juliana, die Frau des Botschafters der Europäischen Union, hatte versprochen, dass ihr Ehemann trotzdem ein Wort beim Justizminister einlegen würde. Katmé wartete noch immer. Wenn sie Mamiton Tafeng bei offiziellen Anlässen oder im Caz über den Weg lief, sorgte diese dafür, dass sie nie allein waren. Madame Justizminister erwiderte ihre fragenden Blicke mit einem unergründlichen Gesichtsausdruck. Katmé fragte sich inzwischen, ob sie das Versprechen des Justizministers und seiner Frau bloß geträumt hatte.

»Wer A sagt, muss auch B sagen«, sagte Samuel und riss sie aus ihren Gedanken.

Sie baute sich vor ihm auf.

»Hast du dich entschieden? Antworte!«

Er wandte den Blick ab.

»Ich habe dich aller Welt als meinen Bruder vorgestellt, du bist der Pate meiner Töchter. Weißt du, was es für mich, für Tashun, meinen Mann, den Vater von Axelle und Alix, bedeutet, wenn du dich auf der Anklagebank zum Herold der Homosexuellenbewegung aufschwingst? Mit deinem Appetit nach Wahrheit wirst du sagen, wir hätten es gewusst – Nichtanzeige von Straftaten –, dass ich deine Freunde kenne, Ety, dass ich ihn bei mir empfangen habe – Komplizenschaft? Bis vor Kurzem war alles, was du wolltest, wieder Skulpturen zu schaffen, die Tür des Ateliers aufzustoßen, den Lehmgeruch einzuatmen, Ton zu kneten; das wirst du wieder tun. Verdammt, Samy, sei nicht so egozentrisch, reiß dich zusammen!«

»Ich soll mich zusammenreißen?«

Er lachte kalt. »Du hast wohl Angst, dass dein sozialer Status ins Wanken gerät, dass deine Privilegien in sich zusammensacken, und alles wegen deinem Schwuchtel-Freund.«

»Ach, Samy, warum bist du nur so verbittert? Du sprichst, als ob du mir etwas heimzahlen wolltest. Es geht nicht nur um mich, Samy, es geht auch um deine Familie, um Sita Félicie, um Kizito, es geht um dein Leben; auch wenn es dir selbst nichts mehr wert ist, mir ist es immer noch sehr viel wert. Man wird dich verurteilen, und nichts wird sich ändern, außer, dass wir alle gekreuzigt werden, ist es wirklich das, was du willst?«

»Ich will mich nicht mehr selbst verleugnen, Katmé. Immer nur Kompromisse machen, das ist kein Leben. Sieh dich an, sieh mich an. Eigentlich hatte diese Maman Caramel deux à dix doch nur mit Tashun eine Rechnung offen, oder? Warum bin ich hier? Warum holt er mich nicht hier raus?

»Er wird dich hier rausholen, sobald ihn die Partei offiziell aufgestellt hat!«

»Glaubst du das wirklich? Ich nicht. Ich kann nicht länger eine Last für mich selbst, für die anderen, für dich sein, dir auf der Tasche liegen, in meinem Alter. All das Geld, das ihr ausgebt, du, Kizito, meine Mutter, die sich die Augen ruiniert vor lauter Stricken, die diese schreckliche Babykleidung aus Wolle strickt, während wir bei achtunddreißig Grad Hitze krepieren. Warum muss ich das hinnehmen? Ohne dich wäre ich im Normalvollzug. Man kann sich nicht in einem fort selbst verleugnen, Katmé.«

»Aber wer spricht denn davon, dass du dich selbst verleugnen musst? Ich spreche von ...« Katmé legte ihm die Hände auf die Schultern und sah ihn unverwandt an. Ihre Gesichter berührten sich beinahe. Er hielt ihrem Blick stand, ohne dass sie seine Gedanken hätte erraten können. »Ich spreche von Geduld. Davon, dass du dich, dass du uns nicht einem Moloch opfern sollst.«

Ein langer Pfiff und allgemeiner Beifall verkündeten das Ende des Spiels, das Gebrüll schwoll an. Ihre Hände lagen immer noch auf Samys Schultern, als die Häftlinge des VIP-Bereichs, die sich das Spiel angesehen hatten, in ihre Zellen zurückkehrten. Einer blieb vor Samys geöffneter Zellentür stehen. Da er ihm den Rücken zuwandte, konnte Samy ihn nicht sehen. Katmé erkannte den früheren Sportminister, der in einem Torwartanzug steckte. In Haft, weil er bei der letzten Fußballweltmeisterschaft die Taschen mit der Prämie für die Spieler bei seiner Geliebten untergestellt hatte; die die gute Idee gehabt hatte, das Geld in Reiseschecks umzutauschen, in die Vereinigten Staaten zu fliegen und spurlos zu verschwinden. Dass sie so dicht beieinanderstanden, würde die These von den beiden Geliebten unterstützen. Samuel las es von ihren Augen ab, drehte sich um. Der frühere Minister schüttelte ihnen die Hand, gab Samuel ein Zeichen, für einen Moment mitzukommen, bat Katmé um Verzeihung und ging mit ihm weg.

Katmé setzte sich wieder auf den Bettrand. Samy wollte Kreuzritter spielen. In diesem Land. In diesem Land, in dem ein Richter sagen konnte: »Ich kann ein faires Urteil fällen, wenn beide Parteien mir die gleiche Summe bezahlen.« Wenn es ihr nicht gelang, Samy zur Vernunft zu bringen, wem dann? Ety? Sie hatte ihre Zweifel. Wusste er überhaupt Bescheid? Kizito, Sita Félicie? Wenn sie ihnen davon erzählte, würde sie einen tausendfachen Verrat an Samy begehen. Er würde auf schuldig plädieren, weil: »Weißt du überhaupt, was es heißt, in meiner Haut zu stecken, Kat?« Als er sich eines Tages wie so oft damit gequält hatte, hatte sie ihm vorgeschlagen, ihn zu Pater Évariste, ihrem geistigen Vater, zu bringen. Pater Évariste war so unnachgiebig wie die Gesetzestafeln und brüllte in der Sonntagsmesse von seiner Kanzel herab: »Ein Kind ist wie ein Fluss, es braucht zwei entgegengesetzte Ufer, um fließen zu können.« Sie hatte herausgefunden, dass dieser Satz genau wie die Bibelverse, die er sich gern selbst zuschrieb, nicht von ihm stammte. »Glaubst du etwa, das lässt sich mit Gebeten austreiben, wie eine unheilbare Krankheit?«, hatte Samy sie wütend gefragt. Er hatte in einer Broschüre gelesen, dass es darum ging, ob das Yin, das weibliche Prinzip, oder das Yang, das männliche Prinzip, dominierte. »Bei mir dominiert das Yin, deswegen fühle ich mich von Jungen angezogen, bei dir dominiert auch das Yin, deshalb fühlst du dich auch von Jungen angezogen, aber weil du ein Mädchen bist, bist du heterosexuell. Wenn dein Yang dominieren würde, würdest du dich von Mädchen angezogen fühlen und wärst homosexuell.« – »Wenn ich dich richtig verstehe, ist deine sexuelle Identität weiblich, und deswegen interessierst du dich für Jungs. Was bedeutet, dass du zwar wie ein Junge aussiehst, in Wirklichkeit aber ein Mädchen bist? Das heißt, du bist eigentlich hetero, und nur dein Aussehen passt nicht?« – »Wenn du so willst, könnte man sagen, ich bin ein Hetero in einem männlichen Körper, der sich von Menschen mit dem gleichen Geschlecht angezogen fühlt.« Sie saßen in Samys Zimmer auf der Matte neben dem Ventilator, der wegen der Hitze auf Stufe sechs eingestellt war. Seine Eltern waren im Wohnzimmer. Samy verabredete sich trotz seiner Kastratenstimme, die sich in der Pubertät nicht verändert hatte, seiner schmalen Hüften, seines auffälligen Interesses für Blumen, fürs Kochen und Stricken, mit einem Mädchen, ging mit ihr in sein Zimmer, verbrachte den Nachmittag mit ihr hinter einer doppelt abgeschlossenen Tür; alle waren froh, alle kamen auf ihre Kosten. Außer Mama Récia, die diesen Jungen mit der pechschwarzen Haut, dünn wie Spaghetti, zunächst unzüchtiger Absichten verdächtigte und ihn nicht gern mit ihrer Nichte sah.

Samuel kam zurück. Er legte sich mit verschlossenem Blick aufs Bett, griff nach dem kleinen hellbraunen Kissen in Form eines Hasen, das sie ihm aus Spaß zu seinem fünfundzwanzigsten Geburtstag geschenkt hatte, und stopfte es sich unter den Kopf.

»Was denkt die Bessonguè über deine Entscheidung? Ich kann nicht glauben, dass sie bei diesem Wahnsinn mitmacht.«

Er stützte sich auf den Ellbogen ab.

»Sie ist bereit, hinter mir zu stehen. Sie sagt, es können nicht einfach alle nur mit den Schultern zucken und sagen, so ist es eben, schließlich müssen die allermeisten nicht als Homosexuelle leben. Sie will eine Gesetzesänderung erreichen.«

»Sie? Sie will eine Gesetzesänderung erreichen? Entschuldige, dass ich lache. Aber sie lässt sich schon in der erstbesten Fernsehsendung plattmachen und glaubt, sie könnte ein Gesetz ändern? Wir sind in Zambuena, Samy. Spiel dich nur vor Gericht auf, dann bist du erledigt. ER-LE-DIGT! Wir auch, ja, aber du zuerst. Deswegen bitte, Samy, wach auf!!!«

Sie sah einen Funken Unsicherheit in Samys Augen. In ihr glomm neue Hoffnung. Auf einmal klatschte er in die Hände. »Ich hätte nicht gedacht, dass ich dir eines Tages diese Frage stellen muss, Katmé. Wirst du mir beistehen, was auch immer geschieht?« Das hatte noch gefehlt! Über der Glut ging ein Monsunregen nieder, ihre Hoffnung verlosch. »Ich hätte nicht gedacht, dass ich es dir eines Tages sagen muss, Samuel, aber die Homosexuellen von Zambuena und auf der ganzen Welt sind mir völlig schnuppe, hörst du?« Ihre Stimme bebte vor Wut. »Ich führe keinen Kampf für die Anerkennung der Rechte Homosexueller oder für die Entkriminalisierung der Homosexualität in diesem Land. Jeder kann mit seinem Körper machen, was er will, das ist mir egal. Aber auf schuldig plädieren, das ist Wahnsinn, das ist Selbstmord! Ich kämpfe dafür, dass du aus diesem stinkenden, ekelhaften Loch herauskommst, weil ich es nicht länger ertrage hierherzukommen und dabei zuzusehen, wie du Woche für Woche abmagerst und ich dich kaum noch wiedererkenne! Ich kämpfe nicht für eine Sache, Samy. Ich kämpfe für dich.«

»›Die Völker schlummerten, da sahe das Schicksal, dass sie nicht entschliefen.‹ Hölderlin. Diese Sache, Kat, bin ich auch.«

»Samuel Pankeu, nimm deine Scheißzitate und scher dich zum Teufel!«

Er verlor den Verstand, es lief nicht mehr rund in seinem Kopf, etwas war durchgebrannt, Kurzschluss einer Synapse oder was auch immer, auf jeden Fall durchgebrannt, ein Monat Gefängnis, und etwas war durchgebrannt. Sie würde Cécile Bessonguè keine Honorare mehr bezahlen, dann würde man ja sehen, ob der Altruismus der Anwältin ebenso groß war wie ihr Sinn für Gerechtigkeit. Samy musste als freier Mann vor Gericht erscheinen, das war die einzige Lösung, das einzige Mittel, ihn zur Vernunft zu bringen. Eine vorläufige Aufhebung der Untersuchungshaft ein bis zwei Wochen vor der Verhandlung, die Lungen mit Luft aus der

Cité des Enseignants gefüllt, Rückkehr ins Atelier, Finger im Ton, Geist und Körper in ein neues Werk versenkt; den Panther mit den blauen Tatzen neu beginnen, überarbeiten, vollenden, dies schien ihr der einzige Weg, um Samys Kreuzzug gegen die Gesetzgeber von Zambuena zu vereiteln. »Diese Sache bin ich auch, Kat«? Sie würde das Geld aufbringen, alles Geld, was nötig war, sie würde es, wenn es sein musste, vom Konto des Gesundheitszentrums nehmen. Es ging nicht mehr um Spritzen, Medikamente, Untersuchungstische, weiße Kittel, es ging um Samuel. Das Gesundheitszentrum würde seine Pforten so bald nicht öffnen, Tashun würde sie sich erst später erklären müssen, jetzt musste sie Samuel freibekommen. Ja, sie war feige, ja, sie verleugnete sich selbst. Als sie mit dreizehn am Grab ihrer Mutter stand, hatte sie begriffen, dass das Leben viel versprach und wenig gab, man muss sich auf das stützen, was es sich abringen lässt. Ebendies würde sie tun.

13

KATMÉ SPARTE AM MONATSBUDGET der Residenz und an der veranschlagten Summe für die Beisetzung, den Hausbau, die Gruft; das Ersparte verfütterte sie über Kizito an jeden Kümmerling, der schwor, die Lösung, den Trick, die Person zu kennen, die Samy über die Gefängnismauern katapultieren würde. Kizito unterstützte sie nur mäßig in ihrem gesteigerten Eifer, Samy, koste es, was es wolle, vor der Gerichtsverhandlung aus dem Gefängnis zu holen. »Sobald der Termin feststeht, müssen wir die Richter bezahlen, und sie werden gierig sein, das kannst du mir glauben. Verschwenden wir nicht unsere Kräfte, unsere Taschen sind keine unerschöpflichen Quellen.« Sie hatte versucht, sich von ihrem Vater Geld zu borgen, aber der hatte sie nur verblüfft angesehen. »Mein Vermögen gehört deinen Brüdern, Liebes, ich habe nichts mehr, deine Brüder zahlen mir jeden Monat etwas, damit ich mir Zigarren und Champagner kaufen kann. Dein Mann ist der Präfekt von Akriba, und du bist knapp bei Kasse? Ich werde mit ihm reden! Ein Mann, der sich nicht gut um seine Frau kümmert, ist kein Mann.« Katmé hatte darauf verzichtet, ihn daran zu erinnern, wie wenig Mann er für Madeleine gewesen war. Aleksandre hatte angeboten, ihr Geld vorzustrecken, sie hatte abgelehnt. Es reichte schon, dass er ihr zuhörte, dass er ihr sein wohlwollendes Ohr schenkte, ihr bei Bedarf eine Schulter zum Anlehnen bot – bislang hatte sie nicht davon Gebrauch gemacht; sie würde eine Beziehung, deren Konturen sie manchmal kaum erahnen konnte, nicht mit schäbigen Geldangelegenheiten belasten. Mama Récia war Mitglied mehrerer Tontinen, Katmé wagte, ihr zu sagen, dass Samuel, den sie »mein Sohn« nannte, sie brauchte. Ihre Tante war weniger schockiert darüber, dass ihre Versorgerin vor dem Herrn sie um ihre Ersparnisse bringen wollte, als über den Verwendungszweck. »Solche Leute kommen nicht in den Himmel. Wenn Samuel ein Sodomit ist, bete für ihn und halte dich von ihm fern. Verwechsle die Spreu nicht mit dem Weizen, denk an deine Seele und an die deiner Kinder.« Die Schlange der Bittsteller vor der Residenz wurde nicht kürzer; viele gingen leer aus. Keuna hatte auf ihre Provision verzichtet und die gesamten Einnahmen aus dem Verkauf der Skulpturen, die den Rachefeldzug der angehenden Künstler, *Hüter der Moral*, überlebt hatten, an Sita Félicie übergeben. Katmé ging nur noch einmal wöchentlich ins Zentralgefängnis, brachte Bücher, Essen, Kleidung; blieb eine Viertelstunde und ging wieder. Zwischen Samy und ihr war etwas zerbrochen. Ety bewunderte Samuels Mumm. Seit seiner Inhaftierung teilten sie eine Intimität, eine Nähe, der das Atelier nicht mehr im Weg stand. Ety brachte Blumentöpfe mit Usambaraveilchen, ihr Duft verteilte sich im Raum, Samy schloss die Augen und stand wieder am Fuß der Treppe zum Atelier. Vor Gericht, so erklärte Ety es Katmé, würde Samy keine Namen nennen, niemanden anzeigen, er würde für seine, für ihre Sache plädieren. In so einem Prozess habe noch nie jemand auf schuldig plädiert, Samy wird der erste sein, andere werden ihm folgen, dieses Gesetz muss sich ändern, wir sind keine Verbrecher, dieser Staat macht uns zu Gesetzlosen, jemand muss den Mut haben, dieser Gesetzgebung die Stirn zu bieten.

Es war Samuels Geburtstag, der 30. April, der Nationalfeiertag, der Katmés Abstechern ins Zentralgefängnis ein Ende setzte. »Heute ist Feiertag, heute wird nicht gearbeitet, weil mein Geburtstag ist«, hatte er Axelle und Alix immer vorgegaukelt, als sie noch kleiner waren. Die Zwillinge – kurzärmelige gelbe Hemden, braune Röcke, grüne Krawatten – marschierten am Nationalfeiertag mit ihren Klassenkameraden hinter Ordnungskräften, Beamten, Vertretern der politischen Parteien und der Zivilgesellschaft unter einer unerbittlichen Sonne stolz über den Boulevard du Trente-Avril. Dank Tonton Ambroise entkamen Katmé und Tashun den Tribünen mit den unbarmherzigen Blechdächern; sie verfolgten den Umzug von der hintersten Reihe der Präsidententribüne aus. Danach waren sie zum traditionellen Feiertagsessen bei Djama und ihrem Mann eingeladen, und um achtzehn Uhr gab der Alte einen Cocktailempfang in den Gärten des Präsidentenpalastes.

Als sie vom Mittagessen nach Hause kamen, fanden sie ihre Töchter in der Küche, mit Schürzen über den rüschenbesetzten Baumwollkleidern, hellblau das eine, cremefarben das andere; sie hatten mit Bambilis Hilfe einen herzförmigen Mangokuchen für ihren Patenonkel gebacken. »Um wie viel Uhr kommt denn Tonton Samy, Maman?«, fragte Axelle. Am Tag nach dem Besuch von Mamiton Tafeng hatte Katmé, selbst fest davon überzeugt, ihren Töchtern versprochen, Samy würde »spätestens an seinem Geburtstag« von seiner Reise zurück sein. Katmés und Tashuns Blicke trafen sich. »Du solltest ihnen besser die Wahrheit sagen«, warnte er sie schon seit Längerem.

»Maman, du hast doch gesagt, dass er an seinem Geburtstag wiederkommt«, sagte Alix. »Warum kommt er uns nicht mehr besuchen, Maman, ist er sauer auf uns?«

»Aber nein! Er arbeitet weit weg, wie ich es euch erklärt habe, und er braucht Zeit. Er soll dort riesige Skulpturen machen, wenn er fertig ist, kommt er zurück, und wir werden ihm einen riesengroßen Kuchen backen.«

»Also, wenn euer Patenonkel nicht kommt, darf ich dann den Kuchen probieren?«, fragte Tashun. »Sonst werde ich neidisch, der erste Kuchen, den ihr backt, und er ist nicht für euren Papa, hm …? Kommt schon, macht nicht solche Gesichter. Wo ist das Messer?«

Die Zwillinge sahen sich an. »Maman, können wir den Kuchen

einfrieren? Dann kann er, wenn er zurückkommt, seinen echten, echten Geburtstagskuchen bekommen«, sagte Axelle.

Tashun half seinen Töchtern, den Kuchen in Alufolie einzuwickeln und im Gefrierfach des Kühlschranks zu verstauen; dann verließen Axelle und Alix mit hängenden Köpfen, Hand in Hand, gefolgt von Bambili, die Küche.

»Warum hast du ihnen gesagt, dass er an seinem Geburtstag zurückkommt?«, fragte Tashun, sobald sie allein waren.

Sie zuckte mit den Schultern.

»Irgendetwas musste ich ihnen ja sagen.«

»Deine Geschichte von der Reise ergibt keinen Sinn. Warum ruft er nie an, wenn er auf Reisen ist, hm? Was machst du, wenn jemand in der Schule oder einer unserer Angestellten entgegen deinen Anweisungen nicht dichthält? Sie sind neun Jahre alt, du kannst die Wahrheit nicht ewig vor ihnen geheim halten.«

»Das habe ich auch nicht vor. Samy wird aus dem Gefängnis kommen, sobald ihr mit euren Klüngeleien fertig seid. Er ist Teil eines Traums für sie, das dürfen wir ihnen nicht verderben.«

»Hör auf, Luftschlösser zu bauen, hörst du? Erklär ihnen, wenn du willst, dass ihr Teil eines Traums ein armes, unschuldiges Opfer eines ungerechten Systems ist. Aber sag ihnen verdammt nochmal, dass er im Knast sitzt! Es ist falsch, ihnen Lügen aufzutischen, das ist unvernünftig.«

Hätten Axelle und Alix nachgebohrt, hätten sie ihre Mutter an den Rand der Verzweiflung getrieben, wie es Kinder so gut zu tun verstehen, um zu bekommen, was sie wollen, hätte sie ihnen unwirsch das Wort abgeschnitten, ihnen befohlen, sich nicht länger wie trotzige Kleinkinder aufzuführen, schließlich sei niemand schuld daran, dass ihr Patenonkel weit weg arbeite, und jetzt Schluss mit dem Gejammer. Dass ihre Töchter es ihr jedoch nicht vorwarfen, ihnen falsche Hoffnungen gemacht zu haben, sich nichts anmerken lassen wollten, ihren Kummer vor ihr verbargen und sich ein Lächeln abrangen, als sie an der Marmortreppe an ihnen vorbeiging, auf deren unterster Stufe die beiden mit feuchten Augen saßen, erschütterte Katmé. Es brachte sie dazu, die Vorsicht fallen zu lassen, die sie sich auferlegt hatte, seit sie in Eulalie Nanas Kleider schlüpfte. Tashun war nach oben gegangen und hielt einen Mittagsschlaf. Sie sah auf ihre Armbanduhr. Sie hatte ungefähr zwei Stunden, selbst wenn ihr Mann aufwachte, würde er nicht herunterkommen, bevor sie zum Cocktailempfang des Präsidenten aufbrechen müssten. Das Zentralgefängnis lag zwanzig Minuten entfernt, vierzig Minuten hin und zurück, sechzig mit Stau; zwanzig bis dreißig Minuten vor Ort, um zu erledigen, was sie vorhatte, dann wäre sie, großzügig gerechnet, in eineinhalb Stunden zurück. An Feiertagen verdreifachte sich die Zahl der Besucher im Gefängnis; die Wärter waren überfordert von den Geschenken, den Lebensmitteln, den viermal so langen Schlangen vor der Kontrolle und weniger aufmerksam, sie würden keine Notiz von ihr nehmen. Mittlerweile kannte sie alle, vom gierigsten bis zum nettesten, sie würde keine Zeit verlieren, sondern gleich Janvier einen Umschlag zustecken; es war Mittwoch, mittwochs hatte er draußen Dienst, sie würde zwei oder drei Scheine dazulegen, damit er ihr rasch die Zutrittskarte aushändigte. Sie würde keine Zeit haben, sich bei Ety umzuziehen, sondern ihr Haar zu einem Turban binden, ihre Lesebrille aufsetzen, das musste reichen, sie würde sagen, sie habe ihren Ausweis zu Hause vergessen, sie würde überzeugend auftreten, sie würde zahlen, das musste reichen.

Noch bevor Samuel danach fragen konnte, öffnete Katmé, die niemand erkannt hatte, der niemand das Reizwort »Madame Préfète« zugerufen hatte, den Korb in ihrer Hand. »Eulalie Nana konnte nicht kommen, ich vertrete sie. Dein Geburtstagskuchen von deinen Patentöchtern. Such uns eine ruhige Ecke, wir machen ein Foto, dann verschwinde ich wieder.« Sie hatte nicht die gleichen Rechte wie Eulalie Nana. Für den Zugang zu den Zellen händigte Tonton Sucette einen speziellen Zutrittsschein aus. Um ein Foto zu machen, auf dem Samy ein Stück Kuchen aß, so, wie sie es sich vorstellte, brauchten sie einen ungestörten Ort. Neben ihr hielt eine Frau, ausgeprägter Haarausfall, grauer Hosenanzug, gewachste schwarze Lederschuhe, einem Häftling mit von Blasen übersäten Beinen, der wohl ihr Sohn war, eine Strafpredigt. Im Hof voller Körbe wie dem ihren herrschte eine Aufregung wie an einem fünfundzwanzigsten Dezember oder Neujahrstag. Die Luft war geschwängert von Essensgerüchen und Schweiß. Sie bereute nicht, dass sie gekommen war, sie hatte sich nicht geirrt, in der Menschenmenge nahm niemand Notiz von ihr.

»Das ist unvernünftig«, knurrte Samuel, »das ist es nicht wert.«

Sie sah sich unschlüssig um. »Können wir in deine Zelle gehen?« Er schüttelte den Kopf. »Das habe ich mir gedacht. Findest du ein Plätzchen für uns? Ich habe wenig Zeit.« Samuel wandte sich an einen Wärter, sie erkannte Auguste, er versuchte immer, ihr so viel wie möglich abzuknöpfen. Zusammen mit sechs anderen überwachte er mit der Hand auf der Waffe die Menschenmenge. Samy flüsterte ihm etwas ins Ohr und schob ihm einen Geldschein in die Tasche. Fünf Minuten später saßen sie auf leeren Bierkästen im Waschhaus, inmitten von vergilbter, geflickter Bettwäsche und dem ätzenden Geruch von Javelwasser.

»Das war deine Idee, nehme ich an?«

»Da irrst du dich. Ich wusste nichts davon. Wir waren heute Morgen zusammen beim Umzug. Danach sind Tashun und ich zum Mittagessen zu Djama und Tonton Ambroise gegangen, und die beiden sind mit Bambili nach Hause gefahren. Als wir wiederkamen, hatten sie den Kuchen gebacken.«

»Es war ganz allein ihre Idee? Einen Kuchen zu backen für einen armseligen Typen wie mich?«

Samuels Augen füllten sich mit Tränen. Katmé holte den Kuchen und die Polaroid aus dem Korb, entdeckte ein Laken, das etwas weniger zerschlissen war als die anderen, drückte Samy den Kuchen in die Hände. Neutraler Hintergrund, unmöglich zu verorten, sie würde sich eine plausible Erklärung ausdenken, sich eine glaubwürdige Geschichte überlegen und den Mädchen, nur ihnen, das Foto zeigen, sie bitten, das Geheimnis zu hüten. Sie drückte auf den Auslöser der Sofortbildkamera. Samy lächelte, wie sie ihn schon lange nicht mehr hatte lächeln sehen.

»Tashun macht mir Vorhaltungen, weil ich ihnen erzählt habe, du wärst verreist. Ob er recht hat? Du bist so urplötzlich aus ihrem Leben verschwunden, dass sie anfangen zu glauben, du interessierst dich nicht mehr für sie.«

»Wir haben diese Diskussion doch schon geführt. Meine Antwort lautet Nein. Sag ihnen nichts«, sagte er mit flehendem Ton. »Sonst könnte ich sie nie mehr wiedersehen, wenn ich hier rauskomme, das könnte ich nicht, das könnte ich nicht.«

Sie drückte noch einmal auf den Auslöser. »Und wenn du dich vor Gericht offiziell outest, weil du dich nicht länger selbst verleugnen willst, glaubst du, dass ich ihnen dann weiterhin erzählen werde, du wärst auf dem Mars?«

»Bitte, Kat … Nicht heute …«

»Ich bitte dich nur, konsequent zu sein.«

Ein Geräusch an der Tür ließ sie zusammenzucken. »Auguste hat uns zehn Minuten gegeben«, sagte Samy.

Genau sechsundfünfzig Sekunden nach ihrer Rückkehr in den Hof war sie stinksauer auf Bambili, weil sie den herzförmigen Mangokuchen gebacken hatte, sie war sauer auf Tashun, weil er

Samy im Gefängnis vermodern ließ, sie war sauer auf diesen Drachen, Maman Caramel deux à dix, wegen ihrer Machenschaften, auf *Tropiques Matin* wegen seiner Scheißartikel und auf sich selbst wegen ihrer Unvernunft. Sie hatte Samuel soeben auf Wiedersehen gesagt, da waren zwei ehemalige Minister, die fiktiver Geschäfte und Plünderungen der Staatskasse mit dem Ziel der Gründung einer eigenen Partei verdächtigt wurden – Tashun und sie hatten vor ihrer Verhaftung mehrmals bei ihnen zu Abend gegessen – auf sie zugekommen: Katmé Abbia, die Frau des Präfekten Abbia! Wen sie wohl besuchte? Die Information verbreitete sich in Windeseile über den Hof, flog durch die Gänge, zwängte sich zwischen den Gitterstäben hindurch, erklomm die Mauern und kam atemlos dem Gefängnisleiter zu Gehör, der sich am einträglichen Nationalfeiertag an seinem Arbeitsplatz aufhielt. Tonton Sucette eilte herbei, sprach ihr seine »Ehrerbietung« aus, erkundigte sich nach »Seiner Exzellenz«. Um sie herum bildete sich eine Traube von VIP-Insassen, der ehemalige Kommunikationsminister, der Geschäftsführer der Raffineriegesellschaft, der Geschäftsführer der Gesellschaft für Sozialfürsorge – der sich für seinen Urlaub an der Côte d'Azur an den Pensionen von Menschen wie Sita Félicie bedient, vor allem aber über den Alten gelästert hatte. Abseits davon stand Samuel, die Hände über dem Kopf zusammengeschlagen, und verfolgte bestürzt die Szene.

»Maman, Papa sucht dich«, riefen Axelle und Alix ihr entgegen, kaum dass sie ihr Auto vor der Steintreppe zur Residenz geparkt hatte. »Er ist oben im Schlafzimmer.« Sie rannte die Treppe hinauf, die Mädchen hinterher. Im Schlafzimmer schlug sie ihnen die Tür vor der Nase zu und schob den Riegel vor, damit sie nicht hereinkamen, denn sie ahnte bereits, was kommen würde. Tashun, der mit dem Rücken zur Tür gestanden hatte, drehte sich um, als er sie ins Schloss fallen hörte. »Wo warst du?«

Noch bevor sie den Mund aufmachen, ihm irgendeine Erklärung geben konnte, klatschte die Rechte ihres Ehemanns mit der Innenfläche auf ihre eine, mit dem Handrücken auf ihre andere Wange.

»Tashun, was ist los mit dir! Bist du verrückt?« Katmé hielt sich schützend die Arme vors Gesicht.

»Ich? Ich soll verrückt sein? Du bist verrückt! Ja, du bist verrückt! Warst du im Zentralgefängnis?«, brüllte er und schlug sie erneut. »Antworte! Warst du im Zentralgefängnis?«

Da sie ihn mit den Armen abwehrte, packte er mit seiner Linken ihre Handgelenke, damit sie seiner Rechten nicht entgehen konnte, die hart auf sie niederfuhr.

»Was muss ich tun, damit du es endlich begreifst? Ich bin dein Mann! Dein Mann, hast du mich gehört? Ich werde dafür sorgen, dass du mit diesem falschen Hund von Samuel Pankeu nichts mehr am Hut hast! Wegen dieses Wurms stellst du mich bloß? Wegen dieser Niete? Ist das Hexerei? Hast du den Verstand verloren? Du willst mich ruinieren, ist es das? Dein Verhalten ist der Frau eines Präfekten von Akriba unwürdig, es ist unwürdig! Ich schwöre dir, wenn du mir das nochmal antust, schlage ich dich neonkhaki, neonkhaki, hast du mich verstanden? Ich schwöre dir beim Leben meiner Eltern, wenn du das nochmal machst, wirst du Farben sehen, die du noch nie gesehen hast.«

Katmés Kopf schleuderte von einer Seite zur anderen. Tashun schlug zu, kräftig, treffsicher. Sie unterdrückte die Schreie, die Klagelaute, die in ihrer Kehle aufstiegen. Die Mädchen standen vielleicht vor der Tür, auf dem Flur. Ihre Wangen brannten, sie würde sie eincremen, Bambili kannte alle Rezepte der Welt, oder vielleicht die Salbe verwenden, die sie gekauft hatten, als Alix sich am Öl der frittierten Kochbananen den Daumen verbrannt hatte, die musste im Arzneischrank sein, wenn sie noch nicht abgelaufen war, sie würde Salbe verwenden und kein Salz, wie Mama Récia es oft empfahl, denn Salz kann schlagartig Ödeme auslösen, »schlagartig«, später würde sie darüber lachen, sicherlich würde sie lachen, ihre Wangen würden nicht mehr brennen, und sie würde lachen, sie würde an den Ätzkalk denken, der gerade ihre Wangen zum Glühen brachte, und sie würde lachen, sie würde es lustig finden.

Dann verlor sie das Bewusstsein.

Am darauffolgenden Nachmittag fächelte sich Djama im blauen Salon mit der Ausgabe des *L'Insolent*, die Katmé als Stimmungskanone im Gefängnis karikierte, Luft zu. Josephine Baker im Bananenröckchen, nackte Brüste, nervös tänzelnd; Samuel als Balafonspieler, erigiertes Glied, vor den fröhlichen Gesichtern und unter dem begeisterten Applaus des Gefängnisleiters, der Häftlinge, einschließlich der in Missgunst gefallenen Minister. »Du stehst in der zweiten Reihe, Katmé. Von dort verdrückt man sich nicht mehr in die dritte oder vierte Reihe. Mit den Karten, die du in der Hand hältst, wirst du eines Tages in der ersten Reihe stehen. Mein Vater hat immer gesagt, das habe ich dir schon mal erzählt, glaube ich, dass der Tausendfüßler sich nur verirrt, wenn er allein geht, wenn er keine Gefährten hat. Du kommst vom Weg ab, mein Kind. Du darfst nie vergessen, wer du bist und wohin du willst. Wie kannst du uns nur in so eine Situation bringen? Weißt du, dass die Leute denken, dieser junge Mann wäre dein Liebhaber? Ich habe mit Tashun gesprochen, er hat vor Wut den Kopf verloren, er hätte dich umbringen können. Er hatte es dir verboten, dorthin zu gehen, oder?« Katmé hob den Blick zu dem Bilderrahmen (80 × 120 cm), der an der Wand hing. In ihren Mundwinkeln deutete sich ein Lächeln an. Djamas Stimme wurde zum Hintergrundgeräusch. Das Foto stammte von einem Mittagessen des Caz. Die »Mutter der Nation«, wie mit vollem Ernst die Frau des Präsidenten der Republik genannt wurde, war umringt von Frauen in eleganten Kleidern bis auf eine, Katmé, die eine weiße Jeans und ein schwarzblaues Hemd mit kurzen Ärmeln trug. Die Mutter der Nation kam nicht zu den regulären Treffen des Caz. Doch gelegentlich machte sie ihnen die Freude »zu erscheinen«, wie es Juliana, die Frau des Botschafters der Europäischen Union und ihre Gastgeberin an diesem Tag, mit überströmender Dankbarkeit formuliert hatte. *Zu erscheinen,* als wäre sie ein überirdisches Wesen. Dieses Erscheinen, hatte Katmé wiederum festgestellt, blieb ausschließlich europäischen Botschafterinnen vorbehalten. Tashun hatte das Foto rahmen lassen, es neben dem des Alten, des Vaters der Nation, aufgehängt und sah sich jedes Mal, wenn ein Gast es eingehend betrachtete, genötigt zu erklären, dass Katmé weder über den Dresscode noch über die Anwesenheit der Mutter der Nation Bescheid gewusst habe, sonst hätte sie sich gekleidet. Nicht »anders gekleidet«. Nein, »gekleidet«. Für ihren Mann war sie in der Kleidung, die sie zu diesem Anlass getragen hatte, quasi nackt. Heiliger Tashun. Sie vergaß völlig Djamas Anwesenheit, erhob sich von ihrem Sessel, ging zur Wand. »Was machst du da? Ich rede mit dir!«, rief Djama. Katmé zuckte zusammen und setzte sich wie ein ertapptes kleines Mädchen, das sie für die Frau von Tonton Ambroise darstellte, wieder hin. »Willst du die Ehre deiner Familie, die Karriere deines Mannes, die Zukunft deiner Kinder wegen dieses Jungen aufs Spiel setzen, der nicht mal in der allerletzten Reihe steht? Wegen jemandem, der aus der Wertung fällt, einer Null, einer Null, Katmé! Die Nullen sind unsere Untergebenen, Gott sei Dank gibt es sie, denn wir brauchen sie als Diener, um sie gelegentlich um uns zu haben, aber nicht mehr. Gott selbst hat nicht ohne Grund im Himmel eine Hierarchie geschaffen. Gott Vater, Jesus Christus, die Jungfrau Maria, die Engel, die Erzengel, die Heiligen, die Boten des Lichts und was weiß ich, wer noch, sind nicht alle ebenbürtig, nein, sie sind nicht ebenbürtig, glaub mir, und das ist kein Zufall. Du bist jung, deine Töchter sind klein, konzentrier dich auf sie, ihre Erziehung, ihr Wohlergehen … Später, wenn der Zeitpunkt kommt – ich rede mit dir, wie deine Mutter es tun würde, wenn sie noch am Leben wäre – wenn du brauchst, was Frauen meines Alters »Balsam für den Körper« nennen, wenn dieser Tag kommt, und er wird kommen, mein Kind, wähle jemanden aus der ersten Reihe und nichts Geringeres. Wähle still und unauffällig. Was soll dieser Freundschaftsbeweis in den Zeitungen? Das verstehe ich nicht, das verstehe ich einfach nicht. Wie kannst du bloß bei allem, was du zu tun hast, Zeit im Gefängnis vergeuden? Wir haben viele Feinde, auch innerhalb der Partei, das weißt du. Du darfst kein Stein im Schuh deines Mannes oder in unserem sein. Dein Mann muss seinen Ruf wahren, eine Kampagne führen, das heißt, du auch. Tashun hat seine Fehler, aber du kannst dich auf ihn verlassen, er ist ein Ehemann, ein echter Ehemann, echte Ehemänner sind dünn gesät.«

Am Abend half Mama Récia Bambili bei der Zubereitung der Mixtur, um das Brennen der Wangen zu lindern und schimpfte: »Alle verheirateten Frauen machen das mindestens einmal im Leben durch, also mach kein Drama draus.«

Fünf Tage später besuchte Eulalie Nana, geknotetes Kopftuch um ein geschwollenes Gesicht, Samuel im Gefängnis.

»Sag Eulalie Nana, sie soll sich nie mehr, nie mehr, sage ich, im Gefängnis blicken lassen. Sag ihr, mit der Kabarettsängerin ist es aus, vorbei. Ich habe wohl nicht gut genug aufgepasst.« Tashun war mit wutverzerrtem Gesicht in die Küche geplatzt. Sie saß mit den Zwillingen beim Abendessen.

Er sah zur Decke. »Dieses orange Licht ist noch von Weihnachten! Hast du nichts anderes zu tun, als dich im Gefängnis zur Schau zu stellen? Wie dich um dein Haus zu kümmern, zum Beispiel! Ab sofort wird sich die Präfektur die Liste aller Besucher, und ich betone aller Besucher des Häftlings Samuel Pankeu zuschicken lassen.«

»Papa, redest du von Tonton Samy? Warum sagst du, dass er ein Häftling ist?«, fragte Alix.

Katmé suchte den Blick ihres Ehemanns. »*Moïndjamoto*, was Papa damit sagen will, ist, dass … Tonton Samy …« Er schnitt ihr das Wort ab: »Was Papa damit sagen will, ist, dass euer Patenonkel im Gefängnis ist.«

»Tonton Samy ist im Gefängnis?«

»Ist er nicht verreist, Maman?«

Zwei ängstliche Augenpaare richteten sich auf sie. Da ihre Mutter stumm blieb, wandten sie die Köpfe zu ihrem Vater. »Meine Töchterchen, ja, euer Patenonkel ist im Gefängnis.«

Katmé stützte sich mit den Ellbogen auf dem Esstisch ab, versuchte, ihr klopfendes Herz zu beruhigen.

»Stimmt das, Maman?« Axelle und Alix sprachen durcheinander, man hörte, dass sie kurz davor waren, in Tränen auszubrechen. »Du sagst doch immer, dass nur Böse ins Gefängnis kommen, ist Tonton Samy etwa böse? Tonton Samy ist doch lieb, warum ist er dann im Gefängnis, Maman?«

Katmé löste den Knoten des Kopftuchs unter ihrem Kinn, sie bekam keine Luft. Sollten die Kinder die Spuren, die die Hand ihres Vaters auf ihren Wangen hinterlassen hatte, eben sehen. Sie vergaß, dass das orangefarbene Küchenlicht die rauen Stellen auf ihrer Haut weichzeichnete.

»Warum hast du uns angelogen, Maman? Du sagst doch immer, man soll nicht lügen, Gott sieht uns, wenn wir lügen, und trotzdem hast du gelogen, Maman?«

Sie seufzte tief. »*Moïndjamoto* … ich … ich … Tonton Samy ist lieb, er wird immer lieb sein … er … er ist …«

Sie sah Tashun flehend an. Sie tat es wegen ihrer Töchter. Wider jede Vernunft. Doch er überging ihre Bitte um Waffenruhe, verschränkte die Arme vor der Brust, lehnte sich auf seinem Stuhl zurück und wartete offenbar ebenfalls auf ihre Erklärungen. Zielsicherer noch als mit seinen Schlägen, ohne sie zu berühren, traf er genau dorthin, wo es ihr am meisten wehtat.

»Maman, stimmt es, was Papa sagt? Bist du sauer auf Tonton Samy, Papa?«

Axelle und Alix weinten.

Tashun stand auf, ging um den Tisch herum, neigte sich zwischen ihnen auf Augenhöhe und legte die Arme um sie. Er schlug einen vertrauensvollen Ton an: »Schaut, euer Onkel, euer richtiger Onkel ist Tonton Henri, mein Bruder, und eure richtige Tante ist die Schwester von Maman, Tantine Sennke, die im Kloster ist, ihr werdet sie auf der Beerdigung eurer Großmutter sehen. Tonton Samy macht schlimme Dinge. Papa wird einen anderen Patenonkel für euch finden, einen, der noch lieber ist als Samuel. Weinen große Mädchen? Vertraut ihr eurem Papa? Kommt schon, hört auf zu weinen. Ihr seid doch groß, oder etwa nicht?«

Er richtete sich wieder auf, und bevor er aus dem Zimmer ging, warf er Katmé einen hasserfüllten Blick zu.

14

Samedi, ein anderer, egal, erzählte eine Geschichte, und Katmé huschte ein Lächeln über die Lippen. Samedi, der Schreiner, Absolvent der Modernen Französischen Literaturwissenschaft, der keine Stelle als Lehrer gefunden hatte, verstand es besser als die Maurer, die Maler oder die Schlosser, eine Geschichte zu erzählen, sein Stimmrepertoire auszuschöpfen, plötzliche Pointen einzustreuen und sein Publikum in Atem zu halten. Sie waren im Hof, manche saßen auf leeren Getränkekisten, die niemand zurückgebracht hatte. Es war früher Nachmittag, die Sonne knallte, und Katmés Augenlider zitterten in einem unablässigen Vibrato. Benigne Faszikulationen, hatte Dr. Abba von der Clinique des Hommes Capables diagnostiziert und eine Magnesiumkur verschrieben. Trotz der kleinen weißen Rauten, die sie – zwei morgens, zwei mittags, zwei abends – auf der Zunge zergehen ließ, zuckten ihre Lider im Takt eines hibbeligen Bend-skin-Songs. Samedi hatte in dem Zimmer, das sie in der nächsten Woche beziehen würde, die Regale angebracht. Er hatte seinen Arbeitstag beendet, ebenso wie die gesamten Schreinerarbeiten im Haus, es war sein letzter Tag, und bevor er ging, erzählte er, dass sein Onkel, ein Zollbeamter, nach einem sechsmonatigen Lehrgang in den Siebzigerjahren in der Schweiz die Mädchen der Familie ein wenig zu eng umarmte, sie auf den Mund küsste und versuchte, seine Zunge hineinzuschieben, denn »bei den *Weißen*, den zivilisierten Leuten, begrüßt man sich so«. Katmé kniete auf der Erde, sie hatte sich Handschuhe angezogen und bedeckte den unteren Stamm der Zwergfichten, die sie gepflanzt hatte, mit Karton und Jute. »Wer geht denn in Europa heute noch zur Kirche?«, meckerte Samedi und ahmte dabei die Stimme seines Onkels nach, der alle religiösen Gegenstände aus seinem Haus verbannt und Frau und Kindern damit gedroht hatte, ihnen die Köpfe abzureißen, sollten sie noch einmal einen Fuß in eine Kirche setzen. »Wir, die armen, dummen Afrikaner! Wir, bei denen nichts rund läuft, wir und alle übrigen sogenannten Drittewelt-menschen! Kann man denn nach dem Sieg über die Tsetsefliege und die Hexerei noch an Gott glauben? Oder wie es so schön heißt: ›Gäbe es Gott, würde er sich zeigen und nicht beweisen lassen‹. Darum ist bei mir Schluss mit all den Amuletten vom heiligen Peter von Rom, die bringen nur *badluck* in mein Haus.« Sechs Monate in der Schweiz, und der Onkel war lüstern und ungläubig geworden. Katmé lachte herzhaft, und jeder der Arbeiter steuerte seine kleine Geschichte über das irrsinnige Verhalten eines aus Europa oder Amerika zurückgekehrten Verwandten bei.

Sie kam nun dreimal die Woche nach Fènn, traf als Erste auf der Baustelle ein, verbrachte den Tag in Gummistiefeln, langer Hose und T-Shirt mit gelben Flecken unter den Achseln, kannte die Vornamen, die Familiensituation jedes Einzelnen, *kippte* in der Mittagspause gelegentlich ein Bier mit ihnen, schöpfte Wasser aus dem Brunnen oder dem Teich für sie, hatte sich für die Hohlblocksteine interessiert, selbst einen hergestellt und ganz allein Fichten ums Haus gepflanzt, und die Arbeiter verzichteten auf das Madame Préfète und nannten sie Maman Katmé. Sie arbeitete an ihrer Seite, und das metallische Sirren, das seit ihrem Hausverbot im Gefängnis, seit Tashuns Prügel, ihr Inneres erfüllt hatte, verstummte. Bisweilen kam der Bürgermeister vorbei, um sich zu vergewissern, dass es ihr an nichts fehlte, und der Präfekt von Fènn lud sie zum Abendessen mit seiner Familie ein. Sie trafen Katmé gekleidet wie eine *Bayam sellam* an, in leidenschaftlichen Diskussionen mit dem Bauleiter, den Arbeitern, den Handwerkern. Sie rührte den Beton an – Kies, Sand, Zement –, befeuchtete die Gussformen, überwachte das Einschalen, half beim Ausschalen. Der Bürgermeister hatte es gewagt zu fragen, ob sie ans Grab ihrer Mutter gegangen sei; Katmé hatte betont langsam den Kopf gehoben und einen reuevollen Blick aufgesetzt.

Wenn sie in der kommenden Woche nach Fènn fuhr, würde sie nicht mehr in der Auberge Zimanto übernachten. Sie würde im ersten Stock einziehen, ins Zimmer, zu dem das Bad mit den grau gemaserten Fliesen gehörte und das neben dem kleinen Wohnzimmer und der Zweitküche lag. Vom Balkon aus würde sie den Sonnenuntergang über dem Teich, dem Eukalyptuswald, den Fichtensetzlingen, über Aleksandres Haus im Regionalstil, seinem Hinterhof, seinem konischen Dach beobachten. Er war mit seinen Kindern im Urlaub in Portugal. Seine Abwesenheit kam ihr gelegen, sie konnte sich nicht vorstellen, ihm – oder irgendjemand anderem – von den Ereignissen an Samuels Geburtstag, von den Tagen danach zu erzählen. Sie konnte es selbst noch kaum glauben. Der Verweis aus dem Gefängnis, das Kontaktverbot zwischen Ety und ihr, Belongs Verhaftung wegen Urkundenfälschung, die Zerschlagung des Netzwerks von Ausweishändlern im Quartier de la Joie, die Zurechtweisungen von Djama, dieser Stelze mit Kaktuszunge und kaltem Herzen, Axelle und Alix, die langgezogene krüpplige Figuren aus selbsthärtendem Ton kneteten und unter ihrem Bett versteckten, die anhaltenden Kopfschmerzen, sobald sie nach Akriba zurückkehrte, die Faszikulationen der Augenlider und zur Krönung Tashun, der im Bett in sie eindrang und flüsterte, als ob nichts wäre: »Wenn ich jetzt sterbe, dann, weil ich schlafe.«

Katmé häufte Erde auf den Karton, damit er auf dem Boden auflag, der Jutestoff blieb auch ohne Gewicht am Stamm der Fichten haften. Samedi verabschiedete sich, er würde nicht mehr wiederkommen. Sie stand auf, streifte den Handschuh ab, und legte in den Händedruck das Bedauern, das man empfindet, wenn ein Kollege in den Ruhestand geht, wenn man sich ein Wiedersehen verspricht, obwohl man weiß, dass man sich nicht wiedersehen wird. Wenn es neue Arbeit für ihn gebe, werde sie sich bei ihm melden, versprochen. Sie kniete sich wieder hin und widmete sich ihrer Aufgabe an den Wurzelballen der Fichtensetzlinge. Laut *Sapin malin*, dem Ratgeber für Nadelbäume, den Samy ihr nach der ersten Fahrt nach Fènn geschenkt hatte, nahm die Abdeckung Feuchtigkeit auf, schützte vor Unkraut und regte das Wachstum der Setzlinge an, sodass sie binnen zwei Jahren so viel wuchsen wie sonst in drei. Immer wenn in Akriba in ihrem Inneren das Schattenheer aufzog, griff sie zum Buch, las es noch einmal, vergewisserte sich, dass sie alles richtig machte, damit ihre Bäume »gesund, schön und kräftig« wuchsen. Wenn sie mit dem Buch allein das Heer nicht vertreiben konnte, setzte sie Axelle und Alix vor sich hin, löste ihre Zöpfe, obwohl sie frisch geflochten waren, und kämmte ihnen unter Protest – sie weinten vor Ärger – energisch die Haare, um sie neu zu flechten. Ihre Töchter protestierten auch – in diesem Fall vor Ekel –, wenn ihre Mutter ihnen vor der Abreise nach Fènn die Brust bespeichelte, während sie endgültige Segnungen, Schutzformeln sprach, und sie schmerzhaft an sich drückte, als fürchtete sie, dass bei ihrer Rückkehr ein Gesetz es ihr verbieten würde, ihre Kinder zu umarmen. Die Zwillinge hatten einen Brief geschrieben, sie wollten keinen neuen Paten, sondern warten, bis Tonton Samy aus der Haft entlassen wurde: »Wann kommt er aus dem Gefängnis, Maman?« All das war Tashun gleichgültig, er wachte mithilfe seiner zahlreichen Informanten lediglich darüber, dass Katmé nicht trotz des Verbots wieder das Zentralgefängnis besuchte, nicht wieder mit Sita Félicie, Kizito oder Ety Kontakt aufnahm.

Als die Heere einmal aggressiver als gewöhnlich auftraten, hatte Katmé sich hinters Steuer gesetzt. Um zu Keuna zu fahren, zu reden.

Seit dem Erlebnis mit den *Hütern der Moral*, dem Bad, das sie ihr in ihrer Wohnung im obersten Stockwerk des Gebäudes, in dem sich auch die Galerie befand, eingelassen und dem Zitronengrastee mit Honig und Zitrone, den sie ihr zubereitet hatte, um dann Xavier, ihren Sohn, von der Schule abzuholen, während seine Mutter das Schlottern loswurde, ihr Aussehen in Ordnung brachte, waren sie einander noch vertrauter geworden. So weit, so gut. Aber was sollte sie Keuna erzählen? Dass Tashun sein Trommeltalent an ihren Wangen getestet hatte? Katmé gehörte nicht zu denen, die einfach ihr Herz ausschütten. Ihre totale, exklusive, ihre flammende Freundschaft mit Samy hatte alle Anwandlungen von Brüderlichkeit, von Schwesterlichkeit in ihrem Umfeld im Keim erstickt. Sie hatte vor Samuels Verhaftung nie daran gedacht, sich jemand anderem als ihm anzuvertrauen. Es verblüffte sie immer noch, dass sie Aleksandre Teile ihres Lebens preisgegeben hatte. Sollte sie Keuna in diesen Kreis aufnehmen? Sie fühlte sich nicht bereit, weitere Vertraute hinzuzuziehen. Keuna würde ihr zuhören, sicher, aber sie würde keine Erklärung wie Mama Récia abgeben: »Alle verheirateten Frauen machen das mindestens einmal im Leben durch, also mach kein Drama draus.« Keuna war nicht diejenige, die einem zuhörte, einen bedauerte, einem sagte, dass es schon immer so gewesen ist, seit es die Welt gibt, seit es Männer gibt, und die einem zur Entdramatisierung der Lage bestätigte, dass Ehe *Ertragen* heißt; sie war nicht diejenige, die genau wusste, dass man an seinem Leben gar nichts ändern wollte, dass man sich nur nach dem Ohr einer mitfühlenden Frau sehnte, die selbst womöglich ein noch weniger beneidenswertes Schicksal hatte als das eigene. Nach dem Überfall der *Hüter der Moral* hatte Keuna die Galerie geschlossen und sich für »offiziell depressiv für mindestens einen Monat« erklärt. Die Depression dauerte achtundvierzig Stunden. Sie ließ alles saubermachen, verstärkte die Sicherheit, unterschrieb einen Vertrag mit der besten Security-Agentur von Akriba und bezeichnete ihre

Angreifer in einem Beitrag für *Émancipations* als »magere Hähnchenschwänze«. Es wäre Katmé keine große Hilfe, wenn Keuna, die Unerschrockene, die Frau mit der Zigarette und dem Whisky – Whisky ohne Eis – sich in den Kopf setzte, sie von einer Anzeige gegen ihren Ehemann, also von einer Trennung, zu überzeugen. Keuna würde es nicht hinnehmen, dass eine Frau wie sie, mit Bildung, mit Studienabschluss, die sich als Lehrerin selbst finanzieren konnte, die noch jung war, unbekümmert ihr Eheleben fortsetzte; vor allem, weil von Liebe zwischen ihr und ihrem Mann schon lange nicht mehr die Rede sein konnte. Keuna und sie waren definitiv nicht aus demselben Holz geschnitzt. Sie hatte in ihrem Auto auf der Avenue du Trente-Avril, auf dem Weg zu Bubinga Project, darüber nachgedacht, dass ohne geduldiges, geschicktes, immer wieder neu ansetzendes Stricken am Kompromiss und ohne ständige Anpassungen ihr Leben sowie das so vieler anderer Frauen schlicht unmöglich wäre. »Wer kann schon von sich behaupten, vollkommen er selbst zu sein? Wir hinken alle durchs Leben«, hatte Samy gesagt. Bevor daraus »immer nur Kompromisse machen ist kein Leben« wurde. Man stellt seine Existenz und die derjenigen, die damit verbunden sind, nicht wegen ein paar Ohrfeigen auf den Kopf. Man arrangiert sich damit wie mit Regelschmerzen oder vorzeitigem Samenerguss. Bei diesem Gedanken war sie auf die Bremse getreten und umgekehrt.

Trotz des bewölkten Himmels rann Katmé der Schweiß übers Gesicht; zumindest war sie davon überzeugt. Sie wühlte in der Tasche ihrer zwei Nummern zu großen Alpakahose nach einem Taschentuch, bemerkte jedoch erst, als Dieunedort, der Schlosser, beunruhigt fragte, »Alles in Ordnung, Maman Katmé?«, dass Schweiß nur selten aus den Augen tritt.

15

ALS FORTÈS AUS PORTUGAL ZURÜCKKAM, stellte er keine Fragen. Ihre Wangen waren noch immer vom Kopftuch verdeckt, und ihre Augenlider spielten unablässig die Partitur der Trunkenheit. Er schlug wie gewöhnlich vor, einen Film zu sehen. Das Magnesium hatte nichts bewirkt, aber *Bal Poussière*, Demi-Dieu und seine sechs Frauen, brachten ihre Augenlider in achtundachtzig Minuten zur Vernunft. Das letzte Mal, dass Katmé so gelacht hatte, so geschmeidig und gelöst, so ansteckend, dass Aleksandre mit einstimmte – er fand den Film eher mittelmäßig und wunderte sich über ihr Lachen –, war an dem Tag gewesen, an dem Samy und sie in Begleitung des Bürgermeisters die wüsten Beschimpfungen des zweifelhaften Grundstückverkäufers kassiert hatten. Sie wünschte, Samy wäre hier. Würde sich mit ihnen den Film ansehen. Dank seiner Hypermnesie hätte er sich die lustigsten Dialoge des Films eingeprägt, hätte sie nachgespielt, um sie zum Lachen zu bringen. Im Ratespiel *Ein Satz, ein Film*, das der Filmklub der Schule zweimal pro Monat veranstaltete, hatte er sechsmal in Folge den Gewinn eingeheimst. Katmé bemerkte, dass die Faszikulationen plötzlich verschwunden waren. Als ihr Lachen sich wieder beruhigt hatte, knotete sie das Kopftuch auf, ließ es auf die Schultern gleiten und entblößte vor Aleksandre ihr rohes, nacktes, eingefallenes, ihr von Tashuns Handabdruck gezeichnetes Gesicht.

Aleksandres Haus wurde zur Poststation. Katmé hinterlegte Geld, Kizito holte es ab und brachte Briefe von Samy für Ety.

Nie hörte sie Aleksandre sagen: »Tut mir leid, heute habe ich keine Zeit, um mit Ihnen zu Abend zu essen, einen Film zu sehen, Kizitos Umschlag entgegenzunehmen.« Er stand zur Verfügung, war nie genervt, wenn sie bei Samuels Erwähnung immer wieder ihrer Wut, ihrem Frust freien Lauf ließ. Sie erinnerten sich an die Filmabende mit ihm, seine Argumente für oder gegen einen Film, sein Herumfantasieren nach vier Gläsern Wein, die Vernissage, belanglose Details, die Katmé wichtig waren und die sie hervorkramte, um Samys Nähe zu spüren. Nie, nicht einmal, wenn sie unangemeldet auftauchte, traf sie bei Aleksandre auf eine andere Person – eine Frau? »Meine sexualtherapeutische Phase liegt hinter mir«, antwortete er, als sie ihn einmal danach fragte. Er habe zweimal geheiratet. Zweimal zu viel, meinte er. Er mied die Gesellschaft der Expats in Fènn und ging in seinem ewigen Abacost – sie hatte ihn nie anders gekleidet gesehen – zu den Dorfbewohnern, wenn sie ihn zu einem lokalen Gericht, einer Taufe oder einer Hochzeit einluden.

An einem Abend hatte er sie nicht hereinkommen hören. Sie fand ihn an seinem Schreibtisch. Er tippte mit übereinandergeschlagenen Beinen, Brille auf der Nase, eifrig auf seiner Computertastatur. Ein flüchtiges Bild. Unweigerlich flüchtig. Denn es würde ein Abend kommen, an dem Aleksandre nicht mehr mit übereinandergeschlagenen Beinen an seinem Computer sitzen würde, dachte sie. Ein Abend, an dem Aleksandre tot wäre. Wie Madeleine. Begraben, vermodernd, ein Skelett.

Aleksandre war sterblich.

Bei diesem Gedanken verharrte Katmé.

Er war der Anhaltspunkt für den Grad ihrer Verbundenheit. Ihr Friseur zum Beispiel, eine bloße Randerscheinung ihrer Existenz, stellte beim mühseligen Entwirren ihrer spröden Locken entmutigt fest: »Gott hat uns alles verweigert, sogar die Haare, Schätzchen.« Seit sie seinen Tod fürchtete, wusste sie, dass sie, die bis dahin einen Friseursalon nach dem anderen abgeklappert hatte, nicht mehr wechseln würde. Für sie waren Lebende bloß aufrecht gehende Tote. Leichen, die ein paar Jahre lang dazu fähig waren zu atmen, zu lachen, zu gestikulieren, Sex zu haben, zu streiten, zu lieben, zu hassen. Fiel ihr Blick auf einen Menschen, dachte sie oft: Wie lange noch?

Wie beginnt man eine Laufbahn als Ehebrecherin? Indem man den passenden Tatort und die Waffen wählt, wie ein Gangster? Auf wie viele Lügen, wie viel Wahrheitsverzerrung muss man vorbereitet sein? Aleksandres Lippenspalte, die fleischige Verdickung der Haut, ihre Stärke, ihre Härte prüfen, seine schmalen Lippen auf den ihren, die Berührung seiner Lippen, zerbrechliche, gewichtige Ansichten eiserner Schmetterlingsflügel. Wie wechselt man vom ersten Mann zum zweiten? Vom Ehemann zum Geliebten? Wie jongliert man zwischen beiden? Für jeden einen Tag, für jeden eine Woche? Beide am selben Tag, der Gerechtigkeit halber? Mit wie vielen Stunden Abstand? Was, wenn es nicht aufging? Was, wenn man aufflog? Was war mit der Moral? Was mit der Sünde: lässlich oder tödlich? Sie glaubte all den Unsinn nicht mehr, aber man konnte nie wissen, Gott sei Dank hatte der gute Jesus Christus schon vor zweitausend Jahren die Steinigung der Ehebrecherinnen verurteilt. Und Axelle und Alix? Gütiger Himmel! Fragen, die sich Tashun gewiss nicht gestellt hatte, er nicht. Aleksandre empfing sie mit der unveränderlichen Zuvorkommenheit, der unsäglichen Geduld, die sie inzwischen wahnsinnig machte, die sie daran zweifeln ließ, ob er in ihr nicht nur eine nette Gesellschaft für Filmabende sah. Immerhin fiel ihm manchmal eine neue Frisur auf, und wenn er sie zur Begrüßung und zum Abschied auf die Wangen küsste, fasste er sie an den Schultern, verringerte die Distanz zwischen ihren Körpern. Das war nicht gerade viel. Die Haut unter dem Abacost – für immer befriedigt nach »zwei Ehen zu viel« und »der sexualtherapeutischen Phase«? Unsinn. Mit wem darüber reden? Hierfür wäre die Freundschaft einer Frau – einer Frau wie Djama, die älter, erfahrener war, aber ohne Ginger-Jones-Komponente – hilfreich gewesen. Bei Keuna hatte sie immer das Gefühl, Falschgeld, Kunstleder zu sein.

Einmal hatte sie sich ein Herz gefasst und gefragt: »Warum hast du dich von deinem Mann getrennt?« In ihrem Bekanntenkreis war eine Frau ohne Ehemann, eine Geschiedene, die allein ihren Sohn großzog, die offen rauchte, die genauso offen Whisky, Dry Gin trank, keine Banalität.

»Weil Aurélien weniger intelligent war, als er aussah, und weil man nicht den Schwanz von jemandem lutscht, der einen um Geld anpumpt.« Sie zog an ihrem Zigarillo. »Du verstehst, einen Typen an der Backe zu haben, der außer wichsen nichts mit sich anzufangen weiß, war mir irgendwann zu viel. Ich habe mir meinen Sohn geschnappt und bin abgehauen. Ich musste morgens und abends auf Zack sein. Vor der Arbeit, nach der Arbeit. Am Anfang, ich sag's dir, du weißt selbst, wie das ist.« Katmé dachte, dass sie es nicht wusste. »Wir haben wie Besessene gebumst. Der Hammer! Nur ein lebensbedrohlicher Notfall konnte uns stoppen. Der Typ hatte ständig Lust, und ich erst! Als ich kapierte, dass da hinter ›Nimm ihn bitte nochmal in den Mund, geh bitte auf alle Viere‹, niemand war, waren wir schon verheiratet, und ich war schwanger. Er fand immer einen Grund, seinen Job zu schmeißen, weil dieses, weil jenes; stell dir den Typen vor, der dir jeden Morgen seinen Pimmel in den Mund stecken will, wenn du losmusst, das Kind in der Krippe abladen, um den RER um sieben Uhr fünfundfünfzig zu kriegen und nicht zu spät zur Arbeit zu kommen. Ich war damals bei einer Galerie im Marais, weißt du, wo das ist?« Katmé sagte ja, es war das Pariser Viertel, in dem Tashuns Bruder wohnte; auf dem Weg nach Rom hatten sie bei ihm übernachtet. »Ich war Kuratorin für die Ausstellungen zu Subsahara-Afrika, Aurélien wusste, dass ich sowieso die Rechnungen bezahle, ich oder *Mama und Papa*. Er ist der einzige Sohn eines Ehepaars, dessen Lebensinhalt darin besteht, ihren Sprössling daran zu hindern, die Nabelschnur zu kappen. Wenn er blank ist, springen *Mama und Papa* immer noch für ihn ein, als ob sie nur darauf warten würden, und sind ihm fast dankbar, dass er sie anzapft. Aurélien hatte nicht aufgehört, das Kind seiner Eltern zu sein, wie konnte er dann Ehemann und Vater sein? Als ich ihm gesagt habe, dass ich verdufte, weißt du, was er mich da heulend gefragt hat? ›Keuna, du liebst mich also nicht mehr?‹ – ›Eigentlich liebe ich mich selbst nicht mehr!‹ habe ich ihm geantwortet. Zehn Monate später bin ich nach Zambuena zurückgekommen, habe nach acht schrecklichen Monaten bei der französischen Botschaft gekündigt, das heißt, ich wurde gekündigt, aber es kommt aufs Gleiche raus, und habe ein Jahr danach Bubinga Project eröffnet.« Katmé hatte es sich nicht verkneifen können, sie zu fragen, ob sie nicht jemand anderen gefunden habe, ob sie keine Angst habe, allein zu sein. »Ich habe nicht nur keine Angst, sondern ich bin frei, befreit von der Knechtschaft der Zwangsbeziehungen.«

Sich selbst verleugnen; immer nur Kompromisse machen ist kein Leben … Keuna konnte sich selbst in die Augen sehen, so viel stand fest.

Katmé stellte sich nackt vor den Spiegel und unterzog die zerklüftete Geografie ihres Körpers einer gnadenlosen Inventur. Die früher hügeligen Brüste abgeflacht; Bauch und Hintern von Dehnungsstreifen überzogen; die Pobacken eine Ebene; die Hüften Flüsse; die Arme Bäche; das Schambüschel ein grau melierter Wald; Schenkel und Beine voller Cellulitedellen. Wie wohl die »anderen« aussahen, die, zu denen Tashun einen Abstecher machte, bevor er nach Hause kam? Waren sie Mütter wie sie? Ihre Bäuche flach? Ihre Brüste steil aufragende Berge? Ihre Pobacken eben oder hügelig? Dreiunddreißig Jahre, zwei Kinder, und sie stellte sich Fragen, als wäre sie eine Rentnerin in Sachen physischer Attraktivität. Damals, unter Mama Récias Dach, zur Zeit des Glaubenseifers, musste jedes Kind die Zügel seiner Seele einem geistigen Vater übergeben. Pater Évariste, der sich selbstredend für Abstinenz aussprach, von Sex vor der Ehe abriet und schnaubte: »Man kann auch etwas fühlen, ohne zuzustimmen.« Als er Tashun und sie Jahre später auf die religiöse Ehe vorbereitete, wiederholte er unablässig: »Vergesst nicht, meine Kinder, selbst in der Ehe sollen sich eure Körper so begegnen, dass ihr Gott Ehre macht.« Tashun betrog sie, und sie konnte nichts dagegen tun, sich nicht einmal rächen, sofern sie es gewollt hätte. Zumindest nicht damit, dass der Blick eines anderen, der Aleksandres zum Beispiel, auf ihrem Körper weilte. Sie war also dazu verurteilt, diesem Mann treu zu sein, ihrem ersten und einzigen Liebhaber, geehelicht vor Gott und den Menschen; diesem Mann, den sie nicht mehr liebte, wegen eines Körpers, den sie nicht liebte. Sie hatte sich in die Ehe gestürzt, weil sie ihre Jungfräulichkeit verloren hatte, sie würde sich nicht in eine Affäre stürzen, weil ihre Brüste nicht mehr die ihrer Jugend waren. Der Grund war kein glorreicher, aber Gott würde sich damit zufriedengeben. Sie saß in der Falle, die »wahre Frau«. Die »wahre Frau« entdeckte, von Seinem Glanz geblendet, die Treue aus Resignation, die Treue aus Zwang. Denn im Grunde ihres Herzens wollte sie Aleksandre. Ein primitives, urwüchsiges Verlangen, fern von jedem Gefühlschaos. Sie fühlte sich, als hätte sie Fieber. Welches Fieber, hätte sie schwer sagen können, aber sie wusste, dass immer wieder dieselben Fragen in ihrem Kopf kreisten. Katmé glaubte, sie würde sich Ausreden überlegen, um den Seitensprung hinauszögern, dabei befolgte sie jeden einzelnen seiner Schritte.

Wann genau hatten sie begonnen, sich idiotische Dinge zu sagen wie »Unsere Vornamen haben beide ein K«? – »Wissen Sie, wie alt ich bin?« – »Ich weiß, wie alt ich mich bei Ihnen fühle.« – »Ich habe den Eindruck, dass Sie mir etwas bedeuten werden.« – »Ist das gut oder schlecht?« – »Träumen Sie manchmal von mir?« – »Sie sind schon seit Langem Teil meiner Träume.« Er zerpflückte ihre Meinung über einen Film, sie murrte: »Ich hasse Sie.« – »Ich hasse Sie auch.« Sie erinnerten sich an ihren »ersten Streit« in seinem Büro, Aleksandre machte sich über ihr »letzter Schuss« lustig, behauptete, es wäre das einzig Interessante, was sie an diesem Tag gesagt habe, und übrigens sei er deshalb davon ausgegangen, sie könnte eine anständige Nachbarin sein. Sie schrieb ihm eine Nachricht mit allen Gründen, weshalb sie ihm zu Dank verpflichtet sei, er antwortete: »Sie sind eine unwahrscheinliche Erscheinung, ein funkelnder Mond inmitten der Wüste.« Sie gab zu, dass sie keine farbigen Augen mochte, in Zambuena wecke das Misstrauen. »Farbige Augen?« – »Augen, die nicht schwarz, dunkel- oder wenigstens hellbraun sind.« Das brachte ihn zum Lachen. Er war von Geburt an mit Komplimenten über die Schönheit seiner Augen überhäuft worden und erzählte ihr von einer Klassenkameradin, die er in der Schule immer geärgert hatte und die eines Tages wütend gesagt hatte: »An dir ist nichts schön außer deinen Augen; ansonsten bist du hässlich und gemein.« Katmé berührte ihn, wo sie ihn immer hatte berühren wollen, und er schnappte mit dem Mund nach ihrem Finger. Sie saßen sich am Esstisch in der Küche gegenüber, dem Reis mit Erdnusssoße war sie nicht entkommen; von draußen waren die Laute der Nachttiere zu hören, Aleksandre hatte über die Geschichte mit den farbigen Augen gelacht, sie hatte die Hand ausgestreckt und war mit dem Zeigefinger die Narbe über seiner Oberlippe entlanggefahren, und jetzt kreiste seine Zunge um ihren Finger, ließ ihre Nippel unter der schwarzen Satinbluse hart werden.

16

AMÉDÉE, EINER VON MAMA RÉCIAS SIEBEN SÖHNEN, hatte einmal erklärt: »Wenn ich verheiratet bin, werde ich meine Frau nur anfassen, um Kinder zu bekommen. Ich will drei Kinder, also werde ich sie dreimal anfassen.« Mit Aleksandre lag Katmé weit über Amédées Quote; an nur einem Abend schlief er zwei-, manchmal dreimal mit ihr. Wo auch immer seine Lippen sie berührten, wirkten sie betörend. »Wir haben wie Besessene gebumst«, hatte Keuna gesagt. Erst jetzt, mit dreiunddreißig, verstand sie, was damit gemeint war. Aleksandre nahm sie gebieterisch, er schlief mit ihr wie ein General auf einem Feldzug, wie ein Oberbefehlshaber, für den jede Schlacht entscheidend war. Den Gegner belagern, ihn unterwerfen, ihn bitten, er möge um Gnade flehen, um der Qual des Wartens ein Ende zu setzen. Ihr Ehemann hatte sie unbeholfen ins Liebesspiel eingeführt, Fortès lehrte sie die Lust. Jene, die sanft und unaufhaltsam in einem aufsteigt, die einen blutleer zurücklässt. »Ich bin froh, dass Sie kein Grönlandhai sind«, sagte er. »Wie bitte?« – »Grönlandhaie leben zwischen 200 und 400 Jahren und werden mit ungefähr 186 geschlechtsreif.« – » Und wie soll ich das verstehen?« – »Als Kompliment, Sie machen rasante Fortschritte.« Mit der gleichen Rasanz gewöhnte sich Katmé im Strudel ihres Verlangens an die Verrenkungen des Ehebruchs und ging bisweilen Risiken ein, deren Tragweite sie herunterspielte.

Ihr Ehemann ging bei ihr ein und aus, sie stellte sich statt ihm Aleksandre vor und unterdrückte die Seufzer, die ihr entweichen wollten. Wenn Tashun mit ihr schlief, zügelte sie ihr Lustempfinden, »brüllte« nicht, ließ sich zu keinem kühnen Wortschwall hinreißen. Wie eine »wahre Frau«. Weniger als ein Jahr nach der Hochzeit hatte er sie wegen ihrer verbalen Äußerungen im Bett gemaßregelt. Sie hatte lauter gestöhnt als sonst und unzusammenhängende, zwangsläufig ordinäre Wörter von sich gegeben. Wenn er sich anderswo umsah, war es ihre Schuld, dachte sie, es fehlte ihr an Erfahrung. Sie war fest entschlossen zu lernen; schließlich war sie Lehrerin, sie wusste, dass nur ernsthaftes Studieren etwas nützte; mangels praktischer Erfahrung würde sie die Lücken mit Theorie füllen; sie wollte ihn überraschen, damit er seinen Penis nicht mehr zwischen die Schenkel einer anderen schob. Das Handbuch *Wie der Gatte im Ehebett bleibt*, das sie antiquarisch erwarb, war ihr Lehrmeister. Es war Ende der Sechzigerjahre erschienen und definierte Sex im Einleitungskauderwelsch als Vokabular, Gestik, Seufzer, oralen Wahn, Flüstern, Schreie, Stellungen; kein Mann könne widerstehen. Tashun widerstand. Er zog sich schockiert aus ihr zurück. Wie vulgär, sie mache ja Geräusche wie die Mädchen im Quartier de la Joie. Er sagte »Geräusche«, und Katmé hörte eine Kuh muhen, eine Sau grunzen, eine Kamelstute blöken. Zu einer Kugel zusammengerollt, so klein, wie sie nur konnte, ließ sie seine Predigt über Maß, Selbstbild, Respekt und Würde der verheirateten Frau über sich ergehen. Tashun hielt sich – zumindest bei ihr – an Pater Évaristes Gebote und *begegnete* ihr so, dass er Gott Ehre machte. Singen ist wie zweimal beten, hieß es in der Eucharistischen Jugendbewegung, der sie sich angeschlossen hatte. Fromm mit seiner Gattin zu schlafen ebenfalls. Es versteht sich von selbst, dass sie *Wie der Gatte im Ehebett bleibt* nach dem ersten Kapitel zu Konfetti machte und in den Müll warf. Aleksandre stand dagegen mit ihrem Körper im Dialog, ermunterte sie, alles zu flüstern, zu schreien, was ihr durch den Kopf ging, laut zu stöhnen, ihre Lust unisono mit ihm hinauszubrüllen. Bei ihm sehnte sich ihre Vagina nach ununterbrochener Belagerung. Wenn er abzog, erlitt sie einen Mangel an Dopamin, Serotonin, Endorphin und fühlte sich so verloren, dass sie entgegen jeder Vorsicht darauf bestand, die Nacht gemeinsam zu verbringen, in Löffelchenstellung, er in ihr. War etwas in ihr defekt? Warum hatte ihr Körper nie genug? Wurde sie zur Nymphomanin? Bei ihrem Friseur blätterte sie in einer Zeitschrift, in der eine Vierzigjährige erzählte, wie sie dem Sex verfiel, während ihre krebskranke Mutter im Krankenhaus im Sterben lag. »Ich fühlte mich schuldig, Verkehr zu haben, während meine Mutter im Krankenhaus war. Ich hatte ständig Lust, ständig, als ob in mir ein tierischer Instinkt erwacht wäre, mein damaliger Partner reichte mir nicht, ich fand andere, wenn ich zurückblicke, habe ich es der Fleischeslust zu verdanken, dass ich meine Mutter beim Sterben begleiten konnte. Es hat mir geholfen, sie gehen zu lassen, und es hat meinem damaligen Partner geholfen, den ich abends ebenfalls sehr in Anspruch nahm, dass er seine Mutter trotz ihres schlechten Verhältnisses wiedersehen konnte.« Madeleine war seit zwanzig Jahren tot. Samy starb nicht im Gefängnis. Das war nicht vergleichbar.

An einem Abend mit Tashun vollführte sie eine schamlose Geste. Vor der Abreise nach Fènn hatte sie ihre Periode gehabt, und im Gegensatz zu Aleksandre, der, selbst wenn sie blutete, die Mulde zwischen ihren Schenkeln mit der Zunge erforschte, erklärte ihr Ehemann sie für unantastbar, solange »die Natur waltet«. Als sie nach ihrer Rückkehr mit Axelle und Alix zu Abend gegessen und die Mädchen ins Bett gebracht hatte, war er hinter der verschlossenen Schlafzimmertür hungrig über sie hergefallen. Zu Beginn ihrer Ehe hatte es ihr gefallen, dass er hungrig nach ihr war. Ein Zeichen, dachte sie, dass er nicht vorher bei einer anderen gewesen war. Sein Feuer gab ihr Gewissheit. Sie ließ sich dankbar darauf ein; wenn er sie wollte, dann, weil er sie bevorzugte. An jenem Abend kniete sie sich gedankenlos vor ihn hin, öffnete seinen Hosenschlitz. »Wer fasst dich noch an?«, fragte er und wich zurück. Sie stammelte dürftige Entschuldigungen, täuschte Tränen vor, Verzweiflung, zerstreute jeden Verdacht. Als sie fertig waren, ließ er sich zur Seite kippen und stellte die rituelle Frage: »War es gut?« Sie nickte, lächelte. Er erwiderte ihr Lächeln und drehte sich von ihr weg, um zu schlafen. Tashun befriedigte ein Nicken seiner Frau viel mehr, als wenn sie unkontrolliert und hörbar ihre Lust zum Ausdruck brachte.

»Ich habe keine Erwartungen an unsere Beziehung«, warnte Aleksandre. »Wenn man bloß keine Erwartungen haben könnte«, entgegnete Katmé. Außer dem Zimmer mit den roten Wänden, dem schmiedeeisernen Bett, der Arbeitsfläche in der Küche, der Badewanne, der Dusche, dem grünen Teppich am Teichufer, wo sie sich mitten in der Nacht, im Schein einer Sturmlaterne, im Mondlicht, zwischen Eukalyptusbäumen und dem Quaken der Kröten einer im anderen verloren; Aleksandre, überlegte Katmé, würde sich nie an sie binden, wie sie es sich wünschte. Aber wusste sie überhaupt, was sie sich wünschte? Im Moment erhitzten ihre Lippen, ihre Hände, ihre Haut, ihr Geschlecht seinen Körper stärker, als sie es sich hätte vorstellen können, und das zählte.

DRITTER TEIL

17

DIESER MARSCH HATTE NICHTS von einem Spaziergang auf dem Land, aber man kam voran. Der Lehmgeruch der nassen Erde, der Morgentau, der Gesang der Rotkehlchen hoch oben im Geäst der Bäume und die ungezähmte Schönheit der Blüten milderten die Unbarmherzigkeit des Weges. Dass noch niemand der Länge nach hingefallen war, grenzte an ein Wunder. Das feuchte Gras kitzelte an den nackten Knöcheln, das Laub der Bäume kratzte an den bloßen Armen. So gut es eben ging, stolpernd, strauchelnd, kämpften sich alle vorwärts. Ein Machetenhieb zur Linken, ein Machetenhieb zur Rechten, Pflanzen wirbelten wie grüne Pailletten durch die Luft, verloren ihre stolze Gestalt und fielen zu Boden. Der junge Guide, der sie führte, stutzte mit sicherer Hand und festem Tritt die vom Tau durchtränkte Vegetation. Trotz seiner Gelassenheit hatte das Vordringen zwischen wilden Sträuchern, Kakaobäumen, Bananenstauden, Gestreiften Borstenhörnchen, Schlangen und Kletterpflanzen alles von einer Expedition in den feindlichen Busch. Niemand klagte, alle gaben ihr Bestes. Dann und wann hörte man ein Wimmern, sonst nichts. Man klammerte sich an einen Ast, man stützte sich auf die Schulter der Person vor einem, auf die eigenen Hüften, die Knie. Der muskulöse, stämmige Guide hieb mit der Machete ins Gestrüpp, bahnte einen Pfad durchs Dickicht. Mit jedem Schlag wurde Katmé das Ausmaß ihrer Sorglosigkeit bewusster. Ihr Kaba Ngondo und der von Mama Récia, Sennkes blauer Chormantel, die Kleider, Boubous und Hosen von allen, die zu Madeleines Grab marschierten, verhakten sich in Dornenranken, waren mit Stacheln gespickt, hier und da eingerissen. Gerade aufgerichtet, ohne sich abzustützen, ohne zu verschnaufen, protzte ihr Vater, einen Meter achtundneunzig groß, sechsundsechzig Jahre alt, strahlend weiße goldbestickte Damast-Gandoura, mit der Erhabenheit und Strenge eines Fürsten auf Heimatbesuch, vor ihm sein Diener. Innocent Patongs hohe Gestalt überragte alle anderen. Nur jemand wie er, mit seiner Selbstgewissheit, mit dem Bewusstsein seiner stattlichen Erscheinung, konnte in diesem Gestrüpp, in das er seit über zwanzig Jahren keinen Fuß mehr gesetzt hatte, ein so prachtvolles Kleidungsstück tragen. Dagegen glich Tashun in seinem schwarzen Anzug, dem schwarzen Hemd den Bestattern des Beerdigungsunternehmens *Le Dernier Sourire*, die die Nachhut bildeten. Es war neun Uhr morgens, frisch und windig, die Farbe des Tages pechschwarz. Mit einem Blick zum Himmel hatte der junge Guide ihnen versichert, dass es nicht regnen würde. Weder heute noch morgen. Das war, was sie brauchten, zwei Tage, an denen der Himmel bedeckt, bedrohlich bleiben durfte, solange nur kein Tropfen fiel. Mama Récia hatte zur Abwehr schlechter Witterung neben einem Holzfeuer eine Messerklinge bis zum Griff in die Erde gebohrt.

Die Exhumierung war der Familie vorbehalten. »Zum Glück«, tobte Tashun, als er sich mit den Füßen in einer Liane verfing. Innocent Patong gehörte zur Familie. Die anderen, der Bürgermeister Édouard Limu – inzwischen wie erwartet Mitglied der MPA und Tashuns Mitkandidat bei den Gouverneurswahlen –, der Präfekt, die Bestatter von *Le Dernier Sourire*, die Totengräber – Häftlinge im Arbeitsdienst mit ihrem Aufseher – zählten nicht. Die Gäste, die zahlreichen Gäste würden am Abend oder am nächsten Morgen vor der Messe eintreffen. Ihr Mann hätte es ihr nicht verziehen, dass sie seinen neuen Freunden ein solches Spektakel bot. Die Vorbereitung seiner Wahlkampagne und seine Aufgaben als Präfekt hatten ihn so sehr in Anspruch genommen, dass er sich nur gelegentlich über ihre Vorkehrungen informiert hatte. Seine Besuche in Fènn dienten der Aufstellung seines Teams, der Nominierung seiner Mitkandidaten und von ihrem Vater eingefädelten Treffen mit einem Honoratioren hier, einer Führungsriege da. Katmé versuchte, sich an Samys Zitat über die Vorsicht zu erinnern: *cautela* ... *non* ... etwas ... Wer hätte ihr geglaubt, dass sie den Weg hatte säubern, einen Zugang zum Grab hatte anlegen lassen wollen? Sie hatte gedacht, dafür wäre noch Zeit. Sie hatte gedacht, dafür wäre genügend Zeit, dann war es ihr entfallen. Kizito und sie hatten so viele Wege ausgekundschaftet, um Samy aus dem Zentralgefängnis zu holen, dass es nicht verwunderlich war, dass sie den zu Madeleines Ruhestätte vergessen hatte. Seit dem Tag, an dem hinter Samy die Zellentür ins Schloss gefallen war, hatten sich ihre Prioritäten verschoben und die hochtrabende Zeremonie, die Tashun sich wünschte, war wieder zu dem geworden, was sie anfangs gewesen war, was sie nie aufgehört hatte zu sein, eine Last, von der sie nicht wusste, wie sie sich ihrer entledigen konnte.

Ihr Vater, der bisher die Gelassenheit und Größe in Person gewesen war, schimpfte mit dem jungen Guide: »Führst du uns etwa ans Ende der Welt? Seit mindestens dreißig Minuten behauptest du, wir wären gleich da, wir sind nicht bei so guter Gesundheit wie du, junger Mann!« Katmé sah, dass Mama Récia sich zornig auf die Unterlippe biss – bei ihr ein untrügliches Zeichen für größtmögliche Verärgerung. Sie musste es ihr schrecklich übelnehmen, dass sie ihr nicht vorher Bescheid gegeben hatte, dass Innocent Patong dabeisein würde.

»Wir sind bald da, Papa«, antwortete der Guide. Zum Beweis, dass er die Wahrheit sagte, hob er die rechte Hand, formte einen Ring mit Daumen und Zeigefinger und spreizte die übrigen Finger ab.

»Was heißt denn bald?«

»In weniger als zehn Minuten, Papa.« Die Blicke, die ihre Tante ihrem Vater zuwarf, wurden immer vernichtender. Katmé konnte sich leicht denken, was Mama Récia nach so vielen Jahren, seit dem letzten Wiedersehen mit ihrem Vater, durch den Kopf ging. Bestimmt hatte sie bemerkt, dass ihm die Zeit weniger zusetzte, als sie es vermutet hatte, dann sein Alter überschlagen und an ihre seit zwanzig Jahren unter der Erde liegende Schwester gedacht; und er, strotzend vor Stolz über dem blendenden Weiß seiner Damast-Gandoura, lebte, lächelte sein hochmütiges Lächeln eines ausgedienten charismatischen Dandys. Ein Charisma, mit dem er seine Schandtaten übertünchte. Mama Récia las nur die Bibel und Heiligengeschichten. *Das Bildnis des Dorian Gray* hatte sie nicht gelesen. Katmé war jedoch überzeugt, dass die unstete Seele, die ihre Tante ihrem Vater zuschrieb, etwas von Wildes Romanfigur hatte.

Ihre Verwandtschaft väterlicherseits und mütterlicherseits hasste sich mit Leidenschaft und Methode. In Madeleines Sterbezimmer – einem scheußlichen Raum mit pissgelbem Neonlicht, rissigen Wänden und blätternder Farbe – warfen sich die beiden Familien unter den betroffenen Blicken der Bestatter gegenseitig Beleidigungen an den Kopf. Madeleine lag auf einem Stahltisch – nackt, leuchtend rot angemalte Lippen, aufgerichtete, vom Eis starre Brüste, pomadig glänzendes Schamhaar, verrutschte Perücke – und wartete darauf, dass man über ihr Schicksal entschied. Beide Familien wollten sich mit ihrer für die Tote gekauften Ausstattung durchsetzen. Katmé sah wieder ihre linke Hand mit dem weißen Handschuh vor sich, die sie in die eiskalte Hand ihrer Mutter geschoben hatte, ihr hellrosa Kommunionskleid, die drückenden neuen Schuhe, die der Direktor des Gymnasiums, an dem Madeleine unterrichtet hatte, für sie gekauft hatte, ihre rechte Hand in der von Sennke, sie beide vor dem papayafarbenen Körper ihrer Mutter wie zwei Geflüchtete an einem imaginären Zufluchtsort, um dem Gefeilsche zu entgehen, das um sie herum im Gange war. Mama Récia und ihre Töchter trugen mit ihrem Kleid den Sieg davon. Sie streiften Madeleine eine mit Glitzersternchen verzierte

Brautrobe aus weißer Spitze über; niemand wäre verwundert gewesen, wenn das Kleid wie Weihnachtsdeko zu blinken angefangen hätte. Außerdem war Dezember. Innocent Patong errang das Recht, eine billige Kiste aus Holzimitat zu benutzen, die erkennen ließ, wie zäh er mit dem Schreiner des Bestattungsinstituts hatte verhandeln müssen. Griffe mit knalliger Vergoldung, Polster aus Kunstsatin, lächerlich dünner Zinkeinsatz, zu eilig getrockneter Lack; ihr Vater disqualifizierte sich damit selbst. Nicht jedoch, weil er sich an die von ihm vermuteten finanziellen und ästhetischen Standards ihrer Familie mütterlicherseits angepasst hatte, sondern schlicht und ergreifend deshalb, weil der Sarg zu eng für den Leichnam war. Er hatte nicht bemerkt, dass Madeleine in den letzten Jahren immer mehr zugelegt hatte. Ihr Vater setzte die leicht verärgerte Miene desjenigen auf, der aus Höflichkeit nur eine Nebenrolle hatte spielen wollen; und der sich nach dem Verweis in die Reihen des Publikums, unter die Anonymen, elegant verbeugt.

Der Guide blieb abrupt stehen. Zeigte mit dem Finger – ja, worauf eigentlich? Einen Hügel? Einen Erdbuckel? Eher unbestimmbare Trümmer. Reste von Beton, Eisen, Gestängen, die ohne die Wachsamkeit des jungen Mannes niemandem aufgefallen wären. Das Grab ihrer Mutter. Offen. Für die Vegetation. Für den Wind. Für die Sonne. Für den Regen. Kein Name, kein Kreuz, keine Inschrift. Sie spürte, wie sich etwa zwanzig anschuldigende Augenpaare auf sie richteten. Welche Tochter des Fènn, sofern sie keine Abscheulichkeit der Natur war, konnte das Grab der Frau, die sie geboren hatte, so vernachlässigen? Ein Gestreiftes Borstenhörnchen streckte den Kopf aus dem Loch und löste ein panikartiges Zurückweichen aus. Tashun erwischte Katmé gerade noch an der Taille und schlang energisch den Arm um sie; Sennke wankte und klammerte sich an den Arm von Édouard Limu; Mama Récia stieß einen spitzen Schrei aus – nicht aus Hysterie, sondern als Auftakt des Klagekonzerts. Vier ihrer Söhne kreischten, ihren Händen entglitt der teure Sarg aus grauem Ebenholz, den Djamas Schreiner erfindungsreich und feinfühlig mit Intarsien verziert hatte. Der Kasten aus dem seltenen Holz – »Graues Ebenholz gewinnt man beim Schlagen von Jungbäumen«, hatte Djama ihr erklärt – war nun völlig verbeult. Mama Récia schlug sich auf die Brust, raufte sich die Haare. Warum eigentlich war Katmés Tante, die bei jeder Gelegenheit heiße Tränen über den vorzeitigen Tod ihrer kleinen Schwester vergoss, auch nie an deren Grab zurückgekehrt?

Ein Stachel bohrte sich in Katmés Herz. Innocent Patong wischte sich eine nicht vorhandene Träne aus dem Augenwinkel, danach legte er unbeholfen eine Hand auf die Haube von Sennke, die aufrichtig weinte; sie schüttelte sie ab. Tashun reichte ihr mit offenkundig ernstem Gesicht ein Taschentuch, das wie sein Hemd und seine Schuhe seine Initialen trug; sie lehnte es ab. Er benutzte es dennoch, um damit das Rinnsal unter Katmés Nase abzuwischen, und beschmutzte dabei seinen teuren, maßgeschneiderten Anzug. Mama Récia hatte sich vornübergebeugt, massierte sich die Waden und summte eine Melodie, in die ihre zwölf Kinder, deren Ehepartner und erwachsene Kinder im Chor einstimmten. Der Bürgermeister, der Präfekt und sogar die Angestellten von *Le Dernier Sourire* machten den Umständen entsprechende Gesichter. Das Wiedersehen mit Madeleine zwanzig Jahre später war letztendlich für alle bedrückend – jedenfalls dem Anschein nach; nur die fünf Totengräber – für ihre Leistung entlohnte Strafgefangene – und ihr Aufseher warteten ungeduldig auf das Startkommando. Mama Récia, deren praktische Veranlagung nie versagte, nahm die Dinge in die Hand und befahl, das Grab zu öffnen. Zu öffnen, weil man es so sagt. Plattenreste hier und da, insgesamt recht wenig, geschlossen konnte man es nicht nennen. Mama Récia versicherte, sie würde absolut überzeugt sein, dass es sich um das Grab ihrer Schwester handle, sobald der Dolch gefunden sei – denn alle Skelette ähneln sich, nicht wahr? Der Bürgermeister und der Präfekt baten um einen Moment der Stille. Sie versuchten, zusammen die amtliche Genehmigung der Exhumierung von Madeleine Lapteu zu verlesen. Der ungleichmäßige Rhythmus, die sich überschneidenden, unterbrechenden, wiederholenden Sätze glichen einer Lachnummer. Niemand lachte.

Beim ersten Hieb mit der Hacke schlug sich ihre Tante erneut heftig auf die Brust. Katmé beobachtete gebannt ihren spektakulären Kummer. Der Grund, warum ihre Tante nie ans Grab ihrer Schwester Mado zurückgekehrt war, versteckte sich im Hinterhof ihrer verhärteten Christinnenseele. »Haltet euch von der Sünde fern, liebe Kinder.« Man geht nicht ans Grab einer Sünderin. Katmé erinnerte sich an Mama Récias Worte im Krankenhaus, als ihre Mutter gerade die Augen geschlossen hatte. »Segnet unseren Herrn Jesus Christus, eure Mutter hat vor ihrem Tod viel gelitten. Der Herr hat sie gereinigt. Durch ihr Leid hat sie das Paradies erlangt, gelobt sei Gott, sie wird nicht in die Hölle kommen!« Madeleine hatte in der Todsünde gelebt, da sie außerhalb des heiligen Ehebundes eine Beziehung zu Innocent Patong gehabt hatte. Aus diesem Grund, um sie zu »reinigen«, hatte Mama Récias Gott es so eingerichtet, dass das Auto ihrer Mutter mit dem Lastwagen eines betrunkenen Fahrers zusammenstieß, dass sie nicht sofort tot war, sondern aus ihrem Fahrzeug geschleudert wurde, dass sie mit einem Zipfel ihres Kleides daran hängen blieb, während ihr Körper auf der Straße aufschlug, dass sie dann bei vollem Tempo, mit der teuflischen Geschwindigkeit ihres wild gewordenen Autos, auf dem Rücken über die Straße weitergeschleift wurde, dass die Haut am Rücken, das Fleisch von der Halswirbelsäule bis zum Steißbein aufgerissen wurde, dass ihr Auto schließlich in einem nicht ans Stromnetz angeschlossenen Dorf zum Stehen kam, in dem ihr die Bewohner Schmuck und Geld raubten, dass das Krankenhaus, in das ein Busfahrer sie brachte, der hilfsbereiter als die anderen war, die Behandlung ablehnte, solange ihre Familie keinen Vorschuss für die lebensnotwendige Behandlung zahlte, dass die Ärzte erst zwei Tage später eine innere Blutung feststellten, dass kein Analgetikum die entsetzlichen Schmerzen in ihrem Rücken, in ihrem ganzen Körper lindern konnte, dass sie brüllte, bis sie eine heisere Grabesstimme bekam, dass die Ärzte am dritten Tag feststellten, dass ihre unteren Gliedmaßen für immer gelähmt sein würden, dass sie am dritten Tag Blut pinkelte, dass ihre Stimme am dritten Tag nach so viel Gebrüll, nach so viel Qual, nach so viel Weinen vollständig versagte. Mama Récias Gott, Choreograph der Marter, Regisseur der Erlösung.

Beim zweiten Hieb mit der Hacke kam Erde ins Rutschen und zog Beton und Eisen ins Loch hinab, Katmé löste sich von Tashun und rief, sie sollten vorsichtig sein. »Das sind Gebeine, Liebling. Wir werden sie säubern. Sie müssen sich beeilen, sonst verlieren wir Zeit.« Ihr Vater hatte ihr ins Ohr geflüstert. Sie hatte nicht bemerkt, dass er neben sie getreten war. Er legte ihr den Arm um die Schultern. »*Soubanalaï!* Beeilt euch!«, wandte er sich an die Grabenden, die innegehalten hatten, »Sonst stehen wir noch den ganzen Tag hier.« Ihr Vater kannte den Wert der Zeit. Wer nicht exakt den Preis einer verstreichenden Sekunde berechnen kann, häuft weniger Vermögen an. *Gebeine.* In den letzten Monaten hatte sie die Frau wiedergesehen, die vor ihrem Tod auf so böswillige Art hatte leiden müssen, die kaum mehr als zehn Jahre Mutter gewesen war und nie Großmutter sein würde; die Frau, die nicht dagewesen war, als sie zum ersten Mal ihre Periode hatte, ihre ersten Zweifel, ihren vielfachen Kummer, ihre wenigen Freuden; die Frau, die aufrecht auf ihrer Vespa saß, eine furchtlose Reisende, die um die Welt gefahren, aber nicht auf ihrer Hochzeit gewesen war; die Frau mit den kastanienbraunen Augen, mit der papayafarbenen Haut, die vor Gesundheit, vor Kraft strotzte, die Autorität, die Sennke und sie nicht hatte beschützen können vor der Gewalt, vor den Schlägen, vor der körperlichen Qual, mit der Mama Récias älteste Tochter Rosine ihnen zusetzte, sobald ihre Tante ihnen den Rücken kehrte. Die verpassten Gelegenheiten, die verfehlten Träume, die unhörbaren Fragen, die unverdaute Wut zogen in ihrer Erinnerung an ihr vorbei. Nach zweihundertvierzig Monaten Exil erhielt ihre Mutter wieder Zutritt zu ihren Gedanken. Madeleine, voller Leben, dann tot, steif, nackt im Sterbezimmer, vor schamlosen Blicken aufgebahrt, dieses Bild konnte sie jederzeit abrufen. Aber nie, niemals hatte sie sich ihre Mutter als *Gebeine* vorgestellt. Daran erkannte sie ihren Vater. Innocent Patong, ein Mann der Tat, belastete sein Vokabular mit nichts Überflüssigem.

Als das Grab freigelegt war und sie sich nach vorne beugte, sah sie, mit Erde vermischt, die besagten Gebeine. Drei der Totengräber sprangen hinunter – es gab keine Leiter. Die beiden anderen warfen ihnen Schaufeln zu, die sie im Flug fingen. Im Gegenzug warfen sie ihren Kollegen etwas zu, was wie ein Oberschenkelknochen aussah. Sennke und Mama Récia heulten. »Fluch! Fluch über euch!«, wetterte ihre Tante, »Ihr seid verflucht!« Die Strafgefangenen verstanden nicht, was man ihnen vorwarf, sie sahen zu ihrem Aufseher hoch, der sich an Tashun wandte und bat, die Familienmitglieder »möchten doch ebenfalls Hand anlegen«. Mama Récias Söhne – die, dank denen der Sarg aussah, als hätte man ihn funkelnagelneu aus dem Sperrmüll geholt – traten an den Rand, legten sich auf die Erde, streckten die Arme ins Grab. Mit bloßen Händen nahmen sie die Knochen von Madeleines aufgelöstem Skelett entgegen und reichten sie an die beiden Totengräber weiter, die sie den Bestattern übergaben. Diese trugen Handschuhe und reinigten die Knochen mit Tüchern, bevor sie sie im Sarg zusammensetzten. Katmé schniefte. Tashuns von Rotz und Tränen durchtränktes Taschentuch konnte nichts mehr aufnehmen. Man fischte die armseligen Fetzen des einst glitzernden weißen Kleides herauf, ein Viertel der Perücke, die Hälfte eines Handschuhs. Katmé schluckte die schleimige Flüssigkeit, die ihr aus der Nase über Lippen, Kinn und Hals rann, nicht mehr hinunter. Ihr Vater schlang den Arm fester um ihre Schultern. Tashun reichte ihr ein sauberes Taschentuch, das nun zu dem Schal passte, den er trug, und mit den Farben der Partei und dem Konterfei des Präsidenten beflockt war; die Kampagne für die Gouverneurswahlen begann in zwei Tagen, am Montag. Man fischte einen rostigen Silbergriff herauf, eine schartige, angelaufene Klinge. »Der Dolch! Sie haben den Dolch gefunden!«, jubelte Mama Récia. »Es ist Mados Grab, gelobt sei Jesus Christus, es ist Mados Grab!«

Der Dolch. Katmé hatte ihn nicht vergessen. Bevor in der Leichenhalle der Sarg geschlossen worden war, hatte ihre Tante das schwertartige Messer in die steife rechte Hand ihrer Mutter gelegt, damit sie sich verteidigen konnte, falls jemand – sagen wir, beispielsweise, Innocent Patong – ihren Leichnam entwenden, sie wiedererwecken und in einer Parallelwelt für die Herstellung von Gütern benutzen sollte, die er in der hiesigen Welt besitzen würde. Wer's glaubt. In ihre linke Hand hatte man bereits einen Rosenkranz gelegt. Der Marabout, mächtige Stirn, Stiernacken, abgenagte Nägel und Nagelhaut, verteilte eine zähe braune Creme auf dem Gesicht der Toten; unter ihrem Körper den Inhalt einer schwarzen Phiole. Mit Zauberformeln beschwor er den unwiederbringlichen Tod von Madeleines »mystischem Mörder« neun Tage nach der Beerdigung. Zum Schluss leckte er vom einen bis zum anderen Ende den Dolch ab und überreichte ihn auf beiden Handflächen Mama Récia. Rosenkranz in der Linken, Dolch in der Rechten, Madeleine würde die Wahl zwischen den beiden Waffen haben, falls man in ihrem ewigen Schlaf Streit mit ihr suchte. Der Dolch würde sich auf Innocent Patong richten. Denn sein Wohlstand – wie allseits bekannt – beruhte darauf, dass er gutgläubige Seelen an die dunklen Mächten auslieferte, denen er diente. Wer's glaubt. War es beim Versuch, näher an die Hände der Verstorbenen heranzuzoomen, dass der Mann, der mit einer Kamera auf der Schulter ganz hinten im Raum auf einem Stuhl stand und bislang unbemerkt die Szene von oben filmte, ins Taumeln geriet? Jedenfalls verriet das Knarzen der wackeligen Erhöhung, auf die er zum Filmen der Zeremonie geklettert war, seine Anwesenheit. Katmé erinnerte sich an die bestürzten Gesichter von Mados Vorbereitungskomitee für ihre Odyssee im Jenseits. »Wir haben alle darum gebeten, den Raum zu verlassen. ALLE! Außer den Kindern und engsten Angehörigen der Verstorbenen. Was machen Sie da?« Der Marabout war bleich. Seine Stimme bebte vor Wut. Der Besitzer der Videokamera, formbetont gekleidet in ein weißes Poloshirt und eine schwarze Jeans mit Schlag aus Waxprint, hatte keine Zeit zu antworten, Amédée trat kräftig gegen den Stuhl; Mann und Ausrüstung stürzten vornüber. Man beschlagnahmte die Kamera, und Amédée zerkratzte das Aufnahmeband mit den Zähnen. »Was für eine Schande! Christen, die Hexerei betreiben«, brüllte der Mann, während man ihn mit Tritten in den Hintern zur Tür hinausbeförderte. »Und ihr wollt Kinder Gottes sein? *Minalmi!* Euch erwartet die Hölle. Teufelsbande!« Kaum war er draußen, schimpfte er hemmungslos über die blasphemische Zeremonie, der er soeben beigewohnt hatte.

Mama Récia und ihre Töchter, »die Weihwasserfurien«, wie ihr Vater sie nannte, schien nichts zu absurd, nicht einmal die Vorstellung, man könnte, einmal tot und beerdigt, von unheilbringenden, gierigen Mächten in einer anderen Welt wieder ausgegraben, zum Leben erweckt und versklavt werden, um nutzbringende Schätze für die greifbare Welt zu produzieren. Wer's glaubt. Beim ersten Begräbnis ihrer Mutter gab es also offiziell den Priester, Mann Gottes, Vertreter der Kirche, Verehrer von Hostie und Messkelch; und im Stillen einen Marabout, die Brust geschmückt mit Kaurimuscheln unter seinem großen roten Boubou, offiziöser Lieferant von Dolch und schützender Wundercreme. Neun Tage nach der Beerdigung war Innocent Patong nicht nur nicht tot, sondern fuhr wie das blühende Leben in meteorblauer Safarijacke, passend zu seinem

Lexus, bei Mama Récia vor und gab ihr »ein bisschen Geld für die Kinder«. Ihre Tante hatte nicht den Mut, auf das »Teufelsgeld« zu verzichten, und bat ihn lediglich, die Scheine auf dem Tisch im Esszimmer abzulegen, damit sie weder seine Hände noch eine andere Stelle seiner Haut berühren musste. Nachdem Katmés Vater gegangen war, versprühte sie eine Mischung aus Lourdes-Wasser und heiligem Öl aus Jerusalem über die Scheine, deklamierte ein Dutzend »Gegrüßet seist du Maria« und erklärte der Hausgemeinschaft, dass Innocent Patong durch den Diebstahl von Erde an Mados Grab die Pläne des Marabout durchkreuzt hatte. »Damit hat er die Arbeit von unserem Marabout zunichtegemacht, er hat die Erde von Mados Grab seinem eigenen Marabout übergeben, und sie haben alles gestoppt. Arme Mado, Gott allein weiß, wo sie jetzt ist.« Wenn man der Argumentation ihrer Tante aufmerksam folgte, so war Madeleine zugleich ein Opfer göttlichen Zorns und menschlicher Verhexung. Arme Madeleine, von allen Seiten umzingelt. Ihre Tante hätte gestaunt, wenn man sie auf ihren erschreckend wendigen Synkretismus hingewiesen hätte.

Katmé schnäuzte sich ins Gesicht des Vaters der Nation und beschloss, dass sie genug geweint hatte. Sie warf einen Blick auf Sennke. Ihre kleine Schwester weinte in Mama Récias Armen, ohne sich zurückzuhalten, ohne darüber nachzudenken, wie viele Tränen in der Anwesenheit Dritter hinnehmbar wären, ohne zu erwägen, dass man nicht schwach und zerbrechlich wirken sollte wie die jämmerliche Grabplatte, die mit der Zeit verwittert war und ohne großen Widerstand nachgegeben hatte. Fünf Monate nach Madeleines Tod hatte ihre Tante Sennke und sie zu einem anderen Marabout gebracht, der »schrecklich mächtig«, mächtiger noch als der in der Leichenhalle, sein sollte. Papa Vérité ritzte ihnen die Haut über dem Solarplexus, unter den Brüsten, auf dem Unterleib und den Pobacken; *Panzerung*, Schutzschild gegen Hexerei, vollführt mit einer in ein blutiges, übelriechendes Gebräu getauchten Rasierklinge. Er ließ einen Eimer Wasser bringen und sagte ihnen, sie sollten mit äußerster Konzentration auf den Grund des Gefäßes blicken. Da sie nichts anderes als Wasser und das Plastik des Eimers sahen, wurde er wütend, sprach heilige Formeln und erklärte schließlich, sie hätten es verpasst, ihre Mutter »diesmal ihren richtigen Tod sterben zu sehen«. Ihre Mutter arbeite als Köchin »in der mystischen Welt, der Welt der Reichen dieses Landes, zu der euer Vater gehört«. Er, Papa Vérité, habe sie soeben wahrhaftig getötet, niemand würde mehr von ihren unübertroffenen Kochkünsten profitieren. Mado beginne heute ihre wahrhaftige Wanderung durch Gottvaters Fegefeuer und werde bald das Paradies erreichen. Er, Papa Vérité, werde das von Innocent Patong angehäufte Vermögen im Reich der Finsternis zerstören, sie sollten sich also darauf vorbereiten, den Ruin ihres Vaters zu erleben, in weniger als drei Monaten werde er auf der Straße gelandet sein. Drei Monate später war der einzige bemerkenswerte Umstand in ihrem Leben eine schwere Lungenentzündung, von der sie sich nur langsam wieder erholten, nachdem sie zur Regenzeit zwei Stunden im Höschen und mit nackter Brust im Mondschein gestanden und sich vom »schrecklich mächtigen« Papa Vérité die Haut hatten verstümmeln lassen.

Katmé befreite sich aus der Umarmung ihres Vaters, ging zu ihrer Schwester, nahm ihre Hand. Ihre Finger erkannten einander, verhakten sich instinktiv. Wie in ihrer Kindheit, wenn sie einer Bestrafung standhalten, ein Wunder beschwören wollten; wie im Krankenhaus am Todestag ihrer Mutter, als sie davon überzeugt waren, sie könnten sie ins Leben zurückholen; oder auch später, wenn sie ihren Vater wiederhaben wollten, der sich auf den Spitzen seiner Weston-Richelieu-Schuhe aus ihrem Leben davongestohlen hatte. An diesem Morgen, am Rand des verfallenen Grabes ihrer Mutter, würden ihre ineinander verknoteten Finger sie vor dem Zusammenbruch bewahren.

Katmés Augen juckten. Die Tränen kullerten nicht mehr. Sie würde kämpfen und die Tränenschlacht gewinnen. Zuerst diese hier. In letzter Zeit hatte sie viel zu oft verloren. Und am Montag, am Montagnachmittag, einen Tag nach der zweiten Beerdigung ihrer Mutter, würde sie, wenn alles gutging, ein weiteres Mal gewinnen. Nach vier Monaten und sieben Tagen würde Samy endlich das Zentralgefängnis verlassen.

Die Sonne drang zögerlich durch das Laub der Bäume. Bald war Mittag. Der junge Guide warnte, »Punkt Mittag, Punkt zwölf« würde alles gestoppt und das Ende der Exhumierung auf den Folgetag verschoben. Niemand wusste, warum Beerdigungen oder Exhumierungen im Haut-Fènn unter allen Umständen am Vormittag stattfinden mussten. Eine Regel, die ebenso wie das Verbot für Frauen, nach der Hochzeit Hühnermägen zu essen oder sich auf dasselbe Bett wie ihre Mutter zu setzen, alle einhielten, ohne nach deren Ursprung oder Sinn zu fragen, und die Katmé schon immer lächerlich gefunden hatte. Angeblich hatte eine Familie es gewagt, ihren Toten um halb eins zu beerdigen; über den Himmel waren Blitze gezuckt, das jüngste Kind des Verstorbenen wurde getroffen, die Familie hatte statt einem zwei Angehörige beerdigt. Jeder in Fènn kannte diese Geschichte und niemand wagte es, sich dem Verbot zu widersetzen. Wenn die Formalitäten vor der Beerdigung, Messe, Reden, Zeitzeugenberichte, Danksagungen, Trommeln, Klagen, Singen, nicht vor der Schicksalsstunde abgeschlossen waren, verschob man sie auf den Folgetag. Um der langen Totenwache, die sie an diesem Abend erwartete, zu entgehen, hatte Katmé versucht, die Exhumierung und die Beerdigung auf nur einen statt auf zwei Tage zu legen. Trotz ihrer Beharrlichkeit, ihrer Argumente, von denen einige plausibel waren (zum Beispiel würde es Kosten sparen, nicht zwei Tage lang ganz Fènn zu bewirten), waren Tashun, Innocent Patong, Mama Récia, der Bürgermeister und Djama vehement dagegen gewesen. In der Einladung stand:

Totenwache am Samstagabend.
Messe am Sonntag um 10 Uhr.
Beerdigung. Imbiss.
Am Montag um 11 Uhr Einweihung des Gesundheitszentrums
Madeleine Lapteu und eines Autobahnabschnitts
zwischen Fènn und Akriba in Anwesenheit der administrativen
und traditionellen Vertreter
der Provinz und der obersten Behörden.

»Ein Verbot missachten, eine so groß angelegte Zeremonie hinschludern, und wozu bitte? Um Hühnerschenkel und Erdnüsse zu sparen?«, hatte Tashun ärgerlich erwidert. Also wirklich, das sei doch nicht ihr Ernst!

Zwei grüne Mambas waren auf die boshafte Idee gekommen, sich heimtückisch zwischen die Versammelten zu schlängeln, die Machete des jungen Guides hatte leichtes Spiel mit ihnen und zerhackte sie in zwei Hälften. Niemand hatte Zeit gehabt, sich zu fürchten. Nun lagen sie wie vier leuchtende Lianenstücke neben dem Sarg. Die Gestreiften Borstenhörnchen dagegen bekamen eine Vorzugsbehandlung. Sie stellten sich auf die Hinterbeine und beobachteten neugierig die Szene. Sobald ein Totengräber mit siegessicherer Stimme einen neuen Knochenfund verkündete, machten sich die Ängstlichsten unter ihnen aus dem Staub. Die anderen blieben stehen, hoben und senkten das Köpfchen im Rhythmus der Schaufeln, die auf der Suche nach Madeleines Knochen das Loch umgruben. Mama Récia, Sennke und Katmé folgten wie die Gestreiften Borstenhörnchen mit Augen und Köpfen der Schaufelbewegung. Die Totengräber hatten sie bereits mehrmals ermahnt, vom Rand des Grabes zurückzutreten, die lockere Erde unter ihren Füßen könne jeden Moment nachgeben, außerdem würden sie die Arbeit behindern. Die Männer schaufelten mit nackten, schweißüberströmten Oberkörpern, die Hosen fest um die Taille gegürtet, und fühlten sich von den Vorarbeiterblicken der drei Frauen gestört. Die beiden Schwestern überwachten jeden Handgriff, schimpften, wenn eine Schaufel aus Versehen gegen ein Fingerglied stieß, erkannten, benannten, zählten die Skeletttteile. Die anderen Familienmitglieder hatten sich auf einem Flecken Gras, einem großen Stein oder einem Baumstamm niedergelassen. Dass Innocent Patong sich so prächtig gekleidet hatte, rächte sich nun; die roten Erdflecken auf seiner blütenweißen Gandoura erinnerten an das Kleid einer Braut, die von ihrer Periode überrascht wurde. Er saß auf einem Baumstamm neben Tashun, dem Bürgermeister und dem Präfekten und wirkte trotz seines besudelten Gewands wie ein Dorfvorsteher mit seinen Beratern vor einer Audienz. Ihr Vater gehörte wie Tashun zur Spezies der Unverwüstlichen, die entschlossen sind, das Leben in die Knie zu zwingen, es bis zum letzten Zug auszukosten. Das Gegenteil von Madeleine. Ihre Mutter gehörte zu dem Gesindel, mit dem das Leben Schindluder treibt. Neununddreißig Jahre und entsetzliches Leid. Neununddreißig Jahre und ein erbärmliches Ende. Neununddreißig Jahre und eine Beerdigung zum Schlussverkaufspreis.

Der Aufseher gab das Zeichen, die Arbeit zu beenden, man räumte das Feld. Katmé und Sennke knieten sich vor den Sarg ihrer Mutter und inspizierten das Skelett. »Es ist nicht vollständig.« Zehen- und Fingerglieder, Wadenbeine, Ellen, Rippen, Wirbel, da fehlte etwas. »Wir schließen den Sarg, sobald das Skelett vollständig ist«, sagte Katmé. »Suchen Sie weiter«, entschieden die Schwestern im Chor. Der Aufseher drehte den Kopf zu Innocent Patong und Tashun, blickte sie flehend an. Er hatte begriffen, dass jeglicher Rückhalt, sofern er darauf hoffen durfte, von dieser Seite kommen würde. Die schwitzenden Strafgefangenen hatten das Kinn auf die Stielenden ihrer Schaufeln gestützt und warteten. Sie hatten die Erde hin- und hergewendet, sie hatten Hacke und Schaufel beiseitegelegt, um die eingeschlossenen Knochen mit bloßen Händen zu suchen, sie wollten nicht mehr.

»Und was machen wir, wenn wir nicht alle Knochen finden?«, antwortete Tashun auf die stumme Bitte des Aufsehers an Katmé gewandt.

»Sie sind da«, sagte sie, »solange auch nur einer fehlt, werde ich diesen Ort nicht verlassen.«

Sennke nickte zustimmend und verstärkte den Griff, mit dem sie einander an den Händen hielten. Innocent Patong hatte kein Wort mehr gesagt, seit er die Totengräber zur Eile angetrieben hatte. Er stieg von seinem Thron, nahm Katmé zur Seite. Mama Récia erriet seine Absichten und mahnte: »Ich warne euch, wir und unsere Kinder sind verflucht, wenn wir Madeleines Überreste hierlassen. Die Autobahn wird hier entlangführen, wir dürfen nicht zulassen, dass die Autos über sie drüberfahren.«

»Schätzchen«, sagte Innocent Patong und warf Mama Récia einen verärgerten Blick zu, »wir müssen uns damit abfinden, ohne ein Wunder können wir kaum alle Gebeine finden.«

»Dann warten wir auf das Wunder, Papa.« Drängend wandte sie sich an die Strafgefangenen: »Bitte grabt weiter, wir werden nichts hierlassen.«

Es tauchte etwas auf, was wie ein Oberschenkelknochen aussah. Der Angestellte von *Le Dernier Sourire*, schwarzer Anzug und schwarze Handschuhe, der das Skelett wie ein Menschenpuzzle nach und nach im Sarg zusammensetzte, hüstelte. Sollte Madame Préfètes Mutter nicht drei Oberschenkelknochen besessen haben, so war es einer zu viel. Katmé betrachtete das Skelett ihrer Mutter: zwei Oberschenkelknochen. Von den dreien musste einer zu einem Wildtier gehören.

»Ein Sieb, wir brauchen ein Sieb, wir müssen die Erde sieben. Wir müssen ein Sieb besorgen, ein Maurersieb«, sagte sie und sah Tashun an, der inzwischen mit ihrem Vater und den anderen Familienmitgliedern im Kreis um das Grab herumstand. »Du weißt schon, so eins, wie sie es beim Hausbau benutzt haben.«

»Sehr schön, Katmé. Wir brauchen ein Sieb. Ein Maurersieb. Und wo bekommen wir dieses Maurersieb her!? Wenn du die Exhumierung deiner Mutter anständig vorbereitet hättest, anstatt im Zentralgefängnis die Stimmungskanone zu spielen, würden wir jetzt nicht so dastehen. Du hättest vorher dran denken müssen. Vorher! Verdammt noch mal!«

»Kommt schon, Kinder, regen wir uns nicht auf«, sagte Innocent Patong beschwichtigend.

»Katmé, sei vernünftig«, sagte Tanga, einer von Mama Récias Söhnen. Sie warf ihm einen vernichtenden Blick zu.

Die hellrosa Pfeife, ein zerbrochenes Kinderspielzeug, trillerte zuerst zaghaft, dann immer lauter. Mittag. Die Gestreiften Borstenhörnchen stoben davon. Die Totengräber rammten die Schaufeln in die Erde und richteten ihre Blicke, von denen vorzeitige Erleichterung und angestauter Groll abzulesen war, auf Katmé. Der kleine Gegenstand zwischen den Zähnen des jungen Guides stockte. Innocent Patong, Tashun, der Aufseher, die Strafgefangenen, der Bürgermeister, die Cousins und Cousinen, der Sarg, die Erdhaufen, das aufgebrochene Grab, die Treiberameisen, der getrocknete Tau, die Bäume warteten darauf, dass Katmé den rechten Arm hob und wieder senkte und damit der Beendigung der Grabungen zustimmte. Was sie tat. Dann suchte sie wieder nach Sennkes Hand und umklammerte sie mit der ihren. Ihre Mutter würde unvollständig in ihrer neuen Ruhestätte aus Marmor und Schiefer liegen, so war es eben. Sie hätte zwanzig Jahre zuvor, im Krankenhaus, als furchtbare Schmerzen sie von ihren Sünden reinwuschen, wie Mama Récia es behauptete, gerettet werden müssen. »Das vollständige Skelett«, als ob das etwas ändern, als ob sie das wieder zum Leben erwecken würde. Man rettete Lebende, nicht Tote, so war es eben. Man konnte Samy retten, Madeleine nicht. Obwohl es Jesus mit Lazarus und Mary Shelley mit Frankenstein gelungen war, hatte man immer noch keinen Weg gefunden, um Tote zum Leben zu erwecken. Tote blieben tot, wurden zu *Gebeinen*. Knochenstücken, die sich in der Erde verirrten, Splittern von Femur, Cubitus, Radius und weiteren *-us*, für die man ein Sieb brauchte, um sie ausfindig zu machen. Ein Leben nach dem Leben, Humbug. *Hic et nunc*, sagte Samy, hier und jetzt. Das war ihr Zehrgeld. Längst hatte sie wie er nach dort oben geblickt und eingesehen: Da ist nichts. Beim Versuch, ihre Tränen zu unterdrücken, entwischte ihr ein Glucksen. Reste von Verzweiflung brachen sich Bahn, Mama Récia! Sie ließ die Hand ihrer Schwester los und umarmte ihre Tante. Dabei musste sie sich auf die Zehenspitzen stellen, ihre von Schluchzern geschüttelte Tante war größer als sie. »Du sagst doch, man soll sich nicht vor dem fürchten, was den irdischen Körper, sondern was die Seele verdirbt, oder, Mama? Ihre Seele ist nicht hier. Wir haben fast alle Teile vom Skelett gefunden, Mama. Den Rest überlassen wir Gott, der Rest gehört Gott, Mama.«

Katmé hörte, wie das Beben in der Stimme ihrer Tante nachließ.

18

SIE HATTEN ZEHN FERKEL (Mama Récia notierte alles in einem kleinen Heft), vier Rinder, fünf Säue, hundertfünfzig Hühner (sogenannte Dorfhühner), siebenundvierzig Meerschweinchen, fünfundzwanzig Ziegen, Dutzende Kartons Champagner und Wein, etwa hundert Ballons Raphiawein, zehn Fässer Palmöl, drei Tanks Bier, gewöhnliche Kola, Bitterkola, fünfundzwanzig Säcke Erdnüsse sowie Kuverts voller Geldscheine bekommen. Die Rückkehr der Dinge. Wie du mir, so ich dir, der endlose Zyklus, den man in Zambuena als Solidarität bezeichnete. Tashun und sie hatten es bei zahlreichen Beerdigungen, Hochzeiten, Taufen ebenso gehalten. Ein älterer Mann mit Scheschia auf dem Kopf stand in der Küchentür und bat Katmé, »kurz zu kommen«. Sie stellte den Emailleteller, auf dem sie Tomaten schnitt, auf die Anrichte, und stieg über Axelle und Alix; die beiden knieten vornübergebeugt auf dem Boden und lernten, Gewürze zu zerstoßen. Draußen erhellte der Mond die schwarze Nacht. Katmé pumpte Luft in ihre Lungen, stieß die Schwüle der Lehmziegelküche aus; ebendort hatte Mama Récia am Morgen neben dem Holzfeuer ein Messer in den Boden gerammt, um den Regen abzuwehren. Den ganzen Tag hatte es nicht geregnet. Nun war es kühl. Die schwarze Teichoberfläche erzitterte unter dem Gesang von Fröschen und Grillen. Vom dreihundert Meter oberhalb gelegenen Hof waren undeutliche Stimmen, Balafonklänge, Chormelodien zu hören. »Von der Tontine der Diaspora des Quartier du Tam-Tam«, sagte der Mann. Säcke voller Mais, Kartons mit Erdnussöl, zwei Widder, die an einem

Eukalyptusbaum festgebunden waren. Sie bedankte sich, kramte in den Taschen ihres Kaba Ngondo, drückte ihm einen Fünftausendfrancschein in die Hand. Er lüpfte seine Scheschia, verbeugte sich und ging. Sie machte ein paar Schritte auf die Widder zu; die Tiere waren schlecht gelaunt und blökten. Katmé wich zurück, sie wollte keinen Stoß mit dem Horn abbekommen. Sie ging weiter ans Teichufer; unwillkürlich wanderte ihr Blick zur gegenüberliegenden Seite. Aleksandres Haus. Eine Glühbirne erleuchtete die Veranda, der Rest lag im Dunkeln. Schon seit einem Monat ging sie nicht mehr, geführt von der zuckenden Flamme einer Petroleumlampe oder dem grellen Lichtkegel einer Taschenlampe, um den Teich – die auffällige Grenze zwischen den beiden Häusern. Nach drei Monaten Beziehung, zwölf Wochen, hatte er verbittert erklärt: »Sie interessieren sich ja doch nur für meinen Schwanz und meine DVDs. Es macht keinen Sinn, dass wir uns wiedersehen, solange Sie sich für eine andere halten.«

Axelle und Alix kauerten noch immer in derselben Position am Boden; auf jeweils einem großen, flachen, ovalen Felsblock quetschten sie mit einem kleinen runden Stein (dem »Kind« des großen) Tomaten und Knoblauch. Dafür waren Übung und Geschick erforderlich, woran es beiden fehlte und was die in der Lehmziegelküche versammelten Frauen zu wehmütigen Scherzen verleitete. Die Küche war auf Mama Récias beharrliche Bitten hin gebaut worden, um traditionelle Gerichte zuzubereiten, die, wie sie behauptete, auf modernen Herden ihren typischen Geschmack verlören. Katmé hatte ihr zustimmen müssen; auf einer Elektrokochplatte entfaltete der Ékoki bei Weitem nicht den gleichen Duft oder Geschmack wie über dem Holzfeuer. Eigentlich gab es für das Essen nach der Beerdigung einen Caterer, aber ihre Tante und ihre Cousinen hatten sich dagegen gewehrt, dass »ein Fremder Hand an traditionelle Gerichte legte«, und einige Frauen aus dem Dorf um Hilfe gebeten. Katmé holte den Teller mit den Tomaten und setzte sich wieder auf den Hocker neben Sennke – Sackkleid, Bluse mit Stehkragen, Kruzifix auf der Brust –, die mit vorbildlicher Geduld Knoblauch schälte.

Kaum dass der Sarg nach der Exhumierung auf dem Altar gestanden hatte, war ihr Vater zusammen mit Tashun ins Quartier de la Montagne geeilt. Dort wollten sie Freunde aus der Hauptstadt abholen. Bevor sie sich aus dem Staub machten, hatte ihre Tante zu »einem kleinen Gebet mit Madeleine« aufgerufen; Mama Récias kleine Gebete dauerten mindestens eine halbe Stunde. Innocent Patong hatte sie angeschnauzt. Gebet und Totenwache seien Frauensache; man habe den Chor, die Balafonspieler, die Klagefrauen engagiert, damit man keine endlosen Gebete über sich ergehen lassen müsse. Mama Récia hatte sich auf die Unterlippe gebissen. Im Hof wurde es immer voller. Man reichte Kaffee, Tee, Erdnüsse sowie Beignets-Haricots mit Maisbrei, man betete, sang, erzählte Anekdoten über Totenwachen und begleitete alle, die »der Verstorbenen gedenken« wollten, ins Wohnzimmer. In einem bernsteinfarbenen Bilderrahmen mit ockergelbem Passepartout erwartete sie Madeleine – Wickelkleid, die Haare zu einem Knoten aufgesteckt, verschmitzter Blick in die Kamera, sprühend vor Leben. Djamas Florist hatte einen Vorhang weißer Blumen für den Sarg entworfen, Lilien, Gardenien, Wunderblumen, Rosen und Margeriten hingen kaskadenförmig herab, zartlila Spitze verschönerte die Wände. Die Sträuße aus Latex oder Polyurethan sowie die Trauerkränze aus Plastik, die Freunde, Unbekannte, verschiedene Vereine und Parteimitglieder geschickt hatten, türmten sich in einer Ecke. Um den Altar standen neun fünfarmige Kerzenhalter. Falls der Strom ausfiel und weil neun laut Djama die Zahl der Trauer war. Sie hatte sich die Dekoration ausgedacht, Katmé hatte sich damit begnügt, die Bestellungen aufzugeben und zu bezahlen.

Mehr schlecht als recht folgten die Zwillinge Mama Récias Anweisungen. »Weniger Kraft, weniger Kraft, die Hand hält den Stein, nicht die Finger, die hohle Hand, jetzt drücken, genau so, quetschen, genau so, drückt, nein, nein, nicht so …!« Sie bemühten sich vergeblich, die schlecht zerstoßene Tomate landete nicht auf dem Teller vor dem großen Stein, sondern auf dem festgestampften Erdboden oder spritzte in alle Richtungen. Katmé und Sennke wechselten Blicke, in denen Erinnerungen an die Großmutter und ihre Lektionen über den »Quetschstein« aufleuchteten. Gemüse und Gewürze auf dem rudimentären Felsbrocken zu Püree oder Pulver verarbeiten. Tomate und Knoblauch für Anfänger; Ingwer, Erdnüsse, Djansang oder Pfeffer für Fortgeschrittene. Die richtige Technik erlangte man durch regelmäßiges Üben. Die Zwillinge, die in Akriba in einem Haushalt mit modernen Elektrogeräten lebten, hatten es überhaupt nicht nötig, sich mit dem Gebrauch des Quetschsteins vertraut zu machen. Vielleicht wollten sie nur nicht wieder im Hof mit den Kindern aus dem Dorf und ihren zahlreichen Cousins und Cousinen spielen. Nach dem dreißigminütigen Gebet Auge in Auge mit der langen Kiste aus grauem Ebenholz, in der das Skelett ihrer Großmutter lag, hatten sich Axelle und Alix entgegen ihrer unabhängigen Natur an den Rockzipfel ihrer Mutter gehängt und wollten sie nicht mehr loslassen.

Die Frauen, etwa zehn, kochten, leerten eine Bierkiste nach der anderen und scherten sich nicht darum, vor der Nonne Sennke und den beiden Mädchen die neuesten unanständigen Dorfgeschichten zum Besten zu geben. Die Frauen bogen sich vor Lachen. Axelle und Alix verstanden nicht, was daran so lustig war, Sœur Marie de la Providence Divine nestelte an ihrem Kruzifix. Katmé kalkulierte eine knappe Stunde, bis der Alkoholpegel der Frauentruppe, die angerückt war, um ihrer Tante bei der Aufwertung der Fènner Gastronomie unter die Arme zu greifen, so hoch sein würde, dass sie sich mit Sennke und den Zwillingen verdrücken konnte, ohne sie zu verärgern. Ihre Tante und ihre Cousinen Rosine und Sokjou würden garantiert ein scharfes Auge darauf haben, dass die Köchinnen nicht die Hälfte der Gerichte mitgehen ließen, wenn sie fertig waren.

Sennke wurde von einem weiteren Spritzer Tomatensaft getroffen. »So könnte man mich jetzt gut anbraten.« Mama Récia zog sich die Strickweste aus, die sie über ihrem Kaba Ngondo trug: »Wisch dich damit ab.« An die Zwillinge gewandt sagte sie: »Das reicht für heute. Wir werden noch oft genug in dieses Haus zurückkommen, ihr werdet den Quetschstein bald besser handhaben als ich.« Die Mädchen standen auf, die Schuhe voll Staub. Mit Tomate und Knoblauch an den Händen klopften sie ihre Samthosen und Mohairpullis ab. Sennke hatte ihr Kleid fast gänzlich gesäubert, als Alix, die um sich herum deutete, um zu zeigen, wie viel Tomate sie zerstoßen hatte, stolperte und den Inhalt des Tellers auf das Kleid verschüttete, während sie sich mit ihrer staubigen Hand an Sennkes Ärmel festhielt, um nicht hinzufallen. Katmé fing an zu lachen. Sennke lächelte zuerst schüchtern, dann fiel sie ins Gelächter ein. Katmé lachte aus vollem Hals. Ihr Umfeld war an ihre schroffe, kühle Art gewöhnt, an ihr Halblächeln, ihre großen undurchdringlichen, trockenen Augen, ihre lakonischen Antworten, ihr langes Schweigen. Darum brachte ihr Lachen, wenn es aus ihr herausbrauch, wenn es explodierte, alle aus der Fassung. Weniger wegen der Unverhältnismäßigkeit des Lachens, was den Gegenstand, die Situation betraf, als wegen der Diskrepanz zwischen einer distanzierten, zurückhaltenden – manche meinten introvertierten – Katmé und diesem plötzlichen Anfall von Heiterkeit, der ihre Zuhörer in Verlegenheit brachte und zum Mitlachen zwang. Sie wischte sich mit dem Handrücken die Tränen aus dem Augenwinkel und fing die Blicke ihrer Töchter ab. Ihre Mutter lachte. Sie, die ihnen, statt zu lachen, ständig strenge Zöpfe flocht, sie, die keine Lachtränen mehr geweint hatte, seitdem ihr Vater gesagt hatte, Eulalie Nana dürfe nie, nie, nie mehr Tonton Samy im Gefängnis besuchen, lachte.

»Meine Güte! Jetzt schmecke ich aber gut.«

»Entschuldigung, Tantine Sennke.«

Sennke beugte sich zu Alix, hob mit dem Zeigefinger ihr Kinn, küsste sie auf die Stirn. Mama Récia vermischte in einer Metallschüssel frischen Mais mit Macaboblättern. Sokjou und Rosine schälten grüne Bananen. Die Glut loderte. Sennke brachte ihren Schleier wieder in Ordnung, sah sich suchend um und sagte an ihrem Kreuz nestelnd: »Entschuldigt, ich gehe mich umziehen. Ich habe den Zeitpunkt für die Komplet, das Nachtgebet, verpasst.«

»Dürfen wir mitkommen?«, fragte Axelle.

Sennke blickte fragend in Katmés Gesicht, ob sie einverstanden war.

»Geht ruhig, ich komme nach.«

Katmé sah ihrer kleinen Schwester nach, wie sie mit ihren Töchtern an der Hand die Küche verließ. Sennke war am Tag zuvor angekommen, mittags, nach fünfzehn Stunden Zugfahrt. Feierlich, rätselhaft, voller Staub. Sie hatte den ganzen Nachmittag geschlafen und beim Abendessen geschwiegen. Axelle und Alix waren von ihrem ausladenden Habit beeindruckt und spähten von ihren Stühlen aus zu dieser Tante, die so müde aussah. Lange, rote Tunika, übergeworfenes Skapulier, Haube – eine Art Kapuze aus weißem Stoff, die Schultern, Hals und Brust bedeckte und nur ein Oval für das Gesicht freiließ – und darüber der an die Haube geheftete schwarze Schleier; in diese schweren Stoffe eingezwängt sprach ihre kleine Schwester wenig und leise. Sie sparte an Worten, an Atem, beantwortete Tashuns Fragen, aber suchte nie selbst das Gespräch. Die Nonne hatte der ungestümen jungen Frau von einst die unerbittliche Diskussionslust, die Streitsucht und irreführenden Scheinbeweise offenbar gründlich ausgetrieben. Während Katmé ihrer Schwester dabei zusah, wie diese auf dem Teller herumstocherte, erinnerte sie sich, wie nah sie sich und wie ungleich sie als Schwestern gewesen waren. Vor etwa zehn Jahren war sie diejenige, die sich vor einem unpassenden Wort fürchtete, sich einen Satz zehnmal im Kopf vorsagte, bevor sie ihn aussprach, oder redselig wurde und stotterte, über die eigenen Worte stolperte, die sie so schnell wie ihre Gedanken aneinanderreihen wollte; die ihre Entscheidungen anzweifelte, einen Schritt nach vorn, einen zurück machte, haderte. Sennke hatte entschlossen Raum für sich eingenommen, immer gewusst, was sie wollte, zu Ende gebracht, was sie sich vorgenommen hatte, bis sie ihr Medizinstudium an den Nagel gehängt und sich das Kreuz Christi auferlegt hatte. Nach dem Austausch der üblichen Banalitäten – die unbequeme, lange Zugfahrt, Hitze, Staub – war sie am Vorabend so schweigsam wie ihre Schwester gewesen. Wo knüpft man an, wenn das letzte Gespräch elf Jahre zuvor unterbrochen wurde? Tashun hatte für alle das große Wort geführt. Sennke hatte vor dem Essen ein Gebet gesprochen und danach darum gebeten, ihr Zimmer aufsuchen zu dürfen. Mitten in der Nacht hatte Katmé, da sie nicht schlafen konnte, die Tür ihrer Schwester einen Spaltbreit geöffnet und gehofft, sie würde wachliegen. Sie schlief. Doch heute Morgen, am Rand des Grabes mit dem aufgelösten Skelett ihrer Mutter, hatten ihre ineinander verschlungenen Finger spontan, wie ein unbewusstes Schulterzucken, vom Überleben der Kindheit berichtet, von der Zeit im gemeinsamen Zimmer und im geteilten Bett, von der Zeit, als die Haut ihrer Mutter noch intakt war, noch nicht zerfetzt von einer kilometerlangen Teerstraße. Hatte sich Sennke – große Klappe, kurzer Rock – tatsächlich vollständig in Sœur Marie de la Providence Divine aufgelöst?

Katmé umarmte die Frauen feierlich, bedankte sich, drückte ihnen mit beiden Händen die ihren, versprach ihnen »morgen eine Kleinigkeit«, nahm Mama Récia beiseite, besprach sich mit ihr und ging. Auf dem Weg, den Sennke und die Mädchen eingeschlagen hatten, wurde sie unweigerlich durch Begrüßungen, Umarmungen aufgehalten. Im Hof traf sie auf entfernte Cousins, Tanten und Onkel, plauderte mit neugierigen Nachbarn, Chorsängern, Ministranten, die den Gottesdienst für den nächsten Tag vorbereiteten, begleitete Gäste, die Andacht halten wollten, zum Sarg ihrer Mutter. Unter ihnen war auch der Vater des jungen Guides, der sie am Vormittag zum Grab geführt hatte, der alte Klassenkamerad ihrer Mutter, der das Waldstück verkauft hatte; der abgewiesene Verehrer, der »sogar nach deiner Geburt und sogar nach der Geburt deiner Schwester um ihre Hand angehalten hat«, wie er mit rührseliger Stimme erklärte, als sie das Wohnzimmer betraten. Drei Jahrzehnte später schien er sich von seinem Unglück noch immer nicht erholt zu haben. »Patong war ein guter Tänzer, Patong war ein guter Redner, Patong hatte eine klingende Geldbörse, deine Mutter ist ihm ganz und gar verfallen, was konnte ich tun?« Vor dem Sarg murmelte er Gebete auf Fènn und bekreuzigte sich mehrmals. Er nahm Katmés Hände, küsste ihr die Handflächen, hinterließ Speichel und Segensworte und ging.

Sie kehrte nicht in den Hof zurück, sondern verließ das Wohnzimmer durch eine Tür, die ins Haus hinein zu einer Reihe von Schlafzimmern führte. Um in den ersten Stock zu gelangen, wo Sennke und die Mädchen sicherlich schon auf sie warteten, musste sie den Flur – das frühere türkische Bad – und die in beigem Granit gehaltene Küche durchqueren, an einer ersten Treppe vorbei, eine zweite hinauf und durch einen schmalen Gang, der auf den Balkon mündete. Das Zimmer der Zwillinge lag neben dem ihren (dem von Tashun und ihr) am Ende des besagten Gangs. Télésphore Zambo, der Architekt, hatte nicht überall Wunder vollbringen können.

Sie wollte gerade den Knauf an der Tür der Mädchen drehen, als sie ihre Stimmen hinter der lackierten Holzwand hörte und innehielt.

»Betest du viel, da, wo du wohnst?«, fragte Alix.

»Man kann nie genug beten, meine Süßen. Die Welt braucht Gebete, also bete ich, wann immer ich kann.«

»Betest du auch für uns?«

»Von jetzt an ja. Bevor ich gestern eure hübschen Gesichter gesehen habe, wusste ich nicht einmal, dass es euch gibt. Ich habe aber für eure Mutter gebetet.«

»Hat Maman dir nichts gesagt, als wir geboren wurden?«

»Der Ort, wo ich wohne, ist weit weg, wisst ihr. Nachrichten kommen dort nicht so leicht an.«

»Das mit den Tomaten tut uns leid.« Diesmal sprach Axelle.

»Schaut, ich habe es ausgewaschen, alles ist rausgegangen, es ist gar nichts mehr zu sehen. Eurer Mutter und mir ist es genauso ergangen, als unsere Großmutter uns beibringen wollte, wie man mit dem Quetschstein umgeht. Das ist normal. In ein paar Monaten seid ihr Profis.«

»Hat eure Großmutter deine Brüste auch so mit dem kleinen Stein massiert wie Mamans?«

Katmé hörte keine Antwort. Sennke hatte wohl genickt.

»Deine Brüste sind groß, richtig dick. Mamans sind *mingili.*«

»Wie ist es, in einem Kloster zu leben?«, fragte Alix.

»Es ist wie … in einer Familie zu leben, mit Brüdern und Schwestern, aber geborgen in der Liebe Gottes und mit Jesus an der Seite.«

»Können wir dich dort mal besuchen?«, fragte Alix.

»Ich hoffe es, meine Süßen. Ich werde mit eurer Mutter darüber sprechen. Gute Nacht, meine Süßen.«

»Gute Nacht, Tantine Sennke.«

Katmé hatte mit dem Ohr an der Tür gelauscht und gerade noch Zeit, sich wieder aufzurichten, als Sennke sie von innen öffnete. Katmé widerstand dem Verlangen hineinzugehen, um ihren Töchtern einen Gutenachtkuss zu geben, und folgte ihrer Schwester durch den schmalen Gang.

Sennke schlug vor, ins Wohnzimmer zu gehen, um bei ihrer Mutter zu beten. »Nochmal? Wir haben doch schon ich weiß nicht wie oft heute gebetet!«

»Ein kurzes Gebet, Kat. Nur wir beide.«

»Und deine Komplet? Ich dachte, das wäre dringend?«

Eine hinter der anderen trippelten sie den Gang entlang, der sie auf den Balkon führte. Es war keine Zeit mehr gewesen, Steckdosen und Schalter in diesem Teil des Hauses zu installieren, das strahlende Vollmondlicht fiel auf den Fliesenboden. Katmé registrierte das Strohdach von Aleksandres Haus am anderen Teichufer, gebändigt vom durchsichtigen Glanz des Himmelskörpers.

»Ich werde sie vor dem Schlafengehen beten.«

»Auch das zigste Gebet wird sie nicht wieder zum Leben erwecken, weißt du?«

Sennke lachte kurz, drehte sich um, sah sie an. »Bist du ihr immer noch böse, Kat?« Ihre Stimme klang nachsichtig, aber ihr Blick war es nicht. »Weißt du, dass du gegen ein Skelett kämpfst?« Mit einem sanften Lächeln fügte sie hinzu: »Gegen ein nicht mal vollständiges Skelett.«

»Aber ein wirklich kurzes Gebet, ja? Nicht, dass ich dir genauso auf den Leim gehe wie Mama Récia. Ich habe meine Ave-Marias für diese Woche erfüllt.«

»Wir beten auch für Samy. Wir bitten die Jungfrau Maria, sich dort oben für ihn einzusetzen, wenn sie die Macht dazu hat.«

»Mhm …«

Während sie die Treppe hinunter ins Totenzimmer eilten, war von draußen ein leiser Knall, gefolgt von Geschrei zu hören. Stromausfall. Die staatliche Stromgesellschaft? Die Sicherung? Bis das Notstromaggregat anspringen würde, stiegen sie wieder vorsichtig die Treppe hinauf, traten auf den Balkon und setzten sich in die Korbstühle, die bei Anbruch der Nacht niemand ins kleine Wohnzimmer im ersten Stock zurückgestellt hatte. Durch den Windschutz aus Plexiglas sahen sie unten im Hof etliche brennende Kerzen; die Dorfbewohner hatten vorgesorgt. Die Dochte krümmten sich je nach Laune des Talwindes. Ein Trauerzug mit Fackeln. Katmé wartete vergeblich auf das typische Brummen des Stromgenerators. Der erst vor Kurzem eingestellte Grundstückswächter, der mit seiner Familie eines der Nebengebäude bewohnte, würde ihn sicherlich per Hand in Gang setzen. Von ihrem Ausguck aus, verborgen im Halbdunkel, konnten Sennke und sie das Hin und Her der zusammengedrängten Schatten beobachten, die sich an den Tresen mit Fleischsandwiches, gebratenem Fisch, Bier, Whisky aus Tüten und Raphiawein verköstigen ließen. Gegen zwei oder drei Uhr morgens würde man wie bei einer gewöhnlichen sich in die Länge ziehenden Feier die Bar schließen, damit die Saufkumpane, selig von dieser »richtigen Totenwache«, dieser »richtigen Trauerfeier«, »nicht so wie bei Untel«, endlich Leine zogen. Damit sie zu Hause neue Kräfte sammelten und in wenigen Stunden wiederkamen, um nichts vom Festessen zum Abschluss der Beerdigung zu versäumen.

19

SIE SASSEN MIT DEM RÜCKEN zum kreideweißen Mond. Katmé hörte ihre kleine Schwester atmen. Langsam, tief, regelmäßig, beinahe ein Schnurren; als hätten die Balladen der Frösche, der Grillen, der in den Eukalyptusbäumen hängenden Fledermäuse sie eingeschläfert. Ihre Kleider rochen nach Holzfeuer, Asche, Rauch. Trotz des Sackkleides, dem zwei Nummern zu großen Hemd und Mama Récias Strickjacke hatte Axelle die »großen, dicken Brüste« ihrer Tante bemerkt. In der Schule war sie als »schwindsüchtig« gehänselt worden. Die langgezogenen Augen verliehen ihr einen Raubkatzenblick; ihre vollen, verlockenden Lippen ein freundliches Aussehen, selbst wenn sie wütend war und schlimmste Gemeinheiten sagte wie so oft als Jugendliche; ihre spitz zulaufenden Finger, ihre Hohlfüße, ihr praller, runder Hintern, glimmende Holzkohle, die die Blicke der Jungen entflammte, wenn sie hautenge Kleidung trug. »Gott war nicht müde, als er dich erschaffen hat!«, hatte ihr eines Tages einer ihrer Klassenkameraden zugerufen.

»Senn …«

»Hm?«

»Erinnerst du dich noch? Ich war die Klagemauer für deine abgewiesenen Verehrer.«

Ihre Schwester antwortete nicht gleich.

»Das ist lange her«, murmelte sie endlich.

»Sind deine Füße immer noch so kalt? Wer wärmt sie dir jetzt?«

»Nenn mich große Schwester, dann lass ich dich los!«, sagte Sennke. Sie lachte herzhaft, Katmé fiel mit ein.

»Niemand wärmt sie mir. Niemand, Katinétou …«

Ein Jahr Postulat, zwei Jahre Noviziat, und trotzdem hoffte Katmé weiterhin, ihre kleine Schwester würde sich besinnen, würde zu der Einsicht gelangen, dass ihr Platz nicht dort war, um ein Leben als Weihnachtsfrau verkleidet, in blutroter Tunika, weißem Hemd mit zugeknöpftem Kragen, das üppige Haar unter einem strengen Kopftuch zusammengebunden, zu führen, um in einer kalten Zelle zu schlafen, um ihre Tage mit anderen Weihnachtsfrauen zu verbringen, die ihr nichts bedeuteten; weit weg von der richtigen, der einzigen Schwester, die der Himmel ihr geschenkt hatte. Sie hatte Sennke zum letzten Mal am Ende des Noviziats gesehen, als sie ihre ersten Gelübde ablegte, die zeitliche Profess. Als Sœur Marie de la Providence Divine sie dann zur Ablegung ihrer ewigen Gelübde eingeladen hatte, war vor ihren Augen das Bild einer Bestattung, untermalt von gregorianischen Gesängen, aufgeflackert; sie hatte die Karte im Kleiderschrank vergraben. Seither überstieg es ihre Kräfte, das sanfte und entschlossene Gesicht ihrer kleinen Schwester wiederzusehen. Sennke hätte Nonne in einem Diözesansorden werden und in Akriba, in derselben Stadt wie sie, leben können, wenn ihr so viel daran lag, eine gute Schwester zu sein, sie hätten sich weiterhin sehen können; aber nein, sie brauchte die volle Härte: das Kloster! Katmé hatte ihre Verbindung abkühlen lassen, um nicht länger leiden zu müssen, um nicht länger darüber nachzudenken, was sie hätte tun und was sie hätte nicht tun sollen, um Sennke diese schreckliche Anziehung zum Klosterleben auszutreiben. Wenn ihre Schwester sich von ihr entfernte, das Kloster und die Liebe Jesu gegenüber der ihren bevorzugte, musste sie etwas grundlegend falsch gemacht haben. Aber was? Seit elf Jahren fand sie keine Antwort auf diese Frage.

»Mit Jesus verheiratet ... Ein Typ, der dich nicht mal zum Orgasmus bringen kann!«

»Katmé!!!«

»Entschuldige, ich hab nichts gesagt.«

Sennke stand auf. Das Bündel Vorwürfe, das sie für ihre Schwester verkörperte, ein Schatten in einer formlosen Tunika, ging zur anderen Seite des Balkons. Sœur Marie de la Providence Divine hatte nicht den gleichen Humor wie Sennke, die sie mit einem scharfzüngigen Witz abgekanzelt hätte. Katmé erhob sich, trat zu ihr; ihre Schwester wandte ihr den Rücken zu und ließ den Blick über die Reihen der alkoholisierten Totenwächter schweifen, die noch immer Zulauf bekamen, sie legte ihr eine Hand auf die Schulter. »Tut mir leid, Senn. Ich wollte dich nicht verletzen.«

»Ich bin nicht verletzt, Katmé.« Sie drehte sich um und lehnte sich ans Geländer.

»Es sieht aber so aus.«

»Lass nicht zu, dass der Teufel deinen Spott vereinnahmt. Er ist hinterlistig, schlau. Er kommt oft als Humor daher, um zu zerstören, um die Wachsamkeit der Kinder Gottes zu manipulieren und zu täuschen, lass dich nicht dazu benutzen.«

Katmé unterdrückte einen verzweifelten Seufzer. »Ich hab doch gesagt, dass es mir leidtut.«

Auf der Treppe kündigte der weiße, schwankende Lichtkegel einer Taschenlampe einen Besucher an. Instinktiv rückten sie dichter zusammen. Es gab immer noch keinen Strom, die Mädchen schliefen nebenan, die Frauen waren in der Lehmziegelküche, die Totenwächter im Hof kamen aus allen Richtungen. Wer konnte das wohl sein? Der Lichtschein näherte sich. Es war der Grundstückswächter Kossam. Er brauche Geld, um an der Tankstelle im Stadtzentrum Diesel zu kaufen, der Tank des Generators sei leer, den Ausfall habe die staatliche Stromgesellschaft, nicht die Sicherung zu verschulden. Man brauche also nicht zu hoffen, dass der Ausfall vor ein Uhr nachts, wenn nicht erst am Morgen oder in zwei, drei Tagen behoben sein würde.

Nachdem Kossam wieder gegangen war, brachte Sennke ihre Haube in Ordnung. »Ich werde dich jetzt allein lassen. Meine Komplet verrichten. Ich werde für Samy beten, dass die Jungfrau ihn unter ihren Schutzmantel nimmt, damit er entlassen wird.« Wegen der zahlreichen Fehlversuche, die Kizito und sie schon unternommen hatten, sagte Katmé lieber nichts über Samys Aussichten, bereits am Montag entlassen zu werden. Im Volksmund des Haut-Fènn hieß es, man kündigt eine Schwangerschaft nicht an, sondern begrüßt das Kind.

»Ich habe meine Zweifel an den Fähigkeiten deiner Jungfrau, Samy freizubekommen. Wenn ich an solche Dinge noch glauben würde, wäre mein Leben so einfach wie deins. Ich bin eine ungläubige Praktizierende geworden, Senn.«

»Eine ungläubige Praktizierende ... Das sagst du doch nur, weil es gut klingt. Ihr wart sehr gut in diesem Spiel, Samy und du. So wohlformulierte Ausdrücke, dass man nicht mal gemerkt hat, wie hohl sie waren. Ungläubige Praktizierende ... Man verliert den Glauben nicht, wie man seine Schlüssel verliert, Katmé. Du bist ein Kind der Jungfrau. Das kannst du nicht verleugnen, selbst wenn du es wolltest. Samy hat keinen leichten Weg gewählt.«

»Du glaubst also, dass Samy die Wahl hatte? Dass er eines Morgens aufgestanden ist, sich gefragt hat, was er mit dem Tag anfangen soll, und beschlossen hat, sich sein restliches Leben zu versauen, indem er homosexuell wird?«

»Er ist also homosexuell. Du hast es nie eindeutig gesagt. Er wird also nicht zu Unrecht beschuldigt.«

Katmé biss sich auf die Unterlippe, sie hatte geredet, ohne nachzudenken.

»Das wundert mich nicht, ehrlich gesagt. Erinnerst du dich, wie er mal mit einem Strauß Margeriten für Mama Récia aufgetaucht ist? Ich habe gleich gemerkt, dass mit ihm etwas nicht stimmt.«

»Dass mit ihm etwas nicht stimmt?« Katmés Stimme wurde schrill. »Was willst du damit sagen!?«

»Immer mit der Ruhe, Katmé, spar dir diesen anklagenden Ton.« Sennke stieß sich vom Geländer ab, setzte sich wieder in den Korbsessel und legte über der Brust die gespreizten Fingerspitzen aneinander.

»Was ich damit sagen will, ist, dass er sich ein bisschen zu sehr für Mädchensachen zu interessieren schien. Blumen, seiner Mutter beim Kochen helfen, Stricken und sogar seine Art zu gehen und zu sprechen. Wie jemand, der auf das Mannsein zusteuert, aber nicht angekommen ist, als ob er am falschen Bahnhof oder zwei Stationen zu früh ausgestiegen wäre, also kein fertiger Mann, verstehst du?«

Katmé baute sich vor ihr auf, stemmte die Hände in die Hüften und zwang sie so, zu ihr aufzusehen. »Sag bloß nicht, dass man zu dieser vereinfachten Art von Schlussfolgerung kommt, wenn man hinter Klostermauern lebt. Dabei hast du zwei Jahre Medizin studiert, bevor du der realen Welt den Rücken gekehrt hast! Kaum zu fassen, was du da von dir gibst!«

»Werd nicht wütend.« Sie streckte die Hand nach ihr aus. »Setz dich hin, Katinétou.«

Ohne nach der ausgestreckten Hand zu greifen, setzte sich Katmé wieder auf ihren Platz. »Kat, du liebst Samy so sehr, dass du bereit bist, eine verkehrte Welt zu akzeptieren. Gott liebt Samy, aber er hasst die Sünde, die er begeht.«

»Mit welchem Recht wollt ihr bestimmen, was Sünde ist und was nicht? Du hättest mal die Predigt von Monsignore Umtu in der Kathedrale von Akriba hören müssen, als Tashun um diese Messe der sogenannten Reue für die Sünder gebeten hat. Von Differenzierung keine Spur.«

»Ordensleute sind auch keine perfekten Vorbilder. Was ich über Samy gesagt habe, gilt für jeden von uns. Gott liebt uns. Aber er hasst die Sünde.«

Katmé schüttelte den Kopf und drehte sich zu ihrer kleinen Schwester.

»Sœur Marie de la Providence Divine, ach was! Willst du die ganze Wahrheit wissen, Senn? Himmel, Fegefeuer, Engel, Hölle, der ganze heilige Klimbim, daran glaube ich nicht mehr. Und zwar nicht im Geringsten. Frag mich nicht, wie es dazu gekommen ist, ich weiß nur, dass es angefangen hat, als du zu den Redemptoristinnen gegangen bist. Seitdem ist etwas in mir verdorrt. Unsere Mutter, du, Samy. Wenn ich nur daran denke, dass Mama Récia zu uns gesagt hat, wir sollen keine Freunde haben, die nicht katholisch sind, weil wir sie sonst im Paradies nicht wiedersehen. Was für einen Schwachsinn wir schlucken mussten! Wenn Samys Lebensentscheidung, die in Wirklichkeit keine war, dem Gott, an den du glaubst, nicht gefällt, kann er mich am Arsch lecken!«

Katmé bereute ihre brutale Ehrlichkeit sofort. Sie spürte die Betroffenheit ihrer kleinen Schwester. Sennke ließ im schimmernden Halblicht des Mondes ihre Finger knacken.

»Sei mir nicht böse, Senn ... Hör mal, ich will uns nicht die wenige Zeit verderben, die wir zusammen haben.«

Katmé wollte nach ihrer Hand greifen, hielt sich aber zurück. Sennke war bis Montag da. Am Montagvormittag würde sie wieder verschwinden. Sollte ihre Mutter kein drittes Mal beerdigt werden, würden sie so bald keine Gelegenheit haben, sich wiederzusehen. Wozu also ihr die Hand reichen?

Mit schwerer Stimme brach Sennke das Schweigen. »Es fällt mir nicht leicht auszuhalten, was du gerade gesagt hast. Alles, was ich darauf antworten kann, ist, egal, was passiert, egal, was passiert ist, denk daran, der Herr allein hat das letzte Wort. Du solltest die Demut haben zu akzeptieren, dass Gottes Wille geschieht.«

In Katmés Adern pulsierte das Blut. »Und was soll dieser Wille sein? Dass Samy seit vier Monaten im Gefängnis vermodert, dass er eine lebenslange Haftstrafe riskiert? Warum? Kannst du mir das sagen?«

»Katmé ... Nichts geschieht ohne Gottvaters Zustimmung. Im Gebet wirst du die Antwort auf das Warum finden.«

»Im Gebet werde ich die Antwort auf das Warum finden? Spar dir diesen katechistischen Ton, Erbarmen! Ich warte immer noch darauf, dass Er mir erklärt, warum du abgehauen bist.«

»Du bist so voller Groll, Katmé. Bist du deswegen nicht zu meiner ewigen Profess gekommen und hast meine Briefe nicht beantwortet?«

»Du hast dich zur Flucht entschieden, zur Flucht vor mir. Was hätte ich dir danach noch sagen sollen?«

»Hast du dich je gefragt, ob ich die Berufung gespürt habe? Eine Aufforderung, die stärker, die bedeutender war als alles, was die Welt mir zu bieten hatte, eine Stimme, die mich zu sich rief, die mir überlegen war? Das Einzige, was am Ende für dich zählte, warst du, du und deine Gefühle, du und deine Liebe zu mir, du, die mein Leben in die Hand nehmen wollte und besser wusste als ich, was gut für mich war. Du wolltest, dass ich nach deiner Hochzeit bei dir wohne, du wolltest mich für dich haben, aber ich war nicht deine Puppe, der du bis in alle Ewigkeit die Haare flechten konntest. Du bist nur zwei Jahre älter als ich, aber du hast dich benommen, als wärst du meine Mutter. Bestimmt erinnerst du dich nicht daran, aber das erste Mal, als ich dir von der Aufforderung, die ich hörte und die mich beunruhigte, erzählen wollte, weißt du noch, was du da gesagt hast? ›Unterschätz nicht meine Intelligenz, ich kenne dich besser als du selbst.‹ ›Unterschätz nicht meine Intelligenz‹, als ob es eine Frage der Intelligenz wäre, mich besser zu kennen als ich selbst, danach hat sich das Gegenteil bestätigt. Ich fühle mich wohl in der Gemeinschaft, ich habe dort meinen Platz gefunden. Es war meine Berufung, und du hast es nicht verstanden, nicht akzeptiert, die Gemeinschaft ist …«

»Deine vermeintliche Berufung kommt doch nicht von ungefähr«, unterbrach Katmé sie. »Du bist Nonne geworden, weil man uns ständig damit in den Ohren gelegen hat, dass unsere Eltern nicht verheiratet waren, dass wir Kinder von Ehebrechern waren, dass wir uns von der Erbsünde reinwaschen müssten und so weiter und so fort. Anstatt der Welt die Stirn zu bieten, bist du davongerannt. Hast dich zu den Redemptoristinnen geflüchtet, welch schönes Schicksal. Gemeinschaft, Gemeinschaft, man könnte es auch Sekte nennen!«

Sennke sprang zornig vom Stuhl auf. Katmé tat es ihr nach. Sie richteten sich voreinander auf.

»Ich lebe ein Leben, für das ich mich entschieden habe! Du bist bloß nicht fähig zu akzeptieren, dass man sich für dieses Leben entscheiden kann, ein zurückgezogenes Leben, ohne Titel, ohne Ehren, ohne Ruhm, ohne Geld. Glaubst du, du hast es besser getroffen, weil du geblieben bist, um der Welt die Stirn zu bieten? Es liegt mir fern, dein Leben zu beurteilen, aber wem oder was bietest du eigentlich die Stirn? Dein Mann ist für dich verantwortlich, du arbeitest nicht mehr, obwohl du studiert hast, du lebst im Komfort und in Sicherheit in einer Blase, die die korrupte Regierung dieses Landes finanziert. Ich sage dir das ohne Wut, aber es ist die Realität. Ich stehe jeden Tag um vier Uhr auf, nach dem Gebet arbeite ich den ganzen Tag: Bienenstöcke, Apfelbäume, Maniok, Kochen, Waschen, die Waisenkinder in der Schule. Obwohl dein Mann so viel Geld hat, hast du nicht mal Mamans Grab gepflegt, wir hätten uns in diesem Gestrüpp den Knöchel verstauchen können, zum Glück hatten wir einen Ortskundigen dabei. Du hast Mamans Grab verrotten lassen, und so, wie es aussieht, wird die halbe Regierung von Zambuena zur Beerdigung kommen, warum? So viele Ausgaben für dieses Haus, die Gruft, damit hätte ich das Schulgeld für alle Kinder im Grand Est bezahlen können, die sich auf der Straße herumtreiben, weil ihre Eltern ihnen nicht mal jeden zweiten Tag eine Mahlzeit bieten können. Im Gegensatz zu dir habe ich um meine Mutter geweint, ich hatte verstanden, dass sie tot war und dass Mama Récia sie niemals ersetzen konnte. Eine Ersatzmutter, Flucht in die Ehe, Samy als Ersatzbruder, lebst du jetzt wenigstens dein richtiges Leben, Katmé?«

Unter der roten Tunika schlug Sennkes Herz. Sœur Marie de la Providence Divine hätte keine solche Rede gehalten. Ein Gefühl von maßloser Einsamkeit überwältigte Katmé. Sennke hatte ihr in all diesen Jahren viel mehr gefehlt als umgekehrt. Mit leicht brüchiger Stimme sagte sie: »Wir sind beide auf unsere Art geflohen. Mach mir doch nichts vor.«

Sennke schüttelte den Kopf, von ihrem Gesicht war die Enttäuschung abzulesen. »Diese Manie zu glauben, dass du alles wüsstest, du hast dich nicht verändert. Ich bin Nonne geworden, weil das mein Weg war, meine Mission, dass ich Ärztin werde, war dein Traum, nicht meiner. Ich bin geworden, was ich werden wollte, wann wirst du das akzeptieren? Maman ist seit über zwanzig Jahren tot, und du akzeptierst es immer noch nicht, seit elf Jahren akzeptierst du nicht, dass ich einen Weg gegangen bin, der dir nicht gepasst hat, Samy ist im Gefängnis, und du sprichst darüber, als ob du Gott herausfordern wolltest. Fall auf die Knie, Katmé, und fleh den Herrn an, dass Samy entlassen wird. Das ist jedenfalls, was ich an deiner Stelle tun würde.«

»Ich soll es deinem Gott überlassen, sich um Samys Entlassung zu kümmern? Niemals! Niemals, hörst du? Da oben ist nichts, Sennke, da ist nichts! Nur Luft! Und dir dabei zuzusehen, wie du diese schreckliche Uniform trägst, deine Begabung, deine Talente für diese Luft da oben vergeudest, für diesen Dieb, diesen kleptomanischen Gott, da wird mir kotzübel!«

Sennkes Züge versteinerten sich. Beinahe drohend richtete sie sich vor Katmé auf. »Die Jungfrau hat dir so viel gegeben! Möge sie Mitleid mit dir haben!«

Sie wandte sich ab, wich ein wenig zurück. »Ich werde ... ich werde jetzt meine Komplet beten.«

»Ach, Senn, warte, es tut mir leid, ich komme mit, wir können uns doch nicht ...«

Sennke hob abwehrend die Hand.

Allein auf dem Balkon kehrte das Gefühl extremer Einsamkeit in Katmé zurück. Sie blickte hoch zum Himmel. Der bleiche Mond stand im Zenit. Die wie mit einem Bleistift gezeichnete Welle in der Mitte des Mondes sei Lots Frau, hatte ihre Großmutter behauptet. Die Frau mit dem Baby auf dem Rücken, die in eine Salzsäule verwandelt worden war, weil sie ihrem Mann nicht gehorcht hatte. Sie zeige sich in Vollmondnächten, um die Frauen daran zu erinnern, welche Strafe ihnen drohte, wenn sie die Gesetze des Herrn nicht befolgten, wenn sie keine »tugendhaften Frauen« waren. Gab es wirklich nichts dort oben? Es war in einer Vollmondnacht wie dieser, am Teichufer, als sie zum ersten Mal vor Aleksandre auf die Knie gefallen war und seine Hose aufgeknöpft hatte. Das hätte sie ihrer kleinen Schwester viel lieber anvertraut, als in diesen fruchtlosen und verletzenden Streit über Berufung und Glaubensverlust zu geraten. Aber Sœur Marie de la Providence Divine war nicht ihre kleine Schwester. Samy würde am Montag frei sein. Am Montag würde er nach Hause kommen, und am Dienstag würde sie ihren Bruder wiedersehen. Den Menschen, mit dem sie alles teilen konnte. Katmés Blick wanderte zu der Rauchsäule, die aus der vage zu erahnenden Lehmziegelküche unter den Kronen der Eukalyptusbäume aufstieg. Sie dachte wieder an die Frauen in der Küche, an ihre derben Witze. Wie viele von ihnen waren Lots Frauen geworden?

20

SIE SCHLUG DIE AUGEN AUF. Tashun stand über sie gebeugt und betrachtete sie. »Samuel ist gestern um dreiundzwanzig Uhr entlassen worden.« Katmé richtete sich auf, in ihrem Mund sammelte sich Speichel. Er schmeckte nach reifen Goldpflaumen, ihrem saftigen, süßen Fleisch. »Ich wollte es dir gestern schon sagen, als ich von deinem Vater zurückgekommen bin, aber du hast geschlafen.« Der Wecker auf dem Nachttisch zeigte sechs Uhr. In der Umzäunung hinter der Holzfeuerküche begrüßten die Hähne den heraufdämmernden Morgen, die Ziegen meckerten, die Grillen zirpten. Durch die Jalousien konnte sie ein Stück Himmel sehen, die Wipfel der Eukalyptusbäume, die vergnügten Vögel auf den Ästen. Der Tag erhob sich, verschlang die Nacht der vergangenen Monate.

Sie räusperte sich.

»Ich dachte, dass …«

Sie hätte beinahe gesagt: »Ich dachte, dass er erst am Montag entlassen wird.« Aber sie sagte: »Ich dachte, dass … es unmöglich wäre, ihn vor dem Ende der Wahlperiode zu entlassen.«

»Es war nicht leicht. Wie sagt man noch? Unbestechlich sind die, die teurer sind als die anderen? Sieh mal, das erscheint morgen.« Er schwenkte eine *Revers*. Auf der Titelseite prangte sein Foto, darunter stand:

TASHUN ABBIA, HOFFNUNGSTRÄGER DES HAUT-FÈNN

»Samuels Entlassung war eigentlich auf Montag angesetzt, den Eröffnungstag der Wahlkampagne, eine sehr schlechte Idee. Die Pankeus gewinnen einen Tag, sie freuen sich. Ich habe dir nichts gesagt, weil ich dich damit überraschen wollte.«

Sie tat so, als wäre sie erstaunt. Dankte ihm. Lehnte sich mit Kissen im Rücken ans Kopfende des Bettes und blätterte in der Ausgabe der Zeitschrift, die der Gouverneurswahl im Haut-Fènn gewidmet war. Ein euphorisches Editorial von Kizito Pankeu über den Kandidaten Abbia, Artikel über seine ruhmreichen Taten als Hauptstadtpräfekt, Fotos von ihm auf fast allen Seiten, ein ellenlanges Interview (über seine Zukunftsvision, seine Ambitionen für die Provinz), schmeichlerische Kästen über den Alten, die MPA. Auf den letzten Seiten eine knappe Vorstellung der anderen Kandidaten. »Hier, sieh mal, das hier wird außerdem einen Monat lang täglich erscheinen.« Sie nahm das in vier Kästen aufgeteilte DIN-A4-Blatt, das er ihr hinstreckte: *Tam-Tam Campagne.* »Kizito und seine Leute werden dreißig Tage lang jeden Morgen eine Ausgabe herausbringen. Reportagen über meine Kampagne. Das Gesundheitszentrum, die Geschenke an die Bevölkerung, die Unterstützung deines Vaters, die von *Revers* – wenn ich nicht gewinne, hat mich der Teufel persönlich in die Flasche gesteckt.« Sie beruhigte ihn halbherzig. Er brauche nichts zu befürchten, die Himmelsglocken würden für ihn läuten. Während er ihr in den höchsten Tönen von ihrem Leben als Gouverneursfamilie vorschwärmte, dachte sie an das, was Kizito berichtet hatte. Daran, wie Sita Félicie und er eines Abends in die Präfektur gekommen und um Samys Entlassung gefleht hatten, er sei depressiv, abgemagert, katatonisch, »wie von innen eingesaugt«. Tashun hatte einen »Familienpakt« vorgeschlagen. *Revers*, bisher eine Oppositionsstimme, ein soziales und intellektuelles Gegengewicht zum Regime des Alten, sollte zur *Prawda* der MPA mutieren, zur Klatschkolumne der Kampagne im Haut-Fènn. Kizito Pankeu war teurer als die anderen. Sein Preis hieß Samuel. Tashun Abbia, nächtlicher Pferdehändler, Dreckskerl durch und durch.

Samy war frei. Frei! Endlich! Heute die Beerdigung. Am Montag die Eröffnung der Kampagne, die Einweihung des Gesundheitszentrums. Und am Dienstag, am Dienstag würde sie ihn endlich wiedersehen.

Sie stürmte in Sennkes Zimmer. Ihre kleine Schwester saß im Bett, die Decke bis zur Taille gezogen, in einem blau und rosa getupften Baumwollnachthemd mit Bubikragen und langen Ärmeln. Als Katmé hereinplatzte, legte sie den linken Zeigefinger auf den Mund, hob die rechte Hand mit dem Rosenkranz, gab ihr ein Zeichen hereinzukommen und murmelte »Rosenkranz.« Das Rosenkranzgebet. Dreimal um die Perlenschnur. Dreimal fünfzig Ave-Maria bei den kleinen Perlen, Gebete und Geheimnisse bei den großen, sie würde sich ungefähr eineinhalb Stunden lang beherrschen müssen, wenn ihre Schwester erst am Anfang war. Katmé zog sich die Schuhe aus, hob die Bettdecke an und schlüpfte darunter. Nach wenigen Minuten schlang Sennke, die mit geschlossenen Augen, den Rosenkranz in der Hand, vor sich hin murmelte, ihre Beine um die von Katmé. Die kalten Füße ihrer kleinen Schwester! Sie versuchte vergeblich, sich dem Schraubstock zu entwinden, kämpfte ein wenig, gab auf. Sennke hatte Übung. Als Kind und Jugendliche, sogar bis kurz vor ihrer Abreise ins Kloster hatte sie die Gewohnheit gehabt, ihre eisigen Glieder an Katmés warm zu reiben. Sie hatten unter der Bettdecke gerangelt, wenn Katmé keine Lust hatte, als Wärmflasche zu dienen, oder wenn Sennkes Reiben sie wahnsinnig machte. Ohne den Griff ihrer Beine zu lockern, machte Sœeur Marie de la Providence Divine das Kreuzzeichen, küsste das Kreuz am Rosenkranz, wickelte sich die Perlenschnur wie ein Armband ums Handgelenk und sagte mit vergnügtem Augenzwinkern: »Nenn mich große Schwester, dann lass ich dich los.« Sennke drehte sich herum, lockerte für einen Moment ihre

Beine und warf sich auf Katmé. Sie hielt sie erneut im Zangengriff, legte ihr gesamtes Gewicht auf sie und wiederholte, bemüht, ernst zu bleiben: »Komm schon, sag es, dann lass ich dich los, gib zu, dass ich die große Schwester bin.« Katmé schüttelte den Kopf und prustete los. Sie lachte Tränen und konnte nicht genügend Kraft aufwenden, um Sennke abzuschütteln. Sie sprangen zwanzig Jahre zurück in die Vergangenheit, sie hatten das Quartier des Enseignants, ihr Zimmer, ihr Bett noch nicht verlassen, ihre Mutter war noch nicht tot, ihre kleine Schwester noch nicht zu den Redemptoristinnen abgehauen. Schließlich fügte sie sich mit gespieltem Widerwillen: »Große Schwester, große Schwester, du bist die große Schwester! Reicht das? Lässt du mich jetzt los?« Sennke ließ sich zur Seite rollen und machte das Victoryzeichen, Katmé schüttelte den Kopf, stieg aus dem Bett, um Atem zu schöpfen, und behielt die Nachricht nicht länger für sich: »Samy ist entlassen worden. Er ist frei, Senn!« Sennke machte große Augen, schlug die Bettdecke zurück, warf ihren Rosenkranz auf den Nachttisch und fiel Katmé in die Arme. »Unser guter Herr hatte Mitleid mit ihm, er hat unsere Gebete erhört. Ich habe gestern vor dem Schlafengehen den Rosenkranz für ihn gebetet. Gott ist groß, Gott ist wirklich groß.« Sie fingen an, im Zimmer herumzuwirbeln, dass die Nachthemden flatterten. Im Freudentaumel lösten sich elf Jahre Trennung in Luft auf.

Monsignore Umtu übergab das Wort an die Familie. Während Katmé, Sennke und Mama Récia sich kurzhielten und Innocent Patong lieber schwieg, sprach Tashun über Gott, die Ahnen, das Wetter, die Partei, den Präsidenten der Republik und Tonton Ambroise. Sein Patenonkel löste ihn ab; er erging sich in einer Lobrede auf diesen Sohn, einen ehrenhaften, verantwortungsvollen und tatkräftigen Mann, dessen Schultern dafür gemacht seien, die herausfordernde Bürde eines Gouverneursamtes zu tragen. Ein Sohn, der Stolz seiner Eltern, seiner Familie, seiner Freunde, der Partei und bereit, sein Talent, seine zahllosen menschlichen Qualitäten in den Dienst der einzigartigen Region Haut-Fènn zu stellen, wenn deren Bewohner ihm in dreißig Tagen ihr Vertrauen aussprechen würden. Er habe die Provinz Haut-Fènn nicht zufällig gewählt, vielmehr sei sie ihm seit Langem ans Herz gewachsen – »nicht wahr, meine liebe Katmé?« Katmés Blick kreuzte den von Aleksandre Fortès, der mit den Geschäftsführern von Mival in einer Reihe quer zu ihrer saß. Sie beobachtete, wie die Parteigenossen die Hände hoben, als wollten sie klatschen, und sie ebenso schnell wieder senkten. Die Kampagne begann offiziell erst am nächsten Tag, aber die MPA genehmigte sich einen kleinen Vorsprung. Tonton Ambroise ging zu seinem Stuhl zurück. Djama flüsterte ihm etwas ins Ohr, peinlich berührt stand er wieder auf. Er hatte vergessen, die Verstorbene zu erwähnen. Er stammelte ein paar Floskeln über die Schwiegermutter des Ausnahmeschwiegersohns und setzte sich wieder hin. Katmé hatte den bitteren Geschmack unreifer Goldpflaumen im Mund.

Während sie sich mit Sennke über Samys Entlassung gefreut hatte, hatte ein Team junger Freiwilliger der Partei den Hof mit Wahlkampfmaterial vollgeklebt. An Bäumen, Zelten, Veranda, Wänden, Stuhllehnen – überall prangte jetzt die MPA. Zwischen den Eukalyptusbäumen war ein zwei Meter langes Banner aufgespannt und am Grundstückseingang standen riesige Schilder. Sogar Mama Récia, die dem Schwiergersohn-den-Gott-selbst-uns-in-seiner-unendlichen-Güte-gesandt-hat alles verzieh, hatte sich beim Anblick des Fernsehteams, das neben dem Altar eine Kamera aufbaute, ein »Das ist aber schon ein bisschen viel, oder?« nicht verkneifen können. Ihr Sohn Tanga, »zukünftiger Leiter des Statistikdienstes, wenn Tashun zum Gouverneur gewählt wurde«, hatte die Augen aufgerissen, jedoch keinen Kommentar abgegeben. Später hatte Sennke ruhig und methodisch Plakat für Plakat von den Wänden des überdachten Platzes gerissen, auf dem vor den regenschweren Wolken geschützt der Sarg ihrer Mutter stand. Als Aleksandre vor Beginn des Gottesdienstes Katmé begrüßt hatte, war sein Blick auf eines der abgerissenen Plakate gefallen, von dem Tashuns Vertreterlächeln herunterbaumelte: »Hier sind wir also.« Sie hatten sich seit einem Monat nicht mehr gesehen, hier sind wir also. Aber wo?

Sechshundert, achthundert, wie viele Menschen genau zur Beerdigung ihrer Mutter gekommen waren, war schwer zu sagen. Minister, Geschäftsführer, Präfekten, Mitglieder des Zentralkomitees, Herausgeber von Tageszeitungen, Journalisten, die lokale Achse des Caz, Ortsansässige, Neugierige. Kaum zu glauben, dass Madeleine Lapteu keine öffentliche Rolle in Zambuena gespielt hatte, dass sie nicht erst vor Kurzem verstorben war und dass zudem niemand unter diesen Menschen sie gekannt hatte. Zu beiden Seiten des Platzes waren zehn Zelte errichtet worden. Es gab nicht genügend Stühle, die Zuspätgekommenen gingen leer aus. Zwanzig Jahre zuvor waren nur dreißig Personen zu ihrer Beerdigung gekommen. Die Grabkränze aus Plastik stapelten sich. Der unverhältnismäßig große Strauß echter Blumen, den die Ehrenpräsidentin des Caz, die Mutter der Nation, die Frau des Alten, geschickt hatte, stand am Grufteingang. Die Genossen der MPA trugen Schals in den Farben der Partei, sangen die Strophen der gregorianischen Gesänge nach, rezitierten das Credo und das Pater Noster auf Latein, ohne einen Blick in die ausgeteilten Hefte zu werfen. Mit ihrer perfekten Kenntnis des Messerituals, ihrer Gelenkigkeit in den Knien zeigten sie, dass sie das Produkt konfessioneller Internate waren. Wie Samy.

Als die versammelten Gläubigen sich beim *Frieden Christi* die Hand reichten oder sich umarmten, sah Katmé Aleksandre demonstrativ von seinem Stuhl aufstehen und auf sie zukommen. Ihr Magen verkrampfte sich. Aleksandre drückte ihr, Sennke, Mama Récia und Tashun die Hand. Seidenweiche Haut, liebenswürdiges Lächeln. Was für eine Haut, was für ein Körper, diese sanften Hände, die so oft forschend über ihre Haut, ihren Körper gestrichen waren, forschten sie jetzt anderswo? Sie ließ ihren Blick über die Versammelten schweifen. So würdige, so fromm aussehende Frauen. Wie schon am Abend zuvor auf dem Balkon fragte sie sich, wie viele von ihnen Lots Frauen geworden waren, Frauen, die gefunden und dann abgelehnt hatten, was Djama schamhaft »Balsam für den Körper« nannte.

Sein Schwanz, seine DVDs, sicher. Aber nicht nur. Ihr Verhältnis – er hasste dieses Wort und nannte es lieber »Beziehung«, was sie hasste – half ihr, Samys Inhaftierung, die Vorbereitungen zur Beerdigung ihrer Mutter, Tashuns Exzesse zu verkraften, kurz, sich in einer mental erträglichen Zone treiben zu lassen. »Wir sind an einem Punkt unserer Beziehung, an dem wir uns fragen müssen, was sie bedeutet.« Sie verstand überhaupt nichts mehr. »Wollen Sie denn nicht, dass ich Sie heirate, Aleksandre?« war alles, was ihr als Antwort eingefallen war, so verwirrt war sie. »Wozu heiraten? Werden Sie endlich ein bisschen reifer!«, hatte er verärgert erwidert. Sie würde wieder unterrichten können, ihre sinnlose Ehe auflösen, ihre Unabhängigkeit wiedererlangen, ihre gemeinsame Geschichte mit ihm offen ausleben; sie liebe ihren Mann nicht mehr, sie verabscheue ihre Rolle als Frau des Präfekten, was halte sie noch zurück? Sie sagte, der Skandal, das Chaos im Leben ihrer Töchter. »Unglückliche Paare verschanzen sich hinter ihren Kindern, wenn sie nicht den Mut haben, ihr bisheriges Leben zu überwinden«; er habe trotz drei Kindern den Mut gehabt, seins zu überwinden. Aleksandre. Geschieden. Reiste seinen Trieben hinterher. Überließ der Mutter seiner drei Kinder deren Erziehung. Verfügte egoistisch über seine Zeit. Über sein Leben. Und sprach von Mut. Wenn der Mut, ihr bisheriges Leben zu überwinden, darin bestand, ihre Verantwortung als Mutter zu vernachlässigen, die Zukunft ihrer Kinder zu opfern, deren Welt auf den Kopf zu stellen, nur weil er ihr den Gipfel der

Lust gezeigt hatte, nur weil er sie in einen Brunnen verwandelte, sobald er sie berührte, sie in eine andere Raumzeit beförderte, wenn seine Zunge sie erforschte; dann konnte er ruhig behaupten, sie habe nicht aufgehört, sich für eine andere zu halten.

Zwei Scheidungen, drei Kinder, und in Aleksandre gab es immer noch einen Hang zur Sentimentalität, den sie nicht erkannt hatte und der sie fassungslos machte. Er wollte mit ihr an einen anderen Ort, an dem sie Hand in Hand spazieren gehen, sich im Restaurant in die Augen sehen konnten, ohne sich zu verstecken; sich Mango- und Granatapfelsaft auf die Lippen träufeln, bevor er seine Zunge auf ihr, in ihr spürte; zu jeder Stunde des Tages, der Nacht den süßen Duft ihrer Haut kosten, sich Körper an Körper mit ihr messen, flammende Diskussionen führen, sich vor Lachen schütteln, Reis mit Erdnusssoße essen, mit ineinander verschlungenen Beinen unter der Decke liegen, während es draußen regnet. War er derselbe, der gesagt hatte, sie sollten keine Erwartungen an ihre Beziehung haben? »Wir sind an einem Punkt unserer Beziehung, an dem wir uns fragen müssen, was sie bedeutet.«

Dabei hatte sie geglaubt, sie wären sich einig über ihre Beziehung gewesen. Offensichtlich hatte sie sich getäuscht. Kurz nach dem ersten Abend hatte er angefangen, ihr mit Herzchen umrahmte Briefe zu schreiben, Wörter mit dem Geschmack und der Konsistenz von Stachelannone: süß, cremig, faserig. Er las sie ihr vor, wenn sie sich trafen, und verlangte eine Antwort. Was sie tat, während er kochte. Er hatte Blumentöpfe gekauft, die er ausschließlich mit weißen Lilien bepflanzte, seitdem er wusste, dass es ihre Lieblingsblume war. Er machte ihr Geschenke, die sie bei ihm ließ, und an manchen Abenden, nachdem sie ihm von einem schwierigen Tag auf der Baustelle erzählt hatte, zündete er Kerzen mit Zimt-Kardamom-Duft an, legte sie nackt aufs Bett und massierte sie lange mit Kokosöl. Wenn sie an seine Tür klopfte, wusste sie immer, dass sie lachen würde, sich mit ihm zoffen, ohne gemein zu sein, und weinen, sobald er in sie drang. Später, wenn sie eng umschlungen dalagen, würden sie leichtherzig die Welt erneuern und sich sorgfältig ausgewählte Ausschnitte aus ihren Leben erzählen, immer darauf bedacht, den anderen nicht zu verletzen. Aleksandres Haus war das einzige, in dem sie vorbehaltlos über Samy, Zambuena, die Menschheit sprechen konnte; sie konnte neue Filmemacher kennenlernen, Geld und Briefe für Samy hinterlegen, dort heimlich Kizito treffen.

Wie alle Liebhaber hatten Aleksandre und sie Schluss gemacht, neu angefangen, wieder Schluss gemacht, wieder neu angefangen. Er wollte mehr, er wollte es besser machen, er wollte alles, sie, die Mädchen, ein neues Leben, er wollte es versuchen. Und was wäre mit Tashun? Er machte eine wegwerfende Geste. Ihre Ehe, ihre Familie, ihren Ruf aufs Spiel setzen, um es zu »versuchen«? Katmé fürchtete sich von nun an vor den Abenden mit Aleksandre, bis er ihr ins Gesicht schleuderte: »Dann heiraten wir eben! Da Sie nun mal so gern verheiratet sind, heiraten wir eben!« Er habe mit anderen Frauen geschlafen, Rückkehr zur Sextherapie, behauptete er, ohne dass sie einen Beweis dafür hatte. Doch da seine Augen so merkwürdig leuchteten, hatte sie an jenem Abend, in seinem Zimmer mit den roten Wänden, für einen kurzen, flüchtigen Moment gedacht: »Er hat sich in mich verliebt! Ich breche ihm das Herz!« Das Herz brechen!, hatte sie sich sofort getadelt, einem Einundfünfzigjährigen, einem dreifachen Vater und zweifach Geschiedenen, der von seiner Schwarzen Mutter nach der Geburt verlassen, von seinem Vater vernachlässigt und von seinem *weißen* Großvater aufgezogen worden war, später skrupelloser Unternehmensanwalt, Wechsel in die Gesellschaftsentwicklung, ehemaliger Alkoholiker, ehemaliger Kokainsüchtiger, der sich mit seinen Geistern im Schlepptau in fünf afrikanischen Ländern herumgetrieben hatte, bevor er eine Stelle bei Mival angenommen und sie in Fènn, im Quartier du Tam-Tam, in Ketten gelegt hatte. Dieses Herz konnte man vielleicht zerkratzen, verbiegen, wenn man wirklich begabt war, aber brechen? So ein Herz bricht nicht.

Sie hatte Aleksandre nicht mehr wiedergesehen. Eines Morgens war sie aufgestanden und hatte einen unter der Tür durchgeschobenen Brief gefunden. Sie hatte ihn gelesen, zerrissen, wieder zusammengeklebt, noch einmal gelesen, in eine schwarze Plastiktüte gesteckt und hinter der Lehmziegelküche vergraben.

Ich streckte die Arme aus und umarmte tastend
den Schatten unserer Erinnerungen.
Ich schließe die Augen, um nicht zu sehen,
dass du nicht mehr da bist.
Ich treibe auf dem Meer der Möglichkeiten, die ich unentwegt
erfinde und wieder neu erfinde.
Wo ich auch hingehe, stoße ich gegen deine Leere.
Ich zähmte die Stille, von der es heißt, sie sei groß.
Doch ich fühle mich so schwach.

Ich fürchtete mich vor der Macht der Distanz,
von der es heißt, sie lösche
selbst das heftigste Feuer.
Doch mein Gedächtnis bewahrt alle Bilder.

Ich wanderte auf dem Pfad der Gleichgültigkeit,
von dem es heißt, er beruhige jede Glut.
Doch ich brenne. Wie gestern.
Wie vorgestern.

Ich verließ die Blase, von der es heißt,
sie verkörpere die Unvernunft.
Doch nur die vergangenen Tage des Wahns
in diesem Kokon scheinen mir greifbar.

Ich wollte deinen Namen im Stollen des Vergessens verwahren,
im Saal der Eiswürfel, die für immer schmelzen,
Ich warf mich einer bezaubernden Zukunft in die Arme,
Ich hoffte auf Obsoleszenz.
Doch nichts ist verwelkt.

Ich versteckte unser Bestes, um vom Schlechtesten
zu zehren, von dem es heißt, es fördere die Heilung.
Doch ich bin noch lange nicht genesen.

Was mich der Canossagang kostet,
all dies zu schreiben.
Was es mich kosten würde, es nicht zu tun,
wie einen letzten Atemstoß vor dem großen Vergessen.

Ich vermisse unseren Starrsinn
Ich vermisse unser Schweigen
Ich vermisse unsere Streitereien
Ich vermisse unser Lachen
Ich vermisse unseren Schlagabtausch
Ich vermisse unser Liebesspiel
Ich vermisse deine Lippen, deine Arme, deinen Blick,
den du schwer vor Verlangen auf mich richtest.
Ich vermisse es sogar, als Egoistenschwein oder Arschloch
beschimpft zu werden.

Einmal meintest du: Ich will, dass du Teil
meines Lebens bist, ich kann mir nicht vorstellen,
dass du es nicht bist, ich will weggehen mit dir,
zu Abend essen mit dir, an deiner Seite aufwachen,
dass du mich hin und wieder entführst.

Wie du siehst, vermisse ich sogar
unsere unerfüllten Versprechen.
Ich habe meinen Obolus an den Stolz entrichtet.
Ich werde nichts an die Milde entrichten.
Ich habe Schulden bei der Leidenschaft.

Aber ich werde alles an die Vernunft abtreten. Wenn dies
die Antwort ist, die ich von Neuem erhalte.

Der frostige Mann mit dem teilnahmslosen Blick, den sie in Tashuns Büro getroffen hatte, der Mann, dem sie die Stirn geboten und »letzter Schuss« an den Kopf geworfen hatte, war geflohen. Da er in ihr sah, was sie nicht war: die Trägerin seiner Zukunftshoffnungen; Aleksandre wollte trotz seines Alters, seiner Erfahrung, seiner gescheiterten Ehen aus den Gänsefüßchen eines Lebens Kapitel machen, aus Bummelei eine große Fahrt. Sie waren sich also keinesfalls einig über ihre Beziehung. Mit klammem Herzen hatte sie auf eine Antwort verzichtet.

Um die Hostie zu empfangen, musste sie rechts durch den Gang zwischen den Stuhlreihen gehen, an Aleksandre vorbei. Sie blieb sitzen. Kein Leib Christi für sie heute.

Der Sarg ihrer Mutter begab sich ins marmorne Grab hinab. Weihwasser, Weihrauch, Gebete, Lieder, dann schloss man die Gruft. Beim Essen, an dem Aleksandre nicht teilnahm, lachte Katmé übertrieben und erntete Tashuns vorwurfsvolle Blicke. Als die letzten Gäste gegangen waren, streckte Katmé ihre Glieder. Die Anspannung der letzten Monate fiel endlich von ihr ab. Die Feier war vorbei. Samy nicht mehr im Gefängnis.

Am nächsten Morgen begleitete sie Sennke zum Bahnhof. Bei ihrer Rückkehr kam Tashun auf sie zu, Ety wolle sie dringend sprechen. Sie ging in den Flur und nahm den Hörer ab.

21

FÜNF JUGENDLICHE zielten mit Steinschleudern aus Holz und Gummiband auf Tauben. Taubenfleisch war begehrt in Fènn und wurde teuer verkauft. Vom Fenster des parkenden Busses aus wanderte Katmés Blick von den Vögeln zu den Jugendlichen, von den Jugendlichen zu den Vögeln, von den Vögeln zu den Jugendlichen, von den Jugendlichen zu den Vögeln, von den Vögeln zu den Jugendlichen. Sie sprachen sich ab und schossen gleichzeitig. Die Steine trafen vier Tauben am Kopf und ein unglückliches Rotkehlchen, das gar nicht ihr Ziel gewesen war. Die entkommenen Vögel schlugen mit den Flügeln und verschwanden in Sekundenschnelle. Die Tauben, die zu Boden fielen, waren nicht tot, die Jugendlichen drehten ihnen die Hälse um und warfen ihre Kadaver in Umhängetaschen aus Raphiabast, die sie quer über der Brust trugen. Das Rotkehlchen interessierte sie nicht. Es verendete im Staub unter den Tritten der Fußgänger am Busbahnhof. Katmé presste die Hände zwischen die Oberschenkel, damit sie nicht zitterten.

Sie war in den ersten Bus nach Akriba gestiegen, der abfahrbereit schien. »Nur noch drei Passagiere, dann fahren wir los«, hatte der Fahrer des *Les jaloux vont maigrir* behauptet und den Motor angelassen. Sie kaufte die drei Plätze. Sie bewegten sich nicht von der Stelle. Der Motor brummte immer noch. Nach zehn Jahren ohne öffentliche Verkehrsmittel hatte sie die Reflexe grundsätzlicher Wachsamkeit verloren. Falsche Passagiere verschleierten die tatsächliche Anzahl freier Plätze. Immer wenn ein Platz verkauft wurde, verließ ein falscher Passagier den Bus. Sie konnten noch zehn Minuten oder drei Stunden dort stehen, ohne zu wissen, wer wirklich mitfahren und wann sie losfahren würden. Sie wollte noch mehr Plätze kaufen, aber einer der Strohmänner des Fahrers hielt sie zurück: »Das bringt nichts, Schwester, selbst wenn du alle Plätze kaufst und er mit dem leeren Bus losfährt, wird er unterwegs anhalten, sobald er einen Passagier am Straßenrand sieht, dann verliert ihr noch mehr Zeit, behalt dein Geld und warte. Warum hast du es überhaupt so eilig? Der Mensch hat ein Ende, nicht die Zeit. Hab Geduld, Schwester.« Während einer nach dem anderen die falschen Passagiere ausstiegen, musste sie sich der Tatsache beugen, dass sie die erste gewesen war. Tashun hatte ihr verboten, sein Auto zu nehmen. »Das habe ich mit meinem Geld bezahlt, das rührst du nicht an.« Also hatte sie entschieden, schnurstracks mit dem Bus nach Akriba zu fahren. Sie lehnte sich im Sitz zurück und schloss die Augen.

In der Clinique des Hommes Capables versperrte Sita Félicie ihr den Weg zum Totenraum. »Du wirst ihn nicht sehen, Katmé. Niemand wird ihn sehen. Dank deinem Mann und dir haben wir eine gehörige Portion Unglück abbekommen. Danke, dass ihr seinen Leichnam hierher verlegt habt, mit der Bezahlung kommen wir allein klar. Ich will kein Geld mehr von dir, nur, dass du uns vergisst. Ich habe nur noch Kizito, ich bitte euch, auch ihn zu vergessen. Und jetzt geh bitte.«

»Und ... die Beerdigung?«

»Du wirst nicht dabei sein, Katmé.«

»Ich werde nicht bei Samys Beerdigung dabei sein?«

»Nein. Du wirst nicht dabei sein. Du hast genug angerichtet. Deinetwegen, wegen deinem Mann wurde sein Name durch den Schmutz gezogen, der Name, den sein Vater an ihn weitergegeben hat, euretwegen ist er tot, man hat ihn benutzt, um euch zu treffen, und das, weißt du, werde ich euch nie verzeihen, nie, hast du gehört? Das alles ist deine Schuld! Du hast ihn zu seinen Dummheiten ermutigt, wozu ein Künstler sein, wenn man einen richtigen Beruf hat, sieh dir an, wohin dein Geld ihn geführt hat. Wenn es diese verdammte Ausstellung nicht gegeben hätte, wäre das nicht passiert; er ist gestorben, ohne es zu irgendetwas gebracht zu haben; weder als Künstler noch als Lehrer noch als Familienvater, im Unglück hat er es zu etwas gebracht, das ja; erst diese schrecklichen Monate im Gefängnis und jetzt dieser Horror, das, was die Leute aus diesem verfluchten Viertel, wo du die Miete für ihn bezahlt hast, aus ihm gemacht haben. Bitte geh!«

Zwei Tage zuvor hatte sie sich am verfallenen Grab ihrer Mutter geschworen, nicht mehr zu weinen. Sie hatte Etys Anruf entgegengenommen, sie hatte mit dem Leiter der Clinique des Hommes Capables telefoniert, ihn über das Eintreffen von Samuel, das heißt von Samuels Leichnam, informiert, und sie hatte nicht geweint. Sie hatte Sennke zum Bahnhof gebracht, sie hatte sie an sich gedrückt, und sie hatte nicht geweint. Sie hatte bei der Einweihung des Autobahnabschnitts Aleksandre wiedergesehen, er hatte ihr die Hand gereicht, sie angelächelt, sie war innerlich zusammengezuckt, aber sie hatte keine Träne vergossen. Tashun hatte getobt, als sie ihm vor dem Gesundheitszentrum, nach dem Durchtrennen des Bandes, den Glückwünschen, dem Sekt, gesagt hatte, sie würde in die Hauptstadt zurückfahren: »Du kannst mich doch nicht am ersten Tag der Kampagne einfach sitzen lassen, das Meeting mit deinem Vater, dem ganzen Team, das ist heute Nachmittag, wenn du abhaust, verprügle ich dich, das schwöre ich dir, ich verprügle dich, Katmé«; ihre Augen waren trocken geblieben, sie hatte nicht geweint. Sogar als ihr Vater, Innocent Patong, sich eingeschaltet hatte, »Du wirst uns doch nicht wegen dieses Nichtsnutzes sitzen lassen? Jetzt, wo er tot ist, was ändert es, ob du gleich oder in einem Jahr hinfährst?«, hatte sie nicht geweint. Allenfalls festgestellt, dass das Leben sie doppelt strafte: mit der Abwesenheit ihrer Mutter und der Anwesenheit ihres Vaters; sie hatte auch ihn aus ihrem Herzen verbannt, wie man einen Sandfloh aus der Fußsohle herauszieht, wie man einen von Tollwut befallenen ausgehungerten Hund verjagt. Sita Félicie konnte ihr noch so viele Vorwürfe machen, sie verstoßen, sie verfluchen und sie sogar von Samys Beerdigung ausschließen, sie würde nicht weinen. Da Samy tot war, gab es keine Hoffnung mehr, wozu sollte sie weinen?

22

MORGEN, JA MORGEN WÜRDE SIE ES TUN, das Bett verlassen, das Zimmer verlassen; schließlich würde man eines Tages auch sie beerdigen, uns alle würde man beerdigen, wir alle wären eines Tages tot; morgen würden die Myriaden von Nadelstichen, der grelle Nebel, der weiße Nebel, die sie erschöpften, nachlassen, schwinden, weichen. Sie stellte fest, dass einen nichts vom Tod eines geliebten Menschen heilt, nicht einmal der Gedanke an die eigene Endlichkeit. Dass ein Menschenherz solche Trauer ertragen konnte, ohne zu zerspringen, verdutzte sie. Verkrochen in sich selbst nach dem Tod ihrer Mutter, verkrochen in ihr Zimmer seit Sita Félicies Zutrittsverbot zum Totenraum wunderte sie sich, wie vertraut ihr dieser Zustand war. Verbarrikadiert in ihrem Zimmer hatte sie den Mantel des Unglücks wie eine Standarte über sich gebreitet, sich in einen zwischen den berstenden Keimzellen einer Halluzination aufgespannten Umhang gehüllt. Ihre Gedanken, bewegliche, fließende Spiralen, wirbelten mit der sterblichen Launenhaftigkeit weißer Blüten im Morgentau. Sie stieg aus dem Bett, ging zum Fenster, hob einen Vorhangzipfel und verlor sich in der Betrachtung der Jacarandas, der Marienkäfer aus gehämmertem Eisen – erste Versuche von Samy, bevor er sich dem Ton zugewandt hatte. Von ihm blieben diese Gartenecke hinter der Fensterscheibe und die Fotos, in einer fröhlichen Ewigkeit versteinerte Erinnerungen. Doch glückliche Erinnerungen passen nicht in ein Flakon. Man kann nicht an ihnen schnuppern wie an einem Duftöl an schweren Tagen.

Mama Récia und Sokjou halfen dem Haushälter bei der Planung des Residenzalltags. Bambili brachte Axelle und Alix zur Schule, holte sie nach dem Unterricht wieder ab. Die Pförtner schickten die Besucher wieder weg. Das Zimmer blieb im Halbdunkel, Motto wagte sich nicht an die widerspenstigen Vorhänge, wechselte nicht mehr die Bettwäsche. Bei seinen Kollegen schimpfte er: »Ach, die Frauen der *tétés*, das Geld macht sie verrückt. Sie machen nichts so wie wir. Als das Motorrad meinen Bruder getötet hat, ist seine Frau am nächsten Morgen, am nächsten Morgen sage ich, als es noch nicht mal ganz hell war, da ist seine Frau auf den Markt gegangen und hat Beignets verkauft, und am Abend das Gleiche, da hat sie wieder Beignets verkauft. Wer hätte ihre Kinder ernährt, wenn sie sich im Zimmer eingesperrt hätte, wenn sie im Bett geblieben wäre, weil ihr Mann tot ist? *Didonc*! Jemand, der nicht mal zur Familie gehört, stirbt, und man tut so, als wäre es der Weltuntergang!« Nachmittags betraten Mama Récia und Sokjou das Zimmer, zogen die Vorhänge zurück, wechselten, wenn nötig, die Bettwäsche, brachten ein Tablett mit Essen, eine Scheibe Brot mit gezuckerter Kondensmilch. Sie aß das Brot. Abends kamen Axelle und Alix sie besuchen. Sie setzten sich an den Bettrand, erzählten von ihrem Schultag, fragten, wann sie wieder gesund wäre. Sie wussten, dass ihre Mutter seit dem Tod von Tonton Samy krank war; es war ihnen nicht gelungen herauszufinden, wie oder warum er gestorben war, aber offenbar gewöhnten sie sich mit der Zeit daran, dass es ihren Patenonkel nicht mehr gab, über den ihr Vater nun viel Gutes sagte. Dank Mama Récia und ihren schonungslosen Antworten über den Herrn Jesus Christus und Seinen himmlischen Willen begegneten sie dem Tod ihres Patenonkels mit wesentlich mehr Gelassenheit als ihre Mutter. Balbine brachte die Post aus der Präfektur. Tashun öffnete sie während seiner kurzen Aufenthalte. Die Wahlkampagne ließ ihm kaum Zeit, er kam, um seine Töchter zu umarmen, blieb über Nacht, wenn er konnte, schlief im Nebenzimmer. An den Tagen nach Samuels Tod ersetzte er die erfolglosen Zärtlichkeiten durch Spucke und zwängte sich in sie. Sobald er sich zurückzog, weinte sie, sie, die er einst seinen Eiszapfen aus Fènn, sein kaltblütiges Tier, genannt, sie, bei der er sogar die Funktionsfähigkeit der Tränendrüsen infrage gestellt hatte, sie, die er respektierte, weil sie nicht diesen billigen Joker einsetzte, den die Frauen zückten, mit denen er Geschäfte machte, um ihn unter Zugzwang zu setzen, um ihm etwas mehr Geld aus der Tasche zu locken. »Maman ist tot, Samy ist tot, Maman ist tot, Samy ist tot, Maman ist tot, Samy ist tot«, er könne die Leier nicht mehr ertragen! Natürlich sei Maman tot. Übrigens schon seit über zwanzig Jahren! Höchste Zeit, dass sie es bemerke. Er habe geglaubt, es wäre gut, den hartnäckigen Bitten der Pankeus nachzugeben und Samuels Haftentlassung zu erwirken, all das, um ihnen einen Gefallen zu tun, und nun das! Sie hätten das Recht umgehen wollen, das hätten sie nun davon. Wer schuld daran sei, frage er sie. Die Ermittlungen? Man könne ja nicht ein ganzes Viertel einsperren, verdammt noch mal! Die Wahlkampagne lauge ihn aus, und sie verderbe ihm die Nächte. »Maman ist tot, Samy ist tot«, er würde nicht länger das dritte Gespenst spielen, sie habe mit zweien schon genug, er würde im Nebenzimmer schlafen.

Nachts, wenn Katmé stundenlang wachlag, vertiefte sie sich in *Émancipations*, las nochmals den Polizeibericht über den Unfall im Atelier des Bildhauers Samuel Pankeu:

»Vor der Schule sind wir zum Brunnen gegangen, Wasser holen, auf dem Rückweg haben wir ihn gesehen, er hat auf der Erde gekniet und die lila Blumen abgeschnitten, und er hat dabei geredet, zuerst haben wir gedacht, dass neben ihm jemand ist, den wir nicht sehen, aber er hat mit den lila Blumen geredet, das hat uns genervt. Er pflanzt Blumen in unserem Viertel, aber in unserem Viertel gibt es keine

Blumen, nur bei ihm, wir haben ihm gesagt, dass nur Mädchen Blumen pflanzen, aber Jungs nicht. Er hat gesagt: Das ist mein Hof, hier mache ich, was ich will, er hat sich geärgert, dabei haben wir uns zuerst geärgert. Das ganze Viertel weiß, was er getan hat, er hat unser Viertel beschmutzt, die Wassereimer auf unseren Köpfen waren schwer, wir mussten schnell nach Hause, damit wir vor der Schule noch unsere Beignets essen konnten, aber die Art, wie er uns geantwortet hat, hat uns nicht gefallen. Stemmt so die Hände in die Hüften und sagt, dass der Hof ihm gehört und er machen kann, was er will. Sowas ärgert uns, dass ein Kerl, der nicht mal ein richtiger Kerl ist, so mit uns redet, das ärgert uns. Und dass er die Hände in die Hüften stemmt, und dann noch sein Kopf wie von einer Kaulquappe, ich habe gesagt, du mit deinem dicken Kaulquappenschädel, und er hat gesagt, warum beleidigst du mich, ███, da habe ich meinen Eimer auf den Boden gestellt und die anderen auch, dann sind wir über die Abflussrinne zwischen der Straße und seinem Hof rüber und haben ihn geschubst, damit er die Hände von den Hüften nimmt, weil er hat wirklich wie ein Mädchen getan, wir wollten nur, dass er nicht mehr diese lila Blumen in unserem Viertel pflanzt. In der Zeitung und im Fernsehen haben sie gesagt, dass das Quartier des Aquatiques kein gutes Viertel ist, und unsere Freunde aus den anderen Vierteln machen sich lustig über uns, sie sagen, dass die Jungen in unserem Viertel Mädchen sind, dabei wohnt er eigentlich gar nicht hier, aber auf seinen Fotos war unser Viertel, jetzt behaupten alle, dass er in unserem Viertel wohnt, und wir müssen uns schämen wegen ihm, außerdem hat er Fotos gemacht, um sich über uns lustig zu machen, dass wir die Armen sind, dass die Aquanauten im Regen schwimmen, dass wir im Schmutzwasser schwimmen, das hat uns geärgert. Wir haben ihn geschubst, nur ein bisschen, wir haben ihm auch gegens Schienbein getreten, und er ist in Zeitlupe wie ein Blatt auf den Boden gefallen, das hat er bestimmt absichtlich gemacht oder wie fällt man sonst in Zeitlupe? Ich hab gesehen, wie er auf dem großen Eisending im Hof ausgerutscht ist, das Ding, das wir bei der Aufräumaktion in unserem Viertel mit ihm zusammengeschweißt haben, das haben wir mit den rostigen Eisenteilen zusammengeschweißt, die wir überall im Viertel und unten am kleinen Markt aufgesammelt und ihm gegeben haben. Er ist hingefallen, sein Kopf hat wumms gemacht! Als er nicht mehr aufgestanden ist, haben wir Angst bekommen und sind losgerannt. Wir sind gerannt und gerannt, bis ███ bemerkt hat, dass wir die Eimer vergessen haben, unsere Mas zu Hause bringen uns um, wenn wir ohne die Wassereimer wiederkommen, also sind wir zurückgerannt, um unsere Eimer zu holen. Als wir angekommen sind und unsere Eimer nehmen wollten, hat er gesagt, dass er uns anzeigt und unsere Eltern eine Vorladung von der Polizei bekommen, und dass unsere Eltern von den Polizisten mit dem Gratistaxi abgeholt werden, er war nicht mal verletzt, und da will er uns bei der Polizei anzeigen! Nur seine Kleidung war schmutzig und ein bisschen zerrissen, wir schwören. Wir haben unsere Eimer genommen und sind gegangen, aber unterwegs hat ███ gerufen: Rache! Rache! Wir müssen seine dreckigen lila Blumen zertrampeln und sein Atelier kaputt machen, damit er Angst kriegt und unseren Eltern nichts sagt, und damit er aus unserem Viertel abhaut, weil wenn unsere Freunde aus den anderen Vierteln mitbekommen, dass er nicht mehr im Gefängnis, sondern wieder hier ist, werden wir uns in der Schule zu Tode schämen. Als wir zurückgekommen sind, hat er wieder mit seinen dreckigen Blumen geredet und gesagt: Entschuldigung, meine Hübschen, Papa wird sich um euch kümmern, Papa hat euch vermisst, er hat wie ein Schwachsinniger mit seinen Blumen geredet. Da hat ███ einen Stein aus der Abflussrinne genommen und auf ihn geworfen, der Stein hat ihn am Ohr verletzt. Ich hab den vierten Stein geworfen, das weiß ich, weil ███ gesagt hat, schick ihm unser Geschenk Nummer vier. Wir haben geschrien, hau ab, hau ab aus unserem Viertel, Tunte, hau ab, hör auf, unsere Namen zu rufen, du Tunte. Er hat versucht, sich mit den Armen zu schützen, und gesagt:

■■■, warum machst du das? ■■■, was habe ich dir getan? ■■■, warum machst du das? ■■■, ■■■, ■■■, warum, warum? Er ist zum Atelier gerannt, während wir weiter mit Steinen geworfen haben, er ist weggelaufen, ein Angsthase, darf ein Großer wie er einfach so weglaufen? Das hat uns geärgert, dass er davonrennt, das hat uns echt geärgert, so richtig geärgert, und er wollte die Tür vom Atelier zumachen, aber ■■■ war schneller und hat seinen Fuß in die Tür gestellt, und wir haben zu sechst gedrückt, wir haben uns gegen die Tür gestemmt, wir haben feste gedrückt, bis er einen Schritt rückwärts gemacht hat und uns reingelassen hat. Wir haben ihm gegens Schienbein getreten, er ist wieder hingefallen, und ich hab mich geschämt, wie kann ein so großer Mann hinfallen, wenn man ihn bloß ein bisschen schubst? Er hat uns angefleht: Lasst mich in Ruhe, lasst mich, geht, lasst mich, ich werde euren Eltern nichts sagen, ■■■, ■■■, ■■■, ■■■, ■■■, ■■■, ■■■, lasst mich in Ruhe, bitte, bitte. Er hat uns nicht leidgetan, weil eine Tunte ist nicht wie wir, wie echte Kerle. Also, meine Mutter sagt, Tunten sind Anti… Anti… Herr? Anti…Jesus? Meinst du Antichrist? Ja, genau, Antichrist! Und Gott mag keine Antichristen. ■■■ hat ihn getreten wie einen verfaulten Macabo, ich wollte was vom Boden aufheben, sowas wie ein Stück von einem Panther oder so, das war schwer, ■■■ hat mir geholfen, er hat verstanden, was ich machen wollte, das hat uns geärgert, dass ein Großer wie er uns so anfleht, wir habens auf seinen Pimmel fallen lassen. Das Blut ist rausgeschossen, puff! Er hat geweint wie ein Mädchen, wie ein Baby! Wie meine kleine Schwester, als sie sich heißes Wasser über den Fuß geschüttet hat. Wir haben gelacht, ein Mann, der so weint. Er hatte weiße Shorts an, die sind vorne rot geworden, wir haben sie ihm runtergezogen, um nachzusehen, ■■■ hat gesagt, wenn er ein echter Kerl ist, muss auch Sperma aus seinem Pimmel kommen, aber es kam nur Blut. Wir fanden es lustig, dass er einen echten Pimmel hat, weil meine Mama sagt, dass bei Jungen, die wie Mädchen tun, der Pimmel verschwindet, er hatte immer noch

seinen Pimmel und in seinem Pimmel war ganz viel Blut. Er hat geschrien, wir hatten Angst, dass es draußen jemand hört. Wir gehen morgens um fünf Uhr dreißig Wasser holen, damit wir uns vor der Schule noch waschen können. Es war vielleicht schon sechs Uhr dreißig, wie der geschrien hat und geschrien und geschrien, wir haben gesagt, sei still, sei still, aber er hat immer weitergeschrien. Wir haben die Tür vom Atelier abgeschlossen, wir kennen das Atelier gut, wir wissen, wo er seine dreckigen Lappen aufbewahrt, wir haben ihm zwei Lappen in den Mund gestopft, er hat uns mit großen Froschaugen angestarrt, aber wegen den Lappen konnte man seine Stimme nicht mehr hören. Also, wie ich die Lappen gesehen hab, hatte ich ein komisches Gefühl und auch ein bisschen Angst, mit diesen Lappen haben wir uns die Hände abgewischt, wenn er uns gezeigt hat, wie man Kalebassen aus Ton herstellt. Ich hatte Angst, weil mich die Lappen an die Kalebassen erinnert haben, wir haben die Kalebassen oft verkauft und damit Geld verdient, aber als das Gratistaxi von der Polizei gekommen ist und ihn verhaftet hat, haben wir auch keine Kalebassen mehr gemacht und auf dem Markt verkauft und unsere Eltern haben sich geärgert. Dann hat ███ gesagt, dass wir losmüssen, sonst kommen wir zu spät zur Schule. Also, ich hab auch an die Kalebassen gedacht und das hat mich ein bisschen traurig gemacht. Früher bin ich zu ihm gegangen und hab ihm bei der Arbeit im Atelier zugeschaut. Mein Vater hat gesagt, wenn er mich angefasst hat, dann wird er ihm den Pimmel abschneiden und in den Mund stecken, damit er ihn aufisst, aber ich hab meinem Vater gesagt, dass er mich nicht angefasst hat. Also, mich hat das nicht traurig gemacht, weil der ein Bösewicht ist, ein Halbteufel. Der ist ein Bösewicht, auch wenn er uns beigebracht hat, wie man Kalebassen mit Ton herstellt, meine Mutter hat gesagt, dass Tunten in der Nacht schlimme Sachen machen, dann, wenn die ehrlichen Leute schlafen. In dem Moment hat jemand an die Tür geklopft und gesagt: Aufmachen! Aufmachen! Aufmachen! Da haben wir Angst bekommen. Ich hab die Stimme von meinem Vater erkannt, wir haben aufgemacht, und da waren auch die Väter der anderen, und unsere Mütter, es war schon acht Uhr! Wir kamen zu spät in die Schule. Sie wollten zum Brunnen gehen und uns suchen, weil wir nicht wie sonst um sechs Uhr dreißig zu Hause waren, aber unterwegs haben sie unsere Eimer neben der Abflussrinne vor dem Atelier gefunden. Sie wussten nicht, dass er wieder im Viertel war, weil er in der Nacht gekommen ist, niemand wusste, dass er im Atelier war, mein Vater ist sehr, sehr wütend geworden, er hat gesagt: Du wagst es, wieder hierherzukommen, du dreckiger Perverser? Du wagst es zurückzukommen? Wir werden dir zeigen, wonach du suchst, du verfluchte Kreatur! Bist du wieder hier, um unsere Kinder zu verderben? Was ist eigentlich los mit diesem Land? Warum lassen sie dich raus? Wieso läufst du frei rum? Wir werden dir zeigen, wonach du suchst! Einer von unseren Vätern hat ihm die Lappen aus dem Mund genommen und hat ihn nach draußen gezogen, er hat geschrien, er hat viel geweint, es hat geblutet, sein Pimmel hat geblutet. Draußen hat er laut geschrien, sehr laut, alle Leute sind aus ihren Häusern gekommen. Ein Mann hat im Atelier ein Bo… Wie hat er nochmal gesagt, wie das heißt? Ein Bo… also … es sieht so aus wie ein komisches Messer, es ist wie eine Feile. Ein Bossiereisen! Du vergisst echt alles, was er uns beigebracht hat, das heißt Bossiereisen, das hat er uns gesagt, als wir mit ihm den Tonkrug mit den vielen Mustern drauf gemacht haben, weißt du noch? Meine Mutter ist auch ins Atelier reingegangen, sie hat ganz viele von seinen Werkzeugen eingesammelt, die er oft beim Arbeiten benutzt, als sie wieder rausgekommen ist, hat ein Mann gesagt: Glückwunsch, Schwester, damit werden wir ihn bearbeiten! Und meine Mama ist zu uns nach Hause gegangen, weil zu uns ist es nicht weit, sie hat ihre Schuhe geholt, mit soooo einem spitzen Absatz, soooo spitz. Sie haben ihm die Shorts ganz ausgezogen und alle haben ihn gehauen, wir haben ihn gehauen und gehauen. Er hat sich zusammengerollt wie ein kleines Baby im Bauch von seiner Mutter. Und meine Tante, bei der ich wohne, die ist das Bügeleisen einstecken gegangen. Er lag auf der Straße, alle konnten seinen zerquetschten Pimmel sehen, wir haben Perverser! Perverser! Perverser! geschrien. Der Besitzer von dem Laden hat gerufen: Bravo Kinder, bravo Kinder, ihr habt ihn da bestraft, wo er gesündigt hat, bravo! Andere haben auf ihn gespuckt oder ihn getreten. █████s Tante ist mit dem heißen Bügeleisen zurückgekommen, sie hat angefangen, ihn zu bügeln, die Haut ist abgegangen, er hat nicht mehr geweint, er hat nur geschnauft, geschnauft und geschnauft, richtig laut. Mein Vater hat das Werkzeug genommen und an alle verteilt, die eins wollten. Ich kenne die Namen für alle Werkzeuge, nicht so wie █████, und ich habe gesagt: Hier ist das Abdreheisen, wer will das Abdreheisen? Und der Meißel, wer nimmt den Meißel? Die Modellierschlinge, für wen ist die Modellierschlinge? Da hat er auf einmal wieder geredet, es war schwer zu verstehen, aber er hat gesagt: Bitte, gnade mir Gott, bitte, gnade mir Gott. Meine Mutter hat gesagt, du nimmst den Namen Gottes in den Mund! Satanskind! Die Person, die das Bos...siereisen genommen hat, hat ihm damit in die Augen gestochen, seine Augen sind geplatzt, er hat geschrien und geschrien, das war wie ein Zeichen, weil alle dann, alle Werkzeuge sind an seinen Körper gegangen, sein Körper hat sich bewegt, bewegt wie, wie beim Breakdance, █████s Mama hat ihm mit dem Absatz von ihrem Schuh auf den Kopf gehauen. Dann gab es so einen Mann, der ist gekommen und hat gesagt: Was macht ihr da? Herrgott, was macht ihr da? Ihr seid Monster! Was hat dieser Mann euch getan, hört auf! Ich werde die Polizei rufen, Mörderbande! Mein Vater hat gesagt: Du verteidigst eine dreckige Schwuchtel? Weißt du denn, wer dieser Mann ist, den du da verteidigst? Der ist nicht mal ein Mann, ist dir das egal, dass jemand, der weniger ist als ein Hund, weniger als eine Maus, dass der dieselbe Luft atmet wie du? Dann haben ein paar Kinder angefangen zu weinen, man hat zu den Mamas gesagt, sie sollen mit ihnen nach Hause gehen, aber andere Leute haben gesagt: Nein, warum sollten wir die Wahrheit vor ihnen verbergen, sie müssen lernen, was Leben ist, was wir hier tun, ist zu ihrem Wohl, sie müssen die unübertretbare Grenze zwischen Gut und Böse kennenlernen. Dann hat jemand gesagt: Lasst diesen Mann nicht gehen, er wird uns verraten, vielleicht ist er selber eine Tunte, wir müssen ihn aufhalten! Dann hat der Mann geschrien: Lasst mich los, ihr abartigen Dreckskerle, ich muss eine Messe halten, lasst mich los, ihr Mörder, ich muss heute die Morgenmesse halten, seid verdammt, ihr Mörder! Ich bin der Pfarrer von Saint-Michel. Als er gesagt hat, dass er der Pfarrer ist, hat eine Frau gesagt, das stimmt, der ist gerade neu in der Kirchengemeinde von unserem Viertel. Sie haben den Pfarrer im Atelier eingesperrt, als die Männer ihn hochgehoben haben, haben seine Füße nicht mehr den Boden berührt, und er ist mit den Füßen in der Luft Fahrrad gefahren, er hat gesagt: Ich werde euch anzeigen, ich werde jeden Einzelnen von euch anzeigen, das schwöre ich euch und wenn mein Leben davon abhängt, ich werde jeden Einzelnen von euch anzeigen, Mörder! Mörder! Sein Blut wird euch und eure Kinder bis zur vierten Generation besudeln. Der Pfarrer sah lustig aus mit seinen Füßen, die in der Luft Fahrrad gefahren sind. Als der Pfarrer eingesperrt war, hat der da auf dem Boden immer noch Breakdance getanzt, die Frau mit dem Bügeleisen hat wieder angefangen, ihn zu bügeln, sie hat das Bügeleisen auf ihn draufgestellt, und wenn sie es hochgehoben hat, ist die Haut abgegangen, er hat ausgesehen wie ein rosa Schweinchen, ein Albino. Als das Bügeleisen kalt war, ist die Frau schnell, schnell nach Hause gegangen, um es wieder aufzuwärmen, aber als sie wiedergekommen ist, hat er sich nicht mehr bewegt, jemand hat gesagt: Er bewegt sich nicht mehr. Meine Mama hat aufgehört, ihm mit dem Absatz von ihrem Schuh auf den Kopf zu hauen. Dann hat eine andere Person gesagt: Der ist nicht tot, der tut nur so, damit wir ihn in Ruhe lassen, ihr werdet schon sehen, morgen spaziert er vor unserer Nase im Viertel rum, er hat so ein Teil geholt, mit dem man Gräber abdeckt, das war schwer, drei Männer haben es zusammen getragen, sie haben es auf seinen Kopf fallen lassen, sein Kopf hat puff gemacht! Geplatzt! Wir sind zurückgewichen, weil überall Blut war, aber wir waren echt froh, dass sein Kopf geplatzt ist. Er hat nicht mal geschrien, jemand hat gesagt: Er ist tot. Andere Frauen haben das Kreuzzeichen gemacht, dann hat jemand gesagt: Wir müssen zur Arbeit, es ist schon spät, es ist fast zehn, und jemand anderes hat gesagt: Was!? Schon zehn? Der hat uns zwei Stunden geklaut! Das war ein richtig harter Brocken, für den Reifen haben wir wirklich keine Zeit mehr, mein Chef wartet in der Ziegelbrennerei auf mich, dieser Dreckskerl hier hat Glück, dass wir keine Zeit mehr haben, um den Reifen anzuzünden, wir hätten ihn schön knusprig gebraten, dann hat jemand anderes gesagt: Was machen wir damit?, und hat auf den Boden gezeigt. Das war wirklich hässlich, wie der da auf dem Boden gelegen hat, wie ein Albino, ein rosa Schweinchen. Ich mag es nicht, dass Leute im Viertel verbrannt werden, wenn Diebe verbrannt werden, habe ich in der Nacht Angst, weil das so, so lange brennt, das wird wie geschmortes Fleisch und das stinkt dann noch tagelang. Wenn bei uns im Viertel ein Dieb verbrannt wird, kann ich zehn Tage lang kein Fleisch mehr essen. Dann haben wir hinter uns eine Stimme gehört, die hat geschrien, wir konnten sie nicht sehen, weil das ganze Viertel da war und im Kreis stand, die Frau hat geschrien: Was ist hier los, was ist los, was macht ihr bei meinem Sohn? Sie hat alle zur Seite geschoben und sich durchgedrängelt, als sie in der Mitte stand, neben uns, diese Mama, da ist sie neben ihm auf die Knie gefallen, sein Kopf war immer noch unter diesem Grabdings, man konnte sein Gesicht nicht sehen, wie konnte sie wissen, dass das ihr Sohn war? Eine Tunte darf man doch umbringen, oder nicht? Eine Tunte, die mit Blumen redet wie ein Bekloppter, das ist doch kein richtiger Mensch, oder? Werden Sie uns verhaften? Sie werden doch nicht etwa die Leute aus dem Viertel verhaften? Der Lehrer in meiner Klasse, in der Schule, hat gesagt, dass wir der öffentlichen Gesundheit einen Dienst erwiesen haben, das hab ich nicht verstanden, aber er hat mich nicht dafür bestraft, dass ich im Unterricht gefehlt habe. Und mein Lehrer hat zur ganzen Klasse gesagt, dass sie für mich klatschen sollen. Und in meiner Klasse musste ███, mein Erzfeind, für mich klatschen. Nur der Direktor hat gekotzt, er musste sich total übergeben, und dann hat er geweint, und dann hat er gesagt: Ich bringe diese Kinder zur Polizeiwache, geben Sie ihren Eltern Bescheid. Was heißt das denn: der öffentlichen Gesundheit einen Dienst erweisen?«

Obwohl seine Frau ihn nicht zu den Meetings begleitete, obwohl die Presse ihm in teils widersprüchlichen Artikeln die Haftentlassung und den Tod von Samuel Pankeu zur Last legte, obwohl der gegenwärtige Gouverneur der Opposition seinem Dickdarmkrebs trotzte und mit neunundsiebzig Jahren noch einmal kandidierte, obwohl die rachsüchtige und übergewichtige Maman Caramel deux à dix Marabouts losschickte, um kurz nach Mitternacht Hammelblut vor die Residenz zu schütten, obwohl ihm Betrug vorgeworfen wurde, weil er Tausendfrancscheine und Rindfleischsandwiches mit Tomatensoße an jeden Wähler verteilen ließ, der die Kabine mit den Stimmzetteln seiner Gegner verließ, obwohl Beweise für Absprachen mit Vertretern gegnerischer politischer Zusammenschlüsse in den Wahlbüros vorlagen, obwohl Wahlurnen für unzulässig erklärt wurden, weil sie unversiegelt zur Stimmenauszählung eintrafen, obwohl offensichtlich Protokolle gefälscht und EDV-Programme manipuliert wurden, obwohl andere Kandidaten wegen des Handels mit Wählerkarteien vor Gericht zogen – Tashun wurde gewählt, und Katmé musste ihre Isolation aufgeben.

Sie würden umziehen.

23

SIE WANDTE DEN BLICK von den Jacarandas, den Eisenskulpturen ab, ließ den Vorhang fallen, drehte sich um und begriff, dass sie laut gesprochen hatte. Sie begriff auch, dass jede Sekunde, die sie seit einem Monat im Zimmer verbrachte, sie auf diesen Moment vorbereitete, von dem sie unterschwellig ahnte, dass er unvermeidlich war. Aus ihrem Inneren drang das Knarren eines in den wilden Wassern des Lebens verrosteten Herzens. Wann war sie untergetaucht? Wann hatte der Rost eingesetzt? Der Brief des Bürgermeisters hatte eine Schrumpfung ihrer selbst zu einem dünnen, zerfransten Basthalm in Gang gebracht, die nun am Ende angelangt war, das alles wurde ihr jetzt bewusst.

Sie ballte die Hände in den Taschen ihres Satin-Morgenmantels zu Fäusten und wiederholte: »Ich werde nicht dort hinziehen.«

»Was ist das jetzt wieder für ein Unsinn? Was soll das heißen, du wirst nicht dort hinziehen? Du raubst mir noch den letzten Nerv!«

Sie stand aufrecht und breitbeinig da und verschnürte die Kordel ihres Morgenmantels eng um ihre Taille.

»Ich möchte mein Leben da weiterleben, wo ich es vor zwölf Jahren aufgegeben habe.«

»Wie ich sehe, produziert dein Gehirn immer noch Luft. Wo hast du dein Leben denn aufgegeben? Im Flughafenterminal vielleicht? Dann such es! Alle um mich herum haben mich gewarnt: Zu viel Verständnis für die Frau ist nicht gut, aber ich habe nicht auf sie gehört. Ich habe dir zu viel Unfug durchgehen lassen. Kümmer dich um den Umzug, Madame, das wird dir die Flausen austreiben!«

Katmé stieß die Tür zur Küche auf, in der eine weiße Leuchtröhre die orangefarbene Glühbirne an der Decke ersetzt hatte. »Maman!« Axelle und Alix warfen sich in ihre Arme. »Maman, bist du gesund? Geht's dir besser? Wir haben ganz, ganz viel gebetet, Mama Récia hat uns so viele Gebete beigebracht, so, so viele, wir haben für dich gebetet, und du bist gesund! Oh, Maman!« Während sie Folong mit geräuchertem Fisch und halbreifen Kochbananen zubereiteten, entlockten die schwatzenden Zwillinge ihr hier und da ein gedankenverlorenes Lächeln. Sokjou war erleichtert, dass ihre Cousine ihre Lethargie überwunden hatte, und eifrig um sie bemüht. Bambili ebenso. Nur Mama Récia bemerkte ihre Geistesabwesenheit und warf ihr besorgte Blicke zu.

Wo sollte sie wohnen ohne Geld, ohne Arbeit? Sie musste mit mindestens sechs Monaten rechnen, bevor sie eine Stelle in einem Gymnasium antreten und ein geringeres Gehalt als ein Nachtwächter bei einem Expat beziehen konnte. Sollte Mama Récia ihre Wohnung bezahlen? Ihre Rechnungen? Konnte sie die Kinder mitnehmen? Wohin? In welches Haus? Mit welchem Lebensstandard? Die Gruft, das Grundstück in Fènn hatte Tashun bezahlt, musste sie etwa eine dritte Beerdigung an einem anderen Ort vornehmen? Wer würde einer Frau helfen, die freiwillig ihren Mann, den ehemaligen Hauptstadtpräfekten und neuen Gouverneur der Provinz Haut-Fènn, verlassen hatte? Wer würde verstehen, dass sie so weit gegangen war, um so tief abzusteigen? »Wer den Tisch mit so viel Besteck auf beiden Seiten des Tellers eindeckt, bricht keine Revolution vom Zaun«, hatte Keuna sie verspottet. Aleksandre hatte ihr angeboten, mit ihm gemeinsam neu anzufangen. Gemeinsam. Der verliebte, nun mit Versprechen aufwartende Aleksandre. Versprechen, die ihr, was auch immer er sagte, potenzielle Rechte einräumten. Aber eins war gewiss, wenn sie Tashun verließ, würde sie nie mehr unter demselben Dach wohnen wie der Mann, mit dem sie ihr Leben teilte.

Sie hatte sich in die Ehe gestürzt, um der bedrückenden Atmosphäre bei Mama Récia zu entfliehen und – so absurd es ihr jetzt schien – als verheiratete Frau begraben zu werden. Sie war mit Tashun verheiratet, damit ihr Leichnam sich nicht dafür schämen musste, kaum besser als ein Haustier beerdigt zu werden. Verheiratet, damit ihre Kinder, sollte sie welche haben, der Schande entgingen, dass ihre Mutter auf einem anderen als dem Grundstück ihres Vaters beerdigt wurde. Verheiratet, um jemandes Frau zu sein, um nicht wie ihre Mutter als Alleinstehende, als Frau ohne Moral behandelt zu werden. Wie konnte sie, die sich so nach der Brautkrone gesehnt hatte, die aus jeder gebärfähigen Frau im Land *eine wahre Frau* machte, wie konnte sie auch nur einen Augenblick daran denken, sie wieder abzusetzen? Wie führt man sein Leben fort, nachdem man zwölf Jahre im Brutkasten verbracht hat? Also weitermachen. Beine spreizen, dem brutalen Rein-Raus ins Kreuz stattgeben, Schweiß, der aufs Gesicht, die Brust tropft, die Sekunden zählen, das Keuchen ertragen, nichts fühlen, die Lippen zusammenpressen, die Augen schließen, den flüssigen Strahl in die sich sträubende Vagina hinnehmen, ein freudestrahlendes Lächeln aufsetzen und nicken, wenn er fragt, »War es gut?«, ihm mit der Hand über den Rücken streichen, schlafen, von einem anderen träumen, aufwachen, in der Slipeinlage die verabscheute Flüssigkeit spüren, sie an den Schenkeln herunterrinnen sehen. Wenn sie von Aleksandre träumte, trug er Jeans und T-Shirt. Er kam nach Fènn zurück, er hatte zugenommen. Sie setzte die Lippen neckisch auf seine vernarbte Oberlippe, tänzelte mit den Fingern unter seinem T-Shirt, strich über die vertraute Oberfläche seiner Haut. Es gefiel ihr, dass er in ihren Träumen ein T-Shirt trug. Sie hatte es nie geschafft, ihre Hände unter den taillierten, mönchischen Abacost zu schieben. Also werden. Maman Gouverneur. Cocktailempfänge, Abendessen, Gottesdienste, Einweihungen. Also vergessen. Vergessen, dass es für den Raub von Samys Leben keine Verhaftung, keinen Prozess geben würde, dass niemand per Haftbefehl ins Zentralgefängnis gebracht werden würde. »Man kann ja nicht ein ganzes Viertel einsperren, verdammt noch mal! Willst du gegen zehn-, zwölfjährige Kinder einen Haftbefehl ausstellen? Diese Aquanauten sind Wilde, es war ein Fehler, dass er dort sein Atelier eröffnet hat. Was nützt es, in alldem herumzustochern? Es liegt hinter uns. Der Himmel hat uns Prüfungen geschickt, wir haben sie bestanden, wir fangen wieder bei null an.« Wieder bei null anfangen. Die Bewohner des Quartier des Enseignants fangen wieder bei null an. *Tropiques Matin* fängt wieder bei null an. Maman Caramel deux à dix fängt wieder bei null an. Das Zentralkomitee der Partei fängt wieder bei null an. Fangen Sita Félicie und Kizito auch wieder bei null an? Den *Unfall im Atelier des Bildhauers Samuel Pankeu* einfach ausradieren? Sie wusste, was das war, ein Unfall im Atelier, Samy hatte es ihr erklärt, sie hatte es selbst gesehen, hatte es miterlebt. Ein Werk bekommt Risse, zerspringt; schlecht bearbeiteter Ton rebelliert, verweigert sich der Form, die man ihm verleiht, und man kann nichts mehr ändern; man irrt sich bei der Berechnung, wie stark das Material sich zusammenzieht – *das* waren Unfälle im Atelier. Samy war tot, eines schrecklichen Todes gestorben, mit Steinen zerschmettert neben seinen Usambaraveilchen, von seinen *Pro-bono-publico*-Lehrlingen – Paul, Blaise, Kouankeu, Petit Paul, Emmanuel, Chrysostome – gesteinigt; gebügelt, geschält, platt gedrückt unter einem Betonblock – *das* war kein Unfall im Atelier. Sich selbst verleugnen; immer nur Kompromisse machen ist kein Leben … War sie endlich so weit, sich selbst in die Augen zu sehen?

Axelle und Alix warfen sich prustend in ihre Arme, Katmé lachte und strich ihnen über die Haare, die sie schon lange nicht mehr geflochten hatte. »*Moïndjamoto*, ihr habt schmutzige Zöpfe.«

»Maman, wann machst du uns neue?«, fragte Axelle.

24

AN DER UNIVERSITÄT HAUT-FÈNN waren Semesterferien. Wo vorher die Holzkisten der Verkäufer für Schreibwaren und Formulare, die Kohlegrills für Mais, Kochbananen und Safous gestanden hatten, lag jetzt ein Teppich aus wassergesättigten dunkelrosa Flammenbaumblüten. Katmé zog den Reißverschluss ihrer Jacke bis zum Hals hoch, öffnete die Autotür und versenkte ihre Rauledermokassins in der aufgeweichten Erde. Als sie Akriba im Morgengrauen verlassen hatte, als hätten sie unter der Bettdecke Wanderameisen heimgesucht, hatte sie nicht daran gedacht, einen Regenschirm mitzunehmen, geschweige denn Schuhe anzuziehen, die der Jahreszeit entsprachen. Das Gewitter hatte sich entladen, während sie sich mit Schlaglöchern und dem steilen Anstieg zwischen der asphaltierten Landstraße und der Universität abkämpfte. Sie hatte ihr Auto vor den schmucklosen, verwitterten Gebäuden auf dem Gipfel des Berges geparkt, dessen Hänge von rostigen Blechdächern wie von einem wuchernden roten Geschwür überzogen waren. Sie blickte auf ihre Schuhe. Die waren nicht mehr zu retten. Gierig sog sie die Luft ein, den Duft der Fènner Erde nach dem Morgengewitter, den Kaolingeruch, das Aroma nasser Nadelzweige.

Kizito nahm in den Semesterferien keinen Urlaub. Er nutzte sie, um im Voraus Artikel für ausländische Publikationen und lokale Tageszeitungen zu schreiben oder über die Inhalte der nächsten Ausgaben von *Revers* nachzudenken. Ob die Texte des Chefredakteurs die Lesenden und seine früheren Auftraggeber wohl noch interessierten, nachdem das Lächeln des Kandidaten Tashun Abbia sich auf der Titelseite der Zeitschrift breitgemacht hatte? Sie ging instinktiv auf ein Gebäude zu, das sie für die Fakultät der Rechtswissenschaften hielt. Sie war nur einmal hier gewesen. Mit Samy. Ihre erste gemeinsame Fahrt nach Fènn. *Ante mortem* war noch im Entstehen, der Caz hatte noch nicht über den Besuch der Ausstellung und des Ateliers des Bildhauers mit den Waisenkindern von Vita abgestimmt, Samy hatte Maman Caramel deux à dix noch nicht als Lanze gegen Tashun gedient. Sie sah Samy vor sich, wie er die Hand als Schutzschild gegen die Sonne über die Augen hielt und zu den mikroskopisch kleinen Fensteröffnungen der Büros hinaufblickte. Seine Zelle im Zentralgefängnis war fensterlos gewesen. Vor wenigen Monaten hatten sie zu zweit hier gestanden, vor diesem deprimierenden Zwillingsbau. Vor nur wenigen Monaten. Sie fragte einen Studenten im Nachprüfungsverfahren nach dem Weg. Sie sei nicht im richtigen Flügel, auf die Beschriftungen der Holzpfeile sei kein Verlass, sie müsse sich nach links wenden, dann komme sie zu einem Schild, das auf die Fakultät für Politikwissenschaft hinweise, danach müsse sie am Gebäude entlanglaufen und um die Ecke biegen, von dort würde sie das dritte Gebäude sehen, aber das Schild, auf dem »Fakultät für Kommunikationswissenschaft« stehe, sei auch nicht richtig, denn im fünften Stock würden sich die Fakultät für Rechtswissenschaft sowie Kizitos Büro befinden, nach der Treppe rechts, am Ende des Flurs. Nach wenigen Metern blieb sie ratlos stehen – sie hatte sich nichts von den Erklärungen des Studenten gemerkt – und erkundigte sich diesmal bei einer Dame, deren Gesicht aufleuchtete. Ihre Exzellenz, Madame Gouverneur! Die Chemiedozentin sah es als ihre Pflicht an, sie zu begleiten. Der verlassene Flur, die geschlossenen Bürotüren, die schlammfarbenen Wände, die schmutzigen, zerbrochenen Fensterscheiben, die Löcher im Zementboden, der Unwetterschaden im Dach, der den Blick auf einen weißen, bläulich zerkratzten Himmel freigab, darunter die große Pfütze, die es zu meiden galt; durch diesen Flur war sie mit Samy gegangen. Damals war der Boden trocken gewesen.

Die Bürotür stand einen Spaltbreit offen, Kizito war nicht da. Die Dozentin wollte ihn suchen gehen. Katmé brachte sie davon ab, griff in ihre Handtasche, zog einen Fünftausendfrancschein hervor. »Für den Joghurt der Kinder. Vielen Dank für Ihre Hilfe. Sie können ruhig gehen. Ich warte auf ihn.« Die Dozentin zögerte, bevor sie die Hand ausstreckte und sie um den Schein schloss. Sie behielt ihn in der Faust, ohne ihn einzustecken. Schließlich öffnete sie die Faust wieder, betrachtete nachdenklich das Geld, fasste Katmé am Handgelenk, rollte ihr die Finger auf und drückte ihr den Schein wieder in die Hand. »Ich habe Ihnen nur den Weg gezeigt, Madame Gouverneur. Einen schönen Tag noch.« Sie lächelte, ging zuerst rückwärts, wandte sich dann um und entfernte sich mit raschen, langen Schritten von Katmé, die Samys hämisches Lachen hörte: »Dass du aber auch immer etwas geben musst, hat etwas Verzweifeltes an sich, ja, etwas Verzweifeltes.« Sie öffnete den Reißverschluss ihrer Jacke, knotete sie sich um die Hüften und die weiße Hose.

Als die Dozentin nur noch ein verschwommener Fleck am Ende des menschenleeren, stillen Flurs war, wurde sie langsamer, jemand kam ihr entgegen, der sie um mindestens zwei Köpfe überragte. Während er auf Katmé zukam, erkannte sie Samuels schlaksige Gestalt in Anzug und Krawatte und wie auf Filzschuhen, die das Geräusch seiner Schritte verschluckten. Der kalte Tag ergoss sich aus dem Lichtbrunnen im Dach in den Flur hinein und schnitt die Silhouette mit dem wiegenden Gang aus dem Gegenlicht. Noch nie hatte sie die Ähnlichkeit der beiden Brüder so sehr verblüfft. Er schien nicht erstaunt, sie vor seinem Büro anzutreffen; offenbar hatte man ihm gesagt, dass sie ihn suchte. Er stieß die Tür auf und bedeutete ihr mit einem Kopfnicken, ihm zu folgen. In dem winzigen Raum, der ihm als Büro diente, hatte sich seit ihrem Besuch mit Samy nichts verändert. Ein Resopaltisch voll farbiger Hefter, ein mit braunem Samt beschlagener Holzstuhl, ein Sessel mit Skai-Bezug, ein Regal, dessen Bretter sich unter dem Gewicht von Universitätszeitschriften, Werken der Rechts-, Politik- und Kommunikationswissenschaft und einer ordentlichen Schicht Staub bogen. Zwei Glasscheiben in der Wand, etwa so groß wie DIN-A4-Blätter, ermöglichten die Belüftung des Kämmerchens und gaben den Blick nach oben auf ein Stück Himmel, nach unten auf ein Mais- und Erdnussfeld frei. Ohne das Wort an sie zu richten, ohne wie sonst oft zu fragen »Na, wie geht's, Schwesterherz vom Bruderherz?«, begann Kizito, die Hefter durchzusehen. Schwesterherz vom Bruderherz, so hatte er sie genannt. Früher. Er schlug einen Hefter auf, klappte ihn wieder zu, schlug einen anderen auf, las ein paar Seiten. Nichts hat sich verändert, alles ist anders, dachte Katmé. Sie war darauf vorbereitet, dass er unfreundlich sein würde. Er war es. Sicherlich wollte Kizito sich Zeit verschaffen, bevor er über die Zukunft ihrer Beziehung entschied, bevor er die Freundschaft rettete oder die Feindschaft eröffnete. Das scheuernde Geräusch der Hefter ging ihr inzwischen auf die Nerven.

»Suchst du etwas?«

Er schlug den Hefter, den er soeben aufgemacht hatte, wieder zu.

»Was willst du hier?« Sein Ton war kalt und schneidend.

Feindschaft also.

»Ich will Samys Grab sehen.«

Er zupfte mit Daumen und Zeigefinger an seiner Nase, Samys Adlernase.

»Du bist nicht zu seiner Beisetzung gekommen und besitzt die Frechheit zu fragen, ob du sein Grab besuchen kannst? Das soll ich dir gestatten?«

»Aber deine Mutter hatte es mir untersagt!«

Er schürzte die Oberlippe.

»Maman hatte gerade ihren Sohn verloren, und zwar auf so brutale und abstoßende Art, dass sogar ich, der weiß, wie Menschen sein können, wenn die Bestie in ihnen entfesselt ist, es mir nie hätte vorstellen können. Sie war so niedergeschlagen, wie eine Mutter es unter solchen Umständen nur sein kann, und du, du bist doch klug, du gehörtest beinahe zur Familie, und du willst behaupten, du hättest sie beim Wort genommen? Wo ist Katmé? Ist Madame Abbia nicht da? Alle haben sich während der Beisetzung nach dir umgesehen, aber du warst nicht da! Und jetzt besitzt du die Frechheit, hier aufzukreuzen und zu verlangen, an sein Grab zu gehen? Für wen hältst du dich eigentlich? Ah, verstehe! Maman Gouverneur darf alles?«

Katmé presste beide Hände gegen die Schläfen. Die Pankeus konnten ihr das doch nicht verweigern.

»Wie hätte ich da sein sollen?«, schrie sie mit tränenerstickter Stimme. »Sita Félicie hatte es mir ...«

»Es reicht! Meine Mutter soll also herhalten. Ich habe bei dir angerufen, jeden Tag, eine ganze Woche lang, ich habe Nachrichten hinterlassen, ich habe um deinen Rückruf gebeten. Nichts. Madame ist nicht da. Madame kommt später wieder. Ja, wir werden ihr sagen, dass Sie angerufen haben. Madame wird Sie zurückrufen. Madame hat mich nie zurückgerufen.«

»Du ... Du hast ... mich angerufen?«

»Ja, Kat. Ich habe dich angerufen. Maman tat es leid, was sie zu dir gesagt hat, ich habe mich darüber geärgert, wir wollten uns bei dir entschuldigen, dir sagen, dass du in unserer Familie immer willkommen bist, aber du hast nie zurückgerufen, kein einziges Mal. Dann hat Ety es versucht, auch er hat bei dir angerufen.«

Sie hätte mit Sita Félicie vor Samys Leichnam Totenwache halten können, sie hätte noch einige Tage in seiner Nähe sein, ihn vielleicht berühren, sicherlich mit ihm sprechen können, sie hätte neun Tage nach der Beerdigung den Boden seines Hauses fegen und dabei sein können, wenn danach sein Zimmer geöffnet wurde, das Zimmer, in dem sie die Welt zusammengebaut und auseinandergenommen hatten, sie hätte mit denen, die ihn geliebt hatten, ihren Kummer ein wenig lindern können. »Wirst du für mich da sein, egal, was passiert?«, hatte er sie im Gefängnis gefragt. Mama Récia, Sokjou, Bambili hatten sie offensichtlich auf Anordnung von Tashun um ihre Trauer gebracht.

Sie schob den Stuhl zurück, ging darum herum, warf ihre Jacke auf den Sitz und stellte sich mit ausgestreckten Armen in den Türrahmen.

»Sieh mich an, Kizito.« Sie setzte sich seinem prüfenden Blick aus: schmutzige Zöpfe, abgemagertes Gesicht, glänzende Pupillen, unter dem taillierten, gestreiften Hemd hervortretende Schlüsselbeine, schlaff herunterhängende weiße Chiffonhose, Matschflecken am Saum, Erdklumpen an den Mokassins.

»Ich bin seit der Begegnung mit deiner Mutter vor dem Totenraum nicht mehr aus dem Haus gegangen. Gestern Abend habe ich zum ersten Mal mein Zimmer verlassen, das Haus heute Morgen. Ich komme direkt aus Akriba.«

Er musterte sie von oben bis unten, dann wandte er den Blick ab.

Sie setzte sich wieder auf den Stuhl, ohne vorher die Jacke vom Sitz zu nehmen.

Kizito hielt den Kopf gesenkt, spielte mit einem Kugelschreiber, die Bedächtigkeit desjenigen, für den schon das Wort, lange vor dem Zustand, etwas außerordentlich Befremdliches an sich hat, und fragte: »Warst du … de… depressiv?«

Sie deutete ein klägliches Lächeln an.

»Ich weiß nicht. Mir fehlte für alles die Kraft. Ich habe die Augen zugemacht, und alles kam immer wieder. Die ganzen Erinnerungen … Nach der Begegnung mit deiner Mutter vor dem Totenraum wollte ich nur schlafen, schlafen, schlafen und nie mehr aufwachen.«

Kizito strich sich mehrmals mit der Hand über den Kopf, als wollte er seine Gedanken ordnen. »Und jetzt ... Geht ... geht's dir besser?«

»Ich habe immer noch keine Lust aufzuwachen. Aber das Leben vor dem Tod kann kein langer Schlaf sein, oder?«

»Wir kennen alle die Versuchung, die Augen vor diesem Albtraum zu verschließen. Ich war zwölf, als Sam geboren wurde, ich weiß noch, wie meine Mutter mit ihm im Tragekorb aus dem Krankenhaus zurückkam und ich dachte, mit der Einsamkeit wäre es vorbei, ich würde nie mehr allein sein. Der Altersunterschied und Papas Tod haben dazu geführt, dass wir eher ein Verhältnis wie Vater und Sohn als wie großer und kleiner Bruder hatten, ich erzähle dir nichts Neues, das weißt du. Als er durchs naturwissenschaftliche Abi gefallen ist, war ich es, zu dem er gesagt hat, er würde lieber ein Literatur-Abi machen. Unser Vater hätte Sam das Abiturjahr noch hundertmal wiederholen lassen, bis er seinen naturwissenschaftlichen Abschluss in der Tasche gehabt hätte. Erst als Sam ein zweites Mal durchgefallen war, konnte ich unseren Vater überzeugen. Das war nicht einfach. Als du in Samys Leben getreten bist, ist er ein anderer geworden, offener, weniger introvertiert, ich war überzeugt, dass ihr eines Tages heiraten würdet, er hing so an dir, ich dachte, ihr wärt verliebt. Dann hast du geheiratet; er hat mir gesagt, wie unglücklich er über deine Hochzeit war, aber aus anderen Gründen, als ich gedacht hatte.«

Er machte eine Pause. Ein Muskel zuckte unter seiner Wange. Kizitos Stimme klang wieder so warm, wie sie es von ihm gewohnt war. Er hob den Arm, zog zwanzig Zentimeter über seinem Kopf etwas aus dem Regal, was Katmé für ein Lexikon mit festem schwarzem Pappdeckel und unbeschriftetem Rücken hielt. Er reichte ihr das dicke, dunkle Buch.

Katmés Augenlider begannen zu zucken.

»Ich habe das Album hier, und Maman kocht für ihn. Jeden Tag

Termiten, Maikäfer oder Heuschrecken, je nachdem, was sie auf dem Markt bekommt. Seit dem Unfall verbringe ich die Wochenenden in Akriba. Ich nehme die Kinder mit. Wir bekommen es mittags und abends vorgesetzt. Plötzlich wollen sie nicht mehr mit. Sie serviert und passt auf, dass wir alles aufessen. Sie selbst rührt nichts an. Sie fragt die Kinder: ›Ist es nicht zu salzig? Zu scharf? Zu viel Knoblauch?‹ Die Kinder schütteln den Kopf, sie fährt fort: ›Petit Père mag es gern scharf und salzig, ich zerdrücke den Knoblauch nicht, sondern schneide ihn in große Stücke und gebe ihn erst am Ende dazu, wenn alles durch ist.‹ Petit Père, das weißt du, oder, so hat sie ihn als Baby genannt. ›Petit Père mag es, wenn der Knoblauch zwischen den Zähnen knirscht. Esst nur, esst alles auf, ich habe ihm eine Portion in den Kühlschrank gestellt. Er isst, wenn er aus dem Atelier kommt.‹ Der Kühlschrank und die Kühltruhe sind bis oben hin voll mit Plastikdosen und Alupäckchen. Petit Pères Portionen. Ich brauche dir nicht zu sagen, dass sie den Kindern Angst einjagt. ›Mamie Félicie wird plemplem‹ sagen sie zu ihrer Mutter, wenn wir nach Hause kommen.«

Das Fotoalbum von Samys Begräbnis. Ein schlichter Sarg aus gehämmertem Rohholz, hermetisch verschlossen, keine rechteckige Fensterscheibe, um das Gesicht des Verstorbenen zu sehen. Blumen, aber keine Jacarandas oder Usambaraveilchen, seine Lieblingsblumen. Nicht einmal Ety hatte daran gedacht. Sita Félicie in Weiß. Kizito, seine Frau und Kinder in Schwarz. Die Bildhauereischüler des Collège Félix Éboué in ihrer Uniform, der Schulleiter im schwarzen Anzug mit roter Krawatte – die Farben für die Beerdigung eines Unfalltoten. Gabrielle und Khadidiatou aus dem Caz, Gabrielle mit dunklerem Schönheitsfleck à la Norma Desmond denn je. Aleksandre im schwarzen Abacost. Aleksandre … Ein Orchester, Künstler, der Plastiker Émile, der Samy *Die zwei Leben der Veronika* geschenkt hatte, eine Menge Leute, Unbekannte, weniger, als zum zweiten Begräbnis ihrer Mutter erschienen waren, aber anwesend, um sich ohne Kalkül, ohne eine Gegenleistung zu erwarten, von Samy zu verabschieden. Eine ganze Menge Menschen war auf Samys Beerdigung, aber nicht sie, sein besseres Ich.

»Wer sind diese Leute, die einen orangenen Anstecker auf der Brust tragen?«

»Sieh dir die Fotos danach an, eine oder einer von ihnen hat einen Blumenstrauß in der Hand.«

Katmé blätterte weiter, entdeckte den Blumenstrauß. Papageienschnabelblumen und Fackel-Ingwer, ein Banner in leuchtendem Orange, eine Botschaft:

Lebe wohl, Vizepräsident
Verein DP

»DP?«

»*Pédé*, Schwuchtel, umgedreht. Ein zynisches Wortspiel und gleichzeitig die Abkürzung für *dépénalisation*, Entkriminalisierung.«

Sie schloss für einige Sekunden die Augen, öffnete sie wieder.

»Ich wusste nicht, dass er Vizepräsident eines Vereins für Homosexuelle war, ich wusste nicht mal, dass es so einen Verein gibt.«

Kizito hatte das Kinn in die Hände, die Ellbogen auf den Schreibtisch gestützt und starrte sie an. Sie schluckte und vertiefte sich wieder ins Album. Die Fotos verschwammen vor ihren Augen. Samy, Vizepräsident des Vereins DP. Er hatte ihr nichts davon gesagt. Warum? »Eure Freundschaft ist zu exklusiv, das kann nicht gut sein«, hatte Tashun immer gesagt. Sie war gar nicht so exklusiv. Sie hatte ihm ihr ganzes Leben erzählt, ohne irgendetwas auszulassen, er hatte ihr einen Teil verschwiegen. Warum? Weil sie nicht wusste, was es bedeutete, in seiner Haut zu stecken? Er lebte in seinem Wesen, in seinem Körper, was für sie unklar, abstrakt blieb. Sosehr sie innerlich zusammenzuckte, wenn man auch nur ein Haar von ihr berührte, sie wusste nicht, was es bedeutete, in der Haut von jemandem zu stecken, der womöglich für den Rest seines Lebens im Gefängnis eingesperrt sein würde, was es bedeutete, von seinen vorpubertären Nachbarn und deren Eltern gelyncht zu werden, sich als Jugendlicher, als Erwachsener, sein Leben lang kontrollieren, vor den anderen verstecken, tarnen zu müssen. Samy hatte Logopädiestunden genommen, um seiner Stimme einen männlicheren Klang zu geben, die hohen Töne abzumildern, Kurse für Körpersprache besucht – die sie bezahlt hatte, sie hatte nicht einmal gewusst, dass es so etwas gab. Die jungen Männer und Frauen mit dem Anstecker wussten, was es bedeutete, in seiner Haut zu stecken, aber sie nicht. Sie nicht. Sie hatte ihm gesagt, dass ihr die Homosexuellen in Zambuena und auf der ganzen Welt egal seien, »Sie sind mir völlig schnuppe«, hatte sie geschrien. Für sie war nur er wichtig, *weil er er war.* Sie hatte sich nie die Frage gestellt, was es für ihn *ontologisch* bedeutete, homosexuell zu sein in einem Land, in dem Homosexualität mit lebenslänglichem Freiheitsentzug bestraft werden konnte. Was auch immer Samys allesamt triftige Gründe gewesen sein mochten, er hatte ihr nichts davon gesagt, und das tat weh.

»Sam wurde im Hof begraben, hinter dem Haus, neben Papas Grab. Ich weiß, dass er sich über deinen Besuch gefreut hätte. Maman und ich waren überwältigt von dem Ansturm von Samuels etwas eigenartigen Freunden bei der Beerdigung. Meine Mutter wird es vielleicht von dir wissen wollen. Sie hat nie geglaubt, was in den Zeitungen stand. Ich übrigens auch nicht. Maître Bessonguè hat mich nach der Beerdigung aufgeklärt. Und du, seit wann weißt du es?«

Sie sah vom Album auf.

»Das spielt doch keine Rolle.«

»Doch, ich hätte diese Artikel nicht geschrieben oder vielmehr, sagen wir, nicht im gleichen Ton, wenn ich die Wahrheit auch nur geahnt hätte.«

»Er hat es mir in der Schule gesagt.«

»Mein kleiner Bruder war schon in der Schule homosexuell!«

»Das ist kein Studium, weißt du?«

»Ihr beiden habt mich ganz schön an der Nase herumgeführt! Weißt du, ob … Hat Sam …« Kizito massierte sich die Fingergelenke, er suchte nach den passenden Worten. »Ich meine, abgesehen von seiner Vorliebe für … äh … hat Sam … Also, hat er eigentlich …«

»Ob er jemanden hatte? Ob er wirklich mit Männern geschlafen hat?«

»So ungefähr.«

»Was denkst du?«

»Jemand Bestimmtes?«

Sie nickte.

»Kenne ich ihn?«

Sie nickte.

»Wer?«

»Du kennst ihn.«

Er nahm die Ellbogen vom Tisch, strich sich mit der Hand über den Kopf.

Seine Augen weiteten sich. »Doch nicht etwa … Ety?«

Er las die Antwort in Katmés Augen.

»Ich bin wirklich ein Idiot.« Er schüttelte den Kopf. »Wie schwer das für ihn gewesen sein muss. Immer lügen, immer alles geheim halten.«

»Was soll ich Sita Félicie sagen, wenn sie mich danach fragt?«

»Du sagst natürlich nein. Nein. Zu ihr und zu allen, die dir sonst noch diese Frage stellen. Selbst wenn du die Wahrheit sagen würdest, würde meine Mutter es nicht glauben, und es ist besser so, sie ist schon verwirrt genug.«

Kizito, sagte sich Katmé, verlor die Realität von Zambuena nicht aus den Augen. Eine Frau, sechs Kinder, eine zerbrechliche Mutter, Kollegen. Bruder der ermordeten Schwuchtel, es gab akademische Titel, mit denen es sich leichter leben ließ.

Er stieß den Sessel zurück und zog eine der vier Schubladen auf, die seinen Schreibtisch in Fächer unterteilten. »Der Besitzer wollte die Miete nicht annehmen, die wir ihm nach Sams Unfall bezahlen wollten.« Katmé hörte ein metallisches Klimpern. Ihr Herz begann schneller zu pochen. »Du kennst dich dort besser aus als wir. Die Polizisten haben die Ermittlungen in nur einer Woche erledigt und uns die Schlüssel übergeben. Was du nicht behalten willst, bringst du zu Maman. Sie hat das Blut weggewischt, das Chaos beseitigt. Du wirst keine Unfallspuren sehen.«

»Das war kein Unfall, Kizito. Das war Mord. Wir brauchen neue Ermittlungen. Samy ist ermordet worden. Die Aquanauten müssen verhaftet und verurteilt werden.«

»Wir sind alle Aquanauten, Katmé. Alle. Was machst du mit Maman Caramel deux à dix und den ganzen Verschwörern der MPA? Mit deinem Mann? Deinem Schweigen? Meiner Weigerung, den echten Sam zu erkennen? Wenn er wieder unter uns wäre, wie würde ich damit umgehen, einen schwulen kleinen Bruder zu haben? Würde ich ihn nicht darum bitten, sich weiter zu verstecken, damit wir alle unsere Ruhe haben? Die Eltern und Kinder im Quartier des Enseignants fühlten sich im Recht, Sam das Leben zu nehmen, weil sie wussten, dass die Gemeinschaft, das Gesetz, all die Konformisten in diesem Land ihnen die unausgesprochene Erlaubnis erteilten, das Böse aus ihrer Mitte zu entfernen. Entdeckt, entblößt, enthauptet. Das Schicksal hat entschieden, Sam seinen Gygesring abzunehmen. So ist es eben.«

»Was für einen Ring?«

»Egal. Hier, nimm.«

Er reichte ihr die Schlüssel zum Atelier.

»Deinen Fatalismus kann ich nicht akzeptieren. Selbst wenn du recht hättest, könnten wir uns nicht damit zufriedengeben zu sagen: So ist es eben, da ist nichts zu machen! Die Bessonguè hatte recht. Wie müssen es versuchen, die Ermittlungen müssen neu aufgenommen werden, dieses verdammte Gesetz muss geändert werden! Wir können es nicht auf sich beruhen lassen! Ich kann es nicht auf sich beruhen lassen, Kizito!«

»Ich habe keine Kraft mehr, Katmé«, sagte er niedergeschlagen. »Es gab zwar nur eine Ausgabe mit deinem Mann auf der Titelseite, und Samuels Tod hat diese Hurerei mit einem Schlag beendet, aber *Revers* hat alle seine ausländischen Geldgeber verloren und ich meine Textaufträge. Am Eröffnungstag der Wahlkampagne waren meine Autoreifen aufgestochen, und die hintere Windschutzscheibe war eingeschlagen. Für die Bevölkerung bin ich genauso gekauft wie der ehemalige Bürgermeister, der dank der Liste deines Mannes gewählt wurde. Mir bleibt nur noch die Universität, das kann ich nicht riskieren.«

Er zog ein Taschentuch aus der linken Brusttasche seines flaschengrünen Jacketts und wischte sich damit über Stirn und Augen. Er weinte.

Das Kegeldach der auf dem Berg errichteten Gruft ragte in den blauen Himmel. Die Zwergfichten waren gewachsen, der Eukalyptuswald schien dichter, die Sonnenstrahlen wärmten die Erde. Katmé schüttete einen Ballon Raphiawein, ein Kilogramm Salz und eine Flasche Palmöl über dem Marmorgrab aus, stellte einen Teller *tenue militaire* – Maisauflauf aus Macaboblättern, das Lieblingsgericht ihrer Mutter – darauf ab. Barfuß, auf einem Hocker stehend, mit einem Besen in der Hand, entfernte sie die Spinnennetze in den Nischen unter der Decke.

Sie ging zum Auto zurück, öffnete den Kofferraum, nahm einen Flakon aus einer Plastiktüte und ging damit wieder zur Gruft. Auf die Wände, die Zier- und Sockelleisten, das Gesims, die Deckenstuckaturen, in die Ecken, in die Luft, vor den schmiedeeisernen Fensterstreben versprühte sie hundert Milliliter Poison de Dior, das einzige Parfüm, das sie ihre Mutter je hatte benutzen sehen.

Sie küsste den kalten Marmor und murmelte: »Maman, Maman, Maman … Was würdest du tun? Maman, was soll ich tun? Pass auf Samy auf, Maman, pass auf ihn auf. Hat er dir von den Jacarandas, den Usamabaraveilchen erzählt? Sag ihm, dass Keuna sich um seine Werke kümmern wird, und ich werde mich auch darum kümmern.«

Auf dem Rückweg nach Akriba stoppte sie den RAV4, machte kehrt und raste zur Universität Haut-Fènn. Kizito hatte sich seit ihrem Besuch Stunden zuvor offenbar nicht von der Stelle bewegt. Er korrigierte Arbeiten der Studierenden. Sie stellte sich breitbeinig vor die geöffnete Tür. »Ich bitte dich nur um deine Erlaubnis, Kizito, nicht mehr. Sobald ich genügend Geld beisammen habe, werde ich die Wiederaufnahme der Ermittlungen beantragen. Sag mir, dass du nichts dagegen hast, das ist alles. Ich bitte dich …«

»Katmé …« Er stieß einen Seufzer aus. »Du bist noch schmutziger als vorher. Komm mit.«

Er führte sie zur Toilette des Lehrpersonals, für die er einen Schlüssel bei sich trug. Sie zog die Schuhe aus, öffnete den Wasserhahn, hielt die Außenseite der Mokassins unter den dünnen Strahl und kratzte die Erdkruste ab. Kizito stand mit dem Rücken zum Türrahmen und wartete mit einer Schachtel Papiertaschentücher in der Hand.

Sie sagte: »Ich werde das Ministerium bitten, mich wieder als Lehrerin zu beschäftigen. Ich bleibe in Akriba.«

Kizito trat neben sie. »Und Tashun, was wird aus ihm?«

Sie zuckte mit den Schultern. »Gouverneur, denke ich.«

»*Ah?*« Er zog eine Grimasse, die sie erneut schrecklich an Samuel erinnerte. »Hat er dich verstoßen?«

Verstoßen, wie zu Zeiten der Bibel. Selbst für jemanden wie Kizito war es undenkbar, dass sie, eine Frau, die Entscheidung traf.

»Ich bin die, die geht.«

»Das wird Sam nicht zurückbringen. Du wirst dich doch nicht scheiden lassen! Du hast zwei Kinder!«

»Ich bin nicht mit meinen Kindern verheiratet.«

»Man steht nicht eines Morgens auf und beschließt, sich scheiden zu lassen. Es ist entsetzlich, was uns mit Sam passiert ist, aber setz dem Drama nicht noch eins obendrauf. Du hast Kinder, die du großziehen musst.«

Sie stellte den Schuh, den sie in der Hand hielt, auf dem Mosaikboden der Toilette ab, wischte sich, ohne es zu bemerken, die Hände an ihrer weißen Hose ab und hinterließ dort rötliche Streifen. Kizito reichte ihr die Schachtel Taschentücher, sah sie prüfend an. »Warum willst du gehen? Wegen Fortès, nicht wahr? Wegen ihm?«

Sie setzte ein neutrales Gesicht auf, nahm die Taschentücher, trocknete sich langsam einen nach dem anderen die Finger ab, gab aber keine Antwort.

»Katmé, ich war blind was Sam betrifft. Aber ich bin es nicht die ganze Zeit. Du musst wissen, dass er nach dem, was Sam zugestoßen ist, seine Stelle beim Autobahnprojekt gekündigt und Mival verlassen hat.«

Sie sah auf, hielt seinem Blick stand.

»Das wusste ich nicht.«

»Er war vor seiner Abreise hier, um sich von mir zu verabschieden.«

»Er hat nichts mit meiner Entscheidung zu tun. Ich habe unter der Autorität meiner Mutter, meiner Tante und meines Ehemanns gestanden. Ich will mein Leben leben, ohne vor irgendjemandem Rechenschaft abzulegen, als ob ich immer noch zehn wäre. Eins steht fest, ich liebe Tashun nicht mehr.«

»Du liebst Tashun nicht mehr?«

Er brach in schallendes Gelächter aus.

»Aber was hat die Liebe mit der Ehe zu tun? Man heiratet, weil man heiratet, Punkt, aus. Es gibt etliche Gründe zu heiraten, und aus denselben Gründen verlässt man sich nicht, egal was passiert, man bleibt zusammen, man zieht seine Kinder groß. Ich kann mir vorstellen, aus welchen Gründen du gehen willst, vielleicht begrüße ich sie sogar, aber so, wie unser Land ist, mach dir keine Illusionen, wenn du deinen Mann verlässt, wird niemand Mitleid mit dir haben. Wenn dein Mann dich verlässt, wird man dir zwar vorwerfen, dass du nicht gut genug auf ihn aufgepasst hast, aber wenigstens wird man dir den Opferstatus zugestehen. In unserem Kontext hat das Vorteile, Schwesterherz. Mach dir bloß nichts vor, Schwesterchen, wenn du, die Frau, ihn verlässt, bringst du dich selbst unter die Guillotine, und alle anderen sind deine Henker. Das weißt du selbst. Aber überleg es dir gut, Schwesterherz. Überleg es dir gut, du hast zwei Kinder.«

Er begleitete sie zum Auto, umarmte sie.

»Ich werde Maman anrufen und ihr sagen, dass du sie besuchen wirst, sie wird sich freuen, dich zu sehen.« Über ihren Köpfen erschien plötzlich ein Regenbogen. Sie hielten sich als Schutz vor der Sonne die Hand über die Augen, um ihn zu betrachten.

Katmé stieg ins Auto, ließ das Fenster herunter. Er bückte sich, sah zu ihr hinein; dann ließ er langsam wie bei einer kontrollierten Atemübung die Luft aus den Lungen, bis sie leer waren.

»Ich hatte mir vorgenommen, dir nichts davon zu erzählen, aber … Ich glaube, dass … Kurz und gut, ich bin mit Aleksandre in Kontakt geblieben, falls dich das interessiert.«

Katmé spürte ein Kribbeln im Nacken. Sie richtete den Blick auf die Windschutzscheibe und das abweisende Gebäude dahinter, in dem sich die Büros von Kizito und den anderen Universitätsdozenten befanden.

»Ich glaube, er schafft es nicht, mit Zambuena, mit Fènn, mit dir abzuschließen.«

Sie nickte mechanisch.

»Schwesterherz vom Bruderherz, wenn du mich brauchst, ich bin da.«

Katmé wandte nun den Kopf zu ihm, dankte ihm mit einem unbestimmten Lächeln und startete den Motor.

Kizito richtete sich auf und trat einen Schritt zurück.

Während sie davonfuhr, dachte sie wieder an den Regenbogen. Kizito hatte ihr und Samy einmal gesagt, dass Regenbogen im Haut-Fènn sogar nach Niederschlägen selten waren.

25

TASHUN MACHTE EIN GESICHT WIE JEMAND, der sich sagt, dass seine Frau endgültig nicht mehr alle Tassen im Schrank hat. Sie aßen zu viert im beigen Esszimmer zu Abend. Über die Perkal-Tischdecke mit Motiven von Pferden, die mit wehender Mähne über ein Maisfeld galoppieren, hinweg, verkündete er Axelle und Alix unvermittelt, ihre Mutter wolle ihr Leben da weiterleben, wo sie es vor zwölf Jahren aufgegeben habe, also vor ihrer Geburt, ohne sie, ohne ihn. Die beiden Mädchen, die über ihren Schultag geplaudert hatten, verstummten; als ob die beigen Esszimmerwände, die beigen Schirme der Messingleuchten, die beige Polsterung der Stühle ihre Stimmen verschluckt hätten. Alix legte sorgfältig Messer und Gabel am Tellerrand ab. Axelle streckte den Arm nach der Wasserkaraffe aus; sie glitt ihr aus der Hand und traf auf den Henkel der großen Servierschüssel mit geraspeltem Macabo. Das Wasser ergoss sich über das Tischtuch, die Schenkel der Zwillinge, die ihrer Eltern, den Boden. Hinter der Flügeltür, die das Esszimmer von der Küche trennte, wachte Bambili über den reibungslosen Ablauf des Abendessens. Sie angelte sich die Schwämme aus der Spüle, die Geschirrtücher von der Anrichte, einen Wischlappen aus dem Besenschrank und eilte zu Hilfe. Sie kürzten das Abendessen ab.

Als Katmé später bei ihren Töchtern am Bettrand saß und sagte, »*Moïndjamoto*, vorhin, als Papa …«, sahen die beiden, bis zum Kinn unter die Bettdecke gemummelt, sich an. Bei Tisch hatten sie keine Fragen gestellt. Sie hatten einfach gar nichts mehr gesagt.

»Wir sind müde«, sagte Alix. »Wir wollen schlafen«, fügte Axelle hinzu. Katmé ignorierte die eisige Bö, die ihr ins Gesicht blies, und fragte:

»Wann soll ich euch morgen wecken?«

»Wann du willst«, antwortete Axelle mit schwacher Stimme.

Sie küsste ihre Töchter auf die Stirn, ging beklommen vor Unentschlossenheit in ihr Zimmer. Tashun lag auf der Tagesdecke, die Hände hinter dem Kopf verschränkt, den Blick zur Decke gerichtet, und wartete auf sie. »Ich habe die Heiratsurkunde unterzeichnet … Du trägst meinen Namen … Und du willst mich demütigen …« Er richtete sich auf und stützte sich auf den Ellbogen ab.

»Glaubst du, ich lasse mich demütigen? Seit wann reichen Frauen in diesem Land die Scheidung ein? Seit wann, sags mir! Und was ist mit den Kindern? Du, du, immer nur du! Du gehst, wenn ich es entscheide, Madame! Nur, wenn ich es entscheide!«

Da es bei der Ehe in Zambuena weniger um zwei Menschen ging, die ihr Schicksal miteinander vereinten, als um zwei Familien, die sich zusammenschlossen, weniger um zwei Individuen als um zwei Gemeinschaften, die sich zu einer einzigen verbündeten, und da diese Bande durch Mitgift und kirchliche Hochzeit als unveränderlich, als unverbrüchlich galten, rief Tashun Djama um Hilfe. »Glaubst du, es ist eine Heldentat, sich scheiden zu lassen? Verheiratet bleiben ist eine, glaub mir. Oder wie mein Vater sagte, wenn der Fluss sie davonträgt, glauben manche, sie wären nass vom Sprühregen. Du willst wieder arbeiten? *Badluck!* Wenn du wenigstens einen richtigen Beruf hättest! Lehrerin für Hauswirtschaft und Gesellschaftskunde – das soll ein Beruf sein? Und was ist mit der familiären Stabilität deiner Töchter? Wenn es dich irgendwo juckt, such dir eine Eins und sei still. Wo willst du überhaupt hin? Außerdem wirst du aus dem Caz ausgeschlossen, hast du darüber schon nachgedacht? Willst du deine Füße den Sandflöhen überlassen und später behaupten, dass Gott dich nicht liebhat? *Badluck!*«

Tashun schickte Mama Récia. »Du bist mit der Kirche verheiratet, mein Kind. Dir droht Verdammnis, wenn du das tust. Die wahre, ewige Liebe wirst du im Himmel erleben. Ich habe mit meinem Mann mein Golgatha erlebt, aber ich bin nicht gegangen. In einer Ehe gewöhnt man sich aneinander, man erträgt sich. Das ist Ehe. Wenn du diese Ehe verlässt, was wird dann aus uns? Wovon sollen wir leben? Von welchem Geld?« Danach mischte sich Balbine Kempé, Tashuns Sekretärin, ein: »Alle Paare haben Probleme, Madame Katmé, es sind bloß das Dach und die vier Wände, die alles verstecken. Ein Ehemann wie Seine Exzellenz Monsieur Préf… Gouverneur ist nicht leicht zu finden. Mit der Zeit regelt sich alles von selbst, Sie werden sehen.« Sogar Motto, der Kammerdiener, erlaubte sich eines Morgens, als er die Vorhänge öffnete, eine Bemerkung. »Sie sind satt, Madame, Sie haben keinen Hunger, darum wollen Sie gehen. Ein voller Bauch denkt nicht nach. Gehen Sie nicht, Maman Gouverneur. Sie machen einen Fehler.« Eines Abends tauchte auf ihrem Frisiertisch wie vom Himmel gefallen ein Brief von Sennke auf. »Das erste Wunder Jesu ereignete sich bei der Hochzeit zu Kana *blablabla…* Er verwandelte Wasser in Wein *blablabla…* Was Gott verbunden hat *blablabla…* Die Ehe *blablabla…* Die Kinder *blablabla…* Das Leben zu zweit *blablabla…* Die göttliche Gnade *blablabla…«* Katmé sprang direkt ans Ende des Briefs. »Wofür auch immer du dich entscheidest, ich bin da. Wann kommst du mich besuchen?«

Sie wollte sich vorstellen. »Ich weiß, wer Sie sind«, unterbrach Maître Bessonguè sie mit einem scharfen Blick durch ihre runden Brillengläser. »Sie waren ja sozusagen meine Mandantin, nicht wahr?« Samuel Pankeu habe sie in die Herkunft der Honorare eingeweiht. Die Anwältin reichte ihr eine Schachtel Papiertaschentücher. Es war ein Regentag, Tashun hatte den RAV4, den er für sie gekauft hatte, wieder einkassiert. Sie hatte am Straßenrand auf ein

Taxi gewartet. Sie tupfte sich Gesicht und Arme trocken; die tropfnasse Bluse klebte ihr am Leib, draußen fiel der Regen als feiner, dichter Schleier. Katmé nahm gegenüber der Frau, die sich schon früh auf Samys Seite gestellt hatte, all ihren Mut zusammen und stellte unvermittelt klar: »Ich sage es Ihnen gleich, ich kann Sie nicht bezahlen.«

Nach dem Besuch in Maître Bessonguès Kanzlei holte sie ihre Töchter von der Schule ab. Im Taxi – der Fahrer lehnte mit dem Rücken an der Tür und wartete – übte sie eine Stunde lang unter Herzklopfen, was sie ihnen zu sagen hatte.

»Gehst du, um mit einem anderen Mann zusammenzuleben, Maman?«, fragte Alix, als sie fertig war.

»Nein, *Moïndjamoto*, ich gehe, um mit mir selbst zusammenzuleben. Und wenn meine Anwältin sich nicht irrt, auch ab und zu mit euch beiden.«

»Zurück, Asmodäus!«

»Zurück, Asmodäus!«

»Der Chor der Engel und der heiligen Erzengel reinige dich!«

Mama Récia und ihre Töchter riefen im Sprechchor. Ihre Tante machte mit dem Daumen ein Kreuzzeichen auf Katmés Stirn und besprühte ihr Gesicht, ihre Ohren und die Innenseiten ihrer Schenkel mit Aschermittwochsasche vom letzten Jahr, verdünnt mit Jordanwasser und vermischt mit heiligem Öl aus Jerusalem, das sie im Laden neben der Kathedrale gekauft hatte. Rosine presste die Brust gegen die hohe Rückenlehne des Stuhls, auf dem Katmé saß und hielt ihre Arme und ihren Oberkörper fest umschlungen. Zu ihren Füßen lag Sokjou auf der Seite, umklammerte mit beiden Händen ihre Knöchel und drückte den Kopf gegen ihr linkes Bein, als handelte es sich um eine Beute, die sie nicht loslassen durfte.

»Jesu Blut wasche dich!«

»Die Jungfrau und ihre Krone von zwölf Sternen wasche dich!«

»Keine geschiedene Frau in einer gesegneten Familie!«

»Keine Scheidung unter den Kindern Jesu Christi!«

Immer wenn Katmé protestierte – anfangs friedlich, »Aber was soll denn das, wozu dieser Zirkus, jetzt hört schon auf!«, dann weniger höflich, »Abschaum der Hölle, wenn es diesen Gott gibt, soll er den Teufel holen, damit er euch für alle Ewigkeit in den Arsch fickt!« –, sprühte ihre Tante ihr in den offenen Mund, auf die Zähne, die Zunge, sodass Katmés Satzenden in der zischenden Aschermittwochsasche vom letzten Jahr, verdünnt mit Jordanwasser und vermischt mit heiligem Öl aus Jerusalem, das sie im Laden neben der Kathedrale gekauft hatte, erstickten. Sie hätte genauso gut nichts sagen können, im Elan ihrer Rettungsmission schrieb Mama Récia die unangemessenen Äußerungen ihrer Nichte dem Werk des Bösen zu und tat so, als würde sie das Feuer, das in ihren Augen loderte, nicht wahrnehmen. »Weihwasserhuren! Trauernüsse! Bordsteindirnen! Falsche Hündinnen! Alimentemütter! Selber Asmodäus!« Eine Christin, die weniger im Strahlenglanz des Heiligen Geistes stand als ihre Tante, hätte Katmés gepfeffertes Vokabular aus dem Konzept gebracht. »Nicht nachlassen, betet, das ist Asmodäus, der aus ihr spricht, Asmodäus fühlt sich bedroht, das ist seine Stimme, er hat von Katmé Besitz ergriffen, sie muss von ihm befreit werden!« Mama Récia riskierte viel. Sie riskierte ihre finanzielle Zukunft und die einiger ihrer Kinder.

Ihre Tante hatte sie am Tag zuvor angerufen, sie sollte zum Sangaessen vorbeikommen. Katmé wählte ein Kleid, das ihre Tante mochte: Waxprint, geblümt, kurze Ärmel, leichter V-Ausschnitt, tailliert, mit ausgestelltem Rock. Dreißig Minuten nach dem Sanga hatte Mama Récia unter bibelrhetorischem Hokuspokus die Haustür verriegelt, die Fenster geschlossen und das Wohnzimmer am Ende dieses munteren Vormittags in eine künstliche Nacht aus Leuchtröhren und Lampen getaucht. Ihre beiden Cousinen hatten sich auf sie geworfen und sie auf ihrem Stuhl festgehalten wie einen vor dem Eintreffen der Polizei zu exorzierenden Übeltäter. Während große, dunkle Wolken, Regen und Donnergrollen draußen die Sonne verfinsterten, merzte Mama Récia drinnen die Versuchung in Katmé aus, »zu zerbrechen, was Gott verbunden hat«, wusch sie rein von Asmodäus, »dem Dämon der Wollust, der die Frauen dazu drängt, ihre Männer zu verlassen«. Tashun, der Schwiegersohn-den-Gott-selbst-ihnen-in-seiner-unendlichen-Güte-gesandt-hatte, verdiente keinen solchen Verrat. »Du musst nicht in die Fußstapfen deiner Mutter treten. Hurerei muss nicht zwangsläufig von der Mutter auf die Tochter übergehen«, sagte Rosine in ihrem Nacken. »Du wagst es, von …« *Spray* auf die Zähne! »… Mutter zu sprechen? Falsche Hündin!« *Spray* auf die Zähne!

Das Ölgemisch verstopfte allmählich Katmés Gehörgänge, zog Schlieren auf ihrem Gesicht, dem Hals, dem Rücken, den Brüsten, im Schritt.

»Zurück, Asmodäus!«

»Zurück, Asmodäus!«

»Gottvater, errette ihre Seele, errette ihre Ehe!«

»Befrei sie von Asmodäus!«

»Befrei sie von ihrer Todsünde!«

»Befrei deine Dienerin!«

Sokjou, die ihre starken Armen wie Handschellen um Katmés Beine gelegt hatte, schimpfte: »Gott hatte Mitleid mit dir, er hat dir einen Ehemann geschenkt, du bist keine Hure geworden wie deine Mutter, und du willst Tashun Böses tun? *Megde!*«

Der Geschmack von Nivaquine breitete sich in Katmés Mund aus. Mit vor Wut vernebelter Sicht wurde ihr klar, dass sie ihre Tante, deren Stall voll Kinder nie wiedersehen würde. Befreit, das ja, das war sie. Ihre Mutter war gerade ein für alle Mal gestorben.

An den darauffolgenden Tagen suchte sie eine Einzimmerwohnung. Da sie nicht genug Geld hatte, um die erforderlichen sechs Monatsmieten im Voraus zu bezahlen, strandete sie für einige Tage bei Ety, dann bot Keuna ihr an, bei ihr unterzukommen und gegen Bezahlung halbtags in der Galerie auszuhelfen, bis sie ihre Arbeit am Gymnasium wieder aufnehmen würde. Im Verein DP wurde sie kühl empfangen. Ety hatte sie nicht davon abbringen können, sich dort vorzustellen. DP akzeptierte keine Heterosexuellen. Die Heterosexuellen meldeten sich an, kämpften selbstverständlich an ihrer Seite, aber wer ein Visum ergatterte und ein Flugticket bezahlen konnte, flog recht bald nach Europa, nach Nordamerika und behauptete, in seinem Heimatland verfolgt zu werden, um auf Kosten der echten Homosexuellen Asyl zu beantragen.

Noch am selben Tag, an dem Maître Bessonguè Tashun die Scheidungspapiere zustellte, rief Djama bei Katmé in Bubinga Project an. »Du hast den Antrag für deinen sozialen Rückfall unterschrieben. Du bist eine Null, Katmé. Eine Null. Weniger als nichts. Eine Hand allein kann keinen Sack zuschnüren, wie mein Vater sagte, das wirst du sehr bald selbst einsehen. Aber wie ich erfahren habe, verlässt du nicht nur deinen Ehemann, sondern willst mit dieser Anwältin auch noch den Fall dieses toten Jungen neu aufrollen? *Badluck!* Du rennst in dein Verderben, das lass dir gesagt sein. Du wirst uns unterwegs wiederbegegnen. Du bist aus dem Caz ausgeschlossen. Du wirst nie mehr einen Fuß dorthin setzen. So weit bist du mit deiner Dummheit also gekommen.« Katmés Ohren glühten. »Djama, Djama, Djama ...«, sagte sie, ohne die Stimme zu heben. »Zuerst steckst du dir deinen Caz in den Arsch, das tust du doch für mich, oder? Und danach schiebst du deine Drohungen hinterher. Einverstanden? Schlampe!«

Gabrielle, Faith und Khadidiatou zeigten sich sichtlich überrascht, als sie eines Abends bei einer Vernissage in Bubinga Project von ihr als Keunas Assistentin empfangen wurden. Katmé verteilte Flyer an die Gäste, Gabrielle griff nach ihrem Arm: »*Wait a minute! You are Katmé Abbia, you used to be big!*« Auf Katmés Gesicht erschien ein breites Lächeln, sie zuckte mit den Schultern, hob dann die Brauen, reckte das Kinn und erwiderte in Norma Desmonds selbstgefälligem Ton: »*I am big. It's my former life that got small.*«

26

ALS SIE NEBEN DER ABFLUSSRINNE aus dem Taxi gestiegen war, hatte sie in den Pfützen gesucht, in den Gesichtern, die sie beobachteten, im Brummen der elektrischen Maismühle, im Geruch des gepanschten Motorradbenzins, in den Verkäuferinnen von Safous und Kochbananen, in den unschuldigen Stimmen fußballspielender Kinder, im Gekicher der vor einem Damebrett sitzenden Männer, in den jungen Mädchen in Waxprint-Kleidern, im Verkäufer gebrauchter Bücher, in den Mücken- und Fliegenschwärmen über dem Abwasser der Abflussrinne, im wolkenlosen Himmel, in der kühlen, trockenen Luft; sie hatte nach Spuren, nach Zeichen gesucht, die bewiesen, dass an dem Tag, an dem Samy hier vom Erdboden getilgt worden war, ein unvergänglicher Zacken den regenbraunen Himmel zerteilt hatte.

Ihre Hände zitterten, die Beete mit den Usambaraveilchen waren verschwunden; ihre Hände zitterten, sie erinnerte sich nicht mehr, mit welchem Kniff man das Schloss öffnete. Ihre Hände zitterten; Samy würde nicht hinter der Tür sein, an seinem Arbeitstisch, im purpurroten Kittel, Ton kneten, graue Sprenkel im nachtfarbenen Gesicht, gutmütiger Spott in den Augen, weiß blitzende Zähne. Ihre Hände zitterten; sie kam zum letzten Mal hierher.

Als sie ins Atelier trat, wusste sie, dass die verwaisten, aufgegebenen, zurückgelassenen, verstaubten, brachliegenden Zeichnungen, Entwürfe, Skizzen, angefangenen Arbeiten, Werkzeuge ihr etwas über Samys Fortgang zuraunen würden. Und das taten sie. Die Tür würde sich öffnen und unmittelbar nach seinem kaskadenartigen Lachen würde Samy eintreten, die Hände beschwert durch das Gewicht einer neuen Skulptur, weiß vom Ton; wie ein stolzer junger Vater würde er ihr seine neueste Schöpfung vorführen und sagen: »Mein jüngster Spross, Katinétou, wie findest du ihn?« Er würde nicht erfreut sein, sie dort anzutreffen, in seinem Atelier, ohne ihn. »Hm … *Bindi*, du weißt doch, dass du nicht hier sein darfst, wenn ich nicht da bin.« Sie verstieß gegen Samys Verbot. Allein in seinem Atelier, ohne ihn. Selbst als er im Gefängnis gewesen war, war sie nicht gekommen.

Das ehemalige Lager erschien ihr unheimlich groß.

Samy und die Gegenstände im Atelier bildeten eine besondere Einheit. Nun von ihm getrennt warteten die Tonkrüge, die er Petit Paul, Emmanuel, Kouankeu … anfertigen ließ, das Feldbett, auf dem er mehr schwitzte als schlief, die Fotos, die Schüssel mit Schlickerwasser, die Sandalen, die schmutzigen Kittel im Wäschekorb, die verunglückten Skulpturen schweigsam und gleichgültig, dass man über ihr Schicksal entschied.

Katmés Blick wanderte zu den Tonkrügen, die nicht mehr unter Samys Anleitung von den Kindern bemalt würden; welchen Zusammenhang gab es zwischen den kleinen, eifrig knetenden Händen, den konzentrierten, aufmerksamen, neugierigen und glücklichen Gesichtern, die sie gesehen hatte, und deren blindwütigem Drang, Samys Haut, Körper, Gesicht, Lächeln zu zerstören?

Ganz oben im Rattanregal stand neben den Bildhauereibänden ein großes Buch mit Spiralheftung, Seiten aus Papier, die sich mit Klarsichtfolien abwechselten. Auf die Papierseiten hatte Samuel chronologisch nach Erscheinungsdatum, von der neuesten bis zur ältesten, die Presserezensionen über seine Arbeit geklebt, in die Plastikhüllen die Fotos seiner Werke und Ausstellungen geschoben. Im Regalbrett darunter fiel ihr Blick auf eine Schuhschachtel, auf die er mit schwarzem Filzstift »Freunde« geschrieben hatte. Darin hatte Samuel die Verrisse seiner Arbeit gesammelt. Sie fand das zusammengefaltete Exemplar von *Tropiques Matin*, das die Affäre Samuel Pankeu ins Rollen gebracht hatte, ein paar bissige Artikel – *Die Werke von Samuel Pankeu oder die Apologie des Unnützen; Von der Kunst, der Leere eine Form zu geben; Samuel Pankeu oder die Professionalisierung der Mittelmäßigkeit; Wie man vom mittelmäßigen Amateur zum mittelmäßigen Profi wird* –, das Interview mit Tashun in *La Voix du Zambuena*, in dem er mit seiner Meinung über die Ausstellung nicht hinter dem Berg gehalten hatte. Der erste Nagel, den Tashun in Samys Sarg getrieben hatte, kurz nach dem durch Maman Caramels verworrenen Verstand ausgelösten Chaos. »Wir sind alle Aquanauten«, hatte Kizito behauptet.

Dieser Stein, dieser Ton, leblose, unbelebte Gegenstände, denen Samy seine Tage gewidmet, seine Nächte geopfert hatte, all diese Dinge würden im Müll landen oder ohne Samy weiterleben. Dieser Lappen dort, den er achtlos auf den vollgestellten Tisch geworfen hatte, dieser zu allen möglichen Zwecken gebrauchte fleckige Lappen, dieser Lappen zwischen ihren Fingern, dieser Lappen mit unbestimmter Lebensdauer trug im Zweikampf, *mano a mano*, den Sieg über den verschiedenen, verstorbenen, begrabenen, zu den Würmern, zur Erde, zum Nichts zurückgekehrten bildenden Künstler Samuel Pankeu davon. Das Toilettenpapier, die Zahnbürste, die Socken, die Stifte, die Unterhosen, der Badvorleger, die Wände, das Wellblechdach, die Pyjamas, die Teller, die Teekanne, alles, was im Atelier herumstand, all diese zerteilbaren, zerstörbaren, erwerbbaren, verschenkbaren, wegwerfbaren, all diese entseelten, vielleicht unvergänglichen Dinge entpuppten sich als dem lustigen, feingeistigen, schlagfertigen jungen Mann, dem wandelnden Wörterbuch für Lateinzitate, dem Ausnahmepatenonkel, dem talentierten Künstler überlegen. Diese simple und alberne Feststellung all derjenigen, die früher oder später mit dem Tod eines nahestehenden Menschen konfrontiert sind, demütigte Katmé in ihrem Kummer. Der Lappen hatte Samuel Pankeu besiegt.

Nichts hatte sie darauf vorbereitet, Samy ohne ihn selbst anzutreffen.

Sie suchte nach einer Sitzgelegenheit, wollte sich aber nicht auf die hohen Bambusstühle setzen, von wo aus sie Samuel so oft beim Arbeiten zugesehen hatte, überall war Staub. Schimmel und Spinnennetze zankten sich um die Zimmerecken. Blind vor Tränen entschied sie sich für das Feldbett, schlug die schottische Wolldecke zurück, legte sich diagonal auf die gelben, zerknitterten Laken, kauerte sich in Fötushaltung zusammen.

Die Messe zu Mamans Beisetzung in Fènn. Der Sarg unter der Überdachung, Samy auf einem Stuhl zwischen Maman Caramel deux à dix und Tonton Sucette, der Panther mit den blauen Tatzen sang vor dem Altar. Der Herausgeber von *Tropiques Matin* hopste als Erzbischof verkleidet in einer purpurnen Sutane herum, die an der Messe beteiligten Priester klatschten in die Hände. Tashun in seinem Leichenbestatteranzug furzte ununterbrochen, alle hielten sich die Nase zu. Samy verließ seine Stuhlreihe, machte eine leichte Verbeugung vor mir und forderte mich zum Tanz auf. Der Panther mit den blauen Tatzen wiederholte wieder und wieder:

Du wolltest mich sehen, hier bin ich nun,
Sieh mich an! Zimanto!
Ich bin der Panther, der auf die rechte Flanke fällt,
Ich bin der Panther, der auf die linke Flanke fällt,
Ich bin der Panther, der die Pranken von sich streckt,
Hier bin ich! Zimanto!

Samys Hand lag um meine Taille, er flüsterte: »*Bindi*, willst du die Ermittlungen zu meinem Tod wiederaufnehmen lassen? Willst du diesem Gesetz den Prozess machen? Sieh nur, wie der Panther tanzt, er tanzt und tanzt, je öfter ich diesen Traum träume, umso mehr glaube ich an den Albtraum, der kommt.«

»Katmé, Kat? Bist du da?« Ich schreckte hoch, jemand trommelte gegen die Tür. Das Feldbett, das Atelier, die Aktion *pro bono publico*, der Panther, Zimanto!, der blaue Panther, die Aquanauten. Angst packte mich. Sekunden später fasste ich mich wieder, erinnerte mich daran, dass ich am Vortag Ety angerufen und ihn gebeten hatte, mich im Atelier zu treffen. Außerdem hatte ich dem Besitzer des Ateliers angeboten, drei Monate Mietrückstand vor Ort mit ihm zu regeln. Keuna sollte ebenfalls vorbeikommen; es gab so viel zu sortieren, Werke abzuholen.

Ich eilte zur Tür und schob den Riegel zurück.

DANK

David Mignot, Schöpfer eines hellen Morgens.

Henri Jobbé-Duval, für »ein Zimmer für mich allein«
in Rothéneuf.

Catherine Feuillet, Annick Piers, Elisabeth Marliangeas,
Xavier Carniaux, für die Freundschaft, die geduldige Lektüre.

Yannick Lewat, Virginie Pandja, Annick Nana, Angèle Diabang,
Diane Lewat, Chrislin Nana. Yann und Großmutter,
danke für eure leckere Küche. Vicho, du wirst wie immer
mein besseres Ich gewesen sein.

Stéphane Tchakam, Reisender an neuen Ufern,
Begleiter auf den Pfaden der Inspiration, immer da.

Julie Trassard-Donatien, für die richtigen Worte an Tagen
des Zweifels, die strahlende Isaée meines Lebens.

Und schließlich Étienne Fiatte. Für alles und alles Übrige,
stolz, deine *Bindi réssé* zu sein.

© Philippe Matsas

OSVALDE LEWAT, geboren 1976 in Garoua, Kamerun, ist preisgekrönte Kunstfotografin und Dokumentarfilmerin. Lewat ist Absolventin der Sciences-Po Paris und hat eine Ausbildung zur Kamerafrau an der Femis in Paris und am Institut National de l'Image et du Son (INIS) in Montreal absolviert. Sie war als Journalistin in Kamerun tätig und lebt heute in Paris, Frankreich.

Ihr Debütroman *Ante Mortem* (2021, *Les Aquatiques*) ist ein kraftvoller Roman über die Emanzipation einer afrikanischen Frau im 21. Jahrhundert zwischen Licht und Schatten, der insbesondere die Machtpositionen heutiger afrikanischer Gesellschaften reflektiert. Im Februar 2022 wurde Lewat mit dem Grand Prix Panafricain de Littérature ausgezeichnet.

LAURA HABER absolvierte in München den weiterbildenden Master Literarisches Übersetzen. Seither übersetzt sie Prosa, Lyrik und Essays aus dem Spanischen, Französischen und Portugiesischen.

BEFORE YOU GO ...
SPRACHE. MACHT. WIRKUNG.

Schwarz und *weiß* bezeichnen hier keine (Haut-)Farben, sondern Positionen und Identitäten innerhalb eines rassistischen Systems. »Schwarz« ist eine politische Selbstbezeichnung für Personen, die von rassistischer Diskriminierung betroffen sind. Sie ist Ausdruck des langen Widerstandskampfes gegen rassistische Fremdbezeichnungen und wird großgeschrieben, um sie von der adjektivischen Farbbezeichnung zu unterscheiden und die politische Identität des Begriffes herauszustellen.

Demgegenüber werden Menschen, die keine rassistische Diskriminierung erleben als *weiß* bezeichnet. *»Weiß«* wird im Schriftbild kursiv formatiert und anders als »Schwarz« kleingeschrieben, sofern es nicht am Satzanfang oder als Nomen vorkommt, um die konstruierte Eigenschaft der Kategorie und die privilegierte Position innerhalb rassistischer Machtstrukturen zu betonen und um wiederum die Unterscheidung zur Farbbezeichnung herzustellen.